Herausgegeben von Michael Stappert

Fortschritt ist nicht aufzuhalten. Dinge, die ursprünglich nichts miteinander zu tun haben, wachsen zusammen. So gelingt es einer Gruppe von Wissenschaftlern, ein elektronisches Gerät zu entwickeln, das mit den Synapsen des menschlichen Gehirns verknüpft werden kann. Behinderte oder Unfallopfer sind dadurch wieder in der Lage, künstliche Gliedmaßen direkt durch Gedankenbefehle zu steuern, oder über elektronische Medien mit der menschlichen Gesellschaft in Kontakt zu treten. Doch auch nicht behinderte Menschen können in den Genuss dieser Technologie kommen und zukünftig von zu Hause über spezielle
Internetleitungen in virtuellen Räumen ihrer Arbeitsstellen arbeiten.

Es entsteht ein ungeahntes Sparpotenzial bei Firmen, die plötzlich keinen Bedarf mehr an Grundstücken und Gebäuden haben. Leider hat diese Technologie auch eine Kehrseite, wie Sascha Leyden erfahren muss, als er eines Tages vor der Wahl steht, entlassen zu werden oder sich eines der neuen Interfaces implantieren zu lassen.

Fünfzig Tage im Mai

Michael Stappert

Roman

Bibliografische Information der Deutschen Nationalbibliothek:
Die Deutsche Nationalbibliothek verzeichnet diese Publikation
in der deutschen Nationalbibliografie; detaillierte bibliografische
Daten sind im Internet über http://dnb.dnb.de abrufbar.

Herstellung und Verlag:
BoD - Books on Demand, Norderstedt

ISBN: 978-3-7347-3485-4

Inhaltsverzeichnis

1. 2. Mai

Sascha Leyden hatte sich schon seit einigen Tagen nicht wohlgefühlt. Er vermutete, dass er sich einen grippalen Infekt zugezogen hatte, wie er im Augenblick grassierte. Gerade jetzt, wo es innerhalb seiner Firma betriebsbedingte Kündigungen gab, passte es ihm ganz und gar nicht, möglicherweise das Bett hüten zu müssen. Er hatte lange gekämpft, bis er endlich eine Festanstellung bei der AXXIUM-Versicherungsgesellschaft bekommen hatte. Seine Freundin Conny hatte nicht so viel Glück gehabt, und hielt sich durch eine Kombination von kurzfristigen Teilzeitjobs über Wasser. Eigentlich hatten sie längst heiraten wollen, doch hatten sie es immer hinausgeschoben, weil sie zunächst eine sichere finanzielle Basis haben wollten. Wie es aussah, würde es noch eine Weile dauern, bis das erreicht war.

Sascha schaute auf seinen Computermonitor und musste sich anstrengen, dort etwas zu erkennen. Im Laufe des Tages hatte er bohrende Kopfschmerzen bekommen, die er auch mithilfe eines Schmerzmittels nicht in den Griff bekommen hatte. Inzwischen schien die Schrift auf dem Bildschirm vor seinen Augen zu verschwimmen. Verzweifelt blickte er über die zahlreichen Unterlagen auf seinem Schreibtisch, die er noch bearbeiten musste. Er fragte sich, wie er das heute schaffen sollte – oder morgen, wenn es tatsächlich die Grippe sein sollte. Sascha wusste, dass man zwar nicht entlassen werden konnte, weil man krank war, doch die Praxis sah anders aus. In diesen Zeiten fanden Arbeitgeber immer eine Möglichkeit, Arbeitnehmer loszuwerden, die keine Effektivität versprachen. Er machte sich keine Illusionen darüber, dass bereits zwei bis drei Tage Krankheit ausreichen konnten, seinen Job infrage zu stellen. Sascha griff die nächste Mappe und las die Beschreibung des Schadenfalles. Es war seine Aufgabe, Schadensfälle zu bewerten, und die Folgen einer Schadenregulierung auf die Beitragsentwicklung des Kunden zu kalkulieren. Er las den Vorgang drei Mal, doch konnte er sich einfach nicht ausreichend auf den Text konzentrieren. Er befühlte seine Stirn und fand sie schweißnass. Vermutlich hatte er Fieber. Er gehörte nur noch ins Bett.

Sascha beschloss, alles auf eine Karte zu setzen und seinen Vorgesetzten zu bitten, ihn früher nach Hause gehen zu lassen.

Er klappte die Mappe zu und legte sie zurück auf den Stapel der unerledigten Akten. Er erhob sich und verließ seine Arbeitskabine, die nur durch einige Stellwände von den übrigen Arbeitsplätzen im Großraumbüro abgetrennt war. Im Gang auf dem Weg zum Büro des Leiters traf er auf Lara Schmidt, die als Mädchen für alles im Büro eine relativ sichere Arbeitsstelle hatte.

Lara war wie immer gut gelaunt. »Hallo Sascha.«

Dann umwölkte sich ihre Miene. »Geht es dir nicht gut?«

»Nein Lara, ich glaub, ich hab mir eine Grippe eingefangen. Komm mir am Besten nicht zu nah, sonst steckst du dich noch an.«

Sie rückte gleich etwas von ihm ab. »Gebrauchen kann ich's nicht, aber es ist auch keine Katastrophe, oder?«

»Na ja, wenn ich mir Harald Feininger ansehe, – er hat sich ein Bein gebrochen und wurde aus betriebsbedingten Gründen bereits am folgenden Tag entlassen – dann ist es schon eine Katastrophe.«

»Harald!«, stieß Lara verächtlich hervor. »Er hat es selbst verschuldet.«

Sascha hatte so einen abfälligen Tonfall von ihr bisher nicht gehört.

»Den Beinbruch?«, fragte er entgeistert.

»Blödsinn! Er hat alle Vorschläge der Geschäftsführung abgelehnt. Da muss er sich nicht wundern, wenn er gefeuert wird.«

Sie waren mittlerweile am Büro des Leiters angekommen. Lara hielt Sascha kurz an der Schulter fest und flüsterte ihm ins Ohr: »Flexibilität ist der Schlüssel, Sascha. Mach da drin keinen Fehler. Kurier dich aus, aber sei flexibel. Du bist nett. Ich würde es nicht gern sehen, wenn du nicht mehr hier wärst.«

Lara ließ seine Schulter los und tänzelte auf ihren langen Beinen den Gang hinunter. Sascha stieß die Luft aus und sah ihr hinterher. Sie war durchaus eine Augenweide. Er machte sich von dem Anblick los. Ihm reichten die Probleme, die er bekommen hatte, als Conny ihn kürzlich von der Arbeit abgeholt hatte, und ihn mit Lara aus dem Haupteingang kommen sah. Sie konnte so entsetzlich eifersüchtig sein. Aber was hatte Lara eben gemeint?

Sascha klopfte an die Tür des Vorgesetzten, wartete einen Augenblick und öffnete, als er nichts hörte, vorsichtig die Tür.

Der Leiter der Schadenabteilung, Ryan Foster, kam von der englischen Muttergesellschaft und hatte sich zum Ziel gesetzt, seine Abteilung zum Aushängeschild der deutschen Niederlassung zu machen. Er blickte fragend von seiner Arbeit auf. »Herr Leyden, kommen sie herein, was kann ich für sie tun?«,

Wie immer begleitete ein breites Lächeln seine Worte. Sascha trat ein und schloss die Tür. Er setzte sich auf einen freien Stuhl vor dem Schreibtisch und sagte: »Herr Foster, ich fühle mich nicht gut.«

Foster lächelte immer noch. »Und warum erzählen sie mir das? Sie wollen doch nicht etwa Urlaub beantragen? Sie sind meines Wissens noch kein halbes Jahr in Ihrer jetzigen Position, da steht Ihnen ein Erholungsurlaub nicht zu.«

»Nein Herr Foster, das ist mir klar, aber ich habe mir eine Grippe eingefangen. Ich bin krank und wollte nach Hause gehen, um mich auszukurieren.«

Das Lächeln verschwand aus Fosters Gesicht. »Herr Leyden, ich habe sie bisher als zuverlässigen Mitarbeiter kennengelernt. Aber sie wissen auch, dass wir uns in einer schwierigen Wirtschaftslage befinden. Überall muss gespart werden. Wir alle müssen Opfer bringen. Überlegen sie, ob es die Sache Wert ist, daheimzubleiben und die Firma im Stich zu lassen.«

»Ich will doch nicht die Firma im Stich lassen!«, brauste Sascha auf. »Es kann doch nur im Sinne der Firma sein, wenn ich nach einem oder zwei Tagen wieder voll einsatzfähig bin.«

»*Wenn* sie dann wieder arbeiten können, mag das sein, Herr Leyden – aber was, wenn es *länger* dauert? Dann entsteht unserem Unternehmen bereits ein Schaden, dem wir unter Umständen nur entgehen könnten, indem wir sie durch einen gesunden Mitarbeiter ersetzen. Sie wissen selbst, dass es genügend Menschen gibt, die nur darauf warten, ihren Job ebenso gewissenhaft zu erledigen, wie sie es bisher getan haben.«

Sascha war entsetzt und hatte das Gefühl, alles zu verlieren, wenn er nicht mitspielte. Er war jedoch nicht bereit, kampflos aufzugeben und machte einen letzten Versuch. »Wenn ich könnte, würde ich mich sofort zurück an meinen Platz setzen, Herr Foster. Aber heute geht es einfach nicht, selbst dann nicht, wenn sie mir drohen.«

Foster schüttelte den Kopf. »Ich *drohe* ihnen doch nicht, Herr Leyden – ich zeige nur auf, wie die Situation derzeit ist. Ich weiß doch selbst, dass sie ...«

Foster hielt inne und überlegte einen Augenblick. »Sagen sie, besitzen sie eigentlich ein *Interface*?«

»Natürlich hab ich zu Hause einen Computer mit Internetzugang.«

Foster winkte ab. »Nein, das meine ich nicht. Mir ist klar, dass sie einen Internetzugang haben – schließlich ist das seit zwei Jahren Pflicht. Was ich meine, ist ein *Interface*.«

Foster sah ihn an und stellte fest, dass er überhaupt nicht zu wissen schien, wovon er sprach.

»Sie müssen doch davon zumindest *gehört* haben«, sagte er vorwurfsvoll. »Eine Schnittstelle direkt zum Gehirn. Es wird seit fast zwei Jahren häufig bei Menschen eingesetzt, die körperliche Gebrechen haben, um ihnen eine Teilnahme am gesellschaftlichen Leben zu ermöglichen.«

Sascha überlegte. »Doch *davon* habe ich gehört. Aber was hat das mit mir zu tun? Ich *bin* schließlich nicht gebrechlich, sondern nur ein bisschen krank.«

Foster sah ihn intensiv an. »Herr Leyden, das ist nicht der Punkt. Flexibilität ist das Stichwort. Sie *wollen* doch flexibel sein, oder?«

Sascha fiel der Satz von Lara wieder ein. Sie hatte ihm vorhin vor der Tür dasselbe gesagt. Vorsichtig sagte er: »Sicher bin ich flexibel. Deshalb hatte ich mich ja auch bei AXXIUM beworben, aber ich verstehe immer noch nicht ...«

Foster setzte erneut sein bekanntes Lächeln auf und griff in seine Jackentasche. Er zog ein kleines Kärtchen heraus und reichte es Sascha. »Sie *werden* es verstehen, junger Mann. Nehmen Sie diese Karte und suchen Sie die aufgedruckte Abteilung auf – am Besten noch, bevor sie nach Hause gehen. Betrachten Sie es als Chance für ihre Zukunft.«

Sascha wollte noch eine Frage stellen, doch Foster machte deutlich, dass das Gespräch beendet war. Also erhob er sich und wandte sich zur Tür.

»Erholen sie sich Herr Leyden«, sagte Foster. »Aber denken Sie an die Karte. Wir reden weiter, wenn Sie wieder zurück im Dienst sind.«

Vor der Tür betrachtete Sascha die Karte und las die aufgedruckte Adresse:

AXXIUM – Development Inc., medizinische Interface-Installation, Dr. Med. Paul Görtgen.

Es war dieselbe Adresse wie seine Arbeitsstätte, demnach musste Dr. Görtgen im selben Gebäude sein. Es war ihm noch nie aufgefallen, aber im Info-Terminal am Eingang musste ja verzeichnet sein, wo er zu finden war. In diesem Moment *schwebte* Lara an ihm vorbei. »Nun, wie habt Ihr Euch geeinigt?«

Dann bemerkte sie die Karte in seiner Hand und lächelte verschwörerisch. »Ich wusste, dass Du nicht so ein Schlappschwanz bist wie Harald.«

Sie zwinkerte ihm zu und deutete einen Kuss an und tänzelte davon. Sascha wusste nie, wie er Lara einschätzen sollte. Wollte sie etwas von ihm, oder spielte sie eines ihrer üblichen Spielchen. Aber was sollte es auch? Er hatte ja schließlich Conny und würde nie etwas mit Lara anfangen.

Sascha kehrte noch einmal zu seinem Arbeitsplatz zurück und holte Jacke und Aktentasche, dann ging er zu den Aufzügen. Intensiv studierte er die Beschriftungen der einzelnen Stockwerke und fand endlich, wonach er suchte: Dr. Med. Paul Görtgen, Interf.-Inst. 9. Etage.

Er hatte das Schild tatsächlich schon gesehen, ihm aber bisher keine Beachtung geschenkt. Also drückte er den Knopf neben dem Namen und fuhr in die neunte Etage. Als sich die Fahrstuhltür öffnete, betrat Sascha eine andere Welt – weiß, steril und futuristisch gestaltet. Ein hübsches Mädchen an der Anmeldung fragte ihn, ob er eine Anmeldekarte erhalten habe. Sascha händigte ihr die kleine Karte aus, die er von Foster erhalten hatte – etwas Anderes hatte er ja nicht. Das Mädchen war jedoch zufrieden und tippte etwas in ihren Computer ein.

»Würden Sie mir bitte Ihre Personalnummer nennen?«

Sascha diktierte ihr die Nummer, worauf sie auf einen der Sitze in der Anmeldung zeigte. »Bitte haben Sie noch ein paar Minuten Geduld, Herr Leyden, der Doktor hat gleich Zeit für Sie.«

Sie zögerte kurz, dann fragte sie: »Hat man Ihnen schon in Ihrer Abteilung die Einzelheiten erläutert? Wissen Sie, worauf Sie sich einlassen, und haben es sich auch gut überlegt?«

Sascha, noch etwas verwirrt, wegen der Ereignisse des Morgens und die ungewohnte Umgebung, war durch diese Fragen im

Augenblick völlig überfordert und stammelte: »Oh, was? Ja, ich denke schon.«

Sie zuckte mit den Schultern und wandte sich ab. Sascha nahm Platz und griff nach einer der dort herumliegenden Zeitschriften. Er kam sich vor wie beim Zahnarzt. Seine Kopfschmerzen waren schon viel schwächer geworden. Sascha wusste, dass es sich hier nur um eine Art Wartezimmersyndrom handeln konnte, denn er fühlte sich noch immer fiebrig. Nach wenigen Minuten kam das Mädchen der Anmeldung aus ihrem Kommandostand heraus und trat lächelnd auf ihn zu.

»Würden Sie mir bitte folgen?« Allein dem Lächeln wäre Sascha überall hin gefolgt.

»Benimm dich nicht so verdammt unreif!«, schalt er sich in Gedanken. »Sie macht nur ihren Job, so wie du ihn da unten in der Abteilung auch machst.«

Er folgte ihr durch mehrere kurze Gänge bis in einen ärztlichen Behandlungsraum.

»Ich bringe Ihnen Herrn Leyden, Dr. Görtgen.« Sie ließ Sascha passieren und zog sich zurück.

Dr. Görtgen war ein untersetzter, etwa fünfzig Jahre alter Mann, der einen kompetenten Eindruck vermittelte. Er blickte von seinen Unterlagen auf und erhob sich. Er kam auf ihn zu und schüttelte ihm die Hand. »Sie sind also der junge Mann, der entschlossen ist, der Gruppe der Interface-Nutzer beizutreten?«

»Nun, eigentlich weiß ich überhaupt nicht, was ich hier soll«, sagte Sascha wahrheitsgemäß. Dr. Görtgen deutete auf einen Stuhl und bat ihn, sich zu setzen.

»Es ist immer dasselbe«, sagte er. »Nie erklären sie den Leuten, worum es geht. Also, ich vermute mal, sie wollten sich krankmelden – denn sie wirken nicht, als ginge es Ihnen gut.«

Er wartete die Antwort nicht ab und erzählte weiter: »In unserer gegenwärtigen Lage kann es sich kein Arbeitgeber leisten, auf die Arbeitskraft seiner Mitarbeiter zu verzichten, nur weil sie krank sind. Natürlich muss man differenzieren. Es gibt durchaus Erkrankungen, die nicht nur den Körper, sondern auch die Leistungsfähigkeit des Geistes in Mitleidenschaft ziehen. Gegen solche Fälle sind wir machtlos. In den meisten Fällen jedoch sind es einfache Infektionen, die zwar schnell vorübergehen, die jedoch dem Betrieb ihre Arbeitskraft für einige Tage entziehen. Sie kennen die Arbeitsmarktlage selbst. Normalerweise gibt es kein Arbeitsgericht in diesem Staat mehr, das einer betriebsbedingten Kündigung aus diesem Grunde

Steine in den Weg legen würde. Doch gibt es seit Jahren eine Möglichkeit, diese Unpässlichkeit von Mitarbeitern zu überbrücken. Leider wurde diese Möglichkeit lange nicht als solche erkannt. Eine für behinderte und gebrechliche Menschen geschaffene Technologie hilft uns hier weiter: das Interface. Sie wissen, was das ist?«

Sascha schüttelte den Kopf. »Nicht genau. Ich weiß nur, dass es bei körperlich behinderten Menschen eingesetzt wird, um ihnen einen Zugang zum Internet zu ermöglichen, damit sie Kontakte pflegen oder im Notfall Hilfe herbeiholen können.«

»Das ist *ein* Aspekt der Sache«, stimmte Dr. Görtgen zu. »Aber das Interface ist weitaus mehr. Aber Sie haben durchaus recht. Man hat schwerst körperlich behinderten Menschen eine Schnittstelle implantiert, über die sie sich in neuronale Netzwerke - wie beispielsweise das Internet einklinken können. Stellen Sie sich einen Menschen vor, der ab dem Halswirbel gelähmt ist. Er ist zwar noch in der Lage, verbal zu kommunizieren, aber mehr auch nicht. Oder einen Menschen mit einem Locked-in-Syndrom, der in seinem Körper gefangen ist, ohne jemals mit der Außenwelt kommunizieren zu können. Solche Menschen können plötzlich - dank der Technik - mit der ganzen Welt sprechen. Es macht sie zwar nicht gesund, aber es liefert ihnen eine neue Lebensqualität.«

»Ich verstehe noch immer nicht, was das mit mir ...«

Dr. Görtgen hob eine Hand. »Dazu komme ich jetzt. Warum sollte man eine Technik, die Behinderten helfen kann, nicht auch bei gesunden Menschen einsetzen? Natürlich brauchen Sie das normalerweise nicht, aber ...« er machte eine kleine Kunstpause. »... jetzt sind Sie krank und würden am liebsten zu Hause im Bett liegen, um sich auszukurieren.«

»Das hab ich bereits Herrn Foster gesagt.«

»Ja, und er hat Sie zu mir geschickt, weil er Ihnen helfen will. Wenn Sie sich bereit erklären, sich einem kleinen Eingriff zu unterziehen und ein Interface akzeptieren, wird Ihnen das ungeahnte Möglichkeiten eröffnen.«

Sascha war noch immer skeptisch. »Und welche wären das konkret?«

»Es kann helfen, die Arbeit von zu Hause zu erledigen, wenn sie sich körperlich nicht in der Lage fühlen, ins Büro zu gehen.«

»Sie meinen, ich könnte von zu Hause arbeiten, ohne ins Büro zu gehen? Ich könnte mich auskurieren, und trotzdem arbeiten?«

Dr. Görtgen lachte. »Sie haben es erfasst.«

Er schaltete einen Bildschirm ein, auf dem eine schematische Darstellung von einem Mechanismus zu erkennen war.

»Das Einzige, das sie benötigen, ist *dieses* Interface. Es wird im Bereich des Hinterkopfes in ihr Gehirn eingesetzt und hier und hier ...«, er deutete auf den Bildschirm, »... mit den Synapsen der Großhirnrinde verschweißt.«

Sascha wurde hellhörig. »Sie wollen ein Gerät mit meinem Hirn *verschweißen*? Er erhob sich von seinem Stuhl. »Ich denke, ich werde mir das doch lieber noch mal überlegen.«

Görtgen hob beschwichtigend seine Hände. »Nehmen Sie bitte wieder Platz. Der Begriff 'Verschweißen' hat absolut nichts mit dem Schweißen zu tun, das Sie vielleicht kennen. Es geht vielmehr darum, eine Schnittstelle zwischen dem technischen Gerät eines Interfaces zu bestimmten Nervenleitern zu erzeugen. Wir nennen es 'Verschweißen', aber in der Realität legen wir lediglich hauchfeine Leiter zu bestimmten Nervenknoten Ihres Hirns. Den Rest erledigen Hirn und Interface von allein. Es mag sich für Sie beunruhigend anhören, aber der Eingriff ist völlig ungefährlich.«

»Aber Sie müssen doch meinen Schädel dafür öffnen und am offenen Hirn arbeiten ...«

Görtgen winkte ab. »Ich zeig es Ihnen. Die Wissenschaft hat enorme Fortschritte gemacht. Noch vor einigen Jahren galt das menschliche Hirn als Mysterium. Man wusste zwar, welche Regionen für welche Dinge zuständig waren, aber es gab Sektoren, deren Zweck man lange nicht begriff. Heute ist das anders, auch wenn die Öffentlichkeit das immer noch nicht glauben mag. Arbeiten am Hirn ist heute so normal wie das Schienen eines Armes. Na ja, vielleicht ist das nicht der korrekte Vergleich, aber denken Sie an die Transplantation einer Niere. Früher undenkbar und heute ein Routineeingriff.« Er drückte ein paar Tasten und die Darstellung auf dem Bildschirm änderte sich. »Das ist unser Implantator. Der Patient wird auf dem Arbeitstisch fixiert. Den Rest erledigt unser Präzionsroboter. Die betroffenen Stellen werden natürlich betäubt. Anschließend öffnet der Implantator an vier winzigen Stellen Ihre Schädeldecke und durch hauchfeine Instrumente werden die Leiter in den Zielbereichen des Hirns platziert. Das Interface selbst ist recht klein und sitzt an Ihrem Hinterkopf. Die in den Schädel gebohrten Löcher werden durch die Haltekrallen des Geräts abgedeckt und mit Biokleber steril verschlossen. In den ersten Tagen kann es noch zu leichtem Wundschmerz führen, aber dann werden Sie es überhaupt nicht mehr bemerken. Sie können weiterleben wie bisher, haben aber die Option, das Interface zu benutzen, wenn es erforderlich ist.«

Sascha schüttelte den Kopf. »Ich kann mir das nicht vorstellen. Sie bohren Löcher in meinen Schädel und das soll ungefährlich sein? Das kann doch nicht Ihr Ernst sein!«

Görtgen nickte. »Oh doch, das ist mein voller Ernst. Das Gerät benötigt so gut wie keinen Strom und versorgt sich durch die angeschlossene Computerschnittstelle mit der notwendigen Energie. Ein Versagen des Interfaces ist quasi ausgeschlossen. Ich habe schon viele Menschen mit diesem Hilfsmittel versorgt und bisher gab ein in keinem einzigen Fall Probleme.«

»Sie wollen ernsthaft dieses Ding da direkt in mein Gehirn pflanzen, und ich soll es dann mit einem Kabel an den Computer anschließen?«

»Zurzeit geht es leider noch nicht anders«, sagte Dr. Görtgen entschuldigend, »Wir arbeiten fieberhaft an einer drahtlosen Möglichkeit, aber alle aktuell verfügbaren Verfahren sind noch zu anfällig und würden das Gehirn schädigen, da Sender und Empfänger direkt im Gehirn liegen würden. Der kabelgebundene Anschluss hingegen ist technisch ausgereift.«

»Sie müssten mir den Schädel aufschneiden – ich könnte sterben.«

»Das Argument hört man oft, aber Sie haben mir nicht richtig zugehört. Das Verfahren wurde schon oft angewandt und es hat noch keine Komplikationen gegeben. Wir sind sogar schon so weit, es ambulant machen zu können. Sie könnten anschließend gleich nach Hause gehen, könnten sich einen Tag an das Gerät gewöhnen und anschließend würde Ihnen die ganze Welt der virtuellen Büroarbeit offenstehen.«

»Ich weiß nicht recht. So ein großer Eingriff, um einen *Job* nicht zu verlieren? Ist das nicht etwas viel verlangt? Ich bin mir nicht einmal sicher, ob ein Arbeitgeber so etwas verlangen darf.«

Görtgen lächelte schmallippig. »Ich kann die Entscheidung nicht für Sie treffen, Herr Leyden. Ich kenne nur die aktuelle Wirtschaftslage und sehe, wie Sie sich augenblicklich fühlen müssen. Natürlich *verlangt* die AXXIUM-Versicherung nicht von Ihnen, sich mit einem Interface ausstatten zu lassen, aber sehen Sie es doch mal realistisch: Sie würden ganz sicher für einige Tage ausfallen. Was denken Sie, wie lange man darauf verzichten würde, einen arbeitslosen Menschen mit ähnlicher

Ausbildung auf Ihren Platz zu setzen? Haben Sie ein vielversprechendes Alternativangebot in der Tasche? Können Sie auf Ihren Job bei AXXIUM verzichten? Sollte das so sein, brauchen wir uns nicht weiter unterhalten - dann stehen Sie jetzt auf und gehen nach Hause. Wenn Sie aber auf Ihren Job angewiesen sind, haben Sie kaum eine andere Wahl.«

Ich schlage vor, es jetzt gleich einsetzen – was meinen sie? Der Zeitpunkt wäre ideal. Sie könnten die Zeit, die sie brauchen, um wieder fit zu werden, nutzen, um sich an das Interface zu gewöhnen.«

Saschas Gedanken kreisten. Was, wenn er den Job wirklich verlieren würde? Die Chancen, bald etwas Neues zu finden, standen schlecht und Conny allein konnte nicht genug verdienen, um ihre Rechnungen zu bezahlen.

Görtgen sah ihn prüfend an. »Viele Ihrer Kollegen haben bereits ein solches Interface und sind sehr zufrieden damit. Wenn sie es nicht brauchen, müssen sie es ja nicht benutzen. Es wird durch die Haare verdeckt und ist normalerweise kaum sichtbar. Nur, wenn sie es brauchen, wie in ihrer gegenwärtigen Situation, kann es Ihnen die finanzielle Existenz retten. Sie sind noch jung. Sie müssen auch an die Zukunft denken. Vielleicht wollen sie irgendwann eine Familie gründen. Sie wissen selbst – wenn man erst einmal aus dem Arbeitsprozess heraus ist, kommt man nur schwer wieder hinein.«

Dr. Görtgen ließ Sascha etwas Zeit, sich zu entscheiden, dann drängte er: »Ich muss allerdings darauf hinweisen, dass dieses Angebot nur einmal gemacht wird. Lehnen sie *jetzt* ab, wird man es Ihnen als Desinteresse am Job auslegen. Ich muss nicht erklären, was das bedeutet, oder?«

»Gut, dann machen sie es«, hörte Sascha sich sagen und hatte dabei das Gefühl, als wenn jemand Anderes die Entscheidung längst getroffen hatte.

Dr. Görtgen schien nie daran gezweifelt zu haben, wie Sascha sich entscheiden würde, denn unmittelbar nach dieser Äußerung zog er ein paar Formulare aus seiner Schublade.

»Diese Unterlagen lesen Sie bitte gründlich durch und unterschreiben danach eigenhändig«, sagte er. »Die Firma will sich nur absichern, dass nicht später Forderungen seitens der Mitarbeiter geltend gemacht werden können. Eine reine Formalität.«

Wie automatisch las Sascha die Bögen durch und setzte seinen Namen unter die Formulare. Nun war es geschehen. Er hatte sich auf Gedeih und Verderb seiner Firma ausgeliefert. Was würde Conny dazu sagen? Würde sie Verständnis dafür haben, oder entsetzt reagieren? Müßig, sich darüber noch Gedanken zu machen – er hatte sich entschieden.

Sascha wurde in einen weiteren Behandlungsraum geführt, wo er sich mit nacktem Oberkörper auf einer Liege auf den Bauch legen musste. Über der Liege schwebte – gehalten durch eine massive Halterung an der Decke – ein chromblitzender Automat. Dabei musste es sich um den Implantator handeln, den Dr. Görtgen ihm erklärt hatte.

Das Mädchen von der Anmeldung kam herein und fixierte Saschas Schultern und Kopf mit zahlreichen, einstellbaren Halterungen.

»Was hatten Sie vorhin in der Anmeldung gemeint?«, fragte er leise.

Sie beugte sich zu ihm hinunter und ihre Haare kitzelten an seinem Ohr. »Nicht hier. Nur eine Frage: Hat man Ihnen eine Wahl gelassen?«

»Nicht wirklich.«

»Das dachte ich mir.«

Als sie fertig war, konnte er sich keinen Millimeter mehr bewegen. Da in die Liege eine Aussparung für das Gesicht eingearbeitet war, konnte Sascha auch nicht mehr sehen, was sich über und hinter ihm abspielte. Lediglich die Stimme von Dr. Görtgen konnte er hören: »Wir werden jetzt gleich mit der Implantation beginnen. Sie werden einen kleinen Einstich spüren, danach wird Ihr Hinterkopf sich kalt anfühlen. Es ist nicht angenehm, wird aber auszuhalten sein.«

»Wie lange wird es dauern?«, fragte Sascha, dem die Angst nun doch in die Glieder fuhr, mit rauer Stimme.

»Wenn alles glattgeht, sind wir in einer Stunde fertig. In einer weiteren Stunde wird das Kältegefühl verschwunden sein. Anschließend können Sie nach Hause gehen.«

Sascha wappnete sich, doch empfand er den Einstich in seinem Nacken als äußerst schmerzhaft. Er spürte, wie ihm Schweiß von der Stirn tropfte. Die angekündigte Kälte machte sich in seinem Hinterkopf breit. Gleichzeitig kam Bewegung in die Anlage über dem Behandlungstisch. Jetzt fand Sascha es doch gut, dass ihm der Anblick dessen, was mit ihm geschah, erspart blieb. Er hatte das Gefühl, als wenn Dr. Görtgen eben erst begonnen hatte, da hörte er bereits: »So, das war's schon. Bleiben sie noch ein paar

Minuten liegen, bis meine Assistentin sie wieder aus den Halterungen befreit hat. Wir sehen uns dann gleich noch zu einem abschließenden Gespräch.«

Dann war Sascha allein. Er versuchte, herauszufinden, ob etwas anders war als vorher, doch wegen des unangenehmen Kältegefühls in seinem Hinterkopf war er dazu nicht in der Lage. Er wusste nicht, wie lange er dort gelegen hatte, als er die Beine des Mädchens von der Anmeldung neben sich auftauchen sah. Mit sanften Händen befreite sie ihn von seinen Fesseln.

»Richten Sie sich vorsichtig auf«, forderte sie ihn auf. »Manchen Patienten wird nach einer solchen Behandlung schwindelig.«

Sascha drehte sich herum und richtete sich vorsichtig auf. Der Schwindel blieb erträglich. In seinem Hinterkopf pochte es. Das Mädchen stand vor ihm und sah ihn eindringlich an.

»Was ist?«, fragte Sascha.

»Passen sie auf sich auf«, sagte sie leise. »Es ist nicht alles nur positiv – auch wenn mein Chef es in den freundlichsten Farben darstellt. Benutzen sie eine Firewall – und verwenden sie nicht die billigste.«

»Aber was ...?«

»Mehr darf ich nicht sagen«, sagte sie, und legte einen Finger über ihre Lippen. »Sie müssen zum Abschlussgespräch.«

»Eine Frage noch«, hielt Sascha das Mädchen zurück. »Woher wissen sie ...?«

Sie fasste sich mit der rechten Hand in ihre langen Haare und zog sie zur Seite, wobei sie ihren Hinterkopf entblößte, auf dem eine kleine metallene Platte mit mehren Anschlussbuchsen zu sehen war. Sascha nickte. »Gut, ich werde vorsichtig sein.«

Dann stand er auf und zog sich sein Hemd über, das er für die Behandlung ausziehen musste. Im Nachbarraum wartete bereits Dr. Görtgen und hielt mehrere Unterlagen in der Hand.

»Die Behandlung ist zu unserer Zufriedenheit verlaufen«, sagte er. »Hier sind noch ein paar Dinge, die Sie in Zukunft brauchen werden: eine Dokumentation, die Sie bitte aufmerksam lesen, mehrere Anschlusskabel für verschiedene Systeme, eine DVD mit Programmen und Treibern für das Interface. Fahren Sie nach Hause und ruhen sich aus. Versuchen sie vor morgen Abend nicht, Ihr Interface zu testen. Ihr Kopf muss sich erst daran gewöhnen. Auch die Synapsenverbindungen müssen sich erst beruhigen. Morgen Abend können Sie den ersten Ausflug wagen. Lesen Sie alles genau, bevor sie anfangen. Wenn noch Fragen auftreten, rufen Sie mich an. Hier ist meine Karte.«

Damit war Sascha entlassen. Er ging durch den Gang zurück in die Anmeldung, wo das Mädchen wieder hinter ihrem Kommandostand saß. Sie lächelte ihm zu und winkte ihn zu sich heran. Als er direkt vor ihr stand, steckte sie ihm einen kleinen Zettel zu. 'Kira 98989110' stand darauf.

»Was ist das? Ihre Telefonnummer?«, fragte er.

»Prägen sie es sich einfach ein und werfen den Zettel danach weg. Sie werden es benötigen, wenn es so weit ist«, antwortete sie rätselhaft.

Mehr sagte sie nicht, also verabschiedete er sich und verließ die Praxis. Sascha fand, dass es ihm bereits viel besser ging, aber das konnte eigentlich nicht sein. Mit dem Aufzug fuhr er hinunter und ging mit raschen Schritten zur U-Bahn. Er wollte nur noch weg und nach Hause, wo er sich sicher fühlte.

Zu Hause angekommen, fand er in der Küche einen Zettel von Conny vor, die ihm mitteilte, dass sie schon wieder einen neuen Job hatte, der jetzt gleich begann. Sie wäre in vier Stunden zurück. Das Essen stehe im Kühlschrank. Sascha sah in den Kühlschrank, doch hatte er keinen Hunger. Im Bad stellte er sich vor den Spiegelschrank, der über dem Waschbecken hing. Er konnte sehen, dass er erkältet war. Er stellte die geteilten Spiegel so, dass er seinen eigenen Hinterkopf sehen konnte, wenn er seinen Kopf ein wenig zur Seite drehte. Mit einer Hand versuchte er, seine Haare an die Seite zu schieben, zuckte aber zurück, als er einen stechenden Schmerz verspürte. Er schalt sich einen Idioten. Er war eben dort operiert worden und wunderte sich darüber, dass die Stelle empfindlich war. Im Spiegel konnte er eine Anschlussplatte erkennen, die genauso aussah, wie die, die ihm Kira gezeigt hatte. Kira – hieß das Mädchen überhaupt Kira? Er nahm den Zettel heraus und studierte ihn. Er konnte mit den Daten nichts anfangen. Also steckte er den Zettel wieder weg und nahm die Dokumentation in die Hand. Sascha setzte sich ins Bett und begann zu lesen.

Irgendwann in der Nacht wurde er wach und stellte fest, dass er einen Schlafanzug trug und im Bett lag. Sascha richtete sich auf und sah, dass es vier Uhr nachts war. Seine Dokumentation und die anderen Dinge lagen sauber auf dem Nachttisch. Er drehte sich auf die andere Seite und sah Conny, die sanft schnaufelnd neben ihm im Bett lag und schlief. Er gab ihr einen leichten Kuss auf die Lippen, worauf sie wohlig brummelte und sich auf die andere Seite wälzte. Diese Frau war ihm immer noch ein Rätsel. Offenbar hatte sie ihn umgezogen, als sie nach Hause gekommen war, ohne, dass er davon etwas mitbekommen hatte. Sascha wollte sie nicht wecken, also drehte er sich ebenfalls in seine Decke und schlief wieder ein. Am nächsten Morgen wurde er durch das Sonnenlicht und einen überwältigenden Geruch nach frisch aufgebrühtem Kaffee geweckt. Conny werkelte bereits in der Küche herum. Er erhob sich und ging in die Küche. Er umarmte Conny von hinten und küsste sie auf den Hals.

»Guten Morgen, mein Schatz.«

Conny drehte sich zu ihm um. »Müsstest du nicht längst im Büro sein?«

»Ich bin heute krank. Ich hab mich für zwei Tage krankgemeldet.«

Conny sah ihn erschreckt an. »Und was ist mit dem Job? Wirst du ihn behalten können?«

Sascha machte eine beruhigende Handbewegung. »Ich hatte auch erst Bedenken, aber sie haben mir einen Vorschlag gemacht. Dadurch kann ich auch arbeiten, wenn ich krank bin. Ich weiß zwar noch nicht, wie es funktionieren soll, aber ab heute Abend kann ich es testen.«

Conny sah ihn misstrauisch an. »Testen? *Was* testen?«

»Ich hab jetzt so ein Interface. Das soll mir ermöglichen, meine Arbeit von zu Hause zu erledigen. Ich kann mich regenerieren und trotzdem arbeiten, haben sie mir gesagt. Dadurch behalte ich meinen Job. Es hört sich jedenfalls gut an.«

»Was soll denn das sein – ein *Interface*?«, fragte Conny. »Ich kann mich nur erinnern, dass ich den Begriff vor einiger Zeit einmal gelesen habe – aber im Zusammenhang mit Behinderten. Man hat ihnen irgendetwas eingepflanzt und danach konnten sie fast normal am täglichen Leben teilnehmen. Ich glaub, es kam sogar in den Nachrichten. Jemand hatte einen Preis dafür bekommen. Aber was hast Du damit zu tun?«

»Sie haben mir ein solches Gerät eingepflanzt, Conny. Dr. Görtgen hat es mir genau erklärt. Sie benutzen es heute nicht nur für Behinderte. Auch ganz normale Menschen wie Du und ich können es nutzen, um über das Netz direkt am virtuellen Arbeitsplatz zu arbeiten. Ich weiß noch nicht genau, wie es funktionieren wird – ich muss noch warten, bis sich meine Nerven beruhigt haben – aber es soll subjektiv so sein, als wenn ich selbst dort wäre. Wir werden vielleicht mehr Zeit für uns haben, Conny. Was sagst du?«

Sascha hatte gar nicht bemerkt, dass Connys Gesicht einen immer entgeisterteren Ausdruck angenommen hatte. »Moment Sascha! Hab ich das richtig mitbekommen? Man hat Dir mal eben heute etwas in Deinen Kopf eingepflanzt? Und Du hast das auch noch freiwillig mitgemacht? Was wäre gewesen, wenn sie dabei einen Fehler gemacht hätten? Was wäre dann aus Dir, was wäre aus *uns* geworden?«

Sascha hob beschwichtigend die Hände. »Es war überhaupt nicht gefährlich, Conny. Sie machen solche Eingriffe heute ständig. Es ist Routine.«

Sascha drehte seinen Kopf zur Seite und hob seine Haare im Nacken an, damit Conny die kleine Metallplatte sehen konnte. Sie betrachtete das Interface wie ein ekliges Insekt.

»Ich finde es abartig und unnormal«, sagte sie. Vorsichtig berührte sie das Metall und die umgebende Haut mit dem Zeigefinger. Sascha zuckte zusammen und Conny fuhr erschreckt zurück.

»Was habe ich getan?«

Sascha wandte sich seiner Freundin zu. »Es ist einfach noch empfindlich. Schließlich haben sie es mir erst vor wenigen Stunden eingesetzt. In einem oder zwei Tagen wirst du es überhaupt nicht mehr bemerken. Komm Conny, schau mich nicht so an. Gib mir lieber einen Kuss.«

Sie schmiegte sich in seine Arme und küsste ihn lange und intensiv. Schließlich schob sie sich von ihm weg. »Sascha, ich hab Angst um Dich. Ich kann damit leben, kein Geld zu haben und ständig von der Hand in den Mund leben müssen, aber ich könnte es nicht ertragen, wenn Dir etwas zustieße. Du musst mir versprechen, vorsichtig zu sein!«

»Das verspreche ich«, sagte Sascha. »Deine Ängste sind bestimmt unbegründet.«

»Warum hast Du nicht vorher mit mir darüber gesprochen? Vielleicht hätten wir auch eine andere Lösung finden können.«

»Ich hatte keine Wahl«, meinte Sascha. »Ich musste mich sofort entscheiden.«

»Wir sollten nachher noch einmal darüber reden«, sagte Conny. »Ich muss jetzt leider zum Dienst.«

»Du bist doch erst seit ein paar Stunden hier. Zu welchem Dienst musst Du denn schon wieder?«

»Nicht jeder hat es so gut wie Du, mein Schatz. Ich hab leider mehrere Teilzeitjobs. Aber wenn ich nachher zurückkomme, hab ich Zeit, okay?«

Sascha nahm sie in die Arme und küsste sie, während sie ihm mit der Hand leicht den Nacken kraulte, wie sie es gern tat. Plötzlich hielt sie inne.

»Ich weiß nicht, ob ich mich an dieses Ding in Deinem Nacken gewöhnen kann.«

Die Stimmung war verflogen. Sie sprachen noch über verschiedene Dinge, die zu erledigen waren, dann verließ Conny die Wohnung und ging zur Arbeit.

Sascha nahm die Dokumentation zur Hand und begann zu lesen. In der Beschreibung des Interfaces stand, dass es an nahezu jedes aktuelle Computersystem angeschlossen werden konnte. Er musste lediglich ein Treiberprogramm installieren, dann konnte es losgehen. Die beiliegenden Kabel sahen normal aus. Sascha blätterte die Unterlagen durch, doch nirgends konnte er finden, wie das System letztendlich zu *bedienen* war. Technische Informationen gab es in unübersichtlicher Menge, doch die praktische Anwendung hatte man offenbar vergessen. Plötzlich fiel ihm etwas ein: was war mit Wasser? Er musste sich doch waschen oder duschen. Konnte er jetzt noch schwimmen gehen? Nach kurzer Zeit fand er die Information. Das Interface war unempfindlich gegen Hitze, Kälte und Wasser. Allerdings riet man dringend davon ab, es innerhalb einer Stunde nach Wasserkontakt zu benutzen. Es wäre zwar nicht gefährlich, doch wären die möglicherweise auftretenden synaptischen Fehlfunktionen nicht angenehm. Nach einer Stunde hatte er die Unterlagen durchgearbeitet und es drängte ihn, sein neues Interface auszuprobieren. Sascha blickte auf die Uhr. Es war erst 10 Uhr morgens. Erst am Abend sollte er sich zum ersten Mal anschließen, hatte Dr. Görtgen gesagt. Er hatte gemeint, das Hirn müsse sich erst beruhigen, bevor er zum ersten Mal das Interface benutzen sollte. Sascha beschloss, nichts zu überstürzen und noch zu warten. Er ging in die Küche und schüttete sich einen Kaffee ein, den Conny noch aufgebrüht hatte, bevor sie gegangen war.

Als er so an der Küchenanrichte stand, wurde ihm bewusst, dass er sich noch immer erkältet fühlte. Durch die Ereignisse der letzten Stunden hatte er wohl so unter Adrenalin gestanden, dass er nicht mehr auf die Signale seines Körpers geachtet hatte. Doch jetzt stellte er fest, dass die Schlappheit der Glieder und die Kopfschmerzen noch immer da waren. Er beschloss, sich wieder ins Bett zu legen und noch etwas zu schlafen.

Als er wieder wach wurde, fühlte er sich etwas besser. Ein Blick auf die Uhr zeigte ihm, dass es inzwischen schon 16 Uhr war. Conny war noch nicht zurück. Sascha nahm sein Mobiltelefon zur Hand und warf einen Blick auf das Display. Eine Nachricht von Conny wurde angezeigt. Sie müsse etwas länger arbeiten, als normal, weil ihre Ablösung nicht gekommen war. Sascha warf das Telefon auf den Nachttisch und richtete sich auf. Er überlegte. Bis Conny nach Hause kam, würde es sicher noch etwas dauern. Ob er wohl schon lange genug gewartet hatte, um sein Interface auszuprobieren? Sascha entschloss sich, einen Versuch zu wagen. Er stand auf, holte die Unterlagen und das Zubehör aus dem Wohnzimmer und setzte sich vor den Computer, den sie aus Platzgründen in ihrer Diele angeschlossen hatten. Er schaltete das Gerät ein und ließ es hochfahren. Nachdem der Computer einsatzbereit war, legte er die Treiber-DVD in das Laufwerk und installierte das Programm. Die Installationsroutine unterschied sich nicht von der anderer Softwareprodukte. Als die Installation abgeschlossen war, erschien ein neues Icon am unteren Bildschirmrand und eine Grafik forderte den Nutzer auf, die Kabelverbindung zwischen dem Hochgeschwindigkeitsdatenbus und dem Anschluss im Interface herzustellen. Sascha nahm eines der Kabel, welches der Abbildung auf dem Bildschirm ähnelte und steckte einen der Stecker in den Datenbus. Die Farbe des Icons wechselte von grau zu gelb. Nun griff er nach dem anderen Stecker des Kabels und führte ihn vorsichtig zu seinem Nacken. Er stellte sich noch etwas ungeschickt an, doch nach einigen Versuchen gelang es ihm, den Stecker in die passende Buchse an seinem Interface einzuführen. Mit einem hörbaren Knacken rastete der Stecker dort ein. Auf dem Bildschirm öffnete sich nun ein neues Fenster, welches darüber informierte, dass nun eine erstmalige Initialisierung des Interfaces erfolgen würde. Sascha erwartete, etwas zu spüren, doch das war nicht der Fall. Nach einer kurzen Wartezeit meldete der Computer, dass die neue Komponente einsatzbereit war. Es öffnete sich ein weiteres Fenster. Diesmal hatte er die Auswahl zwischen Internet allgemein und AXXIUM. Sascha klickte auf den Button mit dem AXXIUM-Symbol und wartete.

Es folgten einige Statusmeldungen, wie: Der Datenstrom wird optimiert, oder: Ein Anwender wird aufgrund der Hardware-ID erstellt. Dann hörten die Meldungen auf und die Fenster schlossen sich. Sascha starrte auf den Monitor und fragte sich bereits, ob er etwas falsch gemacht hatte, als etwas passierte. Sein Blick trübte sich und er konnte immer schlechter erkennen, was sich auf dem Monitor abspielte. Er rieb sich die Augen, doch das Bild wurde eher noch unschärfer. Dann schob sich von der Seite her das AXXIUM-Logo in sein Sichtfeld. Es schien direkt vor ihm zu schweben, sodass er das Gefühl hatte, danach greifen zu können. Als er versucht war, es auch zu tun, verschwand das Logo wieder und die Welt um ihn herum versank. Aus dem Nebel heraus schälte sich die Eingangstür seines Großraumbüros. Sascha war verwirrt und fühlte sich schwindelig. Er musste sich festhalten und griff nach dem Türöffner. Wie gewohnt schwang die Tür weit auf und gab den Blick auf das Großraumbüro frei. Der Anblick wirkte auf eine Art gewohnt, andererseits war es auch irgendwie fremd, obwohl er nicht sagen konnte, was ihn störte. Sascha betrat das Büro und hörte die Tür hinter sich zufallen. Er blickte sich um und entdeckte die Ecke, in der sein Schreibtisch stand. Die Stellwände standen noch genau so, wie er sie an seinem letzten Arbeitstag arrangiert hatte. Langsam ging er auf seinen Arbeitsplatz zu und grüßte verschiedentlich Kollegen, deren Tische er passierte. Plötzlich fiel ihm etwas auf: Einige der Kollegen wirkten merkwürdig fahl und blass. Wenn er sie grüßte, reagierten sie nicht auf ihn. Andere wiederum reagierten wie gewohnt. Als er fast an seinem Arbeitsplatz angekommen war, sah er Lara den Gang hinunterschreiten. Es fiel ihm immer schwer, sie nicht anzustarren. Wie üblich trug sie einen relativ kurzen Rock und eine etwas zu enge Bluse. Als sie auf ihn zukam, warf sie ihre langen, blonden Haare gekonnt nach hinten. Sie lächelte ihn an. »Hallo Sascha, schön, dass du wieder da bist.«

Sascha war noch immer etwas verwirrt. »Wieso bin ich eigentlich hier? Eigentlich bin ich doch krank und eben war ich auch noch zu Hause.«

Lara lachte hell auf und einige der Kollegen reckten ihre Köpfe hinter den Stellwänden hervor.

»Sascha, Du Dummchen. Natürlich bist Du zu Hause. Wir sind hier im virtuellen Büro von AXXIUM. Über das Interface läuft eine Instanz von Dir hier auf dem Server und hat den virtuellen Arbeitsraum betreten. Es ist das absolut Neueste. Man hat das komplette Büro digitalisiert und eine Umgebung geschaffen, die der Realität in nichts nachsteht. Die Illusion ist so perfekt, dass man nach kurzer Zeit nicht mehr den Unterschied feststellen kann. Sogar die Personen werden mit ihrem normalen Aussehen und ihrer Wesensart abgebildet. Du hast Empfindungen und Gefühle wie im wirklichen Leben.«

Lara machte eine Pause und beugte sich vor, bis ihre Lippen beinahe sein Ohr berührten. Sie hauchte: »Du würdest staunen, was hier alles möglich ist.«

Sascha bildete sich ein, sogar ihr Parfüm zu riechen, das sie aufgelegt hatte. Er wich ein wenig zurück, da diese Art der Annäherung in ihm Schuldgefühle gegenüber Conny aufkeimen ließ.

Lara machte ein enttäuschtes Gesicht und wurde dienstlicher: »Ich hab gestern, nachdem Du weg warst, alle Mappen auf Deinem Tisch gescannt. Du kannst also gleich mit der Arbeit beginnen und da weitermachen, wo Du gestern aufgehört hast. Trotzdem würde ich dir raten, dich erst noch einmal bei Foster zu melden.«

»Sind eigentlich alle Kollegen hier im virtuellen Büro?«

»Nein. Es gibt immer noch viele Mitarbeiter, die diesen Schritt nicht machen wollen. Sie ahnen gar nicht, was ihnen entgeht. Wenn man nicht will, bleibt man einfach zu Hause und klinkt sich ein. Es ist, als wäre man tatsächlich hier.«

Sie deutete auf die etwas farblosen Gestalten. »Das sind die Realen. Sie können uns natürlich weder hören noch sehen, aber wir sehen und hören sie, weil das reale Büro ständig gescannt und im virtuellen Bereich abgebildet wird. Ich bin gerne hier, schon allein, weil man hier etwas mehr Freiheiten genießt, wenn man seine Arbeit tut und der Laden läuft.«

Lara zwinkerte ihm wieder verführerisch zu. »Aber ich denke, da wirst Du auch noch dahinter kommen.«

Sie wandte sich ab, warf noch einmal ihre Haare zurück und schritt davon. Sascha zwang sich in die Realität zurück und sah zum Büro des Leiters hinüber. Er musste unwillkürlich lächeln. Sich in die Realität zurückbringen – und das hier in der virtuellen Realität. Ein Widerspruch in sich selbst. Er ging zu Fosters Büro und klopfte an. Es war faszinierend, dass er sogar den Widerstand der Tür fühlen und das Klopfen hören konnte.

»Herein!«, tönte es von drinnen. Sascha öffnete die Tür und trat ein. Hinter dem Schreibtisch saß Ryan Foster und sah auf. In seinem Gesicht erschien das breite Lächeln, das sein Markenzeichen war.

»Hallo Herr Leyden, ich beglückwünsche Sie zu Ihrer Entscheidung, unserer firmeneigenen VR beigetreten zu sein.«

Er stand auf und kam um den Tisch herum, um ihm die Hand zu schütteln. Das hatte er während seiner sechs Monate währenden Beschäftigung in dieser Abteilung bisher noch nie gemacht.

»Wie fühlen Sie sich?«, fragte er. »Hier werden Sie sicher nicht von einer Grippe beeinträchtigt. Sie können gleich mit Ihrer Arbeit fortfahren, wenn Sie sich hier eingelebt haben. Manche Dinge laufen hier halt doch etwas anders als in der realen Welt. Aber Sie werden es schon schaffen, denn Sie haben sich ja bereits für die Flexibilität entschieden.«

Sascha ging zu seinem Schreibtisch zurück und nahm dort Platz. Alles war da: sein Computer, seine Akten, sein Telefon, sogar Connys Foto in dem Kirschholzrahmen – einfach alles. Er startete den Computer auf seinem Schreibtisch und ergriff die erste der Akten. Wie Foster es ihm prophezeit hatte, wurde er überhaupt nicht durch seine Kopfschmerzen oder die Grippe behindert. Nach kurzer Zeit vergaß er völlig, dass er sich hier nicht in der wirklichen Welt befand. Er las Berichte, gab Daten in den Computer ein, führte längere Gespräche mit Kunden. Lediglich von Zeit zu Zeit kam neben normal erscheinenden Personen auch schon mal eine der grauen Personen vorbei, die sich in der wirklichen Welt befand. Noch einen Tag zuvor war er selbst hier herumgelaufen, ohne zu ahnen, dass es noch eine andere Ebene der Wirklichkeit gab, auf der sich zahlreiche Kollegen und Kolleginnen tummelten. Stunden später blickte er auf seine Armbanduhr und ihm fiel auf, dass er seine normale Essenspause vollkommen vergessen hatte – sein virtueller Körper hatte ihm keinen Hunger signalisiert. Sascha begann sich zu fragen, wie man eigentlich dieses Problem gelöst hatte. Im wirklichen Leben empfand man Hunger und Durst – hier arbeitete man konzentriert und kontinuierlich durch. Das konnte nicht gut sein, denn zu jeder virtuellen Person gehörte schließlich auch eine reale Person mit realen Bedürfnissen. Er stand auf und machte sich auf den Weg zur Teeküche, um sich anzusehen, ob man auch diesen Bereich mit seinem Boiler, den Kühlschränken und der Kaffeemaschine genau so akribisch korrekt kopiert hatte, wie alles Übrige. Wenn man in der Virtualität keinen Hunger und keinen Durst verspürte, wäre es vielleicht denkbar, dass man diesen Bereich ausgespart hatte. Auf dem Gang traf er

Hagen Fonseca, den Kollegen aus der Regressabteilung. Er hatte ihn schon lange nicht mehr gesehen – jetzt wusste er, warum – auch er arbeitete hauptsächlich virtuell.

»Hallo Sascha«, sagte er. »Ich bin überrascht, Dich hier zu sehen. Ich hatte immer geglaubt, Du wärst einer der ganz Konservativen.«

»Ich hatte bisher überhaupt keine Ahnung, dass es so etwas wie ein virtuelles Büro überhaupt gibt«, sagte Sascha. »Erst, als ich mich krankmelden wollte, machte Foster mir diesen Vorschlag.«

»Du wirst es lieben«, meinte Hagen. »Du schaffst hier mehr von Deiner Arbeit in kürzerer Zeit und in der Regel wird man Dein Gehalt erhöhen, wenn Du Dich verpflichtest, überwiegend virtuell zu arbeiten. AXXIUM ist dabei, sein Geschäft vollständig in die Virtualität zu verlagern. Da benötigt man keine Gebäude mehr, kein Mobiliar. Die Standortkosten entfallen vollständig. Das sind riesige Ersparnisse für den Konzern. Gerade jetzt in der Übergangsphase ist man bereit, die Mitarbeiter mit guten Konditionen zu ködern. Sei schlau und spiel das Spiel mit. Es ist äußerst lukrativ.«

»Danke für den Tipp.«

»Wo willst du eigentlich hin?«, fragte Hagen.

»Ich wollte mir die Küche ansehen.«

Hagen lachte. »Du willst mir aber nicht erzählen wollen, dass Du Hunger hast oder so etwas, oder?«

»Nein, ich bin einfach neugierig, wie exakt man alles kopiert hat.«

»Gut, aber ich kann dir versichern, dass auch die Küche exakt nachgebildet wurde.«

Sascha wandte sich um und ging los.

Hagen blieb stehen und rief ihm hinterher: »Warte Sascha, Du solltest vielleicht nicht gerade *jetzt* dort hineingehen.«

Doch Sascha war schon ein paar Meter weiter und in seine Gedanken vertieft, sodass er Hagen nicht mehr hörte. Bereits vor der Tür hörte er Geräusche, die sich verstärkten, als er die Küchentür öffnete. Vor ihm auf dem Boden lag etwas Rotes – es war ein winziger Damen-Slip. Sascha blickte hoch und sah Foster, mit heruntergelassener Hose zwischen den Beinen von Lara, die auf der Anrichte saß und ihre Beine um Fosters Hüften geschlungen hatte. Die Bewegungen der beiden, sowie die Laute, die sie ausstießen, ließen keinen Zweifel daran aufkommen, was sie hier taten. Sascha stand wie vom Donner gerührt und wusste nicht, was er tun sollte. Eigentlich hätte er sofort wieder gehen sollen, bevor sie ihn bemerkten, doch hielt ihn irgendetwas fest und er konnte seinen Blick nicht von der Szene lösen. Die beiden hingegen ließen sich überhaupt nicht stören und brachten es genussvoll zu Ende. Foster zog seine Hose anschließend hoch und brachte sein Äußeres in Ordnung. Die Situation schien ihm nicht einmal peinlich zu sein. Er ging an Sascha vorbei und klopfte ihm jovial auf die Schulter.

»Willkommen in der virtuellen Welt, Leyden«, sagte er. »Neben der Arbeit kann man hier Dinge tun, die in der Realität nicht möglich wären. Sie sind noch neu hier. Wenn die Arbeit läuft, ist gegen ein bisschen Spaß nichts einzuwenden – und Spaß hat hier keine Folgen, Leyden, das sollten Sie sich durch den Kopf gehen lassen.«

Vor der Tür wandte er sich noch einmal zu ihm um. »Ach Leyden, Sie haben das hier natürlich niemals gesehen.«

Dann ging er hinaus. Sascha stand immer noch wie angewurzelt da und sah Lara an, die völlig ungeniert mit immer noch gespreizten Beinen auf der Anrichte saß und mit beiden Händen ihre Haare ordnete. Ihre Bluse war bis zum Nabel aufgeknöpft und gab den Blick auf ihre wohlgeformten Brüste frei. Sie sah zu ihm hinüber und begann provozierend langsam damit, die Knöpfe der Bluse wieder zu schließen.

»Was sollte das hier eben?«, fragte Sascha. »Seit wann treibt Ihr es miteinander?«

Lara lächelte ihn an. »Wie kommst Du darauf, dass ich es mit ihm treibe? Rein technisch gesehen hat es das überhaupt nicht gegeben. Es war doch nur virtuell. In der Realität ist nichts passiert. Hast du noch nie ein Mädchen angesehen und dir insgeheim vorgestellt, wie es wäre, mit ihr zu schlafen? Das hier ist doch nichts anderes – nur dass es sich nicht nur in Deinem Kopf abspielt, sondern dass du den vollen Spaß haben kannst.«

Sascha schüttelte fassungslos seinen Kopf. »Lara, ich versteh Dich nicht. Wie lange arbeiten wir jetzt zusammen? Drei Jahre? Mein Gott, Du siehst gut aus, und Du weißt das auch. Aber hast Du das hier wirklich nötig? Das bist doch nicht Du ...«

Lara hüpfte von der Anrichte herunter und strich sich den weit hochgerutschten Rock mit den Händen glatt. Sie bückte sich, hob ihr Höschen auf und ließ es in ihrer Hand verschwinden. Lara sah Sascha tief in die Augen. »Du meinst, drei Jahre gemeinsame Arbeit in einem Büro reichen aus, mich zu kennen? Vielleicht bin ich ja ganz anders, als Du glaubst. Girls wanna have Fun. ... und ich hab gerne Spaß. Da Du mich ja jetzt besser kennst ... Du weißt, dass ich Dich immer gemocht habe. Conny muss es ja nicht ...«

»Lara, lass es!«, unterbrach Sascha sie wütend. »Was ist nur mit Dir los? Ein lockerer Umgang mit den Kollegen ist eine Sache, aber eine so öffentliche Affäre mit dem Chef? In der Büroküche?«

Sie schmunzelte. »Und? Stört Dich das?«

»Wenn Du es genau wissen willst: Ja, ich finde es absolut unmöglich, was Du hier treibst. Du wirfst Dich diesem ... Foster an den Hals. Aber gleich hier im Büro? Hast Du es so nötig? So warst Du doch sonst nicht.«

Lara zog ihre Brauen hoch und lachte. »Ich hätte nicht geglaubt, dass Du ein Spießer bist.«

Sie ging hinaus und zog die Tür hinter sich zu.

Sascha blickte nachdenklich auf die geschlossene Tür und fragte sich, ob er die letzten Minuten tatsächlich erlebt hatte. Lara benahm sich wie eine Nymphomanin. Das hätte er nie für möglich gehalten. Irgendwie hatte er das Gefühl von etwas Surrealem. kurz darauf verließ er die Küche.

Von Lara war nichts mehr zu sehen. Er ging zurück zu seinem Arbeitsplatz und setzte sich nachdenklich hin. Hatte Lara durchaus recht, mit dem was sie sagte, dass diese virtuelle Geschichte eigentlich nicht existent war? Er war hier in einer virtuellen Welt. Was war es anderes, als die früheren Computerspiele, die sie immer gespielt hatten. Auch dort schlüpfte man in Rollen und tat Dinge jenseits aller Legalität, tötete Menschen und raubte Dinge, um Punkte zu bekommen. War man deshalb ein Mörder? Natürlich nicht! Also war das, was er in der Büroküche gesehen hatte, auch nichts anderes als ein Spiel. Sascha nahm sich vor, seine Arbeit zu tun und im Übrigen diese virtuelle Welt nicht ganz so ernst zu nehmen. Er griff wieder zu seinen Akten und schlug den nächsten unbearbeiteten Fall auf.

Stunden später war er endlich fertig und sein Schreibtisch war blank. Er sah auf seine Uhr und las: 2. Mai, 22:34 Uhr. Es war Sascha überhaupt nicht aufgefallen, wie lange er schon hier war. Er blickte von seinem Arbeitsplatz auf und lugte über die Trennwand. Es war fast niemand mehr im Dienst. Er hatte den Feierabend völlig übersehen. Schnell schnappte er sich seine Aktentasche, die neben seinem Schreibtisch stand, und fuhr seinen Computer herunter. Mit raschem Schritt lief er zur großen Eingangstür und öffnete sie ...

Die Szene des Büros verblasste und machte allmählich dem Bild seines heimischen Computers Platz. Er hatte zusammengesunken auf dem Stuhl gesessen und wäre beinahe heruntergefallen. Das Verlassen des Büros hatte offensichtlich das Ausloggen aus dem System eingeleitet. Sascha zog sich den Stecker aus dem Interface. Er fühlte sich wie zerschlagen – überhaupt nicht regeneriert, wie sie es ihm angekündigt hatten. Vielleicht war es ein Fehler, sich vor den Computer zu setzen, wenn man in die virtuelle Welt eintauchte. Sascha beschloss, sich beim nächsten Mal auf eine Luftmatratze zu legen, bevor er sich einstöpselte. Sein Mund fühlte sich vollkommen trocken an und er verspürte einen ungeheuren Hunger. Langsam fand er sich in der Realität wieder zurecht und erhob sich. Sein Weg führte ihn in die Küche, wo er eine Mineralwasserflasche fast in einem Zug leerte. Dann stopfte er sich ein paar Kekse in den Mund, die noch in einer Packung auf der Anrichte lagen, um den ärgsten Hunger zu stillen.

Sascha dachte nach. Er hatte viel länger und intensiver gearbeitet, als jemals zuvor in der Realität. Die Arbeit war ihm so leicht von der Hand gegangen wie nie zuvor. Vielleicht sollte er sich überlegen, die Arbeit überwiegend von zu Hause zu erledigen. Wenn es stimmte, was Hagen Fonseca gesagt hatte, hätte er darüber hinaus sogar finanzielle Vorteile. Er würde es am nächsten Tag mit Ryan Foster besprechen. Sascha hatte das Gefühl, als wenn Foster es neuerdings gut mit ihm meinte.

In diesem Augenblick hörte er den Schlüssel im Türschloss der Eingangstür. Conny kam endlich nach Hause. Sascha ging ihr entgegen und nahm ihr die Tasche ab, in der sie die Einkäufe des Tages nach Hause getragen hatte.

»Ich bin vollkommen kaputt«, sagte sie und ließ sich auf den nächsten Stuhl fallen. »Noch eine solche Doppelschicht und ich gehe am Stock. Lange schaff ich das nicht. Sei mir nicht böse, aber ich werde ohne Umwege ins Bett gehen und schlafen.«

»Ich bin Dir nicht böse, Conny«, sagte Sascha. »Du hattest schließlich einen harten Tag.«

Sie stand auf, gab ihm im Vorbeigehen einen flüchtigen Kuss. »Das kannst Du wohl sagen – wie war eigentlich Dein Tag?«

Sascha sah sie an. Sie sah so erschöpft aus. Er würde sie jetzt nicht auch noch mit all dem belasten, was er erlebt hatte.

»Mein Tag?«, fragte er. »Nun, es war ein Tag wie jeder Andere.«

Sie nickte, ging schleppend ins Bad und schloss die Tür.

Sascha sah ihr nach, als sie längst die Tür geschlossen hatte. Ja, bei ihr fühlte er sich zu Hause. Sie war real und stand mitten im Leben. Er hoffte, dass die virtuelle Arbeit ihm eine Möglichkeit geben würde, sie zu entlasten, damit sie nicht mehr all diese kleinen Jobs machen musste. Schlimmstenfalls würde er noch etwas mehr arbeiten müssen, um mehr zu verdienen, aber in der virtuellen Realität sollte das durchaus möglich sein.

2. 3. Mai

Am Morgen wurden sie gemeinsam wach. Wie immer stellte Sascha fest, dass ein Arm eingeschlafen war, weil Conny im Laufe der Nacht zu ihm herübergekrabbelt war und sich angekuschelt hatte. Im Grunde mochte er es, ihren warmen Körper an seinem zu spüren, wenn er aufwachte. Ihre Haare waren zerzaust und hingen ihr wirr vor dem Gesicht. Er betrachtete ihre weichen Gesichtszüge und es gab ihm ein warmes Gefühl in der Brust. Als hätte Conny es bemerkt, schlug sie die Augen auf und lächelte, als sie erkannte, dass Sascha sie beobachtete. Er gab ihr einen sanften Kuss auf die Lippen, worauf sie wohlig brummte.

»Guten Morgen, mein Schatz«, sagte er. »Können wir heute Morgen zusammen frühstücken, oder musst Du sofort los?«

Sie richtete sich halb auf und sah auf seinen Wecker.

»Ich hab anderthalb Stunden, dann muss ich weg«, sagte sie. »Heute ist der Job in der Fahrschule. Der ist wichtig. Ein einfacher Bürojob, aber nicht schlecht bezahlt. Mit etwas Glück bekomme ich noch ein paar Stunden mehr angeboten, dann könnte ich einen von den kleinen Jobs aufgeben.«,

Als sie eine halbe Stunde beim Frühstück saßen, fragte Conny: »Ich war gestern Abend viel zu müde, aber wie war eigentlich Dein erster Arbeitstag mit diesem Interface?«

»Es war faszinierend«, meinte Sascha. »Es ist, als wäre man tatsächlich dort. Alles ist da: die Kollegen, der Arbeitsplatz, das Telefon, die Akten – einfach alles.«

»Wieso die Kollegen? Ich dachte, das wäre alles nur virtuell?«

»Ist es auch – aber – was ich nicht wusste: Viele Kollegen haben auch schon so ein Interface und alle, die schon virtuell arbeiten, treffen sich dort genauso wie im wirklichen Leben.«

»Ist Lara Schmidt auch dort?«, fragte Conny. »Dieser Männer verschlingende Vamp?«

»Ja, sie ist auch dort, Conny. Jetzt werde nicht auch noch eifersüchtig auf eine virtuelle Frau in meinem Büro.«

»Entschuldige Sascha, aber mich macht diese Frau wahnsinnig. *Du* hast nicht gesehen, wie sie dich angesehen hat, als ihr letztens gemeinsam aus dem Gebäude kamt – *ich* schon.«

»Du übertreibst, Conny. Sie ist nur eine Kollegin.«

»Sie ist groß«, sagte Conny. »Und blond, hat lange Haare, lange Beine, kurze Röcke – und sie hat es auf dich abgesehen. Ich weiß das! Ich hasse sie!«

»Nun übertreib nicht, Conny! Du hast sicher bei Deinen Jobs auch mit gut aussehenden Männern zu tun. Soll ich auch in jedem Kerl eine Gefahr sehen, nur weil du beruflich mit ihm zu tun hast? Du siehst Gespenster.«

Da Conny nicht antwortete, sprach Sascha weiter: »Das Arbeiten in der virtuellen Realität ist einfach toll. Die Arbeit geht ungeheuer leicht von der Hand. Man ist äußerst effektiv, wird nicht abgelenkt und ermüdet auch nicht, solange man dort ist. Ich hab gestern unglaublich lange dort gearbeitet und zum ersten Mal tatsächlich einen blanken Schreibtisch hinterlassen, als ich ging.«

»Schön, wenn dir das gefällt«, sagte Conny. »Ich hab trotzdem noch meine Vorbehalte. Ich finde es zum Beispiel nicht gut, wenn Du länger arbeitest als vorher. Was ist mit Pausen? Kommst Du in den Pausen zurück und isst eine Kleinigkeit? Oder trinkst Du zwischendurch etwas?«

»Ich kann doch dort nicht dauernd Pausen machen und mich ausklinken, Conny. Ich esse und trinke, wenn ich Feierabend mache – das reicht völlig.«

»Das sehe ich anders!«, fuhr sie ihn an. »Du musst doch einsehen, dass dein Körper hier zu Hause auch sein Recht fordert.«

Sascha hob beschwichtigend die Hände. »Gut, ich mach es ja. Versprochen. Ich werde die üblichen Pausen einhalten, aber ich kann Dir nicht versprechen, dass ich nicht länger arbeiten werde, wenn ich noch fit genug dazu bin.«

»Bitte geh vernünftig damit um. Ich mach mir ohnehin schon Sorgen«, ermahnte sie Sascha. Sie blickte auf ihre Armbanduhr und ihr Gesicht bekam einen erschreckten Ausdruck. »Ich muss jetzt los.«

Sie gab ihm noch einen Kuss, griff nach ihrer Tasche und ging.

Sascha hatte dieses Gespräch geärgert. Erst dieser Anfall von Eifersucht – genau wie vor ein paar Tagen, dann diese ewigen Ermahnungen, vorsichtig zu sein. Er war doch kein kleines Kind mehr. Er wusste selbst, was er zu leisten imstande war und was nicht. Er hatte doch selbst erlebt, wie es in der virtuellen Realität war. Es war das perfekte Arbeiten. Er musste sich eingestehen, dass er sich schon darauf freute, gleich wieder einzuloggen. Er ging in die Küche und räumte den Rest weg, der noch vom

Frühstück übrig geblieben war, dann nahm er vor dem Computer Platz und schaltete ihn ein. Da fiel ihm ein, dass er sich vorgenommen hatte, sich eine Luftmatratze zu holen, um sich vor den Computertisch zu legen. Nach einiger Suche fand er sie schließlich im Kleiderschrank ganz unten, wo immer die Dinge abgelegt wurden, die sie nicht so oft brauchten. Sascha blies die Matratze auf und fühlte sich schwindelig, als er endlich fertig war. Schließlich war es so weit: Er griff nach dem Stecker und führte ihn – noch auf der Matratze sitzend – in sein Interface ein. Es klappte schon besser, als noch am Vortag. Sascha griff nach oben auf den Computertisch und startete mit der Maus das Steuerprogramm, legte sich hin – musste aber noch etwas herumprobieren, bis er eine Position gefunden hatte, bei der ihn der Stecker an seinem Hinterkopf nicht behinderte.

Es war wie am Tage zuvor: Die Welt um ihn versank und wurde durch das Bild der Eingangstür seines Büros ersetzt. Sascha war nicht mehr so zögerlich wie am Vortag und ging mit forschem Schritt ins Büro. Ein kurzer Blick zeigte ihm, dass viele seiner Kollegen ebenfalls virtuell anwesend waren. Auf den ersten Blick entdeckte er nur etwa zehn Kollegen, die als Schatten an ihren Schreibtischen saßen – also in der realen Welt arbeiteten. Sascha war ausnehmend guter Laune und lief zu seinem Arbeitsplatz, während er links und rechts seine Kollegen und Kolleginnen grüßte. Bildete er es sich nur ein, oder lag in dem Verhalten der Kollegen etwas Verschwörerisches – so als wenn man sich hier in der virtuellen Realität als Mitglied einer besonderen Sorte von Mitarbeitern fühlte? Aber waren sie das nicht auch? Sein ganzer Horizont hatte sich erweitert, seit er die virtuelle Realität kannte. Er war an seinem Arbeitsplatz angelangt und nahm Platz. Jemand hatte ihm bereits einen ganzen Stapel unbearbeiteter Akten auf den Tisch gelegt, sodass er sofort beginnen konnte. Er schaltete seinen PC ein und wartete, bis er sich anmelden konnte.

»Hey, so früh schon im Dienst, Sascha?«

Er sah von seinem Bildschirm auf und blickte in das lächelnde Gesicht von Lara, die über die Stellwand seiner Kabine lugte.

»Morgen Lara«, antwortete er. »Dich sehe ich aber auch stets, wenn ich hier bin. Machst Du nie Feierabend?«

Lara kam um die Stellwand herum und setzte sich auf den Rand seines Schreibtisches. Sie trug wieder ein Kleid, das Sascha nicht viel Spielraum für Fantasie ließ.

»Weißt du Sascha, ich bin gern hier«, sagte sie. »Die Arbeit macht mir Spaß und auch sonst ist es hier sehr amüsant.«

»Aber Arbeit kann doch nicht alles sein, Lara. Man hat doch auch ein Privatleben. Ich jedenfalls hab auch noch ein Leben in der Realität. Wie sieht es bei Dir aus?«

»In der realen Welt hab ich mich vor Kurzem erst von meinem Freund getrennt«, meinte Lara. »Da ist mir die Zerstreuung hier gerade Recht. Aber Dein Privatleben – wann findet denn das statt, Sascha? Hast Du mir nicht mal erzählt, dass Conny eine Reihe von kleinen Jobs hat und fast nie zu Hause ist?«

»Man muss halt sehen, wie man sein Geld verdient«, sagte Sascha. »Sie versucht jedenfalls, etwas aus ihrem Leben zu machen.«

»Das versuche *ich* auch«, wandte Lara ein und schlug ihre langen Beine übereinander. Sascha ertappte sich dabei, wie er diese Beine anstarrte, und sah Lara direkt in die Augen.

»Aber muss es gleich Sex mit dem Chef sein?«

Sie lachte und winkte ab.

»Ach das! Das ist nur etwas Spaß. Ich hab dir doch erklärt, dass es in der virtuellen Realität nicht zählt. Außer, dass ein zufriedener Chef durchaus bereit ist, mir ein paar Vorteile einzuräumen. Warum soll ich meine Vorzüge nicht nutzen, um weiterzukommen?«

»Bildest Du dir wirklich ein, Foster würde Dich für Beförderungen vorsehen, nur weil er Dich mal vernaschen darf?«

Lara lächelte ihn an. »Ich bilde es mir nicht ein – ich *weiß* es. Es hat mir bereits eine gute Gehaltserhöhung eingebracht.«

Sie machte eine wegwerfende Handbewegung. »Ich meine, was soll's? Es hat doch hier keinerlei Bedeutung.«

Sascha schüttelte den Kopf. »Ich bin trotzdem der Meinung, dass Du es nicht nötig hättest, dich so zu verkaufen.«

Lara legte ihre Hand auf Saschas Hand, worauf ein Kribbeln wie von einem leichten elektrischen Schlag durch seinen Körper fuhr.

»Wenn es nur um den Spaß ginge, wäre mir jemand Anderes sehr viel lieber«, sagte sie und lächelte, als sie sah, dass Saschas Körper deutlich auf sie reagierte. Sie rutschte vom Tisch, wodurch ihr kurzes Kleid noch etwas höher rutschte und den Blick auf ein kleines Spitzenhöschen freigab. Sie zupfte ihr Kleid zurecht und legte Sascha von hinten die Hände auf die Schultern.

»Ich muss dann mal wieder weiter, Sascha«, sagte sie. »Ich hätte nichts dagegen, wenn wir in der nächsten Zeit noch enger zusammenarbeiten würden.«

Mit diesen Worten lief sie in den Gang hinaus und zwinkerte ihm im Vorbeigehen verschwörerisch zu. Sascha saß vollkommen verwirrt an seinem Schreibtisch und versuchte, seine Gedanken zu ordnen. Laras Angebot war mehr als eindeutig gewesen. Er musste sich eingestehen, dass er von ihrer Erscheinung, sowie ihrer koketten und manchmal sogar lasziven Art fasziniert war. Sie war so vollkommen anders als Conny. Nicht, dass Conny nicht ein sehr hübsches Mädchen war – das war es nicht. Aber sie war so bodenständig und logisch – so vernünftig. Lara dagegen war erfrischend oberflächlich. Sascha fühlte sich plötzlich durch sich selbst ertappt. War er etwa dabei, Conny zu betrügen? Blödsinn! Er liebte Conny und konnte sich überhaupt nicht vorstellen, sie zu verlassen. Er schob die Gedanken beiseite und wollte eben weiterarbeiten, als sein Telefon klingelte. Im Display erschien die Nebenstelle von Fosters Büro. Sascha nahm ab und meldete sich. Foster bat ihn, kurz in sein Büro zu kommen.

»Nehmen Sie Platz, Herr Leyden«, sagte Foster mit dem üblichen strahlenden Lächeln, als Sascha sein Büro betreten hatte.

»Haben Sie sich schon eingelebt, hier in unserer kleinen virtuellen Welt?«

Foster wartete die Antwort nicht ab, sondern fuhr fort: »Natürlich haben Sie das. Wie ich sehen konnte, haben Sie bereits gestern fast eine Doppelschicht gemacht – trotz Ihrer Erkältung. Das Arbeiten ist hier einfach viel effektiver. Ich wollte Sie nicht gleich gestern damit überfallen, Herr Leyden, aber die virtuelle Welt bietet uns eine ungeheure Flexibilität. Alles ist möglich, sogar die Zeit muss nicht dieselbe sein.«

Sascha machte ein fragendes Gesicht. »Ich glaube, ich verstehe nicht ...«

»Ganz einfach. Wir takten einfach die Zeit systemseitig auf eine höhere Geschwindigkeit. Unsere Erfahrungen haben gezeigt, dass der menschliche Geist es ohne Probleme verträgt, wenn die Zeit hier in der virtuellen Welt doppelt so schnell abläuft. Sie würden es noch nicht einmal bemerken, weil alle Umgebungsfaktoren demselben Zeitablauf unterworfen sind.

Eine Ausnahme stellen die Interaktionen mit der realen Welt dar, wenn Sie zum Beispiel ein Telefongespräch mit einem Menschen in der realen Welt führen müssen. Für diese Zeit wird Ihr Zeitablauf dem realen Zeitablauf angepasst.«

»Das hört sich interessant an«, sagte Sascha. »Aber warum erzählen Sie mir das? Ist es nicht völlig egal, wie schnell der Zeitablauf hier ist?«

Foster warf seinen Kugelschreiber auf die Tischplatte. »Eben nicht! Denn Sie als Mitarbeiter haben die Wahl: Arbeiten Sie ganz normal und sind in der Hälfte der Zeit fertig – dann können Sie eine Menge mehr Freizeit in der realen Welt genießen. Oder Sie arbeiten regelmäßig Doppelschichten, sind in der normalen realen Zeit damit fertig und verdienen fast das doppelte Gehalt.«

Foster ließ die Worte wirken und beobachtete sein Gegenüber.

»Sie meinen also, ich würde nur hier in der virtuellen Welt doppelt so lange arbeiten – in der realen Welt wäre in der Zwischenzeit nur die Zeit eines normalen Arbeitstages vergangen und ich würde das doppelte Geld dafür bekommen?«

»Nun, es wird nicht ganz das Doppelte sein, aber in etwa ist es richtig. Was meinen Sie? Wenn Sie sich jetzt dafür entscheiden könnten, wäre sogar eine Beförderung drin.«

Sascha ließ es sich durch den Kopf gehen. Seine reale Arbeitszeit wäre dieselbe. Das Geld könnte er gut gebrauchen. Conny könnte einen oder mehrere ihrer Jobs aufgeben.

»Ich bin dabei«, sagte er.

»Fein«, meinte Foster. Er machte den Eindruck, als wenn er keinen Augenblick daran gezweifelt hatte, dass Sascha sein Angebot annehmen würde.

»Es muss Ihnen aber klar sein, dass diese Regelung nur funktionieren kann, wenn Sie von nun an ausschließlich virtuell arbeiten. Wenn Sie damit leben können, können Sie sofort Ihren Arbeitsplatz räumen und den Controller-Posten im ersten Abschnitt übernehmen.«

»Jetzt sofort?«

»Warum nicht?«

»Na ja«, sagte Sascha. »Ich dachte, dass zurzeit noch Rudolf Portz diesen Job macht.«

Rudolf Portz war einer der älteren Mitarbeiter, der bisher dafür zuständig war, die Arbeit der Sachbearbeiter zu prüfen und freizugeben.

»Herr Portz ist seit heute nicht mehr für unsere Firma tätig. Ich habe ihm die Vorzüge der virtuellen Arbeit nahebringen wollen, aber er war nicht bereit, über mein Angebot nachzudenken. Ich musste ihn leider entlassen.«,

Foster erhob sich von seinem Stuhl und kam zu Sascha herum. »Aber das sollte Sie nicht belasten, Herr Leyden. Es ist Ihre Chance.«

Foster schüttelte Sascha die Hand und fuhr fort: »Glückwunsch zu Ihrer Beförderung. Ich werde sofort unsere Vereinbarung an die Personalabteilung melden. Ich wünsche Ihnen viel Erfolg im neuen Arbeitsbereich.«

Als Sascha wieder an seinem Arbeitsplatz angekommen war, wollte er sich gerade setzen, als Lara ihn über die Stellwand hinweg ansprach: »Was wollte denn Foster von dir?«

»Du wirst es nicht glauben, aber er hat mich befördert.«

»Befördert? Welchen Job hat er dir denn gegeben?«

»Ich soll den Bereich von Rudolf Portz übernehmen, der seit heute nicht mehr da ist.«

»Das ist ja toll für dich!«, sagte Lara, die sich offensichtlich ehrlich für ihn freute. »Dann haben wir ja demnächst auch dienstlich häufiger miteinander zu tun. Das freut mich besonders.«

Sie wandte sich unvermittelt ab und ging weiter. Sascha erledigte noch die Arbeiten, die auf seinem Schreibtisch lagen. Er hatte nicht vor, seinem Nachfolger irgendwelche Restarbeiten zu hinterlassen. Als er endlich fertig war und den Computer herunterfuhr, stellte er fest, das sein automatischer Kalender den 4. Mai 19:20 Uhr anzeigte. Wenn er recht überlegte, war es doch der 3. Mai – aber da fiel ihm ein, dass Foster ja gesagt hatte, dass sein Zeitablauf beschleunigt würde und er zwei Tage an einem Tag arbeiten würde. Wenn die Zeit dabei immer so schnell vergehen würde, würde ihm diese Belastung überhaupt nichts ausmachen. Die Arbeit der Zukunft im virtuellen Büro war wirklich eine tolle Erfindung. Sascha stand auf und beschloss, nun doch nach Hause zu gehen. Auf dem Gang traf er noch Hagen Fonseca, der ebenfalls gerade Feierabend machte.

»Na Sascha, wie findest du diese neue Art der Arbeit?«

»Es ist einfach fantastisch«, antwortete Sascha. »Wenn ich es doch bereits früher gewusst hätte ... Ich wünsch dir noch einen schönen Feierabend, Hagen.«

Sie hoben beide grüßend die Hand und öffneten die Tür.

Sascha hatte ein Gefühl des Fallens und hielt sich instinktiv mit den Händen irgendwo fest. Seine Glieder zitterten, als er langsam in die Realität zurückfand. Er öffnete die Augen und fühlte sich vom Licht der Diele geblendet. Mit einer Hand schützte er seine Augen, während ein tiefes Stöhnen seiner Brust entwich. Conny, die im Wohnzimmer vor dem Fernsehgerät gesessen und bereits seit Stunden immer wieder zu ihm hinüber gesehen hatte, sprang sofort auf und lief zu ihm.

»Sascha, Gott sei Dank – du wirst endlich wach!«, rief sie. »Was war denn mit dir los? Warum liegst du auf dieser Luftmatratze?«

»Mein Gott, schrei doch nicht so«, sagte Sascha mit belegter Stimme. »Gib mir noch etwas Zeit, ja?«

Conny kehrte verstimmt ins Zimmer zurück. »Wenn man sich nicht mal Sorgen um seinen Freund machen kann, bitte.«

Fast zehn Minuten später kam Sascha ins Zimmer. Seine Glieder zitterten noch immer und sein Hals fühlte sich an, als wenn er einen Marsch durch die Wüste hinter sich gebracht hätte.

»Ist da Wasser drin?«, fragte er und deutete auf eine Mineralwasserflasche, die auf dem Tisch stand.

»Natürlich«, antwortete Conny und reichte ihm die fast volle Flasche, die Sascha in einem Zug leerte. Conny sah ihn mit einer Mischung aus Misstrauen und Besorgnis an.

»Sag mal, wann hast Du zum letzten Mal etwas getrunken?«, fragte sie. »Und was ist mit Essen? Hast Du keinen Hunger?«

Jetzt wo sie es ansprach, fühlte Sascha dieses Loch in seiner Magengegend.

»Ich habe einen Mordshunger, Conny. Haben wir noch etwas in der Küche?«

Sie erhob sich. »Sicher. Ich hab schon vor zwei Stunden gegessen – Du hast ja nur dort vor dem Computer gelegen und von Zeit zu Zeit mit den Händen gezuckt. Es war wirklich kein angenehmer Anblick. Wusstest Du, dass Du sabberst, wenn Du an dieses Interface angeschlossen bist?«

Das war Sascha unangenehm. »Vielleicht sollten wir versuchen, den Computer im Schlafzimmer unterzubringen, wenn ich jetzt immer von hier aus arbeite.«

Conny hielt mitten in ihrer Bewegung inne. »Was soll das heißen: Wenn ich jetzt immer von hier aus arbeite? Willst Du überhaupt nicht mehr ins Büro gehen?«

Conny ging in die Küche und schob einen vorbereiteten Teller mit Essen in die Mikrowelle. Als sie zurückkam, sagte Sascha:

»Ich hatte heute ein Gespräch mit Foster. Er hat mich zum Controller befördert. Das bedeutet bestimmt zweihundert Euro mehr im Monat.«

Conny war überrascht. »Zweihundert Euro mehr? Das ist ja toll! Dann weiß Foster Deine Arbeit offenbar zu schätzen.«

»Es geht noch weiter«, sagte Sascha. »Es hat damit zu tun, dass ich nur noch virtuell arbeiten werde. Sie sind in der Lage, den Zeitablauf in der virtuellen Welt zu verändern. Foster hat mir angeboten, in einer doppelt so schnellen Umgebung jeweils eine Doppelschicht zu arbeiten und dafür fast das Doppelte an Gehalt zu kassieren.«

Conny machte ein nachdenkliches Gesicht. »Du kannst doch nicht doppelt so schnell arbeiten – wie soll das gehen?«

»Das ganze virtuelle Büro wird beschleunigt. Dadurch kommt es uns ganz normal vor. Für uns sind es sechzehn Stunden, die wir arbeiten, in der realen Welt vergehen nur acht Stunden – ungefähr jedenfalls. Ich käme ganz normal von der Arbeit, bzw. stöpsle mich nach acht Stunden ab – hätte aber die doppelte Zeit gearbeitet, für die ich auch bezahlt werde. Überleg mal, Du könntest ein paar der kleinen Teiljobs aufgeben und hättest mehr Zeit für Dich. Wir hätten endlich mehr Zeit für uns.«

»So, wie du es erklärst, klingt es gar nicht schlecht«, sagte Conny. »Und du meinst, dass es auch für Dich in Ordnung ist, immer nur über dieses Interface zu arbeiten?«

»Conny, ich hab heute bereits eine Doppelschicht gemacht und es war keine Mühe, die sechzehn Stunden zu arbeiten. Die Zeit bekomme ich doch leicht wieder rein, wenn ich dadurch mehr Freizeit habe.«

Die Mikrowelle meldete sich in der Küche und Conny holte den Teller mit dem dampfenden Essen.

»Lass es Dir schmecken, Schatz«, sagte sie und setzte sich ihm gegenüber in den Sessel.

Sascha verschlang die Riesenportion wie ein hungriger Wolf. Erst als der letzte Bissen in seinem Mund war, bemerkte er, dass Conny ihn die ganze Zeit über angesehen hatte.

»Ist irgendetwas?«

»Ich hab Dich noch nie so gierig essen sehen, Sascha. Hast Du Pausen während der Arbeit eingelegt, wie ich Dich darum gebeten hatte? Hast Du zwischendurch etwas gegessen oder getrunken?«

»Nun ja. Wir hatten eine Menge zu tun und da muss ich vergessen haben, diese Pausen zu machen.«

»So wird das nichts!«, sagte Conny zornig. »Diese virtuelle Arbeit kannst Du nur leisten, wenn Du auch an Deinen Körper denkst. Der liegt zwar hier herum – was ich auch nicht so prickelnd finde – aber er hat auch Bedürfnisse. Steigere Dich nicht so dort hinein.«

»Das tue ich doch gar nicht!«, meinte Sascha verärgert. »Aber ich steh noch am Anfang und muss mich dort hart einarbeiten, sonst bin ich diesen Job schneller wieder los, als ich das Wort *Controller* aussprechen kann.«

»Versteh mich doch nicht falsch, Sascha. Ich will Dir diese Chance nicht vermiesen, und wir brauchen ja auch das Geld, aber du musst mich auch verstehen. Gestern kommst Du plötzlich mit diesem Implantat nach Hause und heute erzählst Du mir, dass in Zukunft beruflich alles nur noch über dieses Ding laufen soll. An den Gedanken muss ich mich auch erst gewöhnen.«,

Für den Rest des Abends schoben sie dieses Thema beiseite und sahen sich noch – nur um abzuschalten – eine Serie im Fernsehen an.

3. 5. Mai

Nachdem Conny das Haus verlassen hatte, räumte Sascha wieder die Reste des Frühstücks weg, bevor er sich auf seinen Einsatz im Büro vorbereitete. Die Besorgnis Connys hatte auf ihn abgefärbt und so legte er sich einige Schokoladenriegel neben seine Luftmatratze. Ebenso stellte er sich zwei Flaschen Mineralwasser bereit, dann legte er sich wieder den laufenden Computer auf die Luftmatratze und verband sein Interface mit dem PC. Er hatte nun bereits etwas Übung und hatte überhaupt keine Schwierigkeiten mehr, sich den Stecker in das Interface einzuführen. Sascha bemerkte, dass er dem Kontakt entgegenfieberte. Früher war er nie mit solchem Enthusiasmus zur Arbeit gegangen. Die reale Welt verschwand und er stand vor der gewohnten Eingangstür zu seinem Büro. Gut gelaunt stieß er sie auf und stand im Anmeldebereich. Er nickte der Bürosekretärin zu und sah Lara Schmidt keine fünf Meter von sich entfernt im Raum stehen.

»Hallo Lara«, sagte er. »Bist du eigentlich immer hier?«

Sie lächelte ihm zu. »Guten Morgen Sascha. Natürlich bin ich nicht *immer* hier. Ich bin kurz vor dir gekommen und hab mich schon darum gekümmert, Deine Sachen in den Controller-Bereich zu schaffen. Dein alter Platz wurde von Foster bereits wieder neu vergeben. Edna Triebach sitzt nun dort. Sie ist seit wenigen Tagen auch hier im virtuellen Bereich. Komm, ich zeige Dir Deinen neuen Wirkungsbereich.«

Sie griff seine Hand und zog ihn hinter sich her. Sascha war die Angelegenheit ungeheuer peinlich, da er es nicht in Ordnung fand, mit Lara Hand in Hand durch die Abteilung zu laufen. Er versuchte, ihr seine Hand zu entziehen, doch Lara hielt sie fest und kicherte leise. Sie ließ ihn erst los, als sie an seinem neuen Arbeitsplatz angekommen waren.

»So, hier ist es«, sagte sie. »Ich hab Dir die ersten Prüfakten von den Kollegen dort hingelegt. Schau sie Dir in Ruhe an. Ich bring Dir gleich den Rest für heute.«

Sascha setzte sich hin und sah zu Lara auf. »Lara, ich find es nicht in Ordnung, dass du vorhin meine Hand festgehalten hast.«

»Warum? War Dir das unangenehm? Hast Du Angst, dass die Kollegen reden?«

»Zum Beispiel«, sagte Sascha. »Jeder weiß, dass ich mit einer Frau zusammenlebe – und Du läufst mit mir Hand in Hand durch die Abteilung.«

Lara lachte hell auf. »Jeder weiß auch, wie *ich* bin, Sascha. Ich glaube kaum, dass es jemanden besonders interessieren wird, was ich tue. Gut, einige der Frauen werden mich hassen, aber die meisten Männer hier in der Abteilung werden Dich einfach nur beneiden.«

»Du bist sehr von Dir und Deiner Wirkung überzeugt, nicht wahr?«

Sie beugte sich zu ihm hinunter und gab ihm einen Kuss auf den Mund.

»Aus gutem Grund, Sascha«, sagte sie. »Wie viele Signale muss ich noch senden, bevor Du merkst, dass ich Interesse habe?«

Sie erhob sich. »Denk einfach mal darüber nach, mehr verlange ich nicht.«

Sie ging und Sascha sah ihr hinterher. Wieder einmal war er absolut verwirrt. Es wurde immer komplizierter. Warum hatte sie ihn geküsst? Spielte sie mit ihm, wie mit einigen anderen hier in der Abteilung? Worauf war sie wirklich aus? Sie wusste von ihm und Conny, aber es schien sie nicht im Geringsten zu stören. Und er? Was empfand er dabei? Es schmeichelte ihm, dass diese Frau sich für ihn interessierte. Sie hatte einen tollen Körper und hatte diese Art, einen Mann um ihren Finger zu wickeln. Sascha schob diese Gedanken beiseite. Das würde doch zu nichts führen. Er nahm den Stapel der Akten von seinem Beistelltisch und legte sie einzeln auf seinen Schreibtisch, wobei er sich einen Überblick über den Umfang der Arbeit machte. Als er schließlich die erste Akte öffnete und den Vorgang las, den sie betraf, musste er feststellen, dass es doch etwas völlig anderes war, einen Schadenfall zu bearbeiten, oder einen fertig bearbeiteten Fall zu prüfen. Der ganze Blickwinkel war ein anderer und er spürte die ganze Verantwortung, die nun auf ihm lastete. So las er den Fall immer wieder durch, um nur ja kein Detail zu übersehen. Bei seinem Vorgänger Rudolf Porz hatte es immer so einfach ausgesehen. Nun, er würde sich schon einarbeiten. Er war schon einige Stunden beschäftigt, als er an einem Punkt angelangt war, an dem er nicht mehr weiterkam. Er benötigte unbedingt weitere Informationen, um einen besonders heiklen Fall prüfen zu können. Sascha überlegte hin und her. Wen könnte er fragen? Sein Vorgänger Rudolf Porz war ja nun nicht mehr da und er konnte sich schlecht von seinen Kollegen helfen lassen, die eigentlich vor ihm einen Anspruch auf seine Stelle gehabt hätten. Sascha überlegte immer wieder, wie er die Sache angehen könnte, als ihm schließlich der rettende Gedanke kam. Die zugrunde liegenden gesetzlichen Grundlagen lagen wie ein offenes Buch vor ihm. Wieso war er nicht gleich darauf gekommen? Er musste in der Vergangenheit schon einmal einen solchen Fall auf dem Tisch gehabt haben, um ihn zu bearbeiten. Er hatte sich nur nicht mehr daran erinnert. Trotzdem war es noch eine Menge Arbeit, bis er endlich sagen konnte, dass er ohne schlechtes Gewissen seine Unterschrift unter den Prüfbogen setzen konnte. Er blickte auf seinen Uhrenkalender und stellte fest, dass er bereits seine beiden Arbeitstage hinter sich hatte. Es war ihm überhaupt nicht aufgefallen. Conny hatte ihn gebeten, zwischendurch Pausen einzulegen und er hatte es ihr versprochen. Es wird schon nicht so schlimm sein, wie sie es immer gerne darstellt. Wenn er rechtzeitig nach Hause ginge, hätte er noch eine Chance, dass Conny nicht bemerken würde, dass er sich nicht an die Abmachung gehalten hatte, weil sie nach ihm nach Hause kommen würde. Sascha blickte noch einmal auf die Akte, die ihn so lange beschäftigt hatte. Es wollte ihm nicht einfallen, welcher Fall es eigentlich gewesen war, dessen Bearbeitung in früherer Zeit ihm eigentlich zur Lösung dieses aktuellen Falles geführt hatte. Es kam ihm so vor, als wenn er dieses Wissen vorher überhaupt nicht besessen hätte. Er musste sich irren.

»Hey Sascha!«, rief Hagen Fonseca, der an seiner Box vorbeikam, »Machst Du auch gleich Feierabend?«

»Ja, ich denke, ich gehe jetzt auch – es reicht für heute«, antwortete er, »warum fragst Du?«

»Wir wollen uns heute Abend noch mit ein paar Leuten im Ritterstübchen unten an der Ecke treffen und etwas zusammen trinken. Vielleicht kommst du auch dort hin?«

»Ich weiß noch nicht Hagen«, sagte Sascha. »Ich muss erst mit meiner Freundin sprechen, ich habe sie ja heute noch überhaupt nicht gesprochen.«

Hagen grinste ihn mitleidig an. »Wenn Du Dir erst eine Erlaubnis holen musst ... - Lara kommt übrigens auch ...«

»Danke für das Angebot, Hagen. Aber rechnet heute nicht mit mir. Ich wünsch Euch viel Spaß.«

Hagen zuckte mit den Schultern und ging. Sascha ordnete seine Sachen auf dem Schreibtisch, fuhr seinen PC herunter und ging nach Hause.

Das Gefühl des Fallens war – wie auch beim letzten Mal – äußerst unangenehm. Saschas Kopf schien zu dröhnen und seine Augen waren mit Tränenflüssigkeit gefüllt. Er fühlte sich vollkommen desorientiert und hatte Schwierigkeiten, sich in der realen Welt zurechtzufinden. Es waren bereits mehrere Minuten vergangen, als Sascha mit der Hand zu seinem Nacken fuhr und die Steckkontakte aus der Anschlussleiste seines Interfaces zog. Langsam setzte er sich auf und wischte sich mit dem Handrücken durch die Augen. Ganz allmählich klarte sein Blick auf und er konnte seine Umgebung erkennen. Das Mineralwasser und der Schokoriegel lagen noch unberührt neben der Luftmatratze. Gierig griff Sascha nach dem Riegel und stopfte ihn sich in den Mund. Anschließend spülte er ihn mit dem kompletten Inhalt einer Flasche Mineralwasser hinunter. Erst jetzt ging es ihm besser und er fühlte sich imstande, aufzustehen. Conny schien Recht zu behalten, wenn sie ihn ständig daran erinnerte, seine Pausen einzuhalten. Er beschloss, sich am nächsten Morgen im Büro eine Erinnerung in seinen Terminkalender zu machen. Dann würde sein Computer ihn automatisch daran erinnern, etwas zu essen und zu trinken.

Saschas Knie zitterten, als er sich erhoben hatte und er musste sich am Türrahmen der Wohnzimmertür festhalten. Er hoffte, dass nicht in diesem Moment Conny nach Hause kommen würde und damit mitbekam, wie schlecht er sich fühlte. Nach einigen Minuten ging es dann endlich besser. Er ging in der Wohnung auf und ab, um seinen Kreislauf in Schwung zu bringen. Es würde noch eine Weile dauern, bis er sich an diese Form des Arbeitens gewöhnt hatte.

Als Conny schließlich nach Hause kam, war Sascha wieder fit und stand in der Küche an der Pfanne, in der eine gute Portion Bratkartoffeln bereits eine goldgelbe Farbe hatte.

»Oh, du kochst ja«, rief sie und legte Sascha von hinten die Arme um den Körper, »es riecht schon lecker. Ich hab einen Riesenhunger.«

Als sie später beim Essen waren, schob Conny Sascha eine aufgeschlagene Zeitung über den Tisch.

»Was ist damit?«, fragte er.

»Da ist ein Artikel über AXXIUM«, sagte sie. »Du solltest ihn lesen.«

Sascha ergriff das Blatt und sah den Artikel: Versicherungsgesellschaft setzt auf neue Technologien. AXXIUM verlagert große Teile seiner Geschäfte in die virtuelle Welt. Kostenersparnisse durch Verzicht auf reale Präsenz. Ryan Foster, als Sprecher der deutschen Niederlassung nahm Stellung zum neuen Konzept von AXXIUM und schilderte die Möglichkeiten der virtuellen Realität in den buntesten Farben.

Wenn man es so las, schien es, als wenn AXXIUM mit seinem neuesten Konzept den Arbeitsmarkt zugunsten des Arbeitnehmers revolutionieren wollte.

»Euer Foster haut ganz schön auf den Putz, meinst du nicht?«, fragte Conny. »Wie war denn Dein Tag heute?«

»Du meinst, wie meine *beiden* Tage heute waren«, korrigierte Sascha. »Ich hab heute wieder eine Doppelschicht gemacht.«

»Das erscheint mir immer noch irgendwie krank. Kommst Du denn wirklich damit zurecht? Ich meine, es muss doch für Dein Hirn eine zusätzliche Belastung sein, wenn man Deine innere Uhr einfach doppelt so schnell laufen lässt.«

»Aber denk doch an das Geld, das ich dafür bekomme, Conny«, sagte Sascha. »Wir wären aus dem Gröbsten heraus.«

»Ach vergiss doch das Geld!«, ereiferte sich Conny. »Sicher ist es alles nicht einfach, aber mir ist lieber, ich habe einen gesunden Freund, als einen sabbernden, vernetzten Freund, der wie im Koma vor dem Computer liegt.«

»Wenn es das ist, was dich stört ...«

»Nein, das ist es nicht, was mich stört«, sagte Conny. »Ich hab Angst vor irgendwelchen Folgen, die wir jetzt noch überhaupt nicht kennen. Nehmen wir allein die Sache mit den Pausen, die Du einfach vergisst, wenn Du virtuell arbeitest. Hast Du sie denn heute gemacht?«

Conny sah ihn prüfend an. Sascha konnte sie einfach nicht anlügen.

»Nein, ich habe mir zwar etwas zurechtgelegt, aber ich habe es erst bemerkt, als ich Feierabend gemacht hatte.«

»Nicht schon wieder!«, brauste Conny auf.

Sascha hob beschwichtigend die Hand. »Ich werde mir morgen eine Erinnerung in meinen Terminplaner im Computer eingeben. Dann werde ich es bestimmt nicht vergessen. Versprochen.«

Conny beruhigte sich wieder. Doch sie bat noch einmal eindringlich, das sofort bei Dienstantritt auch zu tun.

4. 7. Mai

Am kommenden Morgen war es bereits Routine. Conny machte sich zur Arbeit fertig und verließ die gemeinsame Wohnung. Sascha machte es sich vor dem Computer bequem und drapierte eine Reine von Keksen und Schokoriegeln sowie zwei Flaschen Wasser in Griffweite um die Luftmatratze. Er war fest entschlossen, diesmal seine Pausen einzuhalten. Er hatte es Conny nicht gesagt, aber er hatte sich am Abend vorher nach seiner Rückkehr in die Realität wirklich mies gefühlt.

Nach dem Hochfahren des Rechners loggte er sich wie gewohnt über sein Interface ein. Die Welt um ihn versank und vor ihm erschien die gewohnte Eingangstür zu seinem Büro. Sascha fühlte sich gut und war auch guter Laune, als er sich gegen die virtuelle Tür lehnte, um sie aufzustoßen. Nur, dass sie sich diesmal keinen Millimeter bewegte. Sascha stutzte. Er drückte noch einmal fest gegen die Tür, doch sie wirkte verschlossen. Was sollte er nun tun? Der Zutritt ins Büro ließ das Arbeitsprogramm ablaufen, welches ihm die virtuelle Welt direkt ins Gehirn spielte. Das Ausloggen spielte sich auf umgekehrtem Weg ab, wenn er die Tür von der anderen Seite her öffnete, als wenn er nach Hause gehen wollte. Jetzt steckte er in der Anmeldephase fest und fragte sich, wie er sich aus dieser Situation wieder befreien konnte. Er entschloss sich, sich herumzudrehen. Vielleicht würde es das Programm beenden.

Sascha drehte sich auf der Stelle herum und sah, dass es außer der Bürotür lediglich einen undurchdringlichen Nebel gab, in dem keinerlei Konturen erkennbar waren. Als er sich ganz herumgedreht hatte, erschrak er heftig. Hinter ihm stand eine junge Frau in T-Shirt und Jeans, die ihn freundlich anlächelte. Sie kam ihm bekannt vor. Er überlegte einen Moment, dann fiel es ihm ein. Es war das Mädchen aus der Praxis von Dr. Görtgen.

»Kira!«, entfuhr es ihm.

»Du kennst mich also noch«, stellte sie fest. »Kannst Du Dich auch noch an die Ziffernfolge erinnern, die hinter dem Namen stand?«

Sascha überlegte fieberhaft. Er hatte den Zettel auswendig lernen und anschließend vernichten sollen, hatte dem aber keine Bedeutung beigemessen.

»Und?«, fragte Kira. »Versuch es einfach.«

Er versuchte, sich daran zu erinnern. Es hatte wie eine Telefonnummer gewirkt. Es fiel ihm eigentlich immer leicht, sich Telefonnummern zu merken. »98989110?«

Sie nickte. »Korrekt. Wir sollten uns hier nicht so lange aufhalten, Sascha. Ich kann die falsche Realität nicht so lange aufrechterhalten, ohne dass sie es bemerken. Bitte folge mir.«

Sie deutete mit der Hand zur Seite, wo plötzlich eine weitere Tür erschienen war. Sascha zögerte und Kira wurde ungeduldig. »Nun komm schon, sie dürfen uns hier nicht sehen«, drängte sie.

»*Wer* darf uns nicht sehen?«, wollte Sascha wissen.

»Ich werde Dir gleich alles erklären, aber nun komm endlich!«, forderte Kira.

Sascha zuckte mit den Schultern und folgte ihr schließlich durch die offen stehende Tür. Sowie sie sie durchschritten hatten, änderte sich die Umgebung vollkommen. Sie standen in einem komfortablen Zimmer mit einer bequemen Couchgruppe. Im Hintergrund stand ein Schreibtisch mit einem Computerbildschirm vor einem großen Fenster, durch das man jedoch nicht viel erkennen konnte. Kira deutete auf die Couch. »Setz dich doch, Sascha.«

Sascha blickte sich interessiert um. »Wo sind wir hier?«

»Wir befinden uns hir im virtuellen Besprechungsraum von LIBERTAS, der Organisation, für die ich arbeite. Wir sind vollkommen sicher. Niemand kann uns hören oder sehen, wenn wir das nicht wollen.«

»Ich weiß überhaupt nicht, was das alles zu bedeuten hat«, sagte Sascha. »Ich müsste eigentlich jetzt in meinem Büro arbeiten. Warum bin ich hier? Ich verstehe das alles nicht. Und was hat die Ziffernfolge zu bedeuten?«

Kira schlug ihre Beine übereinander und lehnte sich bequem an die Polster der Couch. »Viele Fragen, was? Nun, die Ziffernfolge diente nur der Sicherheit. So konnte ich sichergehen, dass man uns kein Kuckucksei ins Nest gelegt hat. Es war quasi Dein Ausweis. Wir haben Dich beobachtet, und wir sind sicher, dass Du Hilfe nötig hast.«

»Ihr habt mich ... *beobachtet*?«, fragte Sascha entgeistert. »Aber warum denn, zum Teufel? Wer seid Ihr überhaupt?«

»Ich bin diplomierte Neurotechnikerin und hab einen Abschluss in Informatik«, sagte Kira lächelnd. »Ich gehörte zu einem Team von Wissenschaftlern, die vor einiger Zeit die Technologie der Interfaces für behinderte Menschen entwickelt haben. Zu uns gehörten eine Reihe von Ärzten, Neurologen, Neurotechnikern, Elektronikspezialisten und Programmierern. Unser Produkt war eine Sensation für behinderte Menschen, denen durch unsere

Technologie in vielen Fällen ein fast normales Leben ermöglicht wurde.«

»Das ist mir bekannt, aber was hat das mit mir zu tun?«, wollte Sascha wissen. »Ich seh da keinerlei Zusammenhang. Ich will ehrlich sein: Ich komme mir allmählich vor, wie in einem billigen Agentenfilm. Allein diese merkwürdigen Andeutungen in Görtgens Praxis ... Sie arbeiten also nicht wirklich in dieser Praxis?«

»Nenn mich einfach Kira, okay? Du hast recht - und auch wieder nicht. Man könnte sagen, ich arbeite undercover in der Praxis, um so eine Verbindung zu den Machenschaften von AXXIUM zu halten. Deine Rekrutierung kam mir gerade recht.«

»Rekrutierung?« Sascha spürte, wie er ärgerlich wurde.

»Was war es denn anderes? Man hat Druck ausgeübt und Du hattest eigentlich keine echte Wahl, oder?«

»Na, meinetwegen«, sagte Sascha. »Trotzdem wüsste ich jetzt gern, was das alles zu bedeuten hat. Ich hab schon in dieser virtuellen Realität gearbeitet und fand das nicht schlecht. Ich werde sogar mehr Geld verdienen. Was soll falsch daran sein?«

Kira lachte. »Natürlich. Zuckerbrot und Peitsche. Du bist wohl noch beim Zuckerbrot. Aber Du wirst gleich verstehen, worum es mir geht. Ich hatte bereits erwähnt, dass meine Kollegen und ich diese Technologie erst entwickelt haben. Es ging damals durch die Presse. Du wirst sicher davon gehört oder gelesen haben, auch wenn Du Dir keine Gesichter und Namen gemerkt hast. Die Pläne für unsere Technologie wurden uns gestohlen. Es gibt eine regelrechte Mafia, die mit High-End-Technologie handelt und sie an den Meistbietenden verkauft. Diese Leute verfügen selbst über Spezialisten, die zwar nicht unbedingt kreativ sind, aber dennoch unsere Pläne lesen und umsetzen können. Auf diesem Wege wurde die Technologie der Interfaces auch für normale Menschen verfügbar gemacht. Kluge Köpfe dachten sich die Möglichkeit aus, virtuelle Räume zu schaffen, in die man Arbeitskräfte stecken kann. Deine Versicherung ist ein Vorreiter - quasi der Testraum für die Technik-Mafia. Als man in größerem Stil Arbeitskräfte mit Vergünstigungen oder auch Drohungen überredete, sich ein Interface einsetzen zu lassen, wurden wir aufmerksam. Ich bewarb mich um eine Stelle in der AXXIUM-eigenen Praxis, um die Sache zu beobachten. Meine Kollegen waren derweil damit beschäftigt, herauszufinden, ob innerhalb der virtuellen Geschäftsräume alles korrekt abläuft.«

»Ihr habt AXXIUM ausspioniert?«, fragte Sascha entgeistert.

»Bevor Du dich jetzt aufregst, denk darüber nach, *wie* AXXIUM in den Besitz der Technologie gelangt ist«, sagte Kira. »Glaub nur nicht, Dein Arbeitgeber hätte keine Hintergedanken dabei. Wir versuchen seit Monaten, einen Fuß in die Tür zu bekommen und suchen jemanden, der sich uns anschließt. Bis heute ist uns das leider noch nicht gelungen. Deine Kollegen sind dermaßen auf ihren eigenen Vorteil fixiert, dass sie sich für uns nicht eignen. Wir sind einfach zu spät gekommen.«

»Ich soll für Euch spionieren?«, fragte Sascha. »Wie stellt Ihr Euch das vor? Ich will meinen Job nicht verlieren. Und was soll das überhaupt heißen: Ihr seid zu spät gekommen?«

»Du verlierst mehr als nur Deinen Job, wenn Du weiter in der virtuellen Welt von AXXIUM arbeitest«, sagte Kira. »Komm mit hinüber zum Computer. Ich werde Dir was zeigen.«

Sie erhob sich von der Couch und ging zum Schreibtisch, wo sie den Computer einschaltete. Lächelnd drehte sie sich zu ihm um. »Es mag Dir eigenartig vorkommen, dass ich hier in der Virtualität einen Computer erst einschalten muss, aber es macht den Eindruck der Realität besser.«

Kira zeigte ihm eine Darstellung dessen, was das Interface war. Es verband die synthetischen Schaltkreise des Interfaces mit den Synapsen der Seh- und Hörzentren. Zusätzlich gab es eine Vielzahl von optionalen Verknüpfungen, die genutzt werden konnten, oder auch nicht.

Kira deutete auf einen rot markierten Datenstrang. »Hier zum Beispiel könnte man motorische Funktionen auf externe Geräte übertragen, wie wir es bei körperlich schwerbehinderten Menschen machen. Bei Dir macht das natürlich keinen Sinn, Sascha. Du bist nicht körperlich behindert. Bei Dir benötigt man eigentlich nur alle synaptischen Verknüpfungen, die Dir eine reale Umgebung vorgaukeln.«

»Was meinst Du mit 'eigentlich'?«, fragte Sascha.

Kira sah ihn einen Moment sonderbar an, dann drückte sie ein paar Tasten. Die Darstellung auf dem Bildschirm änderte sich und zeigte eine dreidimensionale Darstellung des menschlichen Gehirns sowie Verknüpfungslinien zum Interface.

»Das ist Dein Gehirn. Natürlich nur die schematische Darstellung.«

»Aber da sind viel mehr Verbindungen zu sehen, als Du mir vorhin gezeigt hast.«

»Genau«, bestätigte sie und deutete auf einige der Linien. »Hier eine Verknüpfung zum Gedächtnis, dort direkt zum Hypothalamus und hier – das ist besonders bemerkenswert – eine direkte Leitung zum vorderen Hirnlappen.«

»Wo hast du das her und was bedeutet das?«, fragte Sascha.

»Woher ich das habe, dürfte klar sein«, antwortete sie. »Ich arbeite schließlich in der Praxis, die dir das Ding gesetzt hat. Aber die Bedeutung ist interessant. Die zusätzlichen Verknüpfungen können, wenn man es geschickt macht, direkt auf Bereiche Deines Gehirns zugreifen, die mit Deinem Gedächtnis, sogar mit Deinem Willen zu tun haben. Genau genommen kann AXXIUM Dir Gedanken und Meinungen direkt in Deinen Verstand überspielen, die Du dann für Deine eigenen Gedanken und Meinungen hältst.«

»Das kann es doch überhaupt nicht geben!«, rief Sascha aus. »Ich bin doch kein Computer, in dem man beliebig Dateien abspeichern kann.«

»Nicht in diesem Sinne«, gab Kira zu. »Im Gehirn erfolgt die Speicherung in chemischer Form, aber das Interface ist in der Lage, die angesprochenen Hirnregionen und die Hirnanhangdrüse so zu reizen, dass sie die erforderlichen Hormone ausstößt, die für die gewünschten Erinnerungen sorgen. Wir wissen inzwischen, dass AXXIUM von dieser Technik regen Gebrauch macht. Jedenfalls gibt es in den oberen Etagen dieser Firma Leute, die über die Steuerungsmechanismen verfügen, und sie auch einsetzen.«

»Mein Gott«, sagte Sascha. »Hat man das bei mir auch schon gemacht?«

»Man hat damit begonnen. Du erinnerst Dich an das Wissen über einen bestimmten Fall? Du fragtest Dich, woher Du dieses Wissen eigentlich hattest. Die Informationen hat man Dir eingespielt. So fängt es immer an. Später, wenn das Bewusstsein des Mitarbeiters erst daran gewöhnt ist, beginnt man damit, ihn anzupassen – ihn zu formen, wie man ihn braucht oder haben möchte. Dann ist es oft zu spät, den Weg noch einmal zurückzugehen.«

»Woher weißt Du das eigentlich?«, fragte Sascha. »Ich meine, woher weißt Du von der Sache mit dem Fall?«

»*Wir* haben diese Technologie entwickelt. Wir wissen daher auch, wie man sie überlisten kann. Wir haben uns ins System gehackt und überwachen fast alle der virtuell arbeitenden Menschen. Leider sind sie fast alle bereits so weit manipuliert, dass sie für uns keinen Wert mehr haben. Du jedoch bist noch kritikfähig. Du hinterfragst noch Dinge. So haben wir uns entschlossen, Kontakt zu Dir aufzunehmen.«

»Was erwartet Ihr denn eigentlich von mir?«, wollte Sascha wissen.

»Die Firma AXXIUM ist auf höchster Ebene von Vertretern der Technologie-Mafia infiltriert«, erklärte Kira. »Für sie ist AXXIUM nicht viel mehr als ein Testfeld, um ihre Technologie quasi am lebenden Objekt zu testen. Sie werden die Ergebnisse – sofern sie positiv sind – im großen Stil in der ganzen Welt einsetzen. Wir haben uns zum Ziel gesetzt, das zu verhindern. Wir müssen erreichen, dass der Test bei AXXIUM scheitert. Dazu brauchen wir dringend jemanden, der innerhalb des Systems arbeitet. Wir brauchen *Dich*, Sascha.«

Sascha schüttelte den Kopf. »Ich hab doch überhaupt keine Ahnung davon. Ihr müsst Euch jemanden suchen, der etwas von dieser Technologie versteht. Ich bin ein Verwaltungsmensch und bin schon froh, wenn ich alles zum Laufen bringe, was ich für meine virtuelle Arbeit brauche.«

»Eben *das* ist der Punkt, Sascha. Das wissen auch Deine Vorgesetzten bei AXXIUM spätestens, seit Du zum ersten Mal virtuell gearbeitet hast. Sie werden gerade *Dich* nicht für einen von *uns* halten.«

»Sagtest Du nicht, dass sie in der Lage sind, über das Interface direkt auf mein Gehirn einzuwirken?«, fragte Sascha. »Wenn das auch in umgekehrter Richtung funktioniert, hätten sie mich in kürzester Zeit entlarvt.«

»Gut, dass du selbst diesen Punkt ansprichst. Es funktioniert tatsächlich auch in umgekehrter Richtung. Sonst würde unsere Überprüfung der Mitarbeiter bei AXXIUM ja auch keinen Sinn machen. Wir müssten Dir natürlich einige Dinge installieren, um Dich und uns zu schützen.«

Sascha schaute Kira misstrauisch an. »Installieren? Was wollt Ihr mir installieren? Wollt Ihr etwa noch mehr Zeug in meinen Kopf stecken?«

»Das muss Dich nicht ängstigen, Sascha. Wir besitzen Geräte, die auf dem letzten Stand der Technik sind. Weder die Leute bei AXXIUM selbst, noch Dr. Görtgen, ahnen, dass es solche Geräte gibt, wie wir sie benutzen.«

Kira schob ihre Haare im Nacken beiseite und entblößte das Interface, das sie ihm bereits in der Praxis gezeigt hatte. Dann fasste sie die Metallplatte an einer Ecke und zog sie ab. Zurück blieb eine ausrasierte Stelle an ihrem Hinterkopf mit einer kleinen schwarzen senkrecht verlaufenden Linie.

»Was hat das zu bedeuten?«, fragte Sascha, der überhaupt nichts mehr verstand.

»Dieses Interface ist das gängige Modell«, sagte sie. »Was wir brauchen, ist aber etwas ganz anderes. *Mein* Interface ist komplett implantiert und nimmt über eine Funkstrecke Kontakt mit einer Remote-Einheit Verbindung auf. Über dieses Interface habe ich Möglichkeiten, komfortabel verschiedene Dinge zu tun, ohne dass es jemand bemerkt. Du müsstest Dir Dein Interface von unseren Spezialisten entfernen und stattdessen *unser* Interface implantieren lassen. Die Operation und Konfiguration würde eine Woche in Anspruch nehmen.«

»So ein Blödsinn!«, brauste Sascha auf. »Nicht nur, dass ich eben erst ein Interface erhalten habe und mich langsam daran gewöhne. Jetzt wollt Ihr dieses Ding schon wieder durch ein anderes ersetzen. Außerdem: Wie soll ich eine ganze Woche aus meinem Büro wegbleiben? Ich kann noch keinen Urlaub nehmen.«

»Das ist auch nicht nötig, Sascha. Du bist auch jetzt, in diesem Augenblick im Büro und arbeitest dort fleißig Deine Akten durch. Wir haben Dich durch eine Simulation ersetzt, die von einem unserer Leute gesteuert wird. Im Normalfall sollte es nicht auffallen. Glücklicherweise hast Du ja zu keiner Person in Deiner Abteilung ein enges Verhältnis. Bitte lass Dir alles noch mal gut durch den Kopf gehen. Wenn Du mit uns zusammenarbeiten willst, komm morgen zu dieser Adresse.« Kira gab ihm einen Zettel, auf dem eine Adresse aufgedruckt war.

»Merk Dir die Adresse gut«, sagte sie. »Du darfst sie dir nirgends notieren. Bis morgen, Sascha. Ich werde unsere Verbindung nun löschen. Du wirst dich dann an Deinem Arbeitsplatz wiederfinden. Arbeite genau so weiter, wie Du es sonst auch tust, dann werden sie bei AXXIUM nicht merken, dass Du bisher nicht dort warst.«

»Was geschieht, wenn ich mich dagegen entscheide, mit Euch zusammenzuarbeiten?«

Kiras Gesicht wurde ernst. »Das wäre sehr schade. Wir müssten dann Dein Gedächtnis zum Teil löschen, damit Du Dich nicht mehr an dieses Gespräch erinnern kannst. Tu einfach das Richtige ...«

Die Welt um Sascha begann, sich zu drehen. Kira wurde immer schemenhafter und verschwand schließlich. Dafür wurde die Büroumgebung plötzlich sichtbar. Erst war sie noch irgendwie transparent, erhielt aber dann mehr und mehr Substanz. Er fand sich an seinem Schreibtisch sitzend vor und war dabei, eine Notiz in eine Akte zu schreiben.

»Meine Güte Sascha.«, rief Hagen Fonseca, als er an seinem Schreibtisch vorbei lief. »Ich weiß ja, dass Du den neuen Job gerade erst bekommen hast, aber übertreib es nicht. Zwei Schichten reichen auch für die virtuelle Arbeit.«

Sascha blickte auf seinen Uhrenkalender und erschrak. Nach der Anzeige hatte er schon wieder eine Doppelschicht zurückgelegt. So lange war ihm das Gespräch mit Kira gar nicht vorgekommen. Sie musste etwas mit dem Zeitablauf in der virtuellen Realität gemacht haben. Er klappte die Akte zu und sah zu Hagen auf.

»Meine Güte, ich hab gar nicht bemerkt, dass es schon so spät ist. Dann werde ich jetzt auch nach Hause gehen.«

Sascha fuhr seinen Computer herunter und schaltete die kleine Schreibtischlampe aus, die er stets benutzte. Er stand auf und trat auf Hagen zu. »Hast du auf mich gewartet?«

»Na, ich dachte, wir könnten doch vielleicht noch etwas zusammen unternehmen«, meinte Hagen, »Ich mach mich nur noch kurz etwas frisch, wenn ich mich ausgestöpselt habe und dann wollte ich noch in den Pub. Was meinst du, kommst du mit? Lara wird auch da sein.«

»Warum betonst Du ständig, dass Lara auch dort sein wird?«

Hagen knuffte ihn leicht in die Seite. »Na hör mal! Wir haben doch alle Augen im Kopf. Du verschlingst sie doch förmlich, wenn sie an Deinem Tisch vorbeikommt. Ich glaube sogar, sie steht auf Dich.«

»Danke für das Angebot Hagen. »Aber ich bin doch recht müde und werde zu Hause bleiben.«

Hagen zuckte mit den Schultern und meinte: »O. k., dann bis morgen, Sascha.«

Sie hatten die Tür zum Flur erreicht und Sascha stieß sie mit der Hand auf. Es ärgerte ihn, dass ausgerechnet Hagen bemerkt hatte, dass er Lara häufiger anstarrte. Wie schnell konnte sich das herumsprechen und auf falsche Ohren treffen. Er musste sich einfach besser im Griff haben.

In diesem Augenblick versank die Welt um ihn herum und er glaubte zu fallen. Übelkeit machte sich bemerkbar und ein überwältigender Kopfschmerz ließ ihm Tränen in die Augen steigen. Als er die Augen öffnen konnte, blickte er in das besorgte Gesicht von Conny, die neben der Luftmatratze kniete und ihm mit einem Tuch die Stirn abtupfte.

»Conny, Du bist schon zu Hause?«, fragte er mit kratziger Stimme. Er hatte das Gefühl, einen Klumpen im Hals zu haben. Schlucken tat ihm weh.

»Ich konnte heute früher Feierabend machen«, sagte sie. »Ich muss sagen, dass mich diese neue Art der Büroarbeit, die du machst, beunruhigt. Als ich nach Hause kam, fand ich Dich in einem schrecklichen Zustand vor. Dein Körper zuckte unkontrolliert und du hast die ganze Zeit über gestöhnt. Ich wollte schon den Computer herunterfahren, doch erschien auf dem Bildschirm immer wieder eine Warnung, dass es für den Anwender zu ernsten Schäden führen kann, wenn man das

Programm nicht korrekt beendet. Da hab ich mich nicht getraut. Sascha ich hab Angst um Dich!«

Sascha konnte sich allmählich wieder orientieren und zog die Stecker aus dem Interface. Irgendwie fiel eine Last von ihm ab, als er die Verbindung zum Computer endgültig gelöst hatte.

»Heute war ein sehr sehr merkwürdiger Tag«, sagte er.

»Wieso, was war denn so Besonderes?«

»Ich war eigentlich heute überhaupt nicht im Büro«, sagte er. »Ich hab mich ganz normal angeschlossen, wie bereits an den letzten Tagen, aber ich kam nicht bis ins Büro. Jemand fing mich vor der Tür ab und nahm mich mit zu einem Gespräch.«

Conny sah ihn verständnislos an. »Was soll das bedeuten: Du wurdest abgefangen?«

»Ich hab dir erklärt, was sich in der Praxis abgespielt hatte, als man mir das Interface gesetzt hatte. Die junge Sprechstundenhilfe gab mir eine kleine Karte mit ihrem Namen und einer Nummer. Diese Frau war plötzlich da und bat mich, ihr zu folgen. Sie machte es sehr dringend und drängte mich, mitzukommen, bevor AXXIUM etwas davon merkt.«

»Was hat das alles zu bedeuten?«, fragte Conny. »Wer ist diese Frau und was will sie von Dir?«

Sascha spürte, dass Conny bereits wieder eifersüchtig wurde, nur weil er erwähnt hatte, dass eine andere Frau an ihm interessiert war.

»Sie ist eine Neurotechnikerin«, erklärte Sascha. »Sie gehört zu den Leuten, die das Verfahren der Interfaces entwickelt haben. Sie erklärte mir, dass ihnen die Technologie gestohlen wurde und nun von einem Konsortium dazu eingesetzt wird, um Mitarbeiter nicht nur virtuell arbeiten zu lassen, sondern, um sie auch nach ihren Wünschen zu programmieren. AXXIUM soll zu diesem Konsortium gehören.«

»Und Du glaubst dieser Frau einfach? Sie erscheint aus dem Nichts und erzählt Dir eine Geschichte. Vielleicht solltest Du mit Foster darüber sprechen.«

»Auf keinen Fall!« Der Gedanke erschreckte Sascha. »Diese Frau wusste einfach alles über mich. Sie hat mir Unterlagen auf einem Computer gezeigt, mir erklärt, wie ein Interface arbeitet und was es leisten kann. Conny, diese Dinger in den falschen Händen sind gefährlich. Wenn es stimmt, was sie sagt, sind die Geschäftsführer von AXXIUM sicher nicht die Guten.«

»Mein Gott!«, entfuhr es Conny. »Und du bist auch schon dort angeschlossen gewesen. Vielleicht haben sie Dich auch schon manipuliert.«

»Kira meinte, dass sie es bei mir noch nicht geschafft hätten. Es braucht immer einige Zeit, bis die Veränderungen wirksam werden.«

»Aber was will diese Frau von Dir? Was sollst Du für sie tun?«

»Sie wollen mich als Agenten im System haben«, sagte Sascha. »Ich würde ein neues Interface erhalten, mit weiteren Möglichkeiten. Welche es genau sein werden, soll ich morgen erfahren. Ich soll mich in der Dechenstraße 37 melden – morgen früh.«

»Und Dein Job? Du kannst doch nicht einfach fehlen. Dann *hattest* du mal einen Job und wir stehen wieder vor dem Nichts.«

»Sie hatte mir erklärt, dass man ein Simulationsprogramm eingeschleust hat, dass meine Anwesenheit simuliert. Ich solle mir keine Sorgen machen, man würde meinen Job nicht aufs Spiel setzen. Schließlich brauche man mich innerhalb der Firma.«

»Dann begleite ich Dich morgen zu dieser Adresse!«, entschied Conny. »Ich hab morgen bis vierzehn Uhr frei, dann kann ich auch mitkommen. Ich schau mir deine Kira aus der Nähe an.«

Sascha schüttelte den Kopf. »Es ist nicht *meine* Kira! Conny, ich gehe nicht zu einem Date. Aber Du kannst mich natürlich gern begleiten.«

»Das werd ich auch tun«, antwortete sie. »Ich bin sowieso der Meinung, dass Du in letzter Zeit zu viele Risiken eingehst. Verstehst Du nicht, dass ich Angst um Dich habe?«

Sascha bemühte sich nach Kräften, Conny zu beruhigen, was ihm jedoch nicht restlos gelang, da er selbst Zweifel hatte, die er nur schwer verbergen konnte. Sein ganzes Leben schien aus dem Ruder zu laufen. Zunächst hatte das Angebot seiner Firma ganz gut geklungen, doch war die virtuelle Arbeit offenbar doch nicht so unproblematisch, wie man es ihm weismachen wollte. Warum hatte Conny ihn in körperlich schlechtem Zustand aufgefunden? Betrieb er Raubbau an seiner Gesundheit? Inwieweit stimmte das, was Kira ihm erzählt hatte? Wie gefährlich war die Arbeit für LIBERTAS tatsächlich? Fragen über Fragen schossen ihm immer wieder durch den Kopf und er fühlte sich wie ein Spielball inmitten eines Spiels, dessen Regeln er nicht kannte.

Sascha und Conny schliefen in dieser Nacht schlecht. Immer wieder wachten sie auf und blickten auf die leuchtenden Ziffern ihres Digitalweckers. Sascha nahm Conny fest in den Arm.

»Ich hab Angst, Sascha«, sagte Conny leise.

»Ich glaube, dass wir noch keine Angst haben müssen«, antwortete Sascha ohne viel Überzeugung. »Noch arbeite ich regulär für AXXIUM. Wer weiß, ob ich überhaupt für diese rätselhafte Organisation arbeiten will und werde.«

»Dann lass es von vornherein sein«, forderte Conny. »Geh morgen normal zur Arbeit und wir vergessen diesen Unsinn.«
Sascha rückte etwas von ihr ab. »Ich kann nicht. Ich muss mir wenigstens anhören, was sie zu sagen haben. Denn, wenn es stimmt, was Kira mir erzählt hat, wird AXXIUM von Verbrechern geleitet, die Schlimmeres im Sinn haben, als nur ein paar Arbeitnehmer auszubeuten.«
»Du bist kein Polizist!«, brauste Conny auf. »Es geht Dich Nichts an, was die Firmenleitung tut. Oder geh zur Polizei und mach dort eine Aussage, aber bring Dich nicht selbst in Gefahr.«
Sascha sah sie eindringlich an. »Verstehst Du es denn nicht? Ich – oder vielleicht sogar wir – *sind* bereits in Gefahr, wenn es stimmt, dass sie über die Interfaces Einfluss auf uns nehmen können.«
Conny sah ihn erschreckt an. »Du meinst, sie haben Dich doch schon beeinflusst?«
Sascha schüttelte den Kopf. »Noch nicht. Kira meinte, dass sie damit begonnen hätten, aber die Einflussnahme wäre bei mir noch nicht wirksam. Lass uns morgen früh zu dieser Adresse gehen, die sie mir gegeben hat. Ich glaube, es ist die beste aller Alternativen, die wir haben.«
Conny nickte resignierend. »Wahrscheinlich hast Du sogar recht. Es macht mich nur so traurig, dass wir nur Spielfiguren auf einem fremden Schachbrett sind.«
»Vielleicht bedeutet LIBERTAS aber auch, dass wir irgendwann zu den Spielern gehören werden. Mir würde es schon reichen, wenn ich sicher sein könnte, dass man mir nicht meine Gedanken verbiegt.«
Als sie am nächsten Morgen am Frühstückstisch saßen, fragte Conny: »Werden sie nichts sagen, wenn Du heute nicht zur Arbeit kommst?«
»Hab ich Dir doch gesagt. Sie haben eine Art Software-Drohne programmiert, die bereits gestern an meiner Stelle bei AXXIUM gearbeitet hat. Solange nichts Unvorhergesehenes geschieht, werden sie nichts merken, aber es ist schon wichtig, dass ich bald wieder selbst dort tätig bin.«
Sie packten ein paar Sachen und fuhren ihren PC hoch, damit er im Internet als online registriert werden konnte. Dann verließen sie die Wohnung und machten sich auf den Weg zur nächsten U-Bahn-Station.
Immer wieder blickten sie sich um und bildeten sich ein, dass man sie bereits überwachen lassen würde, doch niemand schien sich für sie zu interessieren. Als sie schließlich bei der Adresse ankamen, die Kira Sascha genannt hatte, blickte er auf seine Armbanduhr. Sie lagen noch gut in der Zeit. Inzwischen musste

die Software-Drohne bereits seit einer halben Stunde seine Arbeit erledigen. Conny und Sascha blickten an dem Gebäude empor, in dem sie erwartet wurden. Es war ein ungepflegter Backsteinbau aus den Sechziger Jahren des letzten Jahrhunderts. Sascha schätzte, dass er einmal gewerblich genutzt worden sein musste. Jetzt schien er leer zu stehen, denn die undurchsichtigen Fenster der unteren Ebene waren größtenteils zerstört und mit Holzbrettern verschlossen. Auf dem Dach wuchsen bereits irgendwelche Büsche aus dem Mauerwerk.

»Du meinst, *hier* sind wir richtig?«, fragte Conny zweifelnd.

»Die Adresse stimmt«, bestätigte Sascha. Er wandte sich zu dem großen Tor, auf dem die Hausnummer aufgemalt war, und fand eine altmodische Türklingel. Ohne lange zu überlegen, drückte er den Knopf der Klingel fest ein. Man konnte nicht feststellen, ob sie noch eine Funktion hatte, denn hören konnte man nichts, sodass Sascha den Knopf noch ein zweites Mal drückte, worauf sich einer der Torflügel quietschend und knarrend zu öffnen begann.

Es eröffnete sich der Blick auf einen verwahrlosten Innenhof, der durch eine dunkle, unbeleuchtete Einfahrt zu erkennen war. Zögernd machten sie ein paar Schritte in die Einfahrt hinein. Außer ihren klackenden Schritten war kein Laut zu hören.

»Lass uns wieder gehen«, meinte Conny und zog ängstlich an Saschas Arm. »Es ist unheimlich hier.«

Sascha drehte sich langsam um seine Achse und versuchte, etwas zu erkennen, dass als Anhaltspunkt dafür dienen konnte, dass man sie tatsächlich hier erwartete. Das Tor hatte sich schließlich für sie geöffnet, auch wenn sich sonst niemand blicken ließ.

»Hallo!«, rief Sascha. »Ist hier jemand? Hier ist Sascha Leyden.«

Wie auf ein geheimes Kommando setzte sich der Torflügel wieder in Bewegung und schloss sich mit erstaunlich schnell. Selbst, wenn sie gewollt hätten, wäre es ihnen niemals gelungen, rechtzeitig die Straße zu erreichen.

Mit einem metallischen Knall fiel das Tor ins Schloss. Sie waren gefangen.

Auch Sascha fühlte sich nicht mehr wohl in seiner Haut. Er bemühte sich jedoch, es Conny nicht zu deutlich zu zeigen, war sich aber nicht sicher, ob im das auch gelang.

»Tretet näher«, sagte plötzlich eine weibliche Stimme aus der Dunkelheit der Einfahrt. Ein Licht in einem Eingang innerhalb der Einfahrt wurde eingeschaltet und ließ den Schatten einer Gestalt erkennen.

»Kommt hier herüber«, sagte die Stimme wieder. »Achtet auf den Müll. Er ist manchmal etwas rutschig.«

Sie gingen zögernd auf die Gestalt zu und erkannten, dass es sich um eine Frau mit langen Haaren handelte, die dort stand und sie erwartete.

Als die beiden sie fast erreicht hatten, trat sie einen Schritt zurück ins Licht. Es war Kira.

»Kira?«, fragte Sascha, »Du siehst genau so aus, wie in der virtuellen Realität. Du bist wirklich echt?«

Kira lächelte leicht. »Natürlich bin ich echt. Ich bevorzuge es auch, in meiner echten Gestalt in der virtuellen Realität aufzutreten.«

Sie sah Sascha und Conny prüfend an. »Jetzt müssen wir nur noch prüfen, ob Ihr auch echt seid.« Sie gab jemandem im Hintergrund einen Wink.

Wie aus dem Nichts erschienen vier bewaffnete Männer, die sie in ihre Mitte nahmen.

»Was soll denn das?«, fragte Sascha, halb ängstlich, halb vor Entrüstung. »Ihr habt mich hierher eingeladen und jetzt bedroht Ihr uns?«

Kira ließ sich nicht beirren. »*Du* warst eingeladen, Sascha, *nicht* Conny. Gut, nun seid Ihr beide hier. Trotzdem machen wir noch ein paar Tests, um sicherzugehen, dass man uns keine trojanischen Pferde geschickt hat. Ihr müsst keine Angst haben, es wird nicht wehtun. Wir stellen nur Eure Identitäten fest und prüfen, ob Ihr von AXXIUM kontaminiert oder präpariert wurdet.«

Einer der Männer gab ihnen mit der Waffe ein Zeichen und deutete an, dass sie in einen Gang treten sollten, der in den Raum mündete, in dem sie standen. Widerwillig setzten sie sich in Bewegung. Die Männer und Kira folgten ihnen in kurzem Abstand. Sascha glaubte förmlich die Mündungen der Waffen in seinem Rücken zu spüren und fragte sich, was geschehen würde, wenn man der Meinung sein sollte, dass sie nicht die Personen waren, die man erwartet hatte.

Inzwischen waren sie am Ende des Ganges angelangt und betraten eine hell erleuchtete Halle. Conny und Sascha mussten blinzeln – das Licht schmerzte in ihren Augen. Als sie wieder etwas erkennen konnten, sahen sie, dass die Einrichtung anders war, als es die Erscheinung des Gebäudes von außen vermuten ließ.

Sie befanden sich in einer makellos sauberen Halle, die mit allerlei technischem Gerät angefüllt war. Besonders auffallend war die große Zahl von Computern. Sie sahen, dass es noch mehr Leute gab, denn an einigen Computern arbeiteten Männer und Frauen und starrten auf verschiedene Bildschirme. Alles in allem wirkte die Atmosphäre ruhig und strahlte keinerlei Bedrohung aus, im Gegensatz zu den vier Männern, die noch immer ihre Waffen auf sie richteten.

Kira dirigierte sie zu einem kleinen freien Platz inmitten der Computerlandschaft und bat sie, auf zwei Sesseln Platz zu nehmen. Sascha und Conny setzten sich, worauf die Männer ihre Waffen zur Seite legten und stattdessen sie beide mit Kabelbindern an die Sessel fesselten. Kira winkte einem großen, schlaksigen jungen Mann, der eben eine Brille für virtuelle Realität abnahm und seinen Stuhl von der Tastatur seines Rechners zurückfuhr. Er stand auf und kam zu ihnen.

»Das ist Levan, einer unserer besten Leute«, stellte Kira den Mann vor.

Levan nickte den beiden zu. »Sind sie das?«

Kira nickte. »Er ist Sascha Leyden. Sie ist seine Partnerin – ihr Name lautet Conny. »Kannst Du feststellen, ob sie echt sind und ob auch *sie* für uns interessant sein könnte?«

»Moment mal!«, brauste Conny auf. »Sie sprechen über mich wie über einen Gegenstand. Ich hab keinerlei Interesse an Ihren Machenschaften.«

Kira nahm von dem Einwand keine Notiz und besprach mit Levan die weitere Vorgehensweise, die sie jedoch nicht begriffen. Schließlich ging Kira weg und ließ sie mit Levan allein.

»Was haben Sie mit uns vor?«, fragte Sascha, dem inzwischen wärmer geworden war, als ihm lieb war.

Levan, der sich auf einen der übrigen Stühle gesetzt hatte und einige Einstellungen an einem der Computer vorgenommen hatte, wandte sich ihm zu und sah ihn zum ersten Mal direkt an. Er schob sein Kaugummi, auf dem er die ganze Zeit über herumkaute, in die Backe und meinte: »Es wird Euch nichts geschehen. Es ist die übliche Prozedur, wenn jemand zum ersten Mal zu uns kommt. Wir müssen absolut sicher sein, dass man uns kein Kuckucksei ins Nest legt. Ich werde Euch gleich Sensorhauben auf den Kopf setzen, die ich selbst entwickelt habe. Mithilfe dieser Hauben kann ich exakt feststellen, ob Ihr die Personen seid, die wir erwarten und ob man Euch bereits präpariert hat oder nicht.«

Er stand auf und griff zu einem kleinen Drahtgestell, an dem zahlreiche Kabel befestigt waren. Er zog es Conny über den Kopf, die sich durch heftige Bewegungen dagegen zu wehren versuchte.

»Bitte«, sagte Levan. »Mir macht das auch keinen Spaß. Lass es einfach zu, dann ist es in wenigen Minuten vorbei.«

Conny gab ihre Abwehrversuche auf, doch man konnte ihr anmerken, dass sie Angst hatte.

Levan befestigte das Gestell mithilfe einiger flexibler Bänder fest an Connys Kopf und drückte an verschiedenen Stellen einige Sensoren bis auf ihre Kopfhaut herunter.

»Autsch!«, entfuhr es Conny.

»Verzeihung«, sagte Levan. »Das war nicht meine Absicht. Ich werde bei den restlichen Kontakten vorsichtiger sein.«

Kurze Zeit später setzte sich Levan erneut vor seinen Computer und drückte ein paar Tasten. Konzentriert beobachtete er die Anzeigen auf dem Monitor, bis er sich schließlich erhob und Conny das Gestell abnahm.

»Und was war das jetzt?«

»Du bist fertig«, sagte er. »Willkommen bei LIBERTAS.«

»Ein tolles Willkommen ist das hier bei Euch!«

»Du darfst es uns nicht übel nehmen, Conny«, sagte Levan. »Für uns geht es hier um sehr viel – wenn nicht sogar um unser Leben.«

Conny schluckte hörbar und sagte nichts mehr.

Levan wandte sich Sascha zu. »Bei Dir muss ich etwas anders vorgehen, weil Du bereits ein Interface erhalten hast. Wir wissen nicht, inwieweit bereits Spyware aktiv ist und wie sie gegebenenfalls mit ihrem Auftraggeber kommuniziert. Dieses Labor ist gegen elektromechanische Einflüsse abgeschirmt, sodass ich drahtlose Übertragungen ausschließen kann. Ich werde Dich jetzt über Dein Interface direkt an unseren Analysecomputer anschließen. Unser System wird das Interface bis ins Kleinste durchchecken. Wenn wir dabei auf schädliche Software stoßen, werden wir sie neutralisieren. Anders sieht es allerdings aus, wenn sie Dir bereits Hardware implantiert haben, die direkt auf Dein Hirn einwirkt. Diese Hardware werden wir zerstören müssen.«

Sascha spürte, wie ihm der Schweiß von der Stirn rann. »Was habt Ihr mit mir vor?«

»Im Normalfall versuchen wir, die schädliche Hardware zu übersteuern, um sie nachhaltig auszuschalten. Ich kann allerdings nicht garantieren, dass es ohne Schmerzen abgehen wird. Es kann sogar äußerst schmerzhaft sein – ist aber für Dein Nervensystem nicht wirklich gefährlich.«

»Und wenn ich damit nicht einverstanden bin?«, fragte Sascha.

»Ich vergesse einfach das alles und wir tun so, als wäre ich niemals hier gewesen.«

Levan schüttelte den Kopf. »Das geht jetzt nicht mehr. Wenn Du bereits präpariert bist, können wir Dich nicht mehr gehen lassen. Selbst wenn Du nicht präpariert bist, wärst Du eine Gefahr für uns – allein durch das Interface, das Du von Deinem Arbeitgeber bekommen hast. Versuch einfach, dich zu entspannen.«

Conny rüttelte an ihren Fesseln. »Das könnt Ihr nicht tun, Ihr Monster!«

»Wir sind keine Monster, Conny«, sagte Levan ruhig, während er Sascha einige Stecker in sein Interface steckte. »Du wirst es noch verstehen, genauso wie Sascha. Monster sind andere, glaub mir.«

Er setzte sich wieder vor seinen Computer und begann, auf der Tastatur herumzutippen.

Sascha fühlte plötzlich eine Hitze in seinem Kopf aufsteigen und bäumte sich stöhnend in seinen Fesseln auf.

»Oha, die waren aber gründlich«, entfuhr es Levan. »Das war gerade noch rechtzeitig.«

Sascha verlor das Bewusstsein und sein Kopf fiel auf seine Brust.

»Sascha!«, rief Conny. »Macht mich los, Ihr Idioten, verdammt noch mal! Ich will zu ihm!«

Levan hob beruhigend die Hand. »Keine Angst, das hat nichts zu bedeuten. Ich musste sein gesamtes Interface terminieren. Das führt häufig zu sogenannten Blackouts. Er wird bald wieder zu sich kommen.«

»Was heißt das: Du musstest sein Interface terminieren?«

»Das Ding arbeitet zwar als Schnittstelle, wie man es ihm gesagt hatte, ist aber letztlich eine komplette Fernsteuerung für Sascha. Noch ein paar Wochen und er hätte keinen freien Willen mehr gehabt. Ich hab nahezu alle Schaltkreise zerstören müssen. Jetzt haben wir natürlich das nächste Problem: Wir müssen das Ding aus seinem Kopf entfernen.«

Conny glaubte, ihren Ohren nicht zu trauen.

»Das wird ja immer schlimmer«, sagte sie. »Können wir es nicht einfach da lassen, wo es ist, wenn es jetzt nicht mehr funktioniert?«

»Leider nein«, sagte Levan. »Diese Schnittstellen verbinden sich gründlich mit allen möglichen Nervenzentren im Hirn. Es ist eine interaktive Geschichte. Bereits nach sehr kurzer Zeit verändern sich die Synapsen und können ohne den Dialog zwischen Interface und Nervensträngen nicht mehr fehlerfrei arbeiten. Wir müssen Sascha ein neues Interface implantieren. Doch wir haben Zeit dafür. Zunächst warten wir darauf, dass er wieder wach wird.«

Während sie warteten, dass Sascha seine Augen aufschlug, hörten sie Schritte, die sich ihnen näherten. Kira kehrte zu ihnen zurück. In ihrer rechten Hand hielt sie einen kleinen Seitenschneider. Levan nickte ihr kurz zu, worauf sie Connys und Saschas Fesseln durchschnitt.

Conny sprang sofort von ihrem Stuhl auf und stürzte sich auf Kira, die abwehrend ihre Arme hob. Levan fuhr dazwischen und hielt Conny an den Handgelenken fest.

»Wir sollten noch einmal von vorn anfangen«, sagte Kira, die sich von Connys Ausbruch relativ unbeeindruckt zeigte. »Wir wissen jetzt, dass Ihr sauber seid. Wir würden Euch gern einige Informationen geben, damit Ihr unsere Arbeit versteht, und vor allem deren Wichtigkeit begreift.«

»Und was ist mit Sascha?«, fragte Conny.

»Er wird gleich erwachen und kann uns dann in unseren Medienraum begleiten«, erwiderte Kira. »um das Interface werden wir uns anschließend kümmern. Deshalb müssen wir uns auch noch mit Dir unterhalten.«

»Mit mir?«, fragte Conny.

»Ja«, sagte Kira. »Denn auch Du solltest ein Interface bekommen – aber schau Dir vorher erst unsere Informationen an.«

5. Das Kartell ... Monate zuvor

Der Raum hatte eine gediegene Atmosphäre. Dicke Teppiche bedeckten den Boden und altes Eichenmobiliar rundete das Bild ab. An einem ovalen Tisch hatten fünf Personen Platz genommen. Man sah ihnen schon von weitem an, dass sie wohlhabend waren.

Der Gastgeber – Friedrich Thom – war ein etwa achtundfünfzigjähriger Mann von immer noch sportlicher Erscheinung. Eine Zeit lang sah man ihn in fast jeder Zeitung oder Illustrierten, da alle Welt sich über seinen Lebenswandel aufregte. Friedrich Thom war bereits als junger Mann wohlhabend, weil seine Eltern beim Absturz eines Flugzeugs ums Leben gekommen waren und ihm ein gewaltiges Vermögen hinterlassen hatten. Seit er volljährig war, hatte er sich alle Mühe gegeben, dieses Vermögen angenehm zu vergeuden. Er war eine angenehme Erscheinung und hatte Geld – damit bestand für ihn nie ein Problem, sich mit den hübschesten Begleiterinnen zu umgeben. Über Jahre hinweg gehörte er zum internationalen Jetset und galt als Partylöwe.

Sein Stern begann zu sinken, als man ihm nachweisen konnte, dass er in dubiose Geschäfte verwickelt war, die mit der kolumbianischen Drogenszene zu tun hatten. Friedrich Thom tauchte ab und verschwand von der Bildfläche. Die deutsche Staatsanwaltschaft ermittelte, soweit möglich, die Vermögen Thoms und fror sie ein, um ihn zur Rückkehr nach Deutschland zu bewegen, doch Thom besaß noch ausreichende Güter und Barvermögen im Ausland. Außerdem hatte er inzwischen Kontakte zu diversen kriminellen Organisationen, für die er zahlreiche Dienstleistungen erbrachte. Allmählich stieg er im Ansehen und in der Hierarchie einiger illegaler Organisationen immer weiter auf. Inzwischen wurde er von der Polizei in mindestens zehn Staaten gesucht.

Friedrich Thom war immer schon an technischen Entwicklungen interessiert gewesen. Deshalb war er auch auf einen Artikel aufmerksam geworden, der in einer Fachzeitschrift für Medizintechnik veröffentlicht worden war. Eine Gruppe von Wissenschaftlern hatte eine Möglichkeit gefunden, mittels eines Implantats Behinderten die Chance auf ein normales Leben zu geben. Er studierte den Artikel genau und erkannte das Potenzial, das sich darin verbarg. Er nahm Kontakt zu einigen Spezialisten auf und diskutierte mit ihnen diese Technologie.

Nach einhelliger Meinung musste davon ausgegangen werden, dass die Interface-Technik, wie man sie in der Öffentlichkeit nannte, keine Einbahnstraße sein konnte. Es musste möglich sein, auch Informationen und Befehle von außen an dieses Interface zu senden. Er verstand zu wenig davon, um es selbst in die Hand zu nehmen, aber er hatte die Kontakte zu Leuten, die Diebstähle verüben konnten und er hatte Kontakte zu Leuten, die ihm die besten Hacker der Welt beschaffen konnten. Also beschloss Friedrich Thom, einen beachtlichen Teil seines Restvermögens zu investieren, um es in die Forschung zu stecken. Es sollte sich jedoch um eine Forschung handeln, die im Verborgenen erfolgen musste. Er wollte ein System zur großflächigen Manipulation von Menschen. Es war ihm klar, dass er nur Menschen mit einem Interface beeinflussen konnte. Also brauchte er eine Idee, wie er ganz normale Menschen dazu bringen konnte, sich freiwillig ein solches Gerät implantieren zu lassen.

Friedrich Thom sah von einem seiner Gäste zum Nächsten.

»Meine Damen und Herren, ich hoffe, dass Ihnen die Zimmer hier in diesem Haus zusagen«, sagte er.

»Wir sind vollends zufrieden«, erwiderte Carmen Mendez, die für ein Technologiezentrum bei Nueva Alto in Kalifornien arbeitete. Nach außen betrieb die Firma Cybertec Dienstleistungen im Bereich der Programmierung von Mikroschaltkreisen für Miniroboter. Tatsächlich jedoch beschäftigte Cybertec einen großen Teil der besten Hacker der Welt, die sich mit der Entschlüsselung und Veränderung von fremden Softwareprodukten auseinandersetzte.

»Trotzdem würde ich gern erfahren, warum wir hier sind.«

»Das sollen Sie, Mrs. Mendez«, sagte Thom. »Ich darf Sie nur schnell alle miteinander bekannt machen.«

Er deutete der Reihe nach auf die Anwesenden.

»Zu meiner Linken sitzt Dr. Morgan Brethner. Er ist der leitende Direktor der AXXIUM Inc. Versicherungsgesellschaft in London. Daneben ist Ryan Foster, der Leiter der AXXIUM-Schadensstelle in Frankfurt. Ilja Butomkin betreibt eine Firma in der Ukraine, die sich mit der – sagen wir mal – Zweitverwertung von technischen Neuerungen befasst. Carmen Mendez spricht für eine amerikanische Firma, die über eine Reihe von Spitzenprogrammierern verfügt. Bevor wir beginnen, möchte ich noch auf eines hinweisen: Alles, was wir hier zu besprechen haben, wird streng vertraulich behandelt werden müssen. Solange wir hier unter uns sind, können wir uns mit unseren richtigen Namen ansprechen, da die von mir angemieteten

Räume selbstverständlich überprüft und sauber sind, doch außerhalb dieser Räume sollten wir ein anderes Arrangement vornehmen. Ist jemand unter Ihnen, der Schwierigkeiten damit hätte, sich eine unverfängliche Identität zuzulegen? Meine Leute würden Ihnen in einem solchen Fall gern behilflich sein.«

Thom blickte in die Runde, doch niemand schien hierzu eine Frage zu haben.

»Dann wäre dieser Punkt bereits geklärt«, sagte er. »Bitte tragen Sie die von Ihnen gewünschten Decknamen in die vor Ihnen liegenden Karten ein und übergeben Sie sie mir, bevor wir uns wieder trennen.«

»Das ist ja alles sehr interessant«, sagte Ilja Butomkin. »Trotzdem hätte ich gern ein paar weitere Informationen. Sie hatten angedeutet, dass wir ein Geschäft abzuwickeln hätten, das uns sehr viel Macht und Geld einbringen würde. Bisher sehe ich nichts davon.«

Thom lächelte. »Ich will Ihre Geduld nicht noch weiter auf die Folter spannen. »Sie alle sind sicher über die Sache mit den Implantaten für behinderte Menschen informiert. Ich hatte Ihnen allen ein Memo mit umfangreichem Bildmaterial zukommen lassen.«

»Das war auch äußerst interessant«, stimmte Dr. Brethner zu. »Doch sehe ich nicht, wie wir daran verdienen sollten. Es gibt bereits Patente. Außerdem arbeiten wir nicht in der richtigen Branche, um diese Technik nutzen zu können.«

»Das sehe ich allerdings anders«, sagte Thom. »Ich habe mich ausführlich mit einigen Spezialisten unterhalten. Diese Interfaces dienen, nachdem sie implantiert und konfiguriert sind, als Schnittstellen zu einem Netzwerk. Wir können also davon ausgehen, dass eine Kommunikation über das Internet möglich ist, wie auch die Nutzung von virtueller Realität in Intranetzen.«

Er machte eine kleine Pause und vergewisserte sich, dass seine Gäste angebissen hatten.

»Stellen Sie sich vor, sie hätten eine komplette Verwaltung, digitalisiert nachgebaut, und würden Mitarbeiter mit Interfaces in diese Umgebung einbauen. Sie könnten innerhalb dieser Umgebung agieren wie in der Realität. Spinnen Sie diesen Faden weiter. Sie verzichten komplett auf das Verwaltungsgebäude, nachdem es digitalisiert wurde, und lassen ihre komplette Belegschaft nur noch virtuell arbeiten. Sie benötigen kein Gebäude mehr, keine Möbel, kein Grundstück. Sie zahlen keine Grundsteuer, brauchen keine Versicherungen mehr für Feuerschäden und so weiter.«

»Das wäre ja fantastisch!«, sagte Dr. Brethner. »Aber es ist doch sicher nur eine Fiktion, oder?«

»Nein, das ist es nicht«, sagte Thom. »Wir haben uns die Baupläne für die Interfaces beschafft und es ist durchaus durchführbar. Nur brauche ich dazu Ihre Hilfe. Sie Mrs. Mendez hätten die Aufgabe, die virtuelle Umgebung zu erschaffen, die wir benötigen. Sie Herr Butomkin, könnten in Ihrem Werk Interfaces bauen nach unseren angepassten Plänen, mit Spezialsoftware der Firma Cybertec aus Kalifornien.«

Ryan Foster meldete sich zu Wort. »Wenn unsere Firmenleitung zustimmt, würde ich mich darum kümmern, die Frankfurter Vertretung von AXXIUM schrittweise auf virtuelle Realität umzustellen. Die Voraussetzungen wären geradezu ideal, da die Mietverträge für unser Verwaltungsgebäude in Frankfurt in einem Jahr auslaufen werden. Wir könnten Frankfurt als Test laufen lassen, bevor wir uns entscheiden, es im großen Stil weltweit einzusetzen.«

»Was machen wir denn mit all den Mitarbeitern, wenn sie virtuell arbeiten sollen?«, wollte Dr. Brethner wissen.

»Sie werden von zu Hause über Internet auf unseren Server zugreifen«, erklärte Thom, »Sie müssen nicht einmal mehr das Haus verlassen, um zur Arbeit zu kommen.«

Dr. Brethner war noch nicht zufrieden. »Mir ist noch immer nicht klar, wie Sie Hunderte von Menschen dazu bringen wollen, sich ein Computerimplantat setzen zu lassen.«

»Das ist leicht«, sagte Thom. »Geben Sie jedem, der sich für das Interface entscheidet, eine großzügige – und ich meine eine wirklich großzügige – Gehaltserhöhung.«

»Wo ist denn da unser Profit, wenn Sie die Einsparungen gleich wieder mit vollen Händen ausgeben?«, fragte Dr. Brethner. »Ich kann den Leuten die zugesagten Gehälter gerade hier in Deutschland nicht ohne Weiteres wieder kürzen. Das sollten Sie wissen, Herr Thom.«

»Sicher können Sie das!«, sagte Thom lächelnd. »Und zwar, wenn die Mitarbeiter es Ihnen freiwillig abtreten. Sie glauben ja gar nicht, was man mit diesen Interfaces alles anstellen kann.«

»Wie muss ich denn das verstehen?«, fragte Dr. Brethner verständnislos.

»Jede Computerschnittstelle ist eine zweiseitige Angelegenheit. Die Daten und Informationen fließen immer in beide Richtungen. Neben Daten können aber auch ganze Befehlsketten übertragen werden. Die neuen Interfaces werden schließlich von uns gebaut. Da können wir auch entscheiden, was diese Geräte leisten können und müssen. Ich stelle mir vor, dass wir diese

Geräte auch dazu nutzen, unsere Mitarbeiter zu loyalen Mitarbeitern zu machen. Mit anderen Worten: Sie können sich Ihre Leute so formen, wie Sie sie haben wollen. Wäre das nicht eine interessante Vorstellung?«

Dr. Brethner war sprachlos. Erst nach einer Weile fand er seine Stimme wieder. »Das wäre ja absolut fantastisch, Thom!«, sagte er. »Ich spinne den Faden mal weiter. Unser System würde, wenn es uns gute Gewinne bescheren würde, andere Firmen neidisch machen und sie eventuell dazu bringen, ebenfalls unser System zu übernehmen. Sie würden die Interfaces und alles Andere bei Firmen kaufen müssen, die zu unserem Kartell gehören. Wir würden auf diesem Wege diese anderen Firmen ebenfalls übernehmen und unseren Einfluss allmählich auf das ganze Land ausdehnen.«

»Sie haben es genau richtig erkannt«, stimmte Thom zu. »Das ist es, was ich Ihnen vorschlagen will: Lassen Sie uns ein Kartell gründen mit dem Ziel, unseren Einfluss und unseren Profit zu maximieren. Alles, was ab jetzt besprochen wird, darf diese Wände nicht verlassen.«

»Ich würde es auf jeden Fall begrüßen, wenn wir einen Test machen könnten, damit ich mir mit eigenen Augen ein Bild von den Möglichkeiten machen kann«, sagte Dr. Brethner.

Foster meldete sich zu Wort: »Ich hatte bereits angeboten, unsere Frankfurter Dienststelle für einen Test vorzubereiten. Wenn Sie zustimmen, werde ich die vorbereitenden Maßnahmen vornehmen.«

»Sie sehen, es ist bereits an alles gedacht«, sagte Thom. »AXXIUM Frankfurt ist nicht zu groß, die Mitarbeiter sind auf den Job angewiesen und vor allem – Cybertec hat bereits vorgearbeitet und ein Grundgerüst der Umgebung fertiggestellt, nicht wahr, Mrs. Mendez?«

Carmen Mendez lächelte, als sie das überraschte Gesicht Dr. Brethners sah.

»Allerdings haben wir das«, gab sie zu, »Mr. Foster, mit dem wir in der Vergangenheit bereits zu tun hatten, war so freundlich, uns Grundrisse und Fotos Ihrer Dienststelle zur Verfügung zu stellen. Wenn wir noch die restlichen Daten für die Feinarbeiten von Ihnen erhalten, könnten wir die ganze Geschichte in – sagen wir mal drei Monaten – auf unseren Servern online stellen. Sofern der Kollege Butomkin seine Interfaces rechtzeitig produzieren kann, benötigen wir lediglich noch jemanden, der diese Geräte zuverlässig implantieren kann.«

»Um die Implantation brauchen Sie sich keine Gedanken zu machen«, warf Thom ein. »Ich stehe in Verbindung mit einem sehr guten Neurochirurgen, der in meiner Schuld steht. Er wird diese Arbeit für uns übernehmen.«

»Dürfte ich erfahren, um wen es sich handelt?«, fragte Butomkin. »Es könnte hilfreich sein, wenn wir uns mit ihm in Verbindung setzen, denn es ist ja sicher wichtig, dass die Interfaces gefahrlos implantiert werden können.«

»Es handelt sich um Dr. Görtgen, einen der besten Neurochirurgen Deutschlands«, erklärte Thom. »Er hatte lediglich das Pech, sich bei Börsenspekulationen hoch zu verschulden und hatte sich auf einige riskante Dienstleistungen eingelassen, um seine Schulden zu refinanzieren. Ich hatte mir erlaubt, seine Verbindlichkeiten zu tilgen. Dafür arbeitet er jetzt für uns.«

»Was Sie vorschlagen, klingt verlockend«, meinte Dr. Brethner. »Aber es ist sicherlich zunächst einmal sehr teuer. Wie sieht es mit der Anschubfinanzierung aus?«

»Nun«, meinte Thom. »Ich persönlich habe meine nicht unerheblichen Mittel fast vollständig eingebracht. Es ist natürlich klar, dass man sich für ein solches Unternehmen nicht an der nächsten Ecke Kapital leihen kann. Seien Sie jedoch versichert, dass ich Geldgeber finden konnte, die ein reges Interesse an unserem Projekt zeigen und die potent genug sind, es auch zu finanzieren.«

6. Besuch bei LIBERTAS

Stundenlang hatten sich Sascha und Conny Filme angesehen, die ihnen von Kira gezeigt worden waren. Zum Teil waren es illegale Mitschnitte aus dem Büro von AXXIUM in Frankfurt, zum Teil auch auf elektronischem Wege erhaltene Daten.
Sie waren entsetzt über das, was sie erfahren hatten. Wenn es stimmte, was man ihnen vorgeführt hatte, war man dabei, bei der Firma AXXIUM die gesamte Belegschaft dazu zu bringen, nur noch virtuell zur Arbeit zu erscheinen. Dabei interessierte es die Firma nicht im Geringsten, ob die Mitarbeiter dabei Raubbau an ihrer Gesundheit betrieben oder nicht. Sie gingen äußerst subtil vor. Erst machten sie die Mitarbeiter neugierig, köderten sie mit hohen Gehaltszuschlägen, die angeblich durch die Einsparungen von Material in der realen Welt möglich waren.
Hatten die Leute erst einmal zugestimmt und sich ein Interface implantieren lassen, begann man sanft und stetig, die Psyche der Leute zu verändern. Wenn es in der ersten Phase noch darum ging, die Gedanken der Mitarbeiter zu überprüfen, ging es in der Endphase darum, die Menschen vollständig zu kontrollieren. War man erst einmal so weit, dann spielte es auch keine Rolle mehr, ob die Mitarbeiter aktuell vernetzt waren, oder ob sie ihre Freizeit in der realen Welt verbrachten. In diesem Stadium würden die Leute auch in ihrer Freizeit nur noch unter dem nachhaltigen Einfluss von AXXIUM handeln.
»Nun, was sagt Ihr?«, fragte Kira, nachdem der Monitor an der Wand dunkel geworden war und die Raumbeleuchtung wieder heller wurde.
»Es ist schrecklich«, gab Sascha zu. »Und ich trage solch ein Ding in meinem Kopf. Könnt Ihr es mir entfernen?«
»Wir *müssen* es sogar entfernen Sascha«, sagte sie. »Denn wir haben seine Funktionalität zerstört. Das Gerät hat sich derart intensiv mit den Synapsen Deines Hirns verbunden, dass es über kurz oder lang kollabieren würde, wenn wir nichts unternehmen. Wir müssen Dir allerdings einen Ersatz dafür implantieren, da an einigen entscheidenden Stellen bereits jetzt – nach nur wenigen Tagen – eine Schrittmacherfunktion notwendig ist.«
»Ich spüre aber überhaupt nichts«, sagte Sascha.
»Verlass Dich darauf – es wird passieren«, erwiderte Kira eindringlich. »Zurzeit merkst Du noch nichts, weil das Hirn noch durch das Interface versorgt war. Es dauert eine gewisse Zeit, bis

die Synapsen erneut aktiviert werden müssen. Bis es so weit ist, werden wir Dir unser Modell des Interfaces implantieren.«

»Welche Garantie habe ich, dass Euer Gerät nicht genauso manipuliert wie das alte Modell? Vielleicht macht mich dieses Interface dann zu *Eurem* Roboter.«

»Es ist verständlich, dass Du das befürchtest«, meinte Kira. »Aber Du wirst Dich auf unser Wort verlassen müssen, denn Du braucht definitiv ein neues Interface, wenn Du Deinen Verstand behalten willst. Ich kann Dich aber beruhigen. Wir tragen alle ein Interface – wenn auch nicht das primitive Modell, das man Dir eingesetzt hat.«

»Was stellt Ihr denn mit Euren Geräten an, wenn das im Kopf von Sascha so primitiv ist?«, wollte Conny wissen.

»Unsere komplette Kommunikation läuft verschlüsselt darüber«, klärte Kira sie auf. »Darüber hinaus leistet das Gerät natürlich alles, was die Geräte von AXXIUM auch können. Wir haben eine Hochleistungsfirewall, die Zugriffe von außen erkennt und gegebenenfalls umleiten kann, sowie Module, die dem Angreifer eine Scheinwelt vorgaukeln können. Wir können uns in das System des Wirtssystems einklinken – nicht nur in die Benutzerebene und können auch eigenen Code einschleusen, um das System zu manipulieren. Leider geht das nur, wenn wir das System vorher eingehend studieren konnten und das funktioniert nur von innen heraus. Deshalb sind wir auf Dich angewiesen, Sascha.«

»Ihr könnt also grundsätzlich das System des Gegners zerstören, braucht aber meinen Freund, um überhaupt Zugang zu bekommen?«, wunderte sich Conny. »Ist das nicht ein Widerspruch? Warum schleust Ihr nicht einfach einen Virus oder so etwas dort ein und lehnt euch bequem zurück, bis das System sich selbst zerstört hat?«

»So einfach ist das nicht, Conny. Sicher wäre es möglich, dass wir das AXXIUM-System lahmlegen, doch was hätten wir gewonnen? Sie würden natürlich unsere Manipulation bemerken und kämen uns auf die Spur. Schlimmstenfalls würden sie AXXIUM als Testfeld sofort aufgeben und irgendwo auf der Welt etwas Neues versuchen, dann allerdings mit mehr Vorsicht. Vielleicht würde es uns dann nicht mehr gelingen, dort einzudringen. Was jedoch wichtiger ist: Wir wollen das AXXIUM-System eigentlich nicht zerstören, sondern studieren, um an die Drahtzieher zu kommen. Wir wollen die Hintermänner ermitteln und ausschalten.«

»Das wäre aber doch eher eine Sache für die Polizei, oder etwa nicht?«, fragte Sascha. »Warum übergebt Ihr eure Informationen nicht einfach der Polizei?«

»Was sollte denn dann geschehen?«, fragte Kira zurück. »Zwischen Firmenleitung und Belegschaft gibt es Verträge, den Einsatz der Interfaces betreffend und AXXIUM besitzt eine gültige Lizenz für die Anwendung der Technologie. Offiziell machen sie sich nicht strafbar.«

»Ich dachte, die Technologie wäre Euch gestohlen worden«, meinte Sascha. »Wie kann es dann sein, dass AXXIUM eine gültige Lizenz für den Einsatz dieser Technologie besitzt?«

»Sie sind natürlich nicht so dumm, unsere Technik einfach nur zu kopieren«, erklärte Levan. »Sie beschäftigen schon ein paar kluge Köpfe, die unser Original so verändert haben, dass sie es als Eigenentwicklung, beziehungsweise Parallelentwicklung verkaufen konnten. Sie haben ja auch ein absolut anderes Einsatzgebiet für ihre Geräte.«

»Ich rolle das Feld jetzt mal von einer anderen Seite her auf«, sagte Conny. »Welchen Vorteil hätten wir persönlich davon, wenn wir Euch helfen würden?«

Kira lachte. »Es ist mir schon klar, dass Ihr unsere Sache – zumindest jetzt – nicht aus reinem Idealismus unterstützen würdet. Ich hab meine Hausaufgaben gemacht und weiß daher, dass Ihr dauernd Probleme habt, genug Geld zu verdienen. Geld ist allerdings nicht das Problem von LIBERTAS. Geld haben wir genug. Deshalb sind wir auch in der Lage, Euch anzubieten, in unseren Dienst zu treten. Voraussetzung wäre natürlich, dass Ihr beide bereit seid, ein Interface implantieren zu lassen.«

»Ich soll auch mit so einer Metallplatte am Schädel herumlaufen?«, brauste Conny auf. »Das könnt Ihr vergessen.«

»Unsere Implantate sind von außen nicht sichtbar«, erklärte Kira, »Meine eigene Metallplatte am Hinterkopf ist eine Attrappe. Unsere Interfaces kommunizieren drahtlos mit jeder gängigen Schnittstelle. Das ist leistungsfähiger und macht uns mobiler.«

»Dazu hab ich eine Frage!«, rief Sascha dazwischen. »Als man mir das Interface installiert hat, wurde ausdrücklich gesagt, dass man derzeit nur kabelgebundene Geräte verwenden kann, und die drahtlosen eine Gefahr für ihre Träger darstellen würden. Wie ist es möglich, dass Ihr dann drahtlose Modelle habt?«

»Görtgen hat sicher nicht gelogen, als er das sagte«, erklärte Kira. »Das ist der Unterschied zwischen echten Entwicklern und denen, die nur kopieren. Wir sind halt in der Entwicklung den Interfaces der anderen weit voraus.«

»Trotzdem ist es ein gravierender Eingriff in meine Person«, sagte Conny. »Außerdem hab ich den Eindruck, dass eure Arbeit hier illegal ist, oder etwa nicht?«

»Sie ist illegal, das ist richtig«, gab Kira zu. »Doch sie ist notwendig und wichtig, um der Menschheit die absolute Unterjochung zu ersparen. Ich weiß, es klingt pathetisch, aber wir sind die letzte Chance, die die Menschheit hat. Wenn wir die Hintermänner der Interface-Mafia nicht ausfindig machen und stoppen, ist es mit der Freiheit des Willens vorbei. Tragischerweise bewegen nicht *wir*, sondern die *anderen* sich derzeit auf dem Boden der Legalität. Würde man uns erwischen, wären wir erledigt.«

»Wie könnte eine Frau wie ich Euch denn überhaupt nützlich sein?«, wollte Conny wissen.

»Wir würden Dir einen Job in einem Frankfurter Callcenter beschaffen, den Du als Deckung verwenden würdest. Über das Call-Center wickeln wir große Teile unserer Kommunikation ab. Bestimmte Gespräche würdest Du auf Dein Interface leiten und von dort verschlüsselt weiterleiten. Du wärst ein wichtiger Kontakt für unsere Agenten in der vordersten Reihe – wie zum Beispiel Sascha.«

»Moment!«, rief Sascha. »Noch hab ich nicht zugestimmt.«

Kira wurde allmählich ungeduldig. »Sascha, mach Dir nichts vor. Du brauchst ein Interface, um bei Verstand zu bleiben. Wir können Dir eines implantieren, das über Fähigkeiten verfügt, über die Du Dir im Moment noch keine Vorstellungen machen kannst. Du wirst doch nicht im Ernst erwägen, Dir ein neues Gerät von Deinem Arbeitgeber zu besorgen, nach allem, was du nun weißt. Auch würde man von dir wissen wollen, wie es zu diesem Totalausfall des alten Gerätes gekommen ist.«

Sascha winkte ab. »Du hast ja Recht, Kira. Lass es uns so schnell wie möglich machen, denn ich habe *schon* etwas Angst davor, den Verstand zu verlieren.«

»Sascha!«, rief Conny dazwischen. »Bisher wissen wir nur von Kira, dass überhaupt die Gefahr besteht, dass du den Verstand verlieren wirst. Vielleicht stimmt das gar nicht und sie behaupten es nur, um Dich zu überreden.«

»Selbst wenn es so wäre – wo würdet Ihr Euch denn eine alternative Meinung einholen?«, fragte Kira. »Ihr habt keine andere Wahl, als uns zu vertrauen.«

In diesem Moment öffnete sich die Tür und eine junge Frau in einem Kittel schaute herein.

»Kira!«, rief sie. »Das OP ist fertig für die beiden. Zwei BCIs liegen bereit.«

»Danke Elena«, antwortete Kira.

»Was sollte das eben heißen?«, fragte Sascha. »Habt Ihr etwa schon die ganze Zeit über unsere Operation vorbereitet, ohne uns auch nur zu fragen? Und was sind BCIs?«

»Das sind biokybernetische Interfaces«, sagte Kira. »Und zu Deiner ersten Frage: Ihr seid hier, um von uns die BCIs zu erhalten und nicht, um uns unbehelligt zu verlassen. Wir können es nicht riskieren, Euch gehen zu lassen, nachdem wir Euch in unsere Arbeit eingeweiht haben. Habt Ihr etwa gedacht, wir wären lebensmüde?«

Sie drückte einen Knopf, worauf sich zwei Türen öffneten und mehrere Männer hereinkamen.

»Es tut mir leid, dass Ihr Euch nicht sofort für uns entscheiden konntet, aber jetzt treffen wir diese Entscheidung für Euch.«

»Und wenn wir trotzdem nicht mit euch zusammenarbeiten werden?«, fragte Conny trotzig.

»Ihr werdet es tun, Conny«, sagte Kira bestimmt. »Allein der gesunde Menschenverstand wird dafür sorgen. Wir werden weitersprechen, nachdem Ihr Eure BCIs erhalten habt. Um sie zu verwenden, bedarf es einer gründlichen Ausbildung. Ich bin sicher, Eure Einstellung wird sich dann ändern.«

»Weil Ihr uns über diese Geräte manipulieren werdet«, sagte Sascha.

»Blödsinn!«, rief Kira ärgerlich. »Wir manipulieren niemanden! Jeder ist freiwillig und gern hier.«

Sie gab den Männern einen Wink und sie führten Sascha und Conny hinaus, die sich in ihr Schicksal ergeben hatten.

Kira blickte ihnen hinterher und dachte, dass sie irgendwie doch recht hatten. In gewisser Weise waren sie auch nicht besser als ihre Kontrahenten. Sie hatte gehofft, dass sie sich schnell freiwillig für die Arbeit bei LIBERTAS entscheiden würden. Leider konnten sie sich nicht die Geduld leisten, die beiden wirklich zu überzeugen. Der Gegner hatte begonnen, AXXIUM komplett umzurüsten und Sascha war der Einzige, den sie derzeit dort einsetzen konnten. Sie brauchten in erster Linie Sascha, aber sie brauchten auch Conny, da eine gut funktionierende Kommunikation wichtig war. In erster Linie brauchten sie aber Conny, weil sie sicher war, dass Sascha ohne Conny nicht für sie arbeiten würde.

Sie fühlte sich auf einmal ungeheuer müde. Sie setzte sich auf den Stuhl und fühlte die Last der Verantwortung, die sie zu erdrücken schien.

Levan kam herein, stellte sich hinter sie und massierte ihre Schultern.

»Es ist zum Heulen, nicht wahr?«, sagte er.

Kira wandte den Kopf und sah ihn groß an. »Was meinst du?«

»Mach mir nichts vor, Mädchen. Dir wächst die Sache doch genau so über den Kopf, wie uns allen hier. Ursprünglich wollten wir nichts anderes tun, als die Diebe unserer neuen Technologie ausfindig machen und ihnen das Handwerk legen. Jetzt verselbstständigt sich die Geschichte immer mehr. Inzwischen sind wir Dingen auf der Spur, die für uns eine Nummer zu groß sind.«

»Was willst du damit andeuten? Willst du das hier etwa hinschmeißen und den Kopf in den Sand stecken? Wenn wir das tun, sind wir alle bald nur noch Marionetten.«

»Aber was *tun* wir denn?«, fragte Levan heftig zurück. »Diese beiden Menschen, die wir eben ins OP geschickt haben, sind nicht freiwillig hier. Sicher – gekommen sind sie aus Neugier, aber hatten sie, seitdem sie bei uns sind, noch eine Wahl? Kira, wir gehen inzwischen auch brutaler vor, als wir es uns jemals gedacht hatten.«

»Aber unser Tun hat eine Rechtfertigung durch unsere Ziele!«, ereiferte sich Kira. »Levan! Wir sind die *Guten*!«

»Rechtfertigen unsere Ziele auch die Mittel, zu denen wir jetzt bereits greifen?«, fragte Levan, »Auch ich identifiziere mich mit unserer Sache, aber nicht zu jedem Preis. Kira, ist Dir noch nicht aufgefallen, dass wir uns radikalisieren? Ich stelle es an mir selbst auch fest, und es gefällt mir nicht.«

»Was meinst du denn, sollten wir tun?«, fragte Kira, »Ich bin wirklich für jeden brauchbaren Gedanken dankbar.«

»Ich bin der Meinung, dass wir den beiden die Möglichkeiten unserer BCIs in allen Details demonstrieren sollten. Dann sollen sie selbst entscheiden, ob sie sich uns anschließen wollen, oder nicht.«

»... und sie dann mit unseren Interfaces im Kopf laufen lassen?«, fragte Kira entgeistert.

»Wir haben ihnen die Dinger aufgezwungen. Sie haben nicht darum gebeten.«

»Warten wir erst einmal ab, wie die Operation verläuft«, sagte Kira. »Lass uns mal zum OP hinüberlaufen. Vielleicht kann Dr. van Buren uns schon was erzählen.«

7. Das Kartell beginnt mit der Arbeit

Das Kartell traf sich seit einiger Zeit in regelmäßigen Abständen, um sich über die Fortschritte ihres Plans auszutauschen. Friedrich Thom lud seine Gäste jedes Mal an einen anderen Ort, um die Gefahr einer Entdeckung durch die Behörden so klein wie möglich zu halten.

»Mrs. Mendez, wie weit sind Ihre Vorarbeiten für die Einrichtung der virtuellen Dienststelle von AXXIUM gediehen?«, fragte er.

»Oh, es geht zügig voran«, sagte sie, »mich wundert, dass man es Ihnen noch nicht berichtet hat. Die Arbeitsumgebung ist quasi fertiggestellt. Auf unseren Firmenservern läuft sie seit Tagen absolut stabil. Wir haben bereits teilweise Livepopulation.«

»Sie haben was?«, fragte Thom.

»Vielleicht sollte ich das erklären«, mischte sich Ryan Foster ein. »Ich hatte mich bereit erklärt, mir eines dieser neuen Geräte aus dem Hause von Mr. Butomkin implantieren zu lassen. Wir müssen unbedingt jemanden auch in der virtuellen Realität direkt vor Ort haben und warum sollte ich es nicht selbst sein, wenn ich diese Dienststelle schon leite.«

»Sie haben sich ... tatsächlich so ein Ding in den Kopf setzen lassen?«, fragte Dr. Brethner entgeistert. »War das nicht gefährlich?«

»Sicher gibt es immer ein Restrisiko«, sagte Foster. »Aber in Anbetracht der zu erwartenden Gewinne bin ich auch bereit, gewisse Risiken einzugehen. Dr. Görtgen, der es mir eingesetzt hat, ist allerdings auch eine Kapazität auf seinem Gebiet.«

»Haben Sie es auch schon getestet?«, wollte Thom interessiert wissen.

»Mr. Foster war bereits in unserer Testumgebung«, bestätigte Carmen Mendez mit einem anzüglichen Lächeln. »Er schien sich dort sogar sehr wohl zu fühlen.«

Foster ging nicht darauf ein und fuhr fort: »Ich hab mich schon mal mit den Personalakten meiner Mitarbeiter beschäftigt und eine Reihe von Kandidaten ermittelt, die gewisse Probleme und Schwierigkeiten haben, die man mit etwas mehr Gehalt durchaus lösen könnte. Bisher hab ich allerdings erst eine Mitarbeiterin für unseren Test interessieren können.«

»Sie haben ihr doch nicht gesagt, dass es sich um einen Test handelt, oder?«, fragte Thom, »Wir können die Technologie nur als ausgereifte Alternative zum Arbeiten in der realen Welt verkaufen, nicht als Test.«

»Wer ist die Mitarbeiterin?«, fragte Dr. Brethner. »Jemand den ich kenne?«

»Es ist Lara Schmidt, die Abteilungssekretärin der Schadensabteilung«, sagte Foster. »Ich habe ihr – wie besprochen – eine großzügige Gehaltserhöhung angeboten. Da sie noch erhebliche Schulden für einen Sportwagen hat, den sie sich gekauft hat, war sie sofort bereit, sich ein Interface implantieren zu lassen.«

»Wie muss ich es mir eigentlich vorstellen, wenn jemand mit diesem Interface den virtuellen Raum betritt?«, wollte Dr. Brethner wissen. »So richtig kann ich es mir noch immer nicht vorstellen.«

Friedrich Thom deutete auf Carmen Mendez. »Vielleicht erklären Sie es Dr. Brethner. Schließlich sorgen Sie für das gesamte Layout.«

»Wenn Sie einen materiellen Raum betreten, nehmen Sie ihn mit Ihren Augen wahr«, erklärte sie. »Sie entscheiden, wo Sie hingehen, was Sie anfassen, wo Sie sich setzen, mit wem Sie sprechen. Das ist in dieser Form natürlich in der virtuellen Realität nicht möglich. Es existiert kein Raum, sondern nur dessen Beschreibung, die allerdings äußerst akribisch dem echten Raum angepasst wurde. Jeder Schreibtisch, jeder Stift, jede Pflanze wurde als Beschreibung in das Programm eingefügt. Kommt ein Mensch ins Spiel, muss er es auf der Ebene der Beschreibung tun. Mit anderen Worten, er muss ebenfalls eine Beschreibung seiner selbst sein. Wir legen für jede reale Person eine leere Entität im System an und legen Wert darauf, dass die Beschreibung der Person auch genau der Person in der Realität entspricht, denn es ist wichtig, dass sich eine Person in der virtuellen Realität auch vollständig wiederfindet, da sie es nicht akzeptieren würde, in einem ihr fremden Körper agieren zu müssen. Die Entität wird mit den Hardwarecodes des Interfaces verknüpft, damit es nicht zu Verwechslungen kommen kann. Man muss sich das so ähnlich vorstellen, wie bei MAC-Adressen von Netzwerkkarten bei Computern. Auch sie dienen der eindeutigen Identifizierung einer Maschine und kann nicht verändert werden.

In dem Moment, wo nun ein Mensch über sein Interface Kontakt zu unserer Umgebung aufnimmt, wird seine Entität aktiviert und an einer Grundposition bereitgestellt. Das Interface ist sehr breitflächig im Hirn seines Trägers verankert. Sämtliche Reize der Entität werden über das Interface auf die entsprechenden

Hirnsektoren weitergeleitet und übersetzt. So erscheint dann die Reaktion der Entität auf die Beschreibung von Teilen der Umgebung für den Betroffenen als echtes Sehen. Ebenso verhält es sich mit allen anderen Sinnen, die über das Interface verknüpft sind – und wir haben nahezu alles verknüpft, um später auch einen optimalen Zugriff auf die Hirnsektoren der Mitarbeiter zu haben. Für den Mitarbeiter ist es so, als würde er sich in einer realen Umgebung bewegen. Alles ist voll interaktiv. Es kostet eine Menge Rechenleistung, kann ich Ihnen sagen.«

Dr. Brethner zeigte sich beeindruckt.

»Und Sie waren schon dort drin?«, fragte er Foster.

»Ich kann es Ihnen zeigen«, schlug Carmen Mendez vor. »Ich habe mein Laptop dabei, auf dem ich eine Aufzeichnung solcher Testläufe habe.«

Foster blickte etwas säuerlich. »Sie haben Aufzeichnungen davon? Wieso weiß ich nichts darüber?«

Mendez schmunzelte böse. »Mr. Foster, das ist ein Test, oder nicht? Welchen Wert hat ein Test, wenn man nicht alles mitschneidet?«

»Das ist doch sicher für die Anwesenden nicht interessant«, sagte Foster, doch die anderen waren bereits neugierig geworden.

Carmen Mendez klappte ihr Laptop auf und fuhr es hoch.

»Wenn Sie einen Beamer hätten, wäre es für die Anwesenden sicher noch etwas eindrucksvoller«, sagte sie, an Friedrich Thom gewandt.

»Da kann ich Ihnen sicherlich helfen«, sagte Thom und griff nach seinem Mobiltelefon.

Ein kurzes Gespräch und ein Bediensteter des Hauses brachte einen Koffer herein.

»Danke«, sagte Thom schlicht. An die anderen gewandt, fuhr er fort: »Es lohnt sich, wenn man Wert auf eine gute Ausstattung der Treffpunkte legt.«

Carmen Mendez hatte sofort nach dem Koffer gegriffen und mit wenigen geschickten Handgriffen ihren Computer mit dem Beamer verbunden und diesen auf eine weiße Wand im Hintergrund des Raumes gerichtet.

»Es kann losgehen«, sagte sie und startete ihre Aufzeichnung des Testlaufes. Es wurde still im Raum und die Anwesenden wandten sich interessiert dem Film zu.

Zunächst war nichts weiter zu sehen als ein typisches Großraumbüro, wie man es üblicherweise in Verwaltungsgebäuden vorfindet. Nirgends bewegte sich etwas. Es musste sich um eine Aufnahme vor oder nach der üblichen Arbeitszeit handeln.

»Na, das ist nicht eben sehr beeindruckend«, entfuhr es Dr. Brethner. »Solche Büros haben wir auch in London und an unseren sonstigen Standorten.«

Carmen Mendez lächelte. »Was wir hier sehen, mein lieber Dr. Brethner, ist keines von den Büros, wie Sie sie kennen. Es ist bereits das digitalisierte Büro der Dienststelle in Frankfurt. Im Echtzeitbetrieb könnten wir nun das Auge des Betrachters durch die Räume bewegen. Da es sich hier nur um eine Aufzeichnung handelt, müssen wir uns mit dem begnügen, was wir haben.«

»Donnerwetter!«, sagte Dr. Brethner, »Unter diesen Umständen sieht die Sache natürlich wieder anders aus. Dieses Büro sieht ja wirklich vollkommen echt aus.«

»Warten Sie ab, es wird noch besser.«

In diesem Moment sah man, wie sich die Eingangstür bewegte und Ryan Foster das Büro betrat. Nichts deutete darauf hin, dass man kein reales Bild betrachtete, sondern ein virtuelles Konstrukt. Foster kam herein und sah sich in dem großen Raum um, dann wandte er sich um und ging zu seinem Büro. Als Leiter der Abteilung brauchte er sich nicht mit den anderen Mitarbeitern das Großraumbüro teilen, da er einen Anspruch auf ein eigenes Büro hatte. Das Auge des Betrachters begleitete ihn bis zu seinem Schreibtisch. Die Illusion war so vollkommen, dass man sogar die vielen kleinen Geräusche aus dem Lautsprecher des Laptops hören konnte. Man konnte das Öffnen der Tür, sowie das Schieben des Stuhles deutlich hören.«

»Das ist fantastisch«, sagte Ilja Butomkin. »Ich habe unsere Interfaces bisher noch nie so im Einsatz gesehen.«

In diesem Moment änderte sich das Bild und zeigte kurz darauf wieder den Eingangsbereich, durch den Lara Schmidt das Büro betrat.

Friedrich Thom pfiff durch die Zähne, als er Lara erblickte. Sie trug das für sie typische tief ausgeschnittene, kurze, rote Kleid, mit dem sie im Büro häufig die Männerwelt durcheinanderbrachte.

»*Das* ist Eure Sekretärin?«, fragte er Foster anerkennend. »Da hätte ich fast Lust, bei Euch zu arbeiten. Läuft diese Frau tatsächlich so herum, oder ist das ein Kunstgriff der Softwareleute?«

»Oh, wir halten uns schon recht genau an die Originalvorgaben«, warf Carmen Mendez ein. »Wir variieren durchaus schon mal die Garderobe, haben aber einen Katalog von Kleidungsstücken den Profilen zugeordnet, die von den betreffenden Personen tatsächlich getragen werden. Welche Garderobe allerdings im

Einzelfall angezeigt wird, ist von einem Zufallsgenerator abhängig.«

Lara schwebte den Gang entlang zu ihrem Arbeitsplatz und inspizierte die Unterlagen, die auf ihrem Schreibtisch lagen. Sie ordnete sie und nahm sich einen Packen auf den Arm. Das Beobachtermodul verfolgte sie, wie sie einen Teil der Unterlagen auf verschiedenen Schreibtischen anderer Mitarbeiter verteilte. Lara blickte auf die Bürouhr, schüttelte den Kopf und murmelte etwas. Dann wandte sie sich um und ging zu Fosters Büro hinüber. Ohne anzuklopfen, betrat sie den Raum.

»Ah, Lara, Du bist auch schon da«, hörte man Foster sagen. »War der Übertritt in die virtuelle Welt bei Dir auch so unproblematisch?«

»Es lief wie von selbst«, antwortete Lara. »Ich bin noch ganz überrascht, wie exakt auch mein Körper abgebildet worden ist.«

Sie strich sich mit den Händen von den Brüsten bis zu den Hüften. Foster schluckte heftig. Alle konnten mitverfolgen, dass Foster sich nur mühsam beherrschen konnte.

»Ich habe gerade die Unterlagen auf meinem Schreibtisch verteilt und dabei auf meine Uhr gesehen«, sagte Lara. »Wann ist denn damit zu rechnen, dass die anderen hier eintreffen? Ich meine – es macht ja wenig Sinn, wenn ich die Unterlagen verteile und niemand da ist, der sie bearbeiten kann.«

Foster erhob sich von seinem Stuhl und kam um den Schreibtisch herum auf Lara zu.

»Es wird niemand kommen, Lara«, sagte er. »Wir sind zurzeit die Einzigen, die bereits über ein Interface verfügen. Es ist ein Testlauf, um die Umgebung zu testen. Wir wollen herausfinden, wie natürlich es echten Personen vorkommt, wenn sie hier arbeiten. Zum einen geht es um das Look-and-Feel des Büros, zum anderen aber auch um das Selbstempfinden in der virtuellen Realität. Wie empfinde ich mich und meinen Körper hier in dieser Umgebung.«

»Dann bin ich nur ein Testobjekt?«, fragte Lara mit einem anzüglichen Lächeln.

»Na ja, im Grunde sind wir beide nichts anderes als Testobjekte«, meinte Foster. »Im Büroalltag muss ja auch die zwischenmenschliche Kommunikation funktionieren, da sonst sicher die Wenigsten bereit wären, sich auf ein Interface einzulassen.«

»Zwischenmenschliche Kommunikation«, echote Lara leise. »Was wäre, wenn es zu mehr als nur zu Kommunikation käme? Ich für meinen Teil empfinde mich hier als äußerst real.«

Sie legte eine Hand auf Fosters Brust und rückte näher an ihn heran, wobei sie ihm ihr Gesicht zuwandte.

»Lara, lass das bitte!«, sagte Foster. »Wir sind hier im Büro. Außerdem bin ich verheiratet.«

Lara lachte hell. »Ryan, wir sind hier nicht im Büro. Wir sind nichts weiter als ein paar Software-Elemente innerhalb einer Software-Umgebung, die zufällig wie ein Büro wirkt. Du bist zu Hause und ich bin auch zu Hause. Wir sind in einem Traum, Ryan. Warum sollten wir unseren Traum nicht einmal ausleben dürfen. Du hast gesagt, es kommt sonst niemand mehr, nicht wahr?«

Lara stand nun ganz dicht vor Foster und drückte ihren Körper an seinen.

Dr. Brethner, Ilja Butomkin und Friedrich Thom blickten gebannt auf das Bild, das vom Beamer auf die Wand geworfen wurde. Niemand sagte ein Wort. Carmen Mendez lächelte Foster boshaft an, dem anzusehen war, wie peinlich ihm das war. Er hatte nicht gewusst, dass man diese Situation mitgeschnitten hatte.

In dem aufgezeichneten Film hatte Foster inzwischen Lara an sich gerissen und küsste sie wild. Lara stand dem in nichts nach und fingerte an den Verschlüssen von Fosters Hose herum.

Foster wischte mit der Hand die Unterlagen und Schreibutensilien von seinem Schreibtisch und drückte Lara auf die Tischplatte hinunter. Als sie spürte, was er vorhatte, ließ sie es geschehen und legte sich rücklings auf die Tischplatte, wobei sie ihre Beine herunterbaumeln ließ. Foster war nicht mehr zu bremsen und streifte ihr den kleinen Seidenslip ab. Lara kam ihm zu Hilfe und zog ihn sich selbst über die Schuhe, die sie anbehalten hatte. Foster stand zwischen Laras Beinen und Lara setzte sich etwas auf, um sich mit Fosters Hose zu beschäftigen, die schließlich einfach herunterrutschte. Lara ließ sich mit einem leichten Seufzer wieder nach hinten Fallen und erwartete Foster, der sich nun nicht mehr bitten ließ. Mit einem Ruck riss er sich auch noch seinen Slip herunter und drang brutal in Lara ein, die lustvoll aufschrie und Foster mit ihren Beinen umschlang. Mit heftigen Stößen nahm Foster sie auf seinem Schreibtisch und war überrascht, wie schnell Lara unter seinen Stößen zum Höhepunkt kam. Sie bäumte sich auf und klammerte sich mit ihren Fingernägeln an seiner Schulter fest. Foster war jedoch noch nicht fertig und machte weiter. Er spürte, dass Laras Erregung wieder stärker wurde und sie bald einen weiteren Höhepunkt erleben würde. Als sie so weit war, war es auch bei ihm so weit und sie schrien beide vor Lust laut auf.

Nach einiger Zeit trennten sie sich voneinander. Foster zog seine Hosen wieder hoch und brachte seine äußere Erscheinung in Ordnung, während Lara noch immer auf dem Rücken lag und mit ihren Fingernägeln über die glatte Tischplatte fuhr.

»Das war toll«, sagte sie. »Ich glaube, ich kann mich mit der Arbeit in der virtuellen Welt gut anfreunden.«

Sie setzte sich auf und wirkte wie eine satte, zufriedene Katze. Sie rutschte von der Tischplatte herunter und warf sich in Fosters Arme. Unwillkürlich küsste er sie leidenschaftlich auf den Mund.

Dann sagte er: »Das muss absolut unter uns bleiben, Lara. Wenn meine Frau davon erfährt – es wäre nicht auszudenken.«

Er bückte sich, hob den Seidenslip auf und reichte ihn Lara.

»Hier, du solltest Deine Kleidung auch wieder in Ordnung bringen.«

Sie lächelte. »Den darfst Du behalten, Ryan. Ich ziehe ihn sowieso nicht an. Ich trage niemals einen Slip, nachdem ich mit einem Mann geschlafen habe.«

Sie zog ihr Kleid glatt und schloss die oberen Knöpfe ihres Kleides, die während ihres Liebesspiels aufgegangen waren. Fast bedauernd sah Foster zu, wie die schönen Brüste unter dem dünnen Stoff des Kleides verschwanden.

»Was soll übrigens unter uns bleiben?«, fragte Lara provozierend. »Es ist ja nichts geschehen. Ich glaube kaum, dass man es seinem Ehepartner beichten muss, wenn sich in einem Computer zwei Programme zu nahe kommen, oder?«

Carmen Mendez brach die Abspielung der Aufzeichnung an dieser Stelle ab.

»Meine Güte, Foster«, sagte Friedrich Thom. »Sie sind ja ein ganz schlimmer Finger.«

Foster sagte nichts. Er hatte seine Lippen fest zusammengepresst und schwor sich, dass er sich für diese Geschichte irgendwann an Carmen Mendez rächen würde.

»Sie haben also gesehen, wozu die virtuelle Realität fähig ist, die wir programmiert haben«, sagte sie, »zumindest kennen Sie jetzt *einen* Aspekt dieser Technologie.«

»*Einen* Aspekt?«, fragte Dr. Brethner. »Was haben Sie uns denn noch *nicht* gezeigt?«

»Warten Sie, ich suche eine bestimmte Stelle in der eben gezeigten Aufzeichnung, dann zeige ich es Ihnen.«

Carmen Mendez blickte konzentriert auf ihren Monitor, dann hellte sich ihre Miene auf.

»Hier ist es. Ich werde jetzt eine kleine Szene noch einmal zeigen – und zwar mit zusätzlichen Informationen.«

Sie drückte ein paar Tasten und das Bild an der Wand flammte wieder auf.

Sie sahen wieder Lara Schmidt, die sich Foster näherte und ihre Hand auf seine Brust legte.

»Lara, lass das bitte!«, sagte Foster. »Wir sind hier im Büro. Außerdem bin ich verheiratet.«

»Verdammt, sie sieht so zum Anbeißen aus und sie weiß das. Am liebsten würde ich ihr gleich hier die Kleider vom Leib reißen und sie hier auf meinem Schreibtisch bumsen.«

Lara lachte hell. »Ryan, wir sind hier nicht im Büro. Wir sind nichts weiter als ein paar Software-Elemente innerhalb einer Software-Umgebung, die zufällig wie ein Büro wirkt. Du bist zu Hause und ich bin auch zu Hause. Wir sind in einem Traum, Ryan. Warum sollten wir unseren Traum nicht einmal ausleben dürfen. Du hast gesagt, es kommt sonst niemand mehr, nicht wahr?«

»Verdammt, wie deutlich muss ich eigentlich noch werden, bis Du erkennst, dass ich Dich will, Du Dummkopf. Die Gelegenheit ist günstig, nimm mich endlich jetzt und hier.«

Carmen Mendez unterbrach die Abspielung wieder.

»Haben Sie den Unterschied bemerkt?«, fragte sie.

»Es wurde mehr gesprochen als vorher«, stellte Butomkin fest.

»Nicht ganz«, sagte Carmen Mendez. »Es wurde genau so viel gesprochen, wie vorher, nur habe ich jetzt noch den Inhalt der Gedanken der Teilnehmer eingespielt, wie sie über das Interface erfasst wurden.«

»Das waren wirklich die Gedanken der beiden?«, fragte Dr. Brethner, doch ein Blick in das entsetzte Gesicht Fosters zeigte ihm, dass es wirklich so war.

»Dann könnten wir also in Zukunft unsere Mitarbeiter sogar bis in ihre Gedanken überwachen und deren Gesinnung prüfen«, stellte er fest.

»Es geht sogar noch weiter«, sagte Carmen Mendez, »und das ist das Verdienst der Firma von Ilja Butomkin. Sie machte ein Zeichen, worauf Butomkin das Wort ergriff:

»Wie Sie alle wissen, fertigt meine Firma nach den uns überlassenen Plänen die Interfaces, deren Tests wir soeben eindrucksvoll miterleben durften. Meine Forschungsabteilung hatte eine Idee, die wir in einem neuen Prototyp des Interfaces bereits umgesetzt haben. Wir haben das Gerät um ein Modul erweitert, welches exakt die Frequenz und die Hirnstrommuster des Trägers feststellt und speichert. Wenn wir dann von außen entsprechend codierte Daten ins System einspielen, greift das angesprochene Interface diese Daten auf und übersetzt sie in

Gedanken, die in exakt den Sektor des Hirns gesendet werden, wo solche Gedanken normalerweise vom Träger des Interfaces erzeugt werden. Der Mitarbeiter wird also Gedanken haben, die wir ihm eingegeben haben und die er – wenn wir es geschickt machen – für seine Eigenen halten wird. Über einen längeren Zeitraum wird uns das in die Lager versetzen, die Gesinnung des Mitarbeiters in unserem Sinne dauerhaft zu verändern.«
»Ist dieses neue Gerät bereits einsatzbereit?«, wollte Thom wissen. »Das wäre genau das, was wir benötigen.«
Butomkin schüttelte den Kopf. »Leider muss ich Sie bis zu unserem nächsten Treffen vertrösten. Ohne Tests können wir das nicht auf die Menschheit loslassen. Wir wollen ja Menschen manipulieren und nicht umbringen.«

8. Die Operation

Das OP hatte man in einem Teil der alten Halle eingerichtet, die eine hohe Decke hatte. Die Kosten für die Installation der absolut sterilen Umgebung waren immens gewesen und hatten den Etat von LIBERTAS stark belastet, doch war es notwendig gewesen, da die Möglichkeit der Implantation von Interfaces für LIBERTAS von entscheidender Bedeutung war.

Im Innern des OP-Bereiches waren fünf Operationstische wie ein Stern aufgebaut, in dessen Zentrum ein drehbarer Turm mit den verschiedensten Instrumenten montiert war. Der gesamte Raum wirkte insgesamt wie ein Labor. Zur Decke hin hatte man ein Glasdach installiert, das auch nach oben die Anforderung einer sterilen Umgebung sicherstellte. Außen herum verlief ein Umlauf aus Metall, auf dem man um den ganzen OP-Bereich herumlaufen konnte, während man durch die Glasverkleidung des OP-Daches verfolgen konnte, was sich unten abspielte.

Kira und Levan stiegen die Stufen zum umlaufenden Gang hinauf, um in den OP zu blicken, da sie unten nicht hineingehen konnten, während eine Operation im Gange war.

Zwei der Tische waren belegt, sie konnten jedoch nicht erkennen, wer auf welchem der Tische lag, da die Körper der Patienten mit Tüchern abgedeckt waren und nur den Teil freiließen, den Dr. van Buren für seine Arbeit brauchte. Offenbar war einer der beiden bereits fertig, um den sich eine der Schwestern kümmerte. Dr. van Buren trug einen Ring um den Kopf, an dem ein Vergrößerungsglas und eine starke Lampe befestigt waren. Er war konzentriert bei der Arbeit. Sie waren so sehr in ihre Beobachtungen vertieft, dass sie Nina Kobach nicht bemerkten, die sich zu ihnen gesellt hatte. Nina war ebenfalls Ärztin und hatte zurzeit Pause. Sie hatte Kira und Levan auf der Balustrade entdeckt und sich entschlossen, ihnen einen Zwischenstand zu geben.

»Es ist nicht so einfach, wie wir uns vorgestellt hatten«, sagte sie.

»Wieso?«, wollte Kira wissen. »Wir haben doch schon Dutzende von BCIs implantiert. Ich dachte, es wäre inzwischen eine Routineangelegenheit.«

Nina schüttelte den Kopf. »Es wird im Grunde nie eine Routineangelegenheit sein, Kira. Wir arbeiten schließlich am offenen Hirn eines Menschen. Ich weiß – Dr. Görtgen, bei dem Du für uns arbeitest, hat ein System entwickelt, bei dem es wie Fließbandarbeit wirkt. Aber glaub mir, er hat bisher nur Glück gehabt. Was uns Probleme macht, ist nicht das neue BCI für Conny Albach. Sie hatte noch kein solches Gerät und die Verknüpfung mit den Synapsen scheint gut zu funktionieren. Sie wird derzeit überprüft und wird in einer leichten Narkose gehalten, bis das BCI alle notwendigen Synapsen gefunden und eingebunden hat. Anders sieht es bei Sascha Leyden aus. Das alte Interface hat in seinem Hirn gewütet wie ein Berserker. Die Synapsen wurden nicht *eingebunden*, sondern mit den Rezeptoren des Interfaces verschmolzen. Es bedeutet nicht, dass es für Saschas Verstand gefährlich ist, aber die Synapsen wurden so weit verändert, dass sie für unser BCI nicht mehr erreichbar sind. Wir sind zurzeit dabei, sämtliche Verbindungen der alten Rezeptoren zu orten und zu kappen. Erst dann kann das alte Gerät entfernt werden.«

»Können wir denn dann keines von unseren BCIs einsetzen, wenn es die erforderlichen Synapsen nicht finden kann?«, fragte Levan.

»Oh doch, das wird gehen. Es bedeutet nur, dass wir eine Menge zusätzlicher Arbeit haben, weil wir über alternative Nervenknoten gehen müssen und das BCI individuell darauf abstimmen müssen.«

»Wie lange wird es noch dauern?«, fragte Kira.

»Ich denke, dass wir noch fünf Stunden operieren müssen«, sagte Nina. »Ich werde Dr. van Buren gleich ablösen, sobald er alle alten Rezeptoren getrennt hat. Ihr könnt aber bald mit Conny sprechen. Ich denke, dass wir sie innerhalb der nächsten Stunde wecken können. Die meisten der Konnektoren sind bereits platziert.«

Es dauerte dann doch noch fast zwei Stunden, bis Kira sich an Connys Bett setzen und warten konnte, bis sie aufwachte. Sie musste sich nicht lange gedulden, und die Augenlider Connys begannen, sich zu bewegen. Schließlich öffnete Sie die Augen. Zunächst machte sie einen desorientierten Eindruck, doch das änderte sich schnell, als sie Kira erkannte. Ruckartig versuchte sie sich aufzusetzen, was sich allerdings rächte. Ein starkes Stechen im Kopf zwang, sie sich ächzend wieder hinzulegen.

»Du musst liegen bleiben«, riet Kira. »Ich weiß, dass Du mich am liebsten umbringen würdest. Trotzdem hoffe ich, dass wir auch jetzt noch Freundinnen werden können. Ich möchte mich dafür entschuldigen, dass wir Dich dazu gezwungen haben, Dich der Operation zu unterziehen.«

Connys Hand fuhr an ihren Kopf, zuckte aber zurück, als sie die frische Narbe am Hinterkopf berührte.

»Also habt Ihr es getan«, stellte Conny fest. »Dann hab ich jetzt auch so ein Kontroll-Dings in meinem Kopf.«

»Es dient nicht dazu, Dich zu kontrollieren«, sagte Kira. »Wir sind diejenigen, die damit Kontrolle ausüben wollen und werden. Du wirst eine von uns sein – Du wirst auch kontrollieren.«

Conny drehte den Kopf zur Wand. »Ich hab doch überhaupt keine Ahnung von Eurem Geschäft. Ich eigne mich auch nicht als Spion, oder als was Ihr mich einsetzen wollt.«

»Du musst nicht glauben, dass wir anfangs besser dran waren, Conny«, entgegnete Kira. »Wir waren ganz normale Leute und wollten ein ganz normales Leben. Wir waren erfolgreich und haben etwas Großartiges geschaffen. Leider können Erfindungen immer auch missbraucht werden. Uns wurde das Ergebnis unserer Forschung gestohlen – von Verbrechern, die diese Technik anwenden wollen, um uns alle zu beherrschen. Noch sind sie nicht so einflussreich, dass sie nicht zu stoppen wären, doch sind nur wir in der Lage, das zu tun – auch wenn *wir* in den Augen der Behörden die Verbrecher sind und nicht *sie*.«

Connys Kopf ruckte plötzlich herum. »Wo ist Sascha? Wie geht es ihm?«

»Er ist noch im OP. Bei ihm ist es vergleichsweise komplizierter, weil wir erst das alte, zerstörte Implantat rückstandsfrei entfernen müssen, ohne wichtige Hirnpartien zu beschädigen.«

»Wie bitte?«, brauste Conny auf. »Ihr schädigt sein Hirn?«

Kira machte eine abwehrende Bewegung. »Um Himmels willen nein! Wir werden ihm keinen Schaden zufügen. Es dauert nur länger als bei dir.«

Conny blickte Kira aus, zu Schlitzen zusammengekniffenen, Augen an. »Ich spüre überhaupt nicht, dass bei mir etwas anders ist als vorher. Ich hab auch keine Metallplatte am Hinterkopf, wie Sascha. Was wird hier überhaupt gespielt? Ihr habt mir in Wirklichkeit nichts in den Kopf gepflanzt, oder?«

»Doch Conny, du hast ebenso ein BCI in Deinem Kopf, wie wir anderen auch. Wir haben es nur noch nicht aktiviert.«

Kira hielt eine Art Fernbedienung in der Hand. »Mithilfe dieses Gerätes kann man einen Funkimpuls aussenden, der das Gerät in Funktion setzt. Ich wollte es nur nicht tun, ohne Dich zu informieren, da es zu einer Reizüberflutung kommen kann, wenn die Module beginnen, Dich mit Informationen zu versorgen.«

Conny sah sie ernst an.

»Dann mach schon«, sagte sie. »Wenn es schon nicht anders geht, dann aktiviere das Ding. Um so früher kann ich mich daran gewöhnen.«

Wie du willst. Versuch, Dich zu entspannen. Lass einfach zu, was jetzt gleich geschieht.«

Kira drückte auf einen Knopf und sah Conny prüfend an.

Conny zuckte plötzlich zusammen und bäumte sich auf. Aus ihrer Kehle entfuhr ein eigenartiges Stöhnen.

»Du musst Dich entspannen!«, befahl Kira. »Du darfst Dich nicht dagegen wehren!«

Allmählich wurde Conny ruhiger. Sie atmete heftig und Schweißperlen standen ihr auf der Stirn.

»Mein Gott, was ist das für ein Ding?«, fragte sie. »Ich habe plötzlich Zugriff auf Unmengen von Informationen. Es sprudelt nur so in meinem Kopf. Ich weiß überhaupt nicht, wie ich mich dagegen schützen kann.«

»Das wirst du bald lernen, Conny«, sagte Kira. »Der menschliche Geist ist anpassungsfähig. Mir ging es anfangs genau so. Wehre Dich nicht dagegen, auch wenn Du das Gefühl hast, Du müsstest etwas tun. Versuch auch nicht, diese vielen Informationen zu erfassen. Glaub mir: In höchstens zwei Tagen können wir mit den Schulungen beginnen, die Dich befähigen werden, mit diesem neuen Werkzeug in Deinem Kopf richtig umzugehen.«

Conny presste sich die Fäuste gegen den Kopf. »Ich weiß nicht, ob ich das lange ertragen kann.«

»Ich werde Dir ein leichtes Schlafmittel besorgen«, schlug Kira vor. »Manchmal ist Traumverarbeitung ein wirksames Mittel, sich an das BCI zu gewöhnen.«

»Ich will nicht schlafen, wenn Sascha wach wird«, sagte Conny sehr bestimmt. »Ich will dann bei ihm sein.«

Kira sah Conny mitfühlend an. »Ich verstehe Dich. Ich will die Sache nur etwas leichter für Dich machen.«

»Ich werde *nicht* schlafen!«, beendete Conny die Diskussion. »Lieber leide ich noch eine Weile unter diesem pausenlosen Ansturm von Informationen, die mir nichts sagen.«

Kira blieb noch einige Zeit bei Conny und leistete ihr Gesellschaft, und verwickelte sie in Gespräche, um sie davon abzulenken, dauernd in sich hineinzulauschen. Während dieser Gespräche begann Conny allmählich zu verstehen, welche Ziele LIBERTAS verfolgte und warum sie so scharf darauf waren, dass Sascha und auch sie selbst sich ihnen anschlossen. Nach und nach wurde sie Kira gegenüber weniger abweisend und war sich zuletzt sicher, dass man hier nicht vorhatte, ihnen Schaden zuzufügen. Allerdings machte Kira auch unmissverständlich deutlich, dass ihre Arbeit gefährlich war.

Eine völlig erschöpfte Nina Kobach kam herein und ließ sich in einen Sessel fallen.

Kira und Conny sahen sie erwartungsvoll an, doch Nina sagte nichts.

»Nun?«, fragte Kira. »Wie ist es gelaufen?«

Nina sah sie an, als wenn sie von ganz weit her zurückkehren würde.

»Entschuldigung«, sagte sie. »Ich hatte einfach abgeschaltet. Es war ungeheuer kompliziert. Ich hatte die zweite Schicht und hab bis eben operiert.«

Wie geht es Sascha?«, rief Conny dazwischen.

Nina machte eine beruhigende Geste mit der Hand. »Dem geht es ganz gut, wird jedoch noch eine Weile schlafen, bis er aufwachen wird. Seine Narkose war ungleich tiefer und die Operation dauerte deutlich länger als deine, Conny. Wir mussten endlos lange an den alten Verknüpfungen herumlaborieren. Dieser verdammte Görtgen hat die Synapsen mechanisch mit den Datenleitern des Interfaces verschmelzen lassen. Dadurch konnten wir die Nervenleiter nicht mehr für unsere Zwecke verwenden. Wir mussten für jeden einzelnen Rezeptor einen alternativen Nervenleiter finden, der die Aufgabe der veränderten Synapsen übernehmen konnte. Das gesamte BCI in Saschas Kopf ist quasi ein Unikat – alles musste von Hand justiert werden. Aber es hat geklappt. Er wird seine geistigen Fähigkeiten behalten und kann für uns arbeiten – wenn er dazu noch bereit ist, nach dem, was ich über Eure ungemein diplomatische Kontaktaufnahme gehört habe.«

»Ich weiß, wir haben Fehler gemacht«, räumte Kira ein.

»Kira hat mir in den letzten Stunden viel über Euch erzählt«, sagte Conny. »Wenn Sascha dieselben Informationen bekommt, wird er sich ganz sicher entschließen können, für Euch zu arbeiten.«

»Dann hätte die Mühe sich gelohnt«, meinte Nina. »Wie geht es Dir denn? Schwindelgefühle? Kopfschmerz? Desorientierung? Reizüberflutung? Irgendwelche anderen Probleme?«

»Anfangs dachte ich, ich würde diesen Wirbel in meinem Kopf nicht ertragen können«, sagte Conny. »Aber Kira hat mich mit ihren Gesprächen so geschickt abgelenkt, dass ich es jetzt schon fast ignorieren kann.«

»Sind Dir schon Besonderheiten aufgefallen? Kannst Du schon kommunizieren? Spürst Du das Netz bereits?«

Conny sah sie etwas hilflos an. »Ich weiß nicht, was Du meinst.«

»O.k.«, sagte Nina. »Das kommt schon noch. Du wüsstest, was ich meine, wenn Du es bereits könntest, oder Du hättest anders geantwortet.«
»Gib ihr Zeit, Nina« warf Kira ein. »Es hat auch bei uns gedauert.«
Nina erhob sich wieder aus dem Sessel. »Ich werde mich etwas hinlegen und schlafen. In etwa zwei bis drei Stunden wird Sascha aufwachen, dann will ich dabei sein.«

9. 10. Mai

Ryan Foster blickte durch die Scheiben seines Büros ins Großraumbüro und verfolgte das geschäftige Treiben der anwesenden Mitarbeiter. Noch immer war eine gewisse Zahl an realen Mitarbeitern an verschiedenen Schreibtischen zu sehen. Er würden seine Anstrengungen intensivieren müssen und den Druck auf diese Mitarbeiter erhöhen müssen.
Friedrich Thom hatte sich klar geäußert, dass er in spätestens vier Wochen Resultate sehen wollte. Bis dahin musste er es geschafft haben, dass niemand mehr in der alten realen Umgebung des Büros arbeitete. Leider gab es einige notorische Verweigerer, die sich bisher nicht bewegen ließen, sich ein Interface implantieren zu lassen.
Für ihn war das eine unangenehme Tatsache, da er in beiden Welten präsent sein musste. Mehrmals am Tag musste er sich in der virtuellen Welt ein- und wieder ausklinken, was er äußerst anstrengend empfand.
Im Moment befand er sich in der virtuellen Welt und überprüfte seine Mitarbeiter dort. Der Computer in seinem Büro gab ihm Zugriff auf sämtliche Daten, die über die Interfaces der Angeschlossenen liefen. Dadurch konnte er jederzeit erkennen, ob einzelne Mitarbeiter noch von einer vollständigen Kontrolle entfernt waren oder nicht. Einer der zuletzt migrierten Mitarbeiter, Sascha Leyden, beschäftigte ihn derzeit. Alles sah vollkommen normal aus: Er kam pünktlich zur Arbeit, machte seinen Job ordendlich, aber irgendetwas kam ihm komisch vor. Er wusste nur nicht, was es war. Er hatte Leyden befördert, nachdem er sich das Interface setzen ließ und er hatte es dankend angenommen. Er hatte sogar zugestimmt, am Doppelschichtprogramm teilzunehmen, um mehr Geld zu verdienen. Dabei wurde die gesamte Systemzeit doppelt so schnell getaktet, sodass es möglich war, in einer normalen Schicht fast die doppelte Zeit zu arbeiten. Ganz ließ sich eine Verdopplung der Arbeitszeit nicht erreichen, weil es immer wieder auch zu Kontakten mit der Außenwelt kam. Dann musste die Systemzeit in diesem lokalen Teil des Büros kurzfristig wieder dem normalen Zeitablauf angeglichen werden. Aber sogar daran hatte Leyden sich beteiligt. Trotzdem hatte Foster ein eigenartiges Gefühl. Er fragte sich, warum.
Hatte es mit Lara zu tun? Seit sie hier regelmäßig virtuell arbeiteten, schliefen sie regelmäßig miteinander. Er liebte sie

nicht, aber es machte Spaß, mit Lara Sex zu haben. Sie hatte schon in der realen Welt einen tollen Körper und man hatte sich akribisch bemüht, die realen Eigenschaften in der virtuellen Welt entsprechend exakt abzubilden. Er schmunzelte, als er daran dachte, dass Lara glaubte, sie selbst wäre es, die ständig mit ihm Sex haben wollte. Sie bestand ja auch ständig darauf, dass es nur virtuell stattfand und nicht real war.

Diese Interfaces waren wirklich ein Segen - zumindest, wenn man die Einflussmöglichkeiten hatte, die ihm zur Verfügung standen. Lara würde niemals begreifen, dass ihre Lust auf ihn nicht existieren würde, wenn sie nicht dieses Interface tragen würde. Er fürchtete nur, dass er es mit ihrer »Anpassung« etwas übertrieben haben könnte.

Lara machte auch Sascha Leyden schöne Augen und es war nicht zu übersehen, dass sie es auf ihn abgesehen hatte, dieses Luder. Foster fragte sich, ob es eine irrationale Eifersucht war, die ihn Leyden gegenüber voreingenommen machte, doch er war sich fast sicher, dass das nicht der Grund war..

Foster ging zurück zu seinem Schreibtisch und nahm den Telefonhörer in die Hand. Schnell tippte er Leydens Nebenstelle ein.

»Schadensabteilung. Sascha Leyden«, tönte es aus dem Hörer.

»Hier Foster«, antwortete Foster. »Kommen Sie bitte mal in mein Büro.«

Foster legte den Hörer wieder auf und wartete.

Kurze Zeit später kam Leyden herein.

»Sie hatten mich gerufen?«, fragte er. »Ist etwas nicht in Ordnung?«

Foster deutete auf den freien Stuhl vor seinem Schreibtisch.

»Setzen Sie sich doch.«

Sascha setzte sich und sah ihn fragend an.

»Wie kommen Sie mit Ihrer Arbeit zurecht?«, wollte Foster wissen. »Sie arbeiten in einem neuen Sachgebiet, das viel Verantwortungsbewusstsein von Ihnen erfordert. Mich würde interessieren, ob Sie das Gefühl haben, dass diese Arbeit etwas für Sie ist, oder nicht.«

»Haben Sie Grund zur Annahme, ich würde es nicht schaffen? Ich bin noch neu auf diesem Platz und muss mich natürlich erst einarbeiten. Diese Zeit werden Sie mir doch zugestehen, oder etwa nicht? Ich arbeite ja sogar schon in den neuen Doppelschichten, um mich schneller einzuarbeiten.«

Foster machte eine abwehrende Handbewegung. »Um Himmels willen nein, das soll keine Kritik an Ihrer Person sein. Ich wollte einfach nur wissen, wie Sie zurechtkommen.«

»Er reagiert ganz normal«, dachte Foster. »Vielleicht bin ich doch auf dem Holzweg.«

An Sascha gewandt, fuhr er fort: »Ich bin mit Ihnen sehr zufrieden und würde mir mehr Mitarbeiter wie Sie wünschen. Machen Sie weiter so, dann können Sie es bei AXXIUM noch weit bringen.«

Sascha erhob sich. »Danke Herr Foster. Dürfte ich dann wieder an meine Arbeit gehen? Ich habe noch wichtige Arbeiten zu erledigen.«

Er verließ das Büro und Foster sah im lange nach.

»Stimmt nun etwas nicht mit ihm, oder sehe ich Gespenster?«, fragte er sich.

Foster drückte ein paar Tasten auf seinem Computer und betrachtete den Bildschirm. Die aktuellen Daten Leydens wurden dort angezeigt. Nichts deutete darauf hin, dass er beunruhigt sein müsste. Zwar zeigte die Anzeige für die Beeinflussbarkeit durch das Netz bei ihm noch einen sehr kleinen Wert, doch hatte das nichts zu bedeuten, da er sein Interface erst seit kurzer Zeit trug. Er würde die Angelegenheit bei nächster Gelegenheit mit seinen Kollegen vom Kartell besprechen.Vielleicht hatten sie noch andere, weitreichendere Möglichkeiten, Leyden zu prüfen.

Sascha Leyden ging zurück zu seinem Schreibtisch. Wie üblich nickte er dem einen oder anderen Kollegen zu und nahm dann wieder Platz, um sogleich die nächste Akte aufzuschlagen, in die er sich vertiefte.

Niemand wäre auf die Idee gekommen, dass es nicht die wahre Identität Saschas war, die die Entität Saschas mit Leben erfüllte. Die Techniker von LIBERTAS hatten das alte Interface von Sascha mit speziellen Werkzeugen ausgelesen und kannten nun die ID von Saschas Entität im AXXIUM-Netzwerk. Also meldete man sich dort mit Saschas Original-ID an und erhielt aus dem System die Zuweisung der passenden Entität. Somit war sichergestellt, dass alle Mitarbeiter in der virtuellen Realität AXXIUMS das Erscheinungsbild der passenden Person zu sehen bekamen. Mithilfe der ebenfalls ausgelesenen Interaktionscodes konnte nun die Entität Saschas von der Technikern LIBERTAS im System gesteuert werden. Schwieriger war es da schon, die korrekten Verhaltensweisen an den Tag zu legen. Man schätzte Sascha richtig als einen kompetenten, aber zurückhaltenden Menschen ein und ließ ihn ruhig und zielgerichtet seine Arbeit verrichten. Ein Mitarbeiter von LIBERTAS stammte aus der Versicherungsbranche und gab dem Techniker Anweisungen, wie diverse Arbeiten zu erledigen waren. Hilfreich war, dass

Sascha diesen Job erst seit kurzer Zeit machte. Da würde man ihm einige Unsicherheiten noch durchgehen lassen.

Jan Przygoda, der als Techniker für die Steuerung von Saschas Hülle verantwortlich war, hatte ein merkwürdiges Gefühl dabei, jetzt so tun zu müssen, als wenn alles in Ordnung wäre. Ein kleiner Fehler und sie hätten ihren Agenten bereits verloren, bevor er zum Einsatz gekommen war. Jan blickte durch die Augen der Sascha-Entität auf die Bürouhr. Er hatte erst wenig mehr als die erste der beiden Schichten zurückgelegt und würde noch eine ganze Weile hier sitzen müssen. Der Kalender zeigte bereits den 11. Mai. Er fragte sich, was sich die Manager von AXXIUM dabei gedacht hatten, den Zeitablauf für manche Mitarbeiter zu manipulieren. Er konnte sich nicht vorstellen, dass es tatsächlich effektiv war, die geistigen Fähigkeiten der Leute in dieser Art ausbrennen zu lassen. Jan war für die Dauer seines Einsatzes gezwungen, sich diesem beschleunigten Zeitablauf zu unterwerfen und fand bereits jetzt, dass es ihn vollkommen aus der Bahn warf.

Jan schaltete sein BCI in den Kontrollmodus und tauchte vorsichtig in das Netz der Firma AXXIUM ein. Er war sich durchaus des Risikos bewusst, dass es immer geschehen konnte, dass eine Sicherheitsroutine die ein- und ausgehende Datenkommunikation registrierte, auch wenn LIBERTAS eine Technik entwickelt hatte, seine Daten vom Datenverkehr seiner Gegner transportieren zu lassen und sie erst außerhalb des sensiblen Bereichs davon abzukoppeln. Es war quasi ein verschlüsselter Code im Code.

Jan bewegte sich in einer Datenebene unterhalb der Benutzerebene. Für einen ungeübten Betrachter wäre es ein elektronisches Chaos, doch Jan war ein Meister seines Fachs.

Für ihn waren die Leiterbahnen und Baugruppen der Computerhardware, auf der die virtuelle Welt als Programm lief, wie Straßen und Wege in einer zunächst unbekannten Stadt. Alles war bunt, grell und in Bewegung - er das einzig ruhende Element in dieser hektischen Szenerie. Er musste sich schnell zurechtfinden und sein Bewusstsein in den allgemeinen Fluss der Daten einfädeln, um nicht als Störelement erkannt zu werden. Es war nicht lustig, sich mit einem Datenschutzprogramm anzulegen, das ihn als gefährlich eingestuft hatte. Jan fürchtete zwar nicht, in einem solchen Fall Schaden zu erleiden, aber es war nicht wünschenswert, den Gegner auf Dinge aufmerksam zu machen, die man eigentlich vor ihm verbergen wollte.

Das Zeitgefühl ging meist sehr schnell verloren, wenn man sich mithilfe des BCIs in einer Subebene eingeloggt hatte. Jan hatte das Gefühl, schon minutenlang im System zu sein, und fand sich allmählich in der Systematik des Programms zurecht. Er vermutete aber, dass es in Wahrheit nur wenige Augenblicke waren. Mit einem kurzen Gedanken fädelte er sich endgültig in den Datenstrom ein und raste durch die Eingeweide eines Programms wie auf einer verrückten Achterbahn. Immer wieder musste er blitzschnell an Datenknoten die Richtung wechseln.
Er wusste, wonach er suchte. Bereits nach kurzer Zeit hatte er die Verknüpfung zu den Programmen der für das Büro angelegten Entitäten gefunden. Natürlich sah er sie nicht als Personen, wie er sie sehen würde, wenn er sich auf der Benutzerebene befinden würde, sondern als numerische Speicherarrays. Rasch holte er sich die ID Fosters aus seinem persönlichen Register, das er sich angelegt hatte, und suchte die passende Entität heraus. Nun musste er behutsam vorgehen, denn hier befand er sich genau an dem Informationsknotenpunkt, über den der gesamte Datenverkehr Fosters lief, solange er sich in der virtuellen Realität befand.
Vorsichtig verband er ein paar Codefetzen mit dem Systemkern der Entität Fosters. Nachdem das geschehen war, zog er sich zurück und wechselte zurück auf die Benutzerebene, da er Saschas Hülle nicht lange unbeaufsichtigt lassen wollte. Er war gerade noch rechtzeitig zurück, denn er bemerkte Lara Schmidt, die vor ihm stand und ihn nachdenklich von der Seite ansah.
Jan tat, als würde sich Sascha erschrecken, sie zu sehen, weil er sich auf seine Arbeit konzentriert hatte.
»Lara, mein Gott«, sagte er. »Ich hab Dich überhaupt nicht bemerkt.«
Laras Miene entspannte sich. »Ich dachte schon, Du wolltest mich nicht bemerken.«
Jan wurde aus Lara nicht schlau. Er glaubte, dass sie ein oberflächlicher Mensch war – immer nur auf ihr persönliches Vergnügen ausgerichtet. Er hatte mitbekommen, dass sie in dieser virtuellen Welt mit Foster schlief und das für die natürlichste Sache der Welt hielt. Gleichzeitig kam sie aber auch ständig bei Sascha vorbei und versuchte, ihn zu umgarnen, obwohl sie wusste, dass er mit Conny zusammenlebte.
»Lara, sei mir bitte nicht böse, aber ich muss diese Sachen hier heute unbedingt fertigmachen«, sagte er. »Ich stecke im Moment tief in der Materie und darf den Faden jetzt nicht verlieren.«
Er blickte sie bedauernd an und hatte offenbar Erfolg damit.

»Dann will ich Deine Konzentration nicht weiter stören, Sascha. Vielleicht komm ich nachher noch mal vorbei. Ich wollte nur fragen, ob Du nachher mitkommst. Ich wollte mit ein paar von den Jungs bowlen gehen. Überleg's Dir.«

Sie schenkte ihm ein hinreißendes Lächeln und ging den Gang hinunter, an dessen Ende ihr Schreibtisch stand.

Jan atmete innerlich auf, weil er Lara jetzt nicht gebrauchen konnte. Andererseits – unter anderen Umständen hätte er gegen Laras Bekanntschaft sicher nichts einzuwenden gehabt.

Jan aktivierte die installierten Codefetzen, einen sogenannten Spider, den er installiert hatte und der ihn ab jetzt mit allen Daten versorgte, die zur oder von der Entität Fosters flossen. Zunächst eliminierte er alle Daten, die mit dem Bewegungsablauf Fosters zu tun hatten, bis er schließlich auf die reine Kommunikation und seine Gedanken stieß. Nun konnte er quasi mithören, was Foster dachte.

Es dauerte lange, bis Foster sich gedanklich mit Sascha befasste und er endlich herausfand, dass Foster ihn nur aufgrund eines unbestimmten Gefühls zu sich bestellt hatte und keinen konkreten Verdacht gegen ihn hegte. Jan trennte die Verbindung. Er wollte sein Glück nicht herausfordern. Er hatte erfahren, was er wissen wollte: Sie waren noch im Geschäft. Allerdings wurde es Zeit, dass der echte Sascha Leyden seine Rolle im Büro übernahm.

Als Sascha aus seiner Narkose erwachte, fühlte er sich wie zerschlagen. Es dauerte eine Weile, bis ihm einfiel, wo er sich befand. Er fand es ungeheuer schwer, seine Augen zu öffnen. Mühsam zwang er sich, einen Blick zu riskieren.

Sein erster Blick traf auf Conny, die an seinem Bett saß und ihn anlächelte. Es tat ihm gut, sie bei sich zu wissen. Also hatte sie die Operation gut überstanden, denn er konnte sich erinnern, dass sie beide gleichzeitig in diesem eigenartigen Labor auf den OP-Tischen fixiert worden waren.

Er versuchte, etwas zu sagen, doch die Zunge versagte ihm noch den Dienst.

»Sprich noch nicht«, sagte eine Stimme, die er kannte.

Sascha drehte mühsam den Kopf in Richtung der Sprecherin. Es war Kira.

»Gut, Du kannst uns also bereits hören«, stellte sie fest.

»Die Operation war bei Dir schwierig, weil das Implantat von AXXIUM rüde mit Deinen Synapsen umgesprungen ist. Wir haben es durch eines von unseren ersetzt, aber noch nicht aktiviert. Damit wollen wir warten, bis Du ausgeruhter und

stabiler bist. Conny hat ihre OP gut überstanden. Sie versteht jetzt, warum wir handeln mussten, wie wir gehandelt haben.«
Sascha sah Conny fragend an und sah, wie sie nickte.
»Es stimmt Sascha«, sagte Conny. »Ich trage auch so ein Interface in meinem Kopf und sie haben es auch bereits aktiviert. Noch beherrsche ich es nicht sonderlich, aber schon in diesem Augenblick kann ich Dinge tun, während ich mit dir spreche, die ich mir im Traum nicht vorgestellt hätte. Ich hab mich lange mit Kira unterhalten. Sie sind in einer schwierigen Situation und sind auf Deine und meine Hilfe so dringend angewiesen, dass sie aus ihrer Sicht keine andere Wahl hatten, als uns zu zwingen. Ich muss gestehen, dass ich ihr Verhalten im Nachhinein billige.«
Kira und Conny konnten am Gesichtsausdruck Saschas erkennen, dass er ihnen nicht glaubte.
Kira schloss das Gespräch ab und meinte: »Wir können später gern über alles sprechen, doch jetzt solltest Du noch etwas schlafen. Dein Hirn wurde während der OP arg gestresst und muss sich erholen. Wir kommen später noch mal vorbei – dann wirst du vielleicht bereits zum ersten Mal aufstehen können.«
Sascha wollte erst protestieren, doch stellte er selbst fest, wie schlapp er war. So bekam er nur noch mit, wie Conny ihm einen sanften Kuss auf die Lippen hauchte und die beiden Frauen dann den Raum verließen.
Als Sascha erneut wach wurde, glaubte er, nur kurz eingenickt zu sein. Umso überraschter war er, als feststellte, dass mehrere Personen an seinem Bett standen. Conny und Kira erkannte er sofort, doch es waren noch zwei weitere Männer dabei, die er nicht kannt. Einer machte den Eindruck eines Studenten. Ein hochgewachsener Junge von höchstens zweiundzwanzig Jahren mit langen Haaren und zerrissenen Jeans. Der Andere war offenbar Arzt. Er trug einen weißen Kittel, hatte graues, lichtes Haar und Sascha schätzte ihn auf mindestens Mitte Fünfzig.
»Schön, dass Sie sich entschlossen haben, aufzuwachen«, sagte der Ältere lächelnd. »Mein Name ist Dr. Jan van Buren. Ich habe Sie operiert und wollte mich davon überzeugen, dass es Ihnen gut geht. Haben Sie irgendwelche Schmerzen?«
Sascha horchte in sich hinein, konnte aber, abgesehen von einer leichten Benommenheit, nichts feststellen.
»Nein, ich glaube, ich hab keine Schmerzen«, sagte er. »Kann ich jetzt aufstehen?«
Van Buren legte ihm eine Hand auf die Brust. »Nicht so hastig, junger Mann. Sie müssen sich langsam an die Normalität gewöhnen. Wenn Sie jetzt zu schnell aufstehen, wird Ihnen gewiss schwindelig werden und Sie könnten stürzen. Sie haben

eine schwere Operation hinter sich. Wir dürfen nicht riskieren, dass Sie innerhalb der nächsten Zeit eine Gehirnerschütterung erleiden.«

»Aber ich darf doch wieder aufstehen?«, fragte Sascha hoffnungsvoll.

»Sicher. Sie *müssen* sogar wieder aufstehen. - Aber langsam.«

Sascha setzte sich vorsichtig auf und stellte augenblicklich fest, was Dr. van Buren gemeint hatte. Die Welt begann, sich um ihn zu drehen. Conny bemerkte es sofort und setzte sich neben ihn auf das Bett, um ihm Halt zu geben.

»Sascha, ich muss Dir noch Thomas vorstellen«, sagte Kira und deutete auf den jungen Mann, der bisher still am Fußende des Bettes gestanden hatte. »Er wird Dein und Connys Interface-Trainer sein. Ich weiß – es ist noch etwas früh, aber uns bleibt keine Zeit mehr. Wir müssen euch beide viel schneller ausbilden, als wir ursprünglich geplant haben.«

»Wovon reden wir denn jetzt eigentlich?«, fragte Sascha, der noch Mühe hatte, dem Gespräch zu folgen.

»Du kannst Dich doch sicher erinnern, dass wir Dein altes Interface zerstört hatten, nicht wahr?«, fragte Kira.

Sascha nickte schweigend.

»Bei der Operation stellte sich heraus, dass man das alte Interface auf eine Weise in Deinem Kopf implantiert hatte, die ein problemloses Entfernen fast unmöglich machte. Dr. van Buren ist eine Koryphäe auf seinem Gebiet. Wir verdanken es ihm, dass er die beschädigten Synapsen umgehen konnte. Jetzt ist an der alten Stelle eines von unseren BCIs eingesetzt und verbunden. Die alte Kontaktplatte haben wir entfernt. Wir verwenden ein anderes Verfahren der Vernetzung.«

Kira machte eine Pause, um ihre Gedanken zu ordnen.

Dann fuhr sie fort: »Wir haben eine von unseren Programmdrohnen eingesetzt, um Dich bei AXXIUM zu ersetzen, solange Du nicht voll einsatzfähig warst. Einer unserer Techniker hat sich darum gekümmert. Leider musste er feststellen, dass dieser Ryan Foster allmählich misstrauisch wird. Wir müssen bald jemanden dort einschleusen, der das System gut kennt. Sascha, Du musst bald wieder arbeiten.«

»Ich glaube kaum, dass ich mich im Moment fähig fühle, meinen Job bei AXXIUM wieder auszuüben«, sagte Sascha.

»Gegen die rein körperlichen Beschwerden werden wir etwas tun«, warf Dr. van Buren ein. »Ich werde meine Kollegin Nina bitten, Ihnen etwas zu geben, dann werden Sie sich gleich besser fühlen.«

Thomas sprach nun zum ersten Mal: »Wichtiger ist, dass Sie mit Ihrem BCI vernünftig arbeiten können. Das ist *mein* Arbeitsbereich. Ich werde gleich Ihr BCI aktivieren. Ich sage Ihnen gleich, dass es im ersten Moment unangenehm sein wird. Versuchen Sie nicht, sich dagegen zu wehren. Ihr Verstand wird von allein damit fertig werden. Legen Sie sich nun wieder bequem hin.«

Sascha wollte schon protestieren, als Conny ihn sanft auf das Kissen zurückdrückte.

»Tu's einfach, Sascha. Es ist besser, glaub mir. Der erste Augenblick ist nicht angenehm.«

Sascha legte sich resignierend zurück. »Ach macht doch, was Ihr wollt. Ich hab diese Bevormundung langsam satt.«

In diesem Moment gab Thomas den Impuls zur Aktivierung von Saschas BCI. Saschas Körper bäumte sich krampfhaft auf und ein Furcht einflößendes Stöhnen entrang seiner Brust, dann fiel er zurück und sein Körper erschlaffte. Er war bewusstlos geworden.

»Ist das normal?«, wollte Conny wissen. »Ich bin nicht bewusstlos geworden, als man mein BCI eingeschaltet hatte.«

»Machen Sie sich keine Gedanken«, sagte van Buren. »Diese Reaktion ist angesichts der schweren Operation durchaus nicht ungewöhnlich. Für ihn ist es besser, da sich das BCI auch im bewusstlosen Zustand etablieren kann. Wenn er wieder aufwacht, wird er keine nennenswerten Schwierigkeiten mehr haben.«

10. Zwischenbericht

Friedrich Thom trommelte nervös mit den Fingernägeln auf die polierte Tischplatte des Konferenztisches.
Die übrigen Teilnehmer der Runde waren inzwischen eingetroffen und hatten Platz genommen. Carmen Mendez strahlte, wie immer, eine unerschütterliche Ruhe aus. Sie hatte sich ein Zigarillo angezündet und blies gedankenverloren Rauchringe in die Luft, wofür sie von Dr. Brethner zornige Blicke erntete, was sie jedoch nicht im Mindesten störte.
Ryan Foster machte einen gereizten, nervösen Eindruck. Er hatte Carmen Mendez ihre Präsentation beim letzten Treffen noch nicht verziehen. Er trug als Einziger von ihnen ein Interface und fand es ungeheuerlich, dass man ihn im Testlauf wie einen normalen Mitarbeiter behandelt hatte. Der Absprache zu Folge war *sein* Test gewesen. *Sein* Eindruck der Umgebung sollte geprüft werden. Stattdessen hatte Carmen über seine Schnittstelle den vollen Zugriff auf seine Entität und - wer weiß – vielleicht auch auf sein reales Ego genommen. Der Gedanke war ihm unerträglich, dass diese Frau Einfluss auf ihn gehabt haben könnte. Sicher, auch er selbst hatte sich ein Stück vom Kuchen genommen, in dem er Lara Schmidt für diesen ersten Test gewählt hatte, doch das war natürlich etwas vollkommen Anderes. Er gehörte zum Kartell. Er stand auf der anderen Seite. Er gehörte zu denen, die an der Technologie verdienen würden. Warum sollte er da nicht auch etwas persönlichen Spaß für sich abzweigen? Wem würde es schaden? Er würde es dieser arroganten Person noch heimzahlen.
Ilja Butomkin sah aus dem Fenster und blickte auf das Panorama der Frankfurter Wolkenkratzer, das sich vor ihnen ausbreitete. Man sah ihm an, dass er sich langweilte.
»Meine Damen und Herren«, begann Thom. »Ich denke, wir können beginnen. Erst einmal möchte ich Ihnen danken, dass Sie gekommen sind. Ich will mich auch nicht mit langen Vorreden aufhalten, denn ich weiß, dass Ihre Zeit - ebenso wie meine – knapp bemessen ist.«
Er machte eine kurze Pause und nickte Foster zu.
»Ryan, würden Sie uns einen kurzen Zwischenbericht geben? Wie weit sind unsere Vorbereitungen für den Gesamttest gediehen?«

»Wir sind auf einem guten Weg«, begann Foster. »Zahlreiche Mitarbeiter sind inzwischen mit einem Interface ausgestattet und arbeiten teilweise oder überwiegend virtuell.«

»Das ist nicht genug, Foster«, rief Carmen dazwischen. »Wir brauchen keine Teilerfolge – wir brauchen echte Resultate. Damit meine ich nicht, dass Sie nach und nach, über Wochen oder Monate den Laden in die virtuelle Welt bringen. Wir brauchen einen vollständigen Übergang auf unsere Server. Setzen Sie die Zögerer unter Druck! Machen Sie endlich Ihren Job. Oder sind Ihnen schon wieder Ihre Hormone im Weg gewesen?«

Foster sprang auf und gestikulierte wild mit den Händen. »Verdammt Mendez, halten Sie endlich Ihr Maul! Ich kann so nicht arbeiten. Sie haben ein Computerprogramm geschrieben – o. k.. Aber ich hab es mit *Menschen* zu tun. Es ist nicht damit getan, sie zu zwingen, virtuell zu arbeiten. Da hätten wir ganz schnell die Gewerkschaften und die Presse am Hals. Ich muss die Mitarbeiter dazu bringen, dass sie es letztlich selbst wollen – und wenn es wegen der zugesagten finanziellen Vorteile geschieht. Es braucht halt seine Zeit.«

Thom ergriff das Wort, da er spürte, dass Carmen Mendez noch etwas sagen wollte. Er hatte nicht vor, diese Besprechung zu einer Bühne für zwei Streitende zu machen.

»Niemand bezweifelt, dass Sie Ihre Arbeit vernünftig machen, Ryan. Es ist nur: Sie haben sich so darum bemüht, dass es *Ihre* Abteilung sein soll, die als Testfeld dienen soll, dass wir alle gedacht haben, es ließe sich kurzfristig einrichten, dort den Vollbetrieb aufzunehmen. Wie viele Mitarbeiter sind denn noch nicht integriert?«

»Es fehlen noch etwa fünfzehn Leute. Davon werden zwei noch aus dem Dienst ausscheiden. Bei ihnen hab ich davon abgesehen, sie noch dahin gehend zu beeinflussen, sich ein Interface implantieren zu lassen.«

»Was schätzen Sie, wie viel Zeit Sie noch brauchen werden?«, fragte Thom. »Ich habe auch wichtige Finanzgeber im Nacken, die gespannt darauf sind, wie es laufen wird.«

»Geben Sie mir noch zwei Wochen, dann hab ich sie soweit«, versprach Foster.

»Gut, die zwei Wochen sollen Sie haben. Können Sie mir denn schon etwas über die bereits integrierten Leute sagen? Läuft es da denn schon reibungslos?«

»Eigentlich sieht es bisher so aus, als liefe es reibungslos«, meinte Foster. »Allerdings ist es für mich im Augenblick ausgesprochen stressig, weil ich mich ständig in beiden Welten sehen lassen muss. Eigentlich hatte ich bisher nur in einem einzigen Fall das

Gefühl einer Unregelmäßigkeit.«

Thom hob seine Brauen und fragte: »Unregelmäßigkeit? Berichten Sie.«

»Das *ist* es ja. Es gibt nichts zu berichten. Es war nur ein Gefühl bei dem Mitarbeiter Sascha Leyden, den ich erst kürzlich befördert hatte, als er sich bereit erklärt hatte, am 48-Stunden-Tag teilzunehmen.«

»Haben Sie die Überwachungsroutinen nicht benutzt?«, warf Carmen Mendez ein.

»Mendez, ich bin kein Idiot!«, erwiderte Foster barsch. »Natürlich habe ich alle Möglichkeiten genutzt, ihn zu prüfen! Aber es war nichts! Wahrscheinlich habe ich mich geirrt.«

Mendez machte sich eine Notiz. »Wir haben noch andere Möglichkeiten, die Mitarbeiter zu überwachen. Ich werde gleich morgen veranlassen, dass in seinem Interface ein Permalink installiert wird. Dann erfahren wir sofort, wenn mit diesem Mann etwas nicht stimmen sollte.«

»Gut, dann hätten wir das geklärt«, sagte Thom. »Heute in zwei Wochen geht der abschließende Test damit endgültig los.«

11. Dienstaufnahme

Thomas Weiler gab Conny und Sascha je eine Mappe mit Ausdrucken von Folien.

»Diese Mappen solltet Ihr in den nächsten Tagen nicht aus der Hand legen«, sagte er betont. »Ihr werdet sie erst dann nicht mehr brauchen, wenn Ihr die Bedienung Eurer BCIs verinnerlicht habt.«

»Was ist denn an diesen BCIs so Besonderes?«, wollte Sascha wissen. »Immerhin hatte ich schon vorher ein Interface.«

»Falsch!«, entgegnete Thomas. »Du hattest einen Haufen Elektronikschrott in Deinem Kopf. *Jetzt* hast du ein BCI – das ist eine völlig andere Welt. Das alte Interface diente als Schnittstelle für die virtuelle Realität sowie als Zugang zu Bereichen Deines Hirns, um dich zu manipulieren. Ein BCI dient natürlich auch als Schnittstelle zur virtuellen Realität. In der Hauptsache aber ermöglicht es die Kommunikation aller Mitglieder von LIBERTAS untereinander, wobei sich das BCI jeglicher Möglichkeiten bedient, die es finden kann.«

Er blickte in die fragenden Gesichter von Conny und Sascha. »Ich merke schon, dass ich bei den Bienchen und Blümchen beginnen muss. Unsere BCIs bilden ein geschlossenes Netzwerk. Alle eingeloggten BCIs können untereinander Verbindung aufnehmen. Informationen, oder sogar ganze Gedankenketten können, wenn Ihr erst mal im Umgang damit geübt seid, an jeden von uns übertragen werden. Es ist wie eine Unterhaltung mittels Gedanken.«

»Du verarscht uns, oder?«, fragte Conny.

Thomas schüttelte den Kopf. »Damit mach ich keine Witze. Die Leistungsfähigkeit unserer BCIs ist unsere einzige wirksame Waffe gegen unsere Gegner. Wir haben die Geräte mit allem ausgestattet, was aktuell an technischen Kommunikationsmöglichkeiten existiert: Funk, Bluetooth, WiFi, UMTS, LTE und noch verschiedene andere Dinge. Das BCI scannt automatisch nach Kontaktmöglichkeiten, die einen Transport von Daten über fremde Datennetze erlaubt.«

Sascha schüttelte den Kopf. »Du kannst uns viel erzählen ... Um Daten über ein Netzwerk schicken zu können, benötigt man einen Account beim jeweiligen Betreiber. Ich kann mir nicht vorstellen, dass diese Betreiber nur darauf warten, von uns Daten zu transportieren.«

Thomas grinste. »Das können *die* sich auch nicht vorstellen. Seht es einfach als gegeben an, dass wir einfach gut sind. Es gibt nur sehr wenige Türen, die uns verschlossen sind. Selbst Verschlüsselungssysteme sind meist kein sonderliches Hindernis. Meist hält uns das nur eine Weile auf, bis wir uns einen Zugang gehackt haben.«

Sascha tippte sich an den Kopf. »Dann haben wir quasi so eine Art 'Dietrich' für Netzwerke in unseren Schädeln?«

Thomas lachte. »Ja, so könnte man es sehen. Aber das ist bei Weitem noch nicht alles. Die nächste Hauptfunktion ist die Kontrolle. Das BCI analysiert alle vorhandenen Subroutinen einer Umgebung, in der es aktiv wird. Es ermittelt Kommandostrukturen und verfügt über zahlreiche Tarnvorrichtungen. Mit einem BCI kannst Du bei AXXIUM arbeiten und gleichzeitig im *System* auf die Reise gehen. Alles in der virtuellen Realität basiert auf Programmcode, den das BCI lesen kann, wie kein anderer. Interessanterweise kann es aber nicht nur den Code *lesen*, sondern ihn auch *schreiben*. Ihr werdet also direkt auf die Programmierung der virtuellen Umgebung, und möglicherweise auch auf Verhaltensmuster von eingebetteten Entitäten Einfluss nehmen können.«

»Schön und Gut«, sagte Sascha. »Wir sind aber keine Programmierer. Was nutzt es uns, wenn das BCI all diese Fähigkeiten besitzt, wenn wir damit nichts anfangen können. Ich glaube kaum, dass Ihr uns innerhalb von Tagen zu Profi-Hackern ausbilden könnt, oder?«

Thomas lachte und es war ein sympathisches Lachen. »Natürlich können wir das nicht. Es ist auch nicht notwendig, da Euch das BCI diese Arbeit abnimmt. Der erkannte Code wird vom BCI selbst übersetzt. Ist Euch 'Reverse-Engineering' ein Begriff?«

Thomas sah von einem zum anderen und sah bereits an den Ausdrücken in den Gesichtern, dass Sascha und Conny keine Ahnung hatten, wovon er sprach.

»Normalerweise schreibt man Programmcode in einer der gängigen Hochsprachen, wie C++, Tcl, Python oder was auch sonst«, erklärte er. »Innerhalb der Editoren dieser Sprachen kann man den Code prüfen und editieren. Wenn man aber diesen Code auf einer Maschine einsetzen will, muss man ihn kompilieren – ihn in Maschinencode verwandeln. Normalerweise kann man mit dem reinen Maschinencode nichts anfangen, außer, ihn bestimmungsgemäß ablaufen zu lassen. Veränderungen kann man in der Regel daran nicht mehr vornehmen. Jede Veränderung würde die Funktionalität des Programms zerstören. Wir sind aber heute in der glücklichen

Lage, dass Speicher immer kleiner und leistungsfähiger geworden ist. Daher konnten wir sämtliche bekannten Programmiersprachen mit allen Spielarten in die BCIs einbauen. Erkennt nun das BCI einen Code, analysiert es ihn, stellt fest, in welcher Hochsprache er ursprünglich geschrieben wurde und rechnet ihn zurück – macht also die Kompilierung rückgängig. Nachdem das geschafft ist, stehen uns alle Wege offen. Wir haben diverse virtuelle Assistenten integriert, die Euch in speziell aufbereiteter Form zeigen, womit Ihr es zu tun habt. Wollt ihr dann einen Eingriff vornehmen, teilt ihr dem Assistenten einfach mit, was ihr beabsichtigt und er kümmert sich darum, dass der entsprechende Code erzeugt und kompiliert wird. Auf Euren Befehl hin wird das veränderte Codefragment den ursprünglichen Code ersetzen – ohne den Zeitstempel des Codes zu verändern. Somit ist eure Manipulation fast nicht feststellbar.«

»Das ist ja unheimlich!«, entfuhr es Conny.

»Unheimlich ist das, was die Leute von AXXIUM vorhaben«, meinte Thomas. »Wir befinden uns in einem Krieg, Conny. Das BCI ist unsere Waffe. Wenn wir nicht gute Waffen dagegenhalten, kann die Menschheit einpacken. Wir müssen diese Leute jetzt und hier stoppen. Nur dann haben wir eine Chance, zu erreichen, dass die Interface-Technologie nicht global bei allen Menschen eingesetzt wird.

Wie sieht es denn aus? Seid Ihr bereit, für eine kleine Übung?«

»Wir haben doch überhaupt noch keine Ahnung, was wir eigentlich tun sollen«, sagte Sascha.

»Genau aus diesem Grund werdet Ihr beide auch jetzt gleich Euren ersten Spaziergang in einer virtuellen Umgebung haben«, sagte Thomas. »Nur die Praxis kann Euch den Einsatz und die Möglichkeiten des BCI lehren.«

Er erhob sich. »Kommt mit. Ihr werdet jetzt unser Chaosbüro kennenlernen.«

Sascha und Conny erhoben sich ebenfalls und folgten Thomas in einen großen Raum, der mit einer unübersichtlichen Menge Computerkram angefüllt war. Lediglich an einer Ecke standen ein paar bequem aussehende Sessel mit hohen Lehnen. Darauf steuerte Thomas zu.

»Nehmt Platz und macht es Euch bequem.«

Der Anblick der Sitzgelegenheiten hatte nicht zu viel versprochen: Sie hatten gleich das Gefühl, als könnten sie es in diesen Sesseln stundenlang aushalten.

»Wenn Ihr eine virtuelle Realität betreten wollt, müsst Ihr das Kontaktmodul davon in Kenntnis setzen. Denkt bitte einmal intensiv an euer jeweiliges Geburtsdatum und buchstabiert in Gedanken Euren Namen.«

Sie fanden es zwar ein bisschen lächerlich, folgten aber der Aufforderung und waren verblüfft, als sich vor ihrem geistigen Auge eine virtuelle Oberfläche öffnete, auf der verschiedene Tasten erkennbar waren. Einige waren mit Begriffen beschriftet, die ihnen nichts bedeuteten, doch eine Taste war beschriftet mit 'virtuelle Welten'.

Thomas lächelte, als er die Verblüffung in den Gesichtern der beiden bemerkte.

»Scheinbar habt Ihr es richtig gemacht. Die meisten Funktionen lassen wir jetzt noch unbeachtet. Wir kümmern uns nur um die virtuellen Welten. Das BCI hat natürlich bereits ohne unser Zutun nach verfügbaren virtuellen Systemen Ausschau gehalten. Wenn Ihr jetzt geistig auf die Taste zu den virtuellen Welten drückt, wird sich ein weiteres Menü öffnen, welches alle Systeme auflistet, denen man sich aktuell anschließen kann. Wir wählen den Eintrag *Chaosbüro*.«

Sascha und Conny konzentrierten sich auf die gestellte Aufgabe und erkannten, dass es kinderleicht war. Die gewünschte Taste schien deutlich sichtbar gedrückt zu werden und es öffnete sich – wie angekündigt – ein weiteres Menü mit sechs Einträgen. Eines davon hieß *Chaosbüro*. Jeder von ihnen drückte diese Taste. Im nächsten Moment schienen sie in eine Filmszene regelrecht hineinzustürzen und sie standen im Anmeldebereich eines großen Büros. Nichts deutete darauf hin, dass es sich nicht um ein echtes Büro handelte. Einige Leute schienen auch hier zu arbeiten. Sascha blickte sich interessiert um. Er kannte dieses Geschehen ja bereits von AXXIUM, aber Conny war äußerst beeindruckt.

»Meine Güte, so realistisch habe ich mir das nicht vorgestellt«, sagte sie.

»Wäre es nicht realistisch, wäre die Gefahr, dass immer mehr Menschen auf diese Weise arbeiten wollen, nicht so groß«, erklärte Thomas, der ebenfalls mitgekommen war. »Allerdings ist unsere Umgebung eine der Fortschrittlichsten auf der ganzen Welt. Wenn Ihr hier zurechtkommt, werdet Ihr mit AXXIUM keine großen Probleme haben.«

»Was sollen wir denn eigentlich tun?«, wollte Sascha wissen.

»Seht Euch erst einmal gründlich um«, forderte Thomas sie auf. »Redet mit den Leuten, berührt Einrichtungsgegenstände und Menschen, tragt Dinge herum, setzt Euch irgendwo hin und beobachtet. Ich werde mich hier aufhalten. Wenn Ihr Fragen habt, bin ich für Euch da. In etwa einer Stunde machen wir mit dem eigentlichen Programm weiter.«

Er erläuterte nicht, was das *eigentliche* Programm war und überließ Sascha und Conny ihrem Schicksal. Sie standen noch einen Augenblick ratlos herum. Dann sagte Conny:

»Hier herumzustehen bringt uns auch nicht weiter. Lass uns einfach mal durch das Büro schlendern und uns alles anschauen.«

Sascha musste gestehen, dass die virtuelle Umgebung von LIBERTAS noch eine ganz andere Qualität hatte als das Büro von AXXIUM. Er hätte bisher behauptet, die Nachbildung bei AXXIUM wäre perfekt, doch hier war die Detailtreue noch viel weiter getrieben worden.

Als sie an einem der besetzten Schreibtische vorbeikamen, hob der Mitarbeiter dort den Kopf und nickte ihnen zu.

»Sie müssen Sascha Leyden sein«, sagte er und erhob sich, um ihm die Hand zu geben. »Mein Name ist Jan Przygoda. Ich bin einer der Operatoren. Ich hab Ihre Rolle bei AXXIUM gespielt.«

Er sah Conny an.

»Verzeihen Sie meine Unhöflichkeit«, meinte er und reichte auch ihr seine Hand. »Ich glaube, wir kennen uns überhaupt noch nicht, oder?«

»Ich bin seine Freundin«, sagte Conny und deutete mit dem Kopf auf Sascha. »Ich heiße Conny.«

»Freut mich Conny.«

»Sie sagten eben, Sie hätten meine Rolle bei AXXIUM gespielt«, unterbrach Sascha. »Wie haben Sie das denn angestellt?«

»Eine Spezialität von uns«, meinte Jan lächelnd. »Wir hacken uns in die Steuerung der entsprechenden Entitäten im Zielsystem und übernehmen sie. Für die andere Seite sieht es so aus, als würde die echte Person im System erscheinen.«

»So einfach ist das?«

Jan lachte. »Nein, ist es nicht. Ich hab es stark vereinfacht dargestellt. Es sind mehr als ein Dutzend Dinge zu beachten, um zu verhindern, dass die Manipulation auffliegt. Außerdem darf ich nichts tun oder sagen, was Sie als Person niemals gesagt oder getan hätten. Ein kleiner Fehler und die Tarnung ist Geschichte. Dann dürften Sie sich auch nicht mehr dort blicken lassen. Ich bin schon froh, dass Sie bald wieder Ihre Rolle dort selbst übernehmen können.«

»Meinen Sie, das geht so schnell?«

»Da sich Thomas selbst um Euch kümmert, gehe ich davon aus, dass Ihr beide in Kürze schon einsatzbereit sein werdet. Wenn Ihr Euch hier genug umgesehen habt, wendet Ihr Euch am

Besten wieder an ihn. Er wird Euch gleich schon einige Tricks zeigen.«

Sascha und Conny verabschiedeten sich von Jan und gingen zu Thomas zurück, der lässig auf einem Stuhl in der Anmeldung saß und seine Füße auf der Tischplatte liegen hatte.

»Na, zufrieden mit unserer Spielwiese?«

»Angesehen haben wir uns alles«, sagte Sascha. »Wir haben auch mit Jan gesprochen. Er empfahl, dass wir uns wieder bei Dir melden sollten.«

»Jan hat es wie immer sehr eilig«, sagte Thomas lächelnd. »Aber ich kann ihn verstehen – er will Deine Rolle bei AXXIUM gerne loswerden.«

Er blickte von einem zum anderen. »Bereit für das *wirkliche* Leben?«

Sascha und Conny blickten sich fragend an und nickten. »Was immer Du auch mit uns vorhast – wir sind bereit.«

Thomas erhob sich und stellte sich neben die beiden. »Was seht Ihr hier vor Euch?«

»Na, einen ganz normalen Tisch«, meinte Conny.

»Hört mal, das ist doch kein normaler Tisch«, meinte Thomas. »Das ist eine Spezialanfertigung für die Anmeldung.«

»Gut, aber was ist so Besonderes daran?«, wollte Sascha wissen. »Solche Tische findet man in ähnlicher Form überall – übrigens auch bei AXXIUM.«

»Ich möchte, dass Ihr Euch diesen Tisch konzentriert anseht«, forderte Thomas sie auf. »Die erste Aufgabe für Sascha wird nämlich sein, diesen Tisch in einen Glastisch zu verwandeln.«

Sascha sah Thomas an, als hätte er einen Geist gesehen.

»Schau mich nicht so an, Sascha! Mach Dich an die Arbeit. Denk an das, was ich dir erzählt habe. Das BCI analysiert Code und bereitet ihn für Dich auf. Ruf das Basismenü auf, wie vorhin, als wir dieses Büro betreten haben. Diesmal wähle aber nicht die virtuellen Welten, sondern R.E. - wie Reverse Engineering.«

Sascha versuchte, ob es ihm gelang, und stellte fest, dass es wieder ein Kinderspiel war. Als er die R.E.-Taste gedrückt hatte, schien zunächst nichts zu passieren. Doch nach einiger Zeit sah er die virtuelle Welt plötzlich in zwei verschiedenen Schichten. Einmal die virtuelle Realität und einmal eine Gitterkonstruktion aller Dinge im Sichtbereich. Als er sich auf den Tisch konzentrierte, schien sich dieser hervorzuheben und ohne sein Zutun kamen ihm zahllose Befehle in den Sinn, wie er diesen Tisch manipulieren könnte. Er wählte als Material des Tisches Glas aus, ohne die übrigen Parameter zu verändern und gab den Befehl zur Ausführung der Änderung. Der R.E.-Modus schaltete sich automatisch aus und der Tisch verwandelte sich augenblicklich in einen Glastisch.

»Ich werd verrückt!«, entfuhr es Conny, doch auch Sascha war überrascht über die von ihm erzeugte Änderung der virtuellen Umgebung.

»Hervorragend, Sascha!«, rief Thomas. »Ich hätte nicht erwartet, dass Du es so schnell begreifen würdest. Das spart uns eine Menge Zeit. Jetzt wollen wir sehen, wie Conny diesen Tisch haben möchte. Du hast gehört, was Sascha tun sollte. Versuch es einfach auch mal und überrasche uns mit Deiner Fantasie.«

Conny hatte zwar ihre Zweifel, ob sie es auch so schnell schaffen würde, fing aber versuchsweise so an, wie Thomas es Sascha erklärt hatte. Schnell stellte sie fest, dass die Menüs des BCIs ihr wertvolle Hilfen anboten, wie die erforderlichen Bereiche zu aktivieren waren. Wie auch Sascha, spürte sie plötzlich, wie das BCI sie mit den notwendigen Informationen versorgte, wie ihre Umgebung zu manipulieren war. Sie wollte schon das Material wieder auf Holz zurückstellen, als ihr einfiel, dass sie auch das komplette Aussehen des Tisches ändern konnte. So gab sie ihm die Form eines alten Chippendale-Tisches in Mahagoni-Holz mit aufwendigen Intarsien auf der Tischplatte. Sie prüfte ihr Werk im Testmodus und speicherte dann die Änderung ab. Im nächsten Moment verwandelte sich der Tisch vor ihren Augen in eine echte Antiquität.

Thomas klatschte in die Hände und er war begeistert. »Ihr seid Spitze, ehrlich! Ich hatte bisher selten Schüler mit einer so raschen Auffassungsgabe.«

Er wollte noch etwas sagen, als Conny einen abwesenden Blick bekam.

»Ist etwas?«, fragte er sie.

»Keine Ahnung. Ich hatte das Gefühl, einen Wecker gehört zu haben. Ich muss mich geirrt haben.«

»Oh, Du wirst dich nicht geirrt haben, Conny«, erklärte Thomas. »Das BCI hat erkannt, dass Dein Körper in der realen Welt Deine Aufmerksamkeit benötigt. Das kann Hunger oder Durst sein. Wenn so etwas während eines echten Einsatzes geschieht, müsst Ihr eine Kopie Eures Codes vom BCI generieren lassen, die dann im System zurückgelassen wird, während Ihr Euch um Euer leibliches Wohl kümmert. Ihr dürft dann aber keine Zeit verlieren und müsst so bald wie möglich die Kopie ersetzen, damit Eure Abwesenheit nicht auffällt.«

»Das finde ich aber toll, dass mich das BCI benachrichtigt, wenn ich etwas essen oder trinken soll«, meinte Sascha.

»Das ist ein großes Manko der Interfaces der ersten Generation, wie sie von AXXIUM benutzt werden«, sagte Thomas. »Wir haben schon erlebt, dass virtuelle Arbeitnehmer bis an die Grenze dessen gegangen sind, was ihr Körper zu leisten imstande ist. Wer das über einen längeren Zeitraum tut, riskiert dabei sogar sein Leben. Glaubt mir, das ist kein schöner Anblick.«

Conny sah Sascha vorwurfsvoll an. »Wenn ich darüber nachdenke, wie Du in den letzten Tagen gearbeitet hast und wie Du Dich anschließend gefühlt hast, denke ich, dass Du ein heißer Kandidat für körperlichen Verfall gewesen wärst.«

Thomas hatte interessiert zugehört. »Wir sollten darüber reden, aber das tun wir in der Realität. Ruft Eure Menüs auf und geht auf *Exit*. Ihr könnt von jeden Ort aus die virtuelle Welt verlassen. Mit dem BCI seid Ihr nicht auf die sogenannten Exit-Punkte wie virtuelle Ausgänge angewiesen. Bei den alten Interfaces war es noch notwendig, solche ausgewiesenen Punkte aufzusuchen, bevor man die virtuelle Welt gefahrlos verlassen konnte.«

Jeder kehrte in sein reales Wachbewusstsein zurück. Conny und Sascha erwachten in ihren dicken, schweren Sesseln und richteten sich auf. Conny verspürte einen ungeheuren Durst.

Als sie sich umblickte, entdeckte sie Kira, die bereits mit einem Tablett und kühlen Getränken auf ihre Sitzgruppe zusteuerte.

»Na, wie war der erste Ausflug?«, fragte sie, halb an Thomas, halb an Conny und Sascha gewandt.

»Die beiden sind eine echte Bereicherung für unser Team«, sagte Thomas. »Sie haben bereits beim ersten Mal die Manipulation von Einrichtungsgegenständen durchgeführt.«

Kira pfiff durch die Zähne, während sie zwei Gläser mit Mineralwasser füllte und ihnen reichte.

»Das hab ich beim ersten Mal nicht hinbekommen«, gestand sie.

»Es *muss* auch schnell gehen«, unterstrich Thomas. »Jan wird nervös. Er befürchtet, dass einer der Abteilungsleiter bei AXXIUM Verdacht geschöpft hat, oder zumindest hat er ein besonderes Auge auf Sascha geworfen. Sascha muss so bald wie möglich seine Arbeit im Büro aufnehmen.«

Als Sascha und Conny am Abend ins Bett sanken, das ihnen von LIBERTAS angeboten worden war, schliefen sie fast augenblicklich ein. Thomas hatte mit ihnen bis zum Abend immer wieder geübt und hatte sie im Gebrauch der Manipulationsmodule, der Infomodule und dem Kommunikationsmodul unterrichtet, bis sie es beide nahezu perfekt beherrschten. Sie konnten nun in fast jeder Lebenslage über das BCI miteinander in Kontakt treten, ohne dass die

Verbindung registriert werden konnte, da die systeminternen Datenströme der virtuellen Umgebung als Trägerwellen genutzt wurden, um mit externen Gesprächspartnern Kontakt aufzunehmen. Bereits am kommenden Morgen sollte Sascha seinen Dienst wieder aufnehmen und Jan als Ersatzmann ablösen. Thomas hatte allerdings sicherheitshalber angeboten, seinen ersten Einsatz noch von außen zu überwachen, um eingreifen zu können, wenn es zu Schwierigkeiten kommen sollte.

Als Sascha am Morgen von Kira geweckt wurde, hatte er das Gefühl, eben erst eingeschlafen zu sein.

»Ich bin noch so müde«, sagte er. »Ich weiß nicht, ob ich in diesem Zustand schon einsatzbereit bin.«

»Es wird schon gehen«, antwortete Kira. »Wir werden jetzt ein richtig gutes Frühstück zu uns nehmen. Ich werde es vorbereiten. In der Zwischenzeit gehst Du am besten Duschen, um Deine Lebensgeister zu wecken.«

Später, am Tisch, fragte Sascha: »Wo ist Conny?«

»Wir haben sie schlafen lassen«, sagte Kira. »Sie wird sich später bei Dir melden – über BCI.«

»Ich habe da noch eine Frage, die bisher überhaupt nicht geklärt wurde«, sagte Sascha.

Kira sah ihn erwartungsvoll an. »Und die wäre?«

»Wie sieht es mit dem 48-Stunden-Tag aus? Funktioniert Euer System auch in der doppelten Geschwindigkeit?«

»Sicher«, bestätigte Kira. »Dem BCI ist es völlig egal. Es passt sich automatisch an den Systemtakt der virtuellen Umgebung an. Deinem Gehirn allerdings ist es *nicht* egal. Für ein paar Monate ist es durchaus ungefährlich, dem Hirn diesen Stress zuzumuten. Danach allerdings kann es kritisch werden – es gibt noch keine gesicherten Erkenntnisse darüber, aber wir gehen davon aus, dass es irgendwann zu regelrechten Aussetzern kommen wird. Bei jahrelanger Belastung dieser Art wird das Hirn irgendwann ausbrennen.«

Sascha hörte auf zu kauen und sah Kira entgeistert an. »Ausbrennen? Ich hab keine Lust, bei dieser Aktion draufzugehen.«

»Das wirst du auch nicht«, versuchte Kira ihn zu beruhigen. »Bis es für Dich gefährlich wird, bist Du längst da raus und wir haben sie erledigt.«

»Das hoffst Du. Aber wissen kannst Du es nicht. Wenn ich die ersten Probleme bekomme, bin ich draußen!«

Kira legte ihm beruhigend die Hand auf den Arm. »Wir werden Dich nicht aufs Spiel setzen, Sascha. Das verspreche ich Dir.«

Sascha trank noch einen starken Kaffee, bevor er sich auf seinen ersten echten Einsatz vorbereitete. Er sprach nicht mehr. Er war viel zu sehr mit seinen Gedanken beschäftigt.

Schließlich erhob er sich und ging mit Kira zu der schon vom Vortag bekannten Sitzgruppe. Sascha ließ sich in den bequemen Sessel fallen und stellte das Fußende hoch, sodass er bequem lag. »Wo ist Thomas?«, fragte er, »Er wollte doch hier sein und mich überwachen.«

»Thomas wird auch bei Dir sein«, erklärte Kira. »Aber er muss dazu nicht hier neben Dir liegen. Keine Sorge, es ist für alles gesorgt.«

Sascha nickte Kira noch einmal zu, dann rief er sein Startmenü auf und schaute nach, welche virtuellen Welten ihm für diese Sitzung zur Verfügung standen. Es wunderte ihn nicht, dass AXXIUM diesmal dabei war. Die Techniker von LIBERTAS hatten den Anschluss von Saschas PC umgeleitet, damit er nicht nach Hause fahren musste, um sich einzuklinken.

Sascha drückte auf den AXXIUM-Button und versank in der virtuellen Welt.

Wie schon früher stand er vor der großen Schwingtür, die den Eingang zur Schadensabteilung von AXXIUM darstellte. Mit einem festen Druck ließ er sie aufschwingen und trat ein. Sofort fiel ihm der Unterschied zwischen dem Übungsbereich im Chaosbüro und dem AXXIUM-Büro auf. Hier hatte man noch nicht so viel Sorgfalt auf die Echtheit der Umweltgeräusche verwandt. Es klang synthetisch. Er hörte einige Kollegen an ihren Schreibtischen telefonieren – das hörte sich normal an, doch die übrigen Geräusche – es passte nicht richtig.

Sascha grüßte einige Kollegen, an denen er vorbeikam, und setzte sich schließlich an seinem eigenen Schreibtisch. Eine Menge Akten wartete auf ihn. Jan hatte offenbar nicht die Routine aufbringen können, das Tagesgeschäft komplett zu erledigen. Wenn ihn jemand darauf ansprach, würde er sich etwas einfallen lassen müssen.

Nervös griff Sascha nach seiner ersten Akte und fing an, sie zu bearbeiten. Nach einer Weile hatte er sich wieder eingearbeitet und seine anfängliche Nervosität legte sich. Von Zeit zu Zeit spähte er über den Rand seiner Stellwände, die seinen Arbeitsplatz von den anderen Plätzen und dem Gang trennte. Alles schien vollkommen normal zu sein. Lediglich die Zahl der hier arbeitenden Mitarbeiter war größer geworden. Foster schien mit seinen Methoden erfolgreich zu sein. Es konnte nicht mehr lange dauern, bis man begann, die virtuell arbeitenden Menschen dauerhaft zu manipulieren. Er war so sehr in seine

Gedanken versunken, dass er zunächst nicht bemerkte, dass er eine Meldung von seinem BCI erhielt. Das BCI meldete einen massiven Zugriffsversuch auf seine Entität.

»Sei vorsichtig«, meldete sich Thomas über die Com-Schnittstelle des BCI. »Das ist ein sogenannter Intruder-Alarm. Man ist soeben dabei, Dir Datenpakete zu senden. Das Problem ist, dass es auffallen würde, wenn sie nicht zu Dir durchdringen können. Du musst über das Menü einen sicheren Kanal öffnen, damit sie die Daten bei dir platzieren können.«

»Danke für den Hinweis«, entgegnete Sascha und führte Thomas' Anweisung aus. Er konnte verfolgen, wie man von außen ein Codepaket installierte, welches versuchte, auf seine Interface-Schnittstelle zum Hirn einzuwirken. Das BCI ließ diese Aktivitäten scheinbar zu, damit man nicht bemerkte, dass er ein Interface trug, das gegen solche Eingriffe immun war. Sascha war sich nicht bewusst, dass er aus reiner Neugier den Wunsch formuliert hatte, herauszufinden, wer für diesen Angriff auf seine Person verantwortlich war. Das BCI interpretierte seinen Wunsch augenblicklich und richtete seine Sensoren auf den Datenstrom, welcher die Datenpakete transportiert hatte. Eine Reise durch die Tiefen des Systemcodes der virtuellen Umgebung begann. Sascha hatte einen Augenblick lang das Gefühl, zu stürzen und versuchte, sich irgendwo festzuhalten.

»Nicht!«, befahl Thomas. »Du musst es zulassen. Einen Ausflug in die Systemebene der virtuellen Welt haben wir gestern noch nicht geübt. Da wollte ich Euch erst langsam heranführen. Aber Du hast instinktiv einen Befehl an das BCI formuliert und jetzt musst Du es arbeiten lassen. Nirgends festhalten, sonst schlägt das System noch Alarm - und das wäre das Letzte, was wir gebrauchen können.«

»Okay«, entgegnete Sascha gepresst. Er musste sich zwingen, nichts zu unternehmen, was schwieriger war als erwartet. Die Welt unterhalb des virtuellen Büros war hektisch, bunt, laut und chaotisch. Er fühlte sich, als stürze er durch eine Reihe von neonfarbenen, kreuz und quer verlaufenden Autobahnen, auf denen Fahrzeuge in rasender Geschwindigkeit verkehrten. Er sah genauer hin und erkannte, dass es keine Fahrzeuge waren, sondern leuchtende Punkte unterschiedlicher Größe und Farbe, die eine farbige Spur hinterließen, wenn sie an ihm vorbeirasten. Nach einiger Zeit verlangsamte sich sein Sturz und schließlich hielt er an. Um ihn herum war alles in zuckender, rasender Bewegung. Sascha fragte sich, wie er jemals verstehen sollte, was hier vorging und wie er etwas manipulieren sollte.

»Ich bin zum Stillstand gekommen«, sagte er. »Was muss ich jetzt tun?«

»Nichts«, antwortete Thomas erleichtert. »Noch wirst Du vom System ignoriert. Dein BCI ist jetzt dabei, die Umgebung zu analysieren. Warte einfach ab. Sobald das System entschlüsselt ist, bekommst Du eine andere Darstellung vom BCI angeboten.«

Sascha wusste nicht, wie lange es gedauert hatte, doch plötzlich verschwand das Chaos um ihn herum und er hatte das Gefühl, auf einem Platz zu stehen, von dem eine Reihe von Wegen in alle Richtungen abzweigten. Alle Wege waren beschildert und er verstand sogar, was diese Bezeichnungen bedeuteten.

»Ich werd verrückt«, entfuhr es ihm. »Ich weiß jetzt tatsächlich, wohin ich mich wenden muss.«

»Sascha, übertreib es nicht«, warnte Thomas. »Du bist noch neu in diesem Geschäft. Wende Dein Wissen an, um zurückzukehren.«

»Ich wollte wissen, wer mich bei AXXIUM angegriffen hat. Aus diesem Grund bin ich hier gelandet. Jetzt kann ich auch einen Blick riskieren.«

»Ich finde die Idee nicht gut. Geh keine unnötigen Risiken ein. Bitte ...«

»Ich pass schon auf«, entgegnete Sascha und machte sich auf den Weg. Er war fasziniert von den Möglichkeiten, die ihm das BCI aufzeigte. An Dutzenden von Stellen hätte er Gelegenheit gehabt, Manipulationen vorzunehmen, doch es ging ihm darum, den Urheber herauszufinden. Nach einiger Zeit traf er auf eine Entität. Sascha wurde vorsichtiger. Er durfte seine Anwesenheit nicht offenbaren, wollte aber wissen, wen er vor sich hatte. Das BCI zeigte ihm nach kurzer Zeit Möglichkeiten, in die Kommunikationsebene der Entität einzudringen. Sachte ließ er sich über das Leitungsnetz zum Kern des Informationszentrums treiben. Dann war es so weit: Er konnte die einzelnen Gedanken der Entität empfangen, als wenn jemand zu ihm gesprochen hätte. Es war Ryan Foster.

Nun musste Sascha vorsichtig sein. Er wollte nicht, dass Foster mitbekam, dass er ihn belauschen konnte. Er hatte Thomas gegenüber vollmundig behauptet, vorsichtig zu sein. Jetzt kam es darauf an, tatsächlich kein Aufsehen zu erregen.

»Noch immer zwölf Leute, die ich irgendwie dazu bringen muss, sich das Interface setzen zu lassen«, hörte Sascha Fosters Gedanken. »Wenn ich das nicht bald geschafft habe, wird Thom sauer werden.«

Sascha machte sich in Gedanken eine Notiz. Den Namen Thom hatte er bisher noch nicht von den Leuten bei LIBERTAS gehört.

So, wie Foster über ihn dachte, musste es sich dabei um eine Person handeln, die in der Hierarchie über Foster stand. Vielleicht war es ja sogar der unbekannte Drahtzieher.

»Leyden scheint in Ordnung zu sein«, hörte Sascha wieder. »Wundert mich eigentlich. Ich hätte schwören können, dass mit ihm etwas nicht stimmt. Aber der bei ihm installierte Trojaner hat nichts Besonderes gemeldet.«

Sascha musste unwillkürlich lächeln. Das BCI hatte den Trojaner von Foster in einen abgeschirmten Bereich installiert und ihm suggeriert, dass Sascha absolut harmlos wäre.

»So, mein Pflichtprogramm für heute hab ich erledigt«, dachte Foster. »Jetzt wäre es eine gute Zeit für etwas angenehme Unterhaltung. Ich werd gleich mal Lara zu mir rufen und sie ein bisschen rannehmen.«

Die Art, wie Foster diese Gedanken formulierte, machte Sascha stutzig. Er konnte sich noch gut an die peinliche Situation erinnern, in welcher er Lara und Foster angetroffen hatte. Zu diesem Zeitpunkt hatte er noch gedacht, dass beide an gemeinsamem Sex interessiert waren. Jetzt war er sich nicht mehr so sicher. Gut, Lara hatte sich fast über seine Verblüffung lustig gemacht und sich selbstsicher gegeben, doch ...

Sascha löste seine Verbindung zur Entität Fosters und machte sich auf die Suche nach Lara Schmidt. Sie lief irgendwo in der virtuellen Realität herum und war daher ebenfalls online. Noch kam Sascha nicht so gut zurecht, wie er es sich gewünscht hätte. Immer wieder verirrte er sich in den Tiefen des Systems der virtuellen Umgebung. Das Einzige, was ihn davor bewahrte, sich endgültig zu verirren, war die Tatsache, dass sein BCI jeden Weg, den er gegangen war, aufzeichnete und in Form einer Landkarte darstellte, deren weiße Flecken immer kleiner wurden.

Schließlich fand er Laras Entität und nach kurzem Zögern drang er auch hier bis zur Kommunikationsebene vor. Im Gegensatz zum Besuch bei Fosters Entität kam er sich hier wie ein Voyeur vor.

»Was will Foster denn schon wieder?«, fragte sich Lara gerade ungehalten. »Er kann mich doch nicht schon wieder wollen. Andererseits, hier in der virtuellen Realität kann er seine Männlichkeit so gestalten, wie er möchte. Am Besten gehe ich gleich zu ihm – umso eher werde ich wieder diese Lust verspüren.«

Sascha war sprachlos. Dieser spontane Wandel in Laras Stimmung war nicht normal. Zuerst nahm sie seine Aufforderung, ihn aufzusuchen, fast widerwillig zur Kenntnis, dann – innerhalb weniger Augenblicke – wandelte sich dieser Widerwille in freudige Erregung. Dafür musste es einen Grund geben.

»Sascha, was tust Du da?«, fragte Thomas. »Komm endlich zurück! Du löst noch irgendwo einen Alarm aus.«

Sascha ignorierte es und konzentrierte sich auf sein Vorhaben. Ganz sachte drang Sascha immer tiefer in die Programmierung von Laras Entität ein, immer darauf bedacht, nicht entdeckt zu werden. Er wusste nicht wirklich, wonach er suchte. Erst als er es gefunden hatte, wusste er, was es war. Foster hatte über Laras Interface ein Programm installiert, welches das Willenszentrum von Laras Interface beeinflusste. Da sie eine der Ersten war, die sich ein Interface implantieren ließ, war sie den beeinflussenden Impulsen aus dem manipulierten Interface bereits lange ausgesetzt. Foster hatte Lara in sein persönliches Spielzeug verwandelt. Das war ihm umso leichter gefallen, als Lara von Natur aus einem Abenteuer nicht abgeneigt war. Doch unter den Impulsen von Fosters kleinem Zusatzprogramm war sie zu seiner Marionette geworden, die nicht nur seinem Willen erlegen war, sondern die sogar glaubte, ihrem eigenen Willen zu folgen.

Sascha war über diese Manipulation so entsetzt, dass ihm erst viel später weitere Manipulationen auffielen. Foster hatte mithilfe seines Programms verschiedene Sicherungen deaktiviert, die in das Interface eingebaut waren. So würde Lara während ihres Aufenthaltes in der virtuellen Realität niemals Hunger oder Durst verspüren. Sascha konnte sich noch gut daran erinnern, wie er sich selbst gefühlt hatte, wenn er nach einer Doppelschicht wieder in seiner Wohnung erwacht war. Dabei hatte er noch den Vorteil, dass sich Conny um ihn kümmern konnte, doch soweit er wusste, lebte Lara allein.

Sascha war schon drauf und dran, die deaktivierten Sicherungen wieder einzuschalten und das Manipulationsprogramm zu blockieren, um Lara diesen fortgesetzten Missbrauch zu ersparen, als ihm einfiel, dass Foster die Veränderung in Laras Verhalten bemerken würde. Er würde das Ziel von LIBERTAS gefährden und das durfte unter keinen Umständen geschehen. Lara würde es noch ein weiteres Mal durchstehen müssen. Sascha mochte Lara und es tröstete ihn zumindest, dass alles, was in Fosters Büro geschah, nur in der virtuellen Realität existierte. Er zog sich zurück und widmete seine Aufmerksamkeit der Bearbeitung seiner Akten.

»Das wurde aber auch Zeit«, sagte Thomas. »Wir müssen unbedingt darüber reden.«

Als Sascha an diesem Tag Feierabend machte, zeigte der Kalender auf seinem Schreibtisch den 12. Mai. Sechs Tage hatte er nun gearbeitet und es war der Abend des 12. Mai! Sascha schaltete seinen Computer aus und ging zur Ausgangstür des Großraumbüros. Sein BCI hätte ihm zwar auch an jeder anderen Stelle einen Ausgang aus dem System bereitgestellt, doch durfte er nicht durch auffälliges Verhalten Misstrauen erregen.
Sascha verließ die virtuelle Realität und kehrte in die Realität zurück. Es fühlte sich an, als wenn er aus einem tiefen Traum erwachen würde. Er lag noch immer in dem schweren Sessel und bewegte mühsam seine Glieder, die sich anfühlten, als wenn sie eingeschlafen wären. Langsam blickte er sich um und sah Thomas und Kira, die sich unterhielten und in diesem Moment bemerkten, dass er wieder zu sich gekommen war.
»Hallo Sascha«, sagte Kira, »wie war dein Arbeitstag?«
»Du meinst wohl, wie meine *Arbeitstage* waren«, entgegnete Sascha, »das sind Doppelschichten, die ich da absolviere. Auf meinem Kalender im Büro wird schon der 12. Mai angezeigt.«
»Wir haben aber erst den 6. Mai«, erwiderte Thomas. »Du hast übrigens ganz schön Glück gehabt, weißt Du das?«
»Wieso? Ich war absolut vorsichtig, habe nur beobachtet und nirgends etwas verändert.«
»Das will ich hoffen! Es war Dein erster Ausflug auf feindlichen Boden, und Du bist noch ungeübt in diesen Dingen. Aber, wie es scheint, bist Du nicht bemerkt worden.«
»Hast du mich eigentlich gar nicht überwacht?«, fragte Sascha.
»Sicher hab ich das«, sagte Thomas. »Nur nicht die ganze Zeit über. Du hast ja schon gleich beim ersten Mal fleißig mit den Zusatzfunktionen Deines BCI herumgespielt. Wenn Du tief im System unterwegs bist, ist es nicht ratsam, wenn ich Dir dabei auch noch virtuell über die Schulter schaue, denn dann verdoppelt sich der Datenstrom, der eigentlich nicht vorhanden sein dürfte. Ich hab mich deshalb zurückgezogen und gewartet, bis du wieder normal bei der Arbeit warst.«
»Dann hast Du also überhaupt nicht mitbekommen, was ich herausgefunden habe?«, fragte Sascha.
»Nein, nicht wirklich. Du wirst es uns erzählen müssen.«
»O. k.«, sagte Sascha. »Ich hab Foster belauscht. Er scheint mir nicht wirklich zu trauen, denn er hat versucht, einen Trojaner in meinem Interface zu installieren. Ich habe ihn unter Quarantäne gestellt und füttere ihn gezielt mit Daten. Beim Abhören von Foster hab ich einen Namen aufgeschnappt, den ich noch nicht kannte. Foster hat immer wieder an einen Mann namens Thom

gedacht. Dieser Thom scheint in der Hierarchie über ihm zu stehen.«

Kira machte ein nachdenkliches Gesicht. »Thom? Ich bin sicher, dass ich den Namen schon mal gehört habe, aber mir will nicht einfallen, in welchem Zusammenhang.«

»Foster ist übrigens menschlich ein richtiges Schwein«, fuhr Sascha fort. »Nur um sein Vergnügen zu befriedigen, hat er Lara Schmidt diverse Programme installiert, über die er sie schon so manipuliert hat, dass sie ihm völlig zu Willen ist und es auch noch für ihre eigene Entscheidung hält. Außerdem hat er alle ihre Sicherheitsmechanismen abgeschaltet, die ihr körperliche Probleme ihres echten Körpers melden würden.«

»Wie bitte?«, fragte Thomas. »Er lässt sie ohne jedes Sicherheitssystem arbeiten? Wir sollten uns vielleicht mal um diese Dame kümmern.«

»Ich glaube, wir haben im Augenblick andere Sorgen, als einer von Saschas Arbeitskolleginnen das Händchen zu halten«, ereiferte sich Kira. »Wie es scheint, kommt sie doch ganz gut zurecht, oder?«

»Willst Du das nicht verstehen?«, fragte Thomas. »Wir haben auch eine Verantwortung, wenn wir von solchen Dingen erfahren. Wie es aussieht, benimmt sich Lara doch offensichtlich nicht freiwillig so, wie sie es tut, oder Sascha? Wie siehst *Du* das?«

»Sie hat immer schon gern mit ihrem Aussehen kokettiert«, sagte Sascha. »Aber sie wusste immer, wie weit sie gehen durfte. Ich bin absolut sicher, dass sie vollkommen unter Fosters Einfluss steht und nicht für ihr Verhalten verantwortlich ist.«

»Siehst du, Kira«, sagte Thomas und unterstrich es mit einer heftigen Handbewegung. »Somit *müssen* wir ihr helfen. Unsere Organisation dient doch nur dem einen Zweck, diesen Leuten das Handwerk zu legen. Dabei dürfen wir nicht so weit gehen, dass uns das Schicksal ihrer Opfer gleichgültig ist.«

In diesem Augenblick betrat Conny den Raum. Sie hatte noch nicht mitbekommen, worüber die Anderen so heftig diskutierten. Sie spürte jedoch gleich, dass es zu Meinungsverschiedenheiten gekommen war.

»Um was geht es denn?«, fragte sie. »Könntet Ihr mich vielleicht auch ins Bild setzen?«

»Sascha und Thomas bestehen darauf, dass wir etwas unternehmen, um Lara vor Foster zu retten«, sagte Kira.

Man merkte ihr noch immer an, dass sie eigentlich nicht bereit war, dafür die Sicherheit der Organisation aufs Spiel zu setzen.

»Was ist denn schon wieder mit Lara?«, fragte Conny verstimmt.
»Ich kann den Namen Lara nicht mehr hören. Wenn es nach mir geht, kümmern wir uns *nicht* um dieses Weib.«
»Hör doch erst mal, worum es geht«, sagte Sascha aufgebracht. »Deine Eifersucht gegen Lara geht mir allmählich auf die Nerven! Ich hab *nie* was mit Lara gehabt. Sie ist eine Kollegin von mir, die ich halt mag und die unsere Hilfe braucht.«
»Weswegen *magst* Du sie denn?«, fuhr Conny ihn an. »Wegen ihrer kurzen Kleider? Ihrer langen blonden Haare oder wegen ihrer ...?«
Conny griff sich mit beiden Händen an ihre Brüste.
»Jetzt reicht es, Conny!«, rief Sascha ärgerlich. »Ich bin mit *dir* zusammen und nicht mit *Lara*, oder etwa nicht? Sie steht durch ihr Interface unter dem geistigen Einfluss von Foster, der sie offenbar missbraucht und ohne Sicherheitssysteme übertrieben lange virtuell arbeiten lässt. Wenn wir uns nicht darum kümmern, machen wir uns mitschuldig, wenn etwas passiert. Wir müssen ihr helfen, Conny.«
Conny stand vor Sascha und atmete heftig. Langsam schwand die Wut aus ihren Augen und sie beruhigte sich. Nach einer Weile legte sie ihren Kopf an Saschas Schulter und sagte leise: »Es tut mir leid, Sascha. Diese Lara ist einfach ein rotes Tuch für mich. Aber Du hast recht – wenn sie unter dem Einfluss von diesen Leuten steht, müssen wir etwas unternehmen.«
Sie blickte von einem zum anderen.
»Aber was können wir denn überhaupt unternehmen?«
Kira räusperte sich. »Da wir jetzt offenbar entschieden haben, dass wir helfen müssen, kann ich nur anbieten, Lara Schmidts Wohnung aufzusuchen und uns vor Ort ein Bild davon zu machen, wie es ihr körperlich geht. Wir nehmen eine komplette Ausrüstung mit: Elektronik-Set, Erste-Hilfe-Ausrüstung, Einbruchswerkzeug, Waffen und fahren zu ihrer Wohnung. Wir lassen uns durch Levan und Jan über unsere BCIs überwachen und versuchen, unbemerkt zu Lara vorzudringen. Wir müssen damit rechnen, dass Lara von AXXIUM überwacht wird. Für diese Überwachung müssen wir unsichtbar bleiben.«
»Ist Lara denn jetzt überhaupt in ihrer Wohnung?«, wollte Conny wissen.
»Als ich vorhin im virtuellen Büro war, war sie noch im Dienst«, sagte Sascha. »Sie wurde zu Foster ins Büro beordert. Ich denke daher, dass sie noch für einige Zeit online sein wird.«
»Dann sollten wir keine Zeit verlieren und unsere Aktion hinter uns bringen«, schlug Thomas vor. »Noch ahnt man bei AXXIUM

nichts von uns. Wenn sie erst Verdacht geschöpft haben, wird man uns das Leben schwerer machen – da bin ich sicher.«

Innerhalb einer Stunde schafften sie ihre benötigte Ausrüstung zu einem der unauffälligen Autos, das auf den Namen von Levan zugelassen war. Levan und Jan prüften vor dem Start, ob Lara noch immer in der virtuellen Realität ihres Büros angemeldet war, dann verabschiedeten sie die Einsatzgruppe.

»Passt auf Euch auf«, sagte Levan und nahm Kira kurz in den Arm.

»Passt *Ihr* auf uns auf«, erwiderte Kira und drückte kurz den großen Georgier.

Sie stiegen in den Wagen und ließen den Motor an. Levan öffnete die Tore zur Straße und prüfte mit geübtem Blick, ob jemand sich für die Aktivitäten in der alten Werkshalle interessierte, doch die Straße war wie ausgestorben. Er gab Thomas am Steuer des Wagens ein Zeichen, worauf er zügig auf die Straße fuhr und schnell im Verkehr der Stadt verschwand. Levan blickte noch einen Augenblick hinterher, bis er die Tore fest verschloss und sich wieder zu seinen Kontrollen begab, wo bereits Jan Platz genommen hatte, um ihm bei der Überwachung des Teams zu helfen.

Thomas steuerte den Wagen geschickt durch den dichten Verkehr. Von Zeit zu Zeit gab Kira eine kurze Anweisung, wenn sie die Richtung wechseln mussten.

»Du bist die Leiterin dieser Gruppe, nicht wahr Kira?«, fragte Conny. »Wie kommt es, dass eine junge Frau wie Du einen so verantwortungsvollen Posten in der Organisation bekommen hat?«

Kira wandte sich um und sah Conny an. »Es ist nicht so, dass ich diesen Job haben *wollte*. Aber LIBERTAS war der Meinung, dass ich am Besten geeignet wäre.«

»Wie kam es dazu, dass Du diese Gruppe übernommen hast?«, wollte Sascha wissen.

»Das ist eine lange Geschichte«, meinte Kira. »Ich bin das Kind einer deutschen Mutter und eines afrikanischen Vaters. Als ich noch klein war, lebten wir einige Zeit in Namibia. Ich bin in einem kleinen Dorf in der Nähe der Hafenstadt Lüderitz aufgewachsen. Mein Vater war Sicherheitsfachkraft in einer der größten Uranminen, während meine Mutter ursprünglich als Informatikerin nach Namibia kam, um spezielle Software für ein Bergbauunternehmen mit Sitz in Windhuk zu entwickeln.«

»Ich verstehe nicht, was das mit LIBERTAS zu tun hat«, warf Conny ein.

»Mein Vater kam eines Tage dahinter, dass sein Unternehmen es mit den Sicherheitsvorschriften in den Minen nicht so genau nahm. Er verfasste einen Bericht und schickte ihn an die übergeordneten Kontrollorgane, nachdem es zu einigen tödlichen Unfällen gekommen war. Was er nicht wusste, war, dass die Kontrollorgane mit den Verantwortlichen der Minengesellschaft zusammenarbeiteten und sich die Gewinne aus den nicht durchgeführten Sicherheitsmaßnahmen geteilt hatten. Der Bericht hätte – in den falschen Händen – zu einer strafrechtlichen Verfolgung führen können. Also arrangierte man einen Unfall, bei dem mein Vater ums Leben kam. Da meine Mutter und mein Vater über alles sprachen, war sie auch über die Entdeckung meines Vaters und dessen Bericht informiert. Trotz ihres Entsetzens über den Tod meines Vaters war sie überzeugt davon, dass auch sie und ich in Gefahr waren. Also packte sie das Nötigste ein und fuhr mit mir zum Flughafen nach Lüderitz. Leider unterschätzte sie das Ausmaß der Organisation dieser Verbrecher. Am Flughafen wurde sie unter fadenscheinigem Vorwand festgenommen. Ich kam dann für fast ein Jahr in ein Kinderheim bei Walfischbucht. Meine Mutter habe ich nie wiedergesehen. Später erfuhr ich, dass auch sie unter zweifelhaften Umständen ums Leben gekommen war.«

»Und was war dann mit *dir*?«, fragte Conny. »Bist du in diesem Kinderheim aufgewachsen?«

»Nein, ich hatte Glück. Meine Großmutter in Hamburg kam nach Namibia und holte mich nach Deutschland. Es war eine große Umstellung für mich, aber ich bin auch in Namibia schon deutschsprachig aufgewachsen, da auch mein Vater Deutsch sprach und in Lüderitz überwiegend ebenfalls Deutsch oder Afrikaans gesprochen wird. Als ich älter wurde, verstand ich, was sich damals in Namibia abgespielt hatte und beschloss, meine Eltern zu rächen. Ich studierte Informatik, wie meine Mutter, und entwickelte mich zu einem richtig guten Hacker, einer der wenigen guten weiblichen Hacker, die man in der Szene finden kann. Ich recherchierte im Internet und fand Daten über all die Leute, die damals in das Komplott verstrickt waren, bei dem meine Eltern getötet wurden. Inzwischen standen sie an der Spitze des Minenkonzerns, bei dem sie damals nur angestellt waren. Ich unternahm einige Reisen nach Namibia und recherchierte auch direkt vor Ort. Nach einiger Zeit wusste ich, wo ich den Hebel ansetzen konnte. Ich drang in die Datenbanken des Unternehmens ein und manipulierte, was ich nur konnte. Ich platzierte gefälschtes Beweismaterial über die Morde an meinen Eltern, ich fälschte Steuer- und Einkommensdaten und sorgte

dafür, dass diese Informationen in die richtigen Hände kamen, ohne dass mein Name damit in Verbindung gebracht werden konnte. Es kam zur Festnahme der Täter und zu deren Verurteilung. In der Mordverhandlung wurde ich als Zeugin geladen, nachdem man mich in Hamburg ausfindig gemacht hatte. Meine Aussage fiel vorsichtig aus, da ich ja zur maßgebenden Zeit noch recht jung war. Aber ich wusste ja, auf welche Beweise sich die Anklage stützte und so reichte meine zusätzliche Aussage, sie lebenslänglich hinter Gitter zu bringen.«
»Ich verstehe aber immer noch nicht, was denn nun LIBERTAS damit zu tun hat«, warf Sascha ein.
Kira nickte. »Klar. LIBERTAS hat damit direkt auch überhaupt nichts zu tun. Es gab in Heidelberg ein neu geschaffenes Institut, das es inzwischen nicht mehr gibt. Es hatte den umständlichen Namen 'Institut für Kybernetik beim Menschen' und sollte Möglichkeiten erforschen, digitale Maschinen mit menschlichen Nerven zu vernetzen. Es ging darum, künstliche Arme und Beine zu bauen, die von Menschen ohne Gliedmaßen direkt über das Gehirn angesteuert werden konnten. Neben der Problematik, technische und biologische Systeme zu koppeln, bedeutete es auch einen immensen Programmieraufwand, wofür man wirklich hervorragende Programmierer benötigte. Levan arbeitete damals schon dort und er betätigte sich gern als Headhunter. Irgendwie kam er auf mich und man machte mir ein Angebot, nachdem ich in Namibia Ernst gemacht hatte. Man sagte mir auf den Kopf zu, was ich getan hatte und so kam ich dazu. Ich hab es nie bereut. Der Job war interessant und anfangs arbeiteten wir wie in einem Rausch. Es gelang uns tatsächlich, ein Gerät zu entwickeln, dass es Behinderten oder Unfallopfern ermöglichte, wieder am Leben teilzuhaben. Nun, den Rest wisst Ihr.«
»Du hattest nie Skrupel, obwohl du doch wusstest, dass auch die Arbeit von LIBERTAS nicht legal war?«
»Nein. Ich hatte zur Erfüllung meiner Rache bereits die Schwelle der Legalität überschritten und fühlte kein Unrecht dabei. Sicher, es war nicht legal, die Beweise zu fälschen und zu platzieren, aber es diente nur dazu, die Täter ihrer gerechten Strafe zuzuführen. Mit legalen Mitteln wäre das nicht möglich gewesen. LIBERTAS tut nichts anderes. Ich muss allerdings gestehen, dass es schwierig ist, seine moralische Linie einzuhalten. Die angewandten illegalen Mittel dürfen nur dazu dienen, Verbrecher zu stoppen und dürfen keine Unbeteiligten treffen. Das ist manchmal schwer.«

»... und man darf sich nicht von den Behörden erwischen lassen«, fügte Thomas hinzu. »Die Behörden unterscheiden nicht zwischen unseren Aktionen und den Aktionen der Anderen.«

»Genau, das kommt noch hinzu«, sagte Kira.

Sie waren inzwischen am Wohnhaus von Lara angekommen. Thomas parkte den Wagen auf einem Parkstreifen der gegenüberliegenden Straßenseite. Sie stiegen aus und öffneten den Kofferraum des Wagens.

Im Innern lagen einige Mappen mit elektronischem Werkzeug, ein Erste-Hilfe-Koffer, sowie Werkzeug zum Öffnen von Wohnungstüren. Jeder griff sich einen der Gegenstände. Kira öffnete eine Reisetasche und blickte sich noch einmal in alle Richtungen um, dann griff sie in die Tasche und holte ein paar automatische Pistolen heraus.

»Müssen wir diese Dinger mitnehmen?«, fragte Conny unbehaglich, »Ich will keine Waffe.«

»Was ist mit Dir, Sascha?«, fragte Kira. »Hast Du auch Vorbehalte gegen Waffen? Es ist nur zu unserer Sicherheit.«

»Wenn es nicht sein muss, würde ich auch lieber darauf verzichten. Ich kann damit auch überhaupt nicht umgehen.«

Kira zuckte mit den Schultern und steckte sich eine Waffe in die Innentasche ihrer Jacke, während sie eine weitere Waffe an Thomas weiterreichte.

Das Haus, in dem Lara Schmidt wohnte, befand sich in einem Randbereich der Innenstadt und war ein mehrstöckiges Mietshaus jüngeren Datums. Sie überquerten die Straße und schauten auf die Klingeln an der Eingangstür. Der Name Schmidt stand neben einem Klingelknopf in der vierten Etage. Kira drückte gegen die Haustür, die nur leicht angelehnt und nicht verschlossen war.

»Na dann mal los«, sagte sie, als sie den anderen die Tür offen hielt.

Sascha aktivierte sein BCI und scannte nach drahtlosen Netzwerken. In einem Haus wie diesem sollte irgendwo schon jemand drahtlos mit dem Internet verbunden sein. So war er auch nicht überrascht, als er gleich drei Netzwerke finden konnte, die allerdings verschlüsselt waren. Das konnte jedoch ein BCI nicht lange davon abhalten, Kontakt mit dem betreffenden Router aufzunehmen. Bereits nach kurzer Zeit war der Schlüssel aus dem Router kopiert und der Datenstrom entschlüsselt. Nur wenige Augenblicke später konnte sich Sascha mit Levan in der Zentrale unterhalten.

»O. k., ich hab dich erfasst«, gab Levan durch. »Lara ist immer noch online. Wo seid Ihr jetzt?«

»Im Hausflur von Laras Haus, auf dem Weg zu ihrer Wohnung.
Bleib am besten jetzt bei uns, Levan.«

»In Ordnung, ich werd die Verbindung verschlüsseln, damit
nicht noch irgendein Hobbysurfer unsere Unterhaltung
mitbekommt.«

Sie stiegen die Treppen bis zur vierten Etage hinauf und fanden
dort die richtige Tür, da sich überall die Namen der Bewohner
an den Türen befanden. Der Flur war wie ausgestorben, sodass
sie die Wohnungstür mit wenigen Handgriffen öffnen konnten,
ohne Beschädigungen zu verursachen.

Schnell betraten sie die Wohnung und schlossen die Tür hinter
sich.

Die Luft in der Wohnung stank verbraucht und muffig. Sie sahen
sich vorsichtig um und waren entsetzt.

Überall lag Abfall und schmutzige Wäsche herum. Ein Katzenklo
in der Diele war offenbar schon seit Wochen nicht mehr sauber
gemacht worden. Das Tier war jedoch nirgends zu entdecken.

»Das sieht Lara überhaupt nicht ähnlich«, sagte Sascha flüsternd.
»Sie legt normalerweise Wert auf Sauberkeit.«

»Ich kann mich noch gut daran erinnern, in welchem Zustand
ich Dich schon angetroffen habe, wenn Du per Interface
unterwegs warst«, antwortete Conny.

Sie gingen vorsichtig weiter und schauten in jeden Raum, an
dem sie vorbeikamen. Überall türmten sich Berge von Müll und
eingetrockneten Essensresten. Schließlich betraten sie das
Schlafzimmer – und hier fanden sie Lara.

Sie lag – nur mit einem knappen Slip bekleidet – in einem
Fernsehsessel, der vor einem eingeschalteten Computer stand. In
kurzen Abständen wurde ihr Körper von einem unkontrollierten
Zucken geschüttelt. Ein Speichelfaden zog sich von ihrem
Mundwinkel bis über das Kinn. Flecken auf dem Bezug des
Sessels kündeten davon, dass das häufiger geschah. Ihrem Mund
entrang sich ein gequältes Stöhnen.

Sie starrten wie gebannt auf die Frau, die so gar nichts mit der
gepflegten, koketten Person aus dem virtuellen Büro zu tun
hatte.

Laras Haare hingen wirr und fettig über ihrem Gesicht.
Überhaupt wirkte sie, als hätte sie sich seit Tagen nicht mehr
gewaschen. Das Gesicht wirkte eingefallen und farblos. Ihre
Rippen zeichneten sich deutlich an ihrem Brustkorb ab.

Kira checkte den Computer, um sicherzustellen, dass nicht etwa
eine Webcam angeschlossen war, und man sie beobachten
konnte, denn der Rechner war immerhin eingeschaltet und Lara

offensichtlich über das Kabel im Interface mit dem Internet verbunden.

»Lasst uns anfangen«, sagte Kira. »Wie ich es beurteile, ist Lara bereits in einem Zustand, in dem sie keine Kontrolle mehr über sich und ihre körperlichen Bedürfnisse hat. Sascha, könntest Du Levan fragen, ob er feststellen kann, was Lara gerade tut?«

Levan hatte mitgehört und gab sofort die Informationen: »Lara war vorhin noch bei Foster, der sie schon wieder missbraucht hat. Jetzt ist sie auf dem Weg zu ihrem Arbeitsplatz und will sich etwas frisch machen. Offenbar will sie noch länger weiterarbeiten.«

Sascha gab die Informationen weiter.

Kira schüttelte den Kopf.

»Das dürfen wir nicht zulassen. Wir müssen sie unbedingt abkoppeln. Wir müssen es allerdings so aussehen lassen, als wäre es eine Fehlfunktion des Rechners.«

»Du willst sie doch nicht einfach abkoppeln, oder?«, fragte Thomas. »Das kann zu weiterer Schädigung ihres Verstandes führen.«

»Weiß ich doch«, meinte Kira und griff zu ihrer elektronischen Ausrüstung. »Meinst Du, ich bin ein Anfänger? Wir müssen sie vorher vollständig auf ihr Interface zurückladen. Thomas hilf mir mal beim Schalten der Parallelschaltkreise.«

Sascha und Conny sahen sich fragend an. Sie wussten einfach noch immer viel zu wenig über diese Technologie.

»Was macht Ihr jetzt *genau*?«, fragte Conny.

»Diese alten Interfaces hatten ein Problem«, erklärte Kira. »Die Arbeit über eine schnelle Datenverbindung ist zwar grundsätzlich in Echtzeit möglich, in der Praxis jedoch reicht die Performance für ein flüssiges Arbeiten nicht aus. Um dieses Manko auszugleichen, lädt man beim Anmeldevorgang Teile des aktiven Bewusstseins in einen speziellen Speichersektor des Servers, auf dem die virtuelle Welt läuft. Vereinfacht gesagt, lebt man fast tatsächlich innerhalb dieser Welt. Technisch ist es natürlich komplizierter. Der klar definierte Austrittspunkt im AXXIUM-Büro hat also auch den Zweck, die ausgelagerten Bereiche über das Interface in den Anwender zurückzuspielen. Würde man das nicht tun, hätte man unter Gedächtnislücken oder schlimmeren Auswirkungen zu leiden.«

»Mein Gott!«, rief Sascha aus. »Dann hab ich einfach nur Glück gehabt, dass es bei mir bisher kein technisches Versagen gegeben hat? Und so was habt Ihr schon damals an Behinderten getestet?«

»Jetzt regt Euch nicht auf!«, mahnte Thomas. »Erst mal sind die Datenverbindungen nicht mehr so anfällig wie früher. Natürlich kann es immer mal vorkommen, aber es geschieht ausgesprochen selten. Und was den Test an Behinderten angeht: Sie sollten ja nicht in einer komplexen virtuellen Welt arbeiten, sondern es ging darum, ihre Prothesen zu steuern oder per Internet zu kommunizieren. Dazu ist ein Auslagern von Bewusstseinsteilen überhaupt nicht notwendig.«

Kira warf ihnen ungeduldige Blicke zu. »Können wir das vielleicht später besprechen? Wir sollten uns endlich um Lara kümmern.«

Thomas fixierte ein spezielles Kabel an einem der Anschlüsse von Laras Interface. Kira stöpselte derweil das andere Ende in einen kleinen Kasten, den sie mitgebracht hatte, und schloss ihn wiederum an den PC an. Sie aktivierte den kleinen Kasten ein, worauf sich Lara am ganzen Körper verkrampfte.

»Tut mir leid, Lara«, sagte sie leise. »Ich weiß, dass das eine Tortur ist, aber es ist notwendig, sonst fehlt Dir später ein Teil Deiner Persönlichkeit.«

Es dauerte etwas mehr als zwei Minuten. Während dieser Zeit simulierte die kleine, zwischengeschaltete Box eine Fehlfunktion des Desktop-Computers, worauf die virtuelle Realität sofort reagierte, in dem sie die freien Bestandteile von Laras Persönlichkeit auf Laras Interface zurückspielte. Nach zwei Minuten signalisierte die Box, dass die Überspielung abgeschlossen war, und sorgte für eine Trennung der Internetverbindung.

Thomas zog die Anschlüsse aus Laras Interface und schaltete den Computer aus. Die Verkrampfung von Laras Körper löste sich schlagartig und sie erschlaffte.

»Was hat das zu bedeuten?«, fragte Sascha. »Was haben wir jetzt wieder ausgelöst?«

»Wir haben gar nichts ausgelöst!«, rief Kira. »Sie hat lediglich keinen Kontakt mehr zur virtuellen Realität. Sie war offenbar so lange verbunden, dass ihr Körper am Rande der totalen Erschöpfung steht. Wenn ich mir ihren Zustand ansehe, muss ich eingestehen, dass Deine Vermutung richtig war und wir etwas unternehmen mussten. Wir werden sie nicht hierlassen können.«

»Wie sollen wir sie denn in diesem Zustand transportieren, ohne dass es Aufmerksamkeit erregt?«, fragte Conny.

»Sucht schon mal nach geeigneter Kleidung in den Schränken«, sagte Kira. »Ich nehme über BCI Kontakt zu Nina auf. Sie wird mir sicher einen Tipp geben können, was wir ihr geben können.«

Sie durchsuchten sämtliche Schränke im Schlafzimmer und in der Diele, bis sie endlich etwas gefunden hatten, das sie Lara anziehen konnten. Fast ihre komplette Garderobe war vollkommen verschmutzt und lag überall in der Wohnung verstreut. Thomas fand schließlich in einem Raum auch die Katze, die zu dem Katzenklo gehörte, das sie bereits gesehen hatten. Das Tier war völlig verängstigt und geschwächt, da es bereits seit längerer Zeit kein Wasser mehr bekommen hatte. Thomas stellte ihr gleich eine Schüssel mit frischem Wasser vor die Nase, das sie wie eine Verdurstende schlürfte.

Kira hatte inzwischen mit Nina Kontakt aufgenommen und von ihr Anweisungen erhalten. Sie sollten ihr aus dem Einsatzkoffer ein bestimmtes Medikament verabreichen. Das würde sie so weit bringen, dass sie wenigstens so weit mobilisieren würde, dass sie mit ihnen zusammen scheinbar normal zum Auto gehen könnte. Kira träufelte ihr eben das Mittel in den Mund, als Thomas und Conny mit den Kleidungsstücken zurückkamen.

»Mehr haben wir nicht gefunden«, sagte Conny und hielt eine verblichene Jeans und ein T-Shirt hoch.

»Ich hab Lara noch nie in solchen Sachen gesehen«, meinte Sascha. »Ich bin erstaunt, dass sie überhaupt solche Kleidung besitzt.«

Sie begannen, Lara die Sachen überzustreifen.

»Meine Güte«, sagte Kira naserümpfend. »Wenn wir sie in der Zentrale haben, steck ich sie erst mal in die Dusche. Ich möchte wissen, wann sie zum letzten Mal Körperpflege betrieben hat. Dieser Foster verdient Prügel für das, was er ihr angetan hat.«

Nach etwa fünf Minuten begann Lara, sich zu bewegen und schlug die Augen auf. Sie blickte sich um, schien aber nicht zu begreifen, was um sie herum vorging.

»Das wird aber auch Zeit«, meinte Thomas. »Wir müssen hier weg. Es könnte nämlich durchaus sein, dass Laras Verschwinden aus dem AXXIUM-Büro bereits bemerkt wurde und man ein Team hierher geschickt hat, um zu prüfen, was geschehen ist.«

Conny und Sascha fassten Lara an den Händen und zogen sie von ihrem Fernsehsessel hoch. Wie eine willenlose Puppe ließ sie alles mit sich geschehen. Kira öffnete die Tür zum Hausflur, prüfte, ob jemand in der Nähe war, und gab den anderen ein Zeichen, ihr zu folgen. Conny und Sascha führten Lara hinaus und Thomas verschloss die Tür von außen mit Laras Schlüssel, der von innen im Türschloss gesteckt hatte. Sie vermieden es, den Aufzug zu benutzen, der sich als Falle erweisen könnte, wenn ihnen tatsächlich bereits ein Team von AXXIUM auf den Fersen war. Es war nicht einfach, Lara in diesem Zustand immer wieder zu motivieren, einen Fuß vor den anderen zu setzen, doch schließlich kamen sie unten an der Haustür an.

Vorsichtig spähte Kira in alle Richtungen. Als sie nichts Verdächtiges entdecken konnte, winkte sie den anderen, ihr zu folgen. Ohne Probleme gelangten sie bis zu ihrem Wagen und bugsierten Lara auf den Rücksitz, wo Thomas sie mit dem Gurt anschnallte. Sie stiegen ins Fahrzeug und fuhren zurück zur Zentrale.

12. 16. Mai

Ryan Foster durchlebte zwar zurzeit eine sehr hektische und stressige Phase seines Lebens, weil er ständig zwischen der virtuellen Welt und der realen Welt hin- und herspringen musste, aber er wusste auch, wie er zwischendurch immer wieder etwas Entspannung bekommen konnte.

Er wusste, dass die übrigen Mitglieder des Kartells darüber die Nase rümpften, doch was wussten sie schon? Für ihn persönlich hatte es sich mehr als gelohnt, Lara Schmidt schon sehr früh in seine Planungen mit einzubeziehen. Sie war jung, schön und für Neuerungen zu begeistern. Zwar hatte sie erst gezögert, als es darum gegangen war, sich ein Interface implantieren zu lassen, doch hatte er es geschafft, ihr die Vorteile so schmackhaft zu machen, dass sie schließlich zugestimmt hatte. Der Rest war relativ einfach. Sobald erst einmal ein Zugang zu Laras Verstand vorhanden war, konnte er allmählich ihren individuellen Widerstand durch gezielte Manipulation abbauen und sie zu einem willenlosen Menschen machen. Inzwischen bedurfte es lediglich eines kleinen Winks von ihm, um sie dazu zu bringen, ihm zu Willen zu sein. Er machte davon auch reichlich Gebrauch. Foster nutzte dazu in erster Linie die virtuelle Realität, denn er wollte lediglich etwas Spaß haben und nicht auch noch eventuelle Folgen tragen müssen. Es war ihm durchaus bewusst, dass er Lara in der letzten Zeit eine Menge abverlangte, wenn er von ihr forderte, immer für ihn da zu sein. Es war ihm jedoch egal, ob er sie dadurch in der realen Welt eventuell dauerhaft schädigen würde. Es war sowieso bald an der Zeit, sich von ihr zu trennen und sich jemand anderen gefügig zu machen.

Momentan hielt sich Foster im realen Büro von AXXIUM auf. Wenn er seinen Blick über die Etage gleiten ließ, stellte er fest, wie verwaist das Büro inzwischen war. Seine sanften oder auch härteren Zwangsmaßnahmen hatten bereits den größten Teil der Mitarbeiter dazu gebracht, virtuell zu arbeiten. Lediglich ein harter Kern von Verweigerern verweilte hartnäckig im realen Büro und weigerte sich strikt, überhaupt ein Interface in Erwägung zu ziehen. Am liebsten würde Foster diese Leute einfach auf die Straße setzen, wie er es in der Vergangenheit schon mit verschiedenen Mitarbeitern getan hatte, doch diesmal war es nicht so einfach. Zwar waren die Rechte von Arbeitnehmern schon arg beschnitten, doch gab es noch juristische Nischen, in denen manche Arbeitnehmer vor willkürlichen Maßnahmen geschützt waren. Es betraf Arbeitnehmer mit gesundheitlichen Einschränkungen nach einer bestimmten Beschäftigungsdauer sowie Arbeitnehmer, die bereits seit fünfundzwanzig Jahren im Betrieb waren.

Foster zerbrach sich den Kopf, wie er diese Leute loswerden konnte, denn das Kartell erhöhte allmählich den Druck auf ihn. Er war nicht bereit, seine herausragende Stellung im Kartell aufzugeben. Es gab genug Neider, die ihm ein Scheitern wünschen würden. Foster machte es krank, wenn er nur an Carmen Mendez dachte. Diese Frau hasste ihn, da war er sicher. Er wusste nur nicht, warum.

Seine Gedanken wurden unterbrochen, als ein Signal seines PCs ertönte. Er schaute auf den Bildschirm und stutzte. Der Computer war seine Verbindung zur virtuellen Realität, solange er sich in der realen Welt aufhielt. Er lieferte ständig Statusmeldungen über die Mitarbeiter. So konnte er jederzeit sehen, wer aktiv war, oder wer zurzeit freihatte. Der Computer hatte eine Anomalie gemeldet. Normalerweise bewegten sich Mitarbeiter, die Feierabend machten, zur großen Bürotür und stießen sie auf. Dadurch wurde die Abmelderoutine ausgelöst, die ein sauberes Trennen vom System bewirkte. In einem Fall jedoch war eine aktive Entität ohne sichtbaren Grund steuerlos geworden und vom System deaktiviert worden, um die Konsistenz des Systems nicht zu gefährden.

Foster rief die Identitätsnummer der betroffenen Entität auf und startete einen Suchlauf. Sekunden später erschien die Akte von Lara Schmidt auf dem Bildschirm.

»Was ist denn mit Lara los?«, sagte er zu sich selbst.

Foster ließ ein Analyseprogramm laufen, das Aufschluss über den Abbruch liefern konnte. Bereits nach wenigen Augenblicken stand fest, dass es sich um einen Abbruch auf Laras Seite gehandelt hatte. Es gelang nicht, den Heimcomputer Laras zu erreichen. Er musste daher entweder defekt sein, oder es gab ein Leitungsproblem. Eine andere Möglichkeit gab es nicht, da man im angeschlossenen Zustand nicht selbst aktiv von außen seine Verbindung beenden konnte. Er würde also warten müssen, bis Lara sich bei ihm meldete, denn genau das würde sie tun müssen, gemäß der durch das Interface erfolgten Konditionierung.

Fosters Telefon klingelte und er sah, dass es sich um einen Anruf aus dem Kartell handelte. Foster nahm ab.

»Foster«, meldete er sich, obwohl er bereits wusste, dass Friedrich Thom am anderen Ende der Leitung war.

»Hier Thom«, klang es aus dem Hörer. »Haben Sie schon die Meldung auf Ihrem Computer gesehen? Einer Ihrer Mitarbeiter ist aus dem System geflogen. Kann es eine bewusst verursachte Störung gewesen sein? Sie wissen, dass wir uns keinen Fehler erlauben dürfen.«

Foster schüttelte seinen Kopf. »Wie kommen Sie darauf, es wäre eine bewusste Störung, nur weil es eine technische Unregelmäßigkeit gibt? Es kann verschiedene, völlig belanglose Ursachen haben ... vielleicht sogar nur ein Stromausfall beim Anwender zu Hause. Ich prüfe das nach.«

»Tun Sie das Foster. Wenn es eine Manipulation war, müssen wir unverzüglich reagieren.«

»Machen Sie sich keine Gedanken«, sagte Foster. »Einem Angeschlossenen ist es nicht möglich, aktiv seine Verbindung zu trennen. Das kann er nur über eine ordnungsgemäße Abmeldung aus dem System heraus erreichen. Ich gehe von einem technischen Problem aus. Ich werde Sie morgen benachrichtigen, wenn Lara Schmidt sich gemeldet hat.«

»Was sagten Sie?«, fragte Thom. »Es handelt sich um Lara Schmidt, Ihre besondere Freundin? Finden Sie das nicht eigenartig?«

»Was soll daran eigenartig sein? Technische Fehler hat es immer schon gegeben. Einen muss es treffen. Zufällig war es eben Lara.«

»Ich habe ein komisches Gefühl dabei, Foster. Mir wäre entschieden wohler, wenn Sie ein Team unserer Techniker bei der Dame vorbeischicken würden. Wenn sich dabei herausstellt, dass es nur ein technisches Problem ist, bin ich zufrieden. Bitte senden Sie ein Team, Foster. Geben Sie mir Bescheid, sobald Sie konkrete Informationen haben.«

Thom legte ohne weiteren Gruß einfach auf. Foster hielt den Hörer noch in der Hand und überlegte.

Sollte er noch warten, bis Lara sich selbst bei ihm meldete, oder sollte er der Anweisung Thoms Folge leisten? Schließlich entschied er, dass es besser war, Thoms Anweisung zu befolgen und ein Team in Marsch zu setzen. Sollte es kein technisches Versagen gewesen sein, würde es bedeuten, dass ihnen jemand auf die Spur gekommen war. Es wäre nicht auszudenken, wenn das beim gegenwärtigen Stand des Projekts geschehen würde.

Foster wählte die Nummer des Büros der Mitarbeiter von Carmen Mendez und beorderte einen Wagen zur Adresse von Lara Schmidt.

Kira D'Omasi war mit ihrer Gruppe mittlerweile bei der LIBERTAS-Zentrale angekommen. Jan Przygoda ließ den Wagen

durch die Einfahrt fahren und verschloss das Tor anschließend
wieder, damit das Gebäude ebenso verlassen wirkte, wie zuvor.
Sowie sie auf dem Innenhof ankamen, standen auch schon die
Leute der medizinischen Abteilung bereit und kümmerten sich
um Lara, die inzwischen erneut das Bewusstsein verloren hatte.
Mit vereinten Kräften schafften sie die Frau ins Haus und legten
sie auf eine Liege.
Dr. Jan van Buren und Nina Kobach begannen mit der
Untersuchung, und als sie später zu den anderen kamen, war ihr
Urteil mehr als niederschmetternd.
»Lara ist in äußerst schlechter körperlicher Verfassung«, sagte
Nina. »Ihr Ernährungszustand ist schlecht und sie leidet unter
akutem Wassermangel. Dr. van Buren hat ihr einen
Kochsalztropf angelegt, um möglichst rasch Flüssigkeit in den
Körper zu bekommen. Ihre Körperhygiene hat sie offenbar schon
seit Längerem vernachlässigt. Über ihren psychischen Zustand
können wir derzeit nicht viel sagen, da sie das Bewusstsein
bisher nicht wiedererlangt hat. Wir wissen nur, dass sie dasselbe
Interface besitzt, wie Sascha eines hatte. Wir werden daher auch
ihr Interface zerstören und entfernen müssen.«
Nina lächelte gequält. »Van Buren freut sich schon auf die
Operation – sie wird wieder einige Stunden dauern.«
»Wollt Ihr heute noch damit anfangen?«, fragte Kira.
Nina lachte humorlos. »Wo denkst du hin, Kira. Erst müssen wir
sie in einen Zustand bringen, in dem sie eine solche Operation
überhaupt überstehen kann. Das wird noch ein paar Tage
dauern. Was mir im Moment Kopfzerbrechen bereitet, ist ihr
psychischer Zustand. Wie wird sie reagieren, wenn sie aufwacht
und keinen Kontakt über ihr Interface zum AXXIUM-Server
bekommt?«
»Du glaubst, das könnte ein Problem werden?«, erkundigte sich
Conny.
»Oh ja, das kann tatsächlich problematisch werden, wenn man
sie bereits so weit manipuliert hat, dass sie, um normal leben zu
können, Anweisungen vom System benötigt.«
Conny schüttelte sich, als sie sich das vorstellte.
»Ich werde jetzt wieder zu Lara gehen«, sagte Nina. »Van Buren
meinte, dass es nicht mehr lange dauern wird, bis sie aufwacht.«

Ryan Foster fühlte sich nicht wohl in seiner Haut. Soeben hatte er
die Mitteilung des Außenteams erhalten, dass Lara Schmidts
Wohnung verlassen und ihr Computer ausgeschaltet war.
Er konnte sich einfach nicht vorstellen, dass sie selbst es gewesen
sein sollte, die von sich aus die Verbindung beendet hatte. Ein

Mensch, der über das Interface an das System angeschlossen war, lebte ausschließlich auf der virtuellen Ebene und hatte während dieser Zeit keine direkte Kontrolle über seinen Körper. Das konnte nur bedeuten, dass jemand anderes anwesend war, und in den Prozess eingegriffen hatte. Doch wer sollte das sein? Lara lebte bereits seit einiger Zeit allein und aufgrund seiner Manipulationen und Konditionierung, die er über das Interface vorgenommen hatte, sollte gewährleistet sein, dass sie keine Beziehungen im realen Leben einging. Es musste jemand sein, den er überhaupt nicht auf seiner Rechnung hatte. Hatte er etwas übersehen? War man ihm auf die Spur gekommen? Bestand Gefahr für das Kartell? Er sah ein, dass es unter diesen Umständen seine Pflicht war, das Kartell zu informieren und um eine Zusammenkunft zu bitten. Er konnte sich jedoch nicht dazu durchringen. Es wäre das Eingeständnis seines persönlichen Versagens. Er wäre erledigt.

Nach einiger Zeit beschloss er, sich persönlich um dieses Problem zu kümmern und seinen Brüdern im Kartell vorerst nichts zu erzählen. Foster sah auf seine Kalenderuhr auf dem Schreibtisch. Sie zeigte den 16. Mai an. Eigentlich war erst der 8. Mai, aber durch die Beschleunigung des Zeitablaufs im virtuellen System war innerhalb von AXXIUM bereits der 16. Mai. Er fragte sich ernsthaft, ob sich jemand Gedanken darüber gemacht hatte, wie es unter der Beschleunigung weitergehen sollte, wenn erst der 31. Mai überschritten war. Die Schere zwischen tatsächlichem und virtuellem Datum wurde größer und größer.

Foster erhob sich und suchte in der Schublade seines Schreibtisches nach den Schlüsseln zu Laras Wohnung. Vielleicht hatten die Leute vom Team etwas übersehen, das ihm weiterhelfen konnte, herauszufinden, wo Lara steckte. Vielleicht hatte er aber auch Glück und Lara würde sich irgendwo über ihr Interface mit dem Internet verbinden. Dann würde das Interface automatisch eine Nachricht an AXXIUM senden und er würde wissen, wo er sie zu suchen hatte.

13. Lara

Dr. van Buren und Nina Kobach waren beide anwesend, als sich Laras Körper zu bewegen begann. Nach einiger Zeit schlug sie ihre Augen auf und blickte zum ersten Mal verwirrt, aber interessiert umher.

»Wo bin ich?«, fragte sie mit schwerer Zunge. »Wer sind *Sie*?«

»Ich bin Dr. van Buren«, stellte sich van Buren vor. »Sie befinden sich hier in unserer Obhut, weil Ihr Körper bereits so ausgezehrt war, dass es in Kürze zu einem Zusammenbruch gekommen wäre. Wir werden uns darum kümmern, dass es Ihnen wieder besser geht.«

Man konnte Lara ansehen, dass es hinter ihrer Stirn arbeitete.

»Welches Datum haben wir?«, wollte sie wissen. »Wie spät ist es?«

»Machen Sie sich darum keine Sorgen«, sagte Nina. »Sie müssen jetzt erst wieder auf die Beine kommen.«

»Ich muss ins Büro!«, rief Lara aus. »Ich bin nicht verbunden. Das geht nicht. Ich muss sofort eine Verbindung haben.«

Sie zog leicht an den Gurten, mit denen man sie an die Liege fixiert hatte, damit sie nicht in einem unbeobachteten Moment aus dem Bett fallen konnte.

»Was habt Ihr mit mir gemacht?«, fragte Lara mit aufkeimender Panik. »Ihr habt mich vom Netz getrennt! Schließt mich bitte sofort wieder an. Ich muss regelmäßig Kontakt mit meinem Büro haben.«

»Warum ist das so wichtig, Lara?«, fragte van Buren.

»Es ist wichtig, weil ... Ich muss eben! Ich muss meine Anweisungen bekommen. Ohne meine Anweisungen bin ich wertlos.«

»Lara, du brauchst keine Anweisungen«, sagte Nina sanft. »Das wird Dir nur von Deinem Interface suggeriert. Hör nicht auf das Interface, Lara. Du musst Dich gegen die Impulse des Interfaces zur Wehr setzen.«

»Sagt nichts gegen mein Interface!«, rief Lara und zerrte an ihren Gurten, »Verdammt, macht mich los! Ich will hier weg! Ich muss sofort online gehen. Es ist meine Pflicht.«

»Ich glaube, wir dringen nicht zu ihr durch«, sagte Nina.

»Wie es aussieht, steht sie komplett unter dem Einfluss einer Kontrollroutine, die fest ins Interface eingebaut ist«, meinte van Buren. »Sobald sie nicht mehr online ist, greift der Kontrollmechanismus und überlagert ihren Willen mit dem

Befehl, sich sofort wieder anzuschließen. Ich glaube nicht, dass wir noch warten können – auch wenn es riskant ist. Wir müssen sie von diesem Ding befreien.«

Lara hatte durchaus mitbekommen, was van Buren gesagt hatte und kreischte panisch: »Was habt Ihr vor? Ihr wollt an mein Interface gehen und es mir wegnehmen? Wollt Ihr mich umbringen?«

»Lara, wir verstehen unser Geschäft«, sagte van Buren. »Du stehst unter dem Einfluss Deines Interfaces. Es lässt Dir nicht Deinen freien Willen. Solange du dieses Modell in Deinem Kopf hast, bist Du eine Marionette von AXXIUM.«

»Das ist doch alles eine Lüge!«, kreischte Lara hysterisch und zerrte mit aller Kraft an ihren Gurten, um sich zu befreien, doch die Gurte waren zu stark. »Ihr seid Verbrecher! Ihr wollt mir meinen Willen nehmen!«

Van Buren wandte sich an Nina:

»Bereite die Anästhesie vor, Nina. Es hat keinen Zweck. Je eher wir sie von diesem Ding befreien, umso besser ist es.«

Nina begann mit ihren Vorbereitungen und kümmerte sich nicht mehr um die hysterischen Äußerungen Laras. Allerdings mussten sie beide alle Kraft aufbringen, um Lara schließlich eine Spritze zu setzen, die sie beruhigen sollte, bevor die eigentliche Narkose verabreicht wurde.

Als Lara endlich schlief, atmeten sie erst einmal durch, obwohl sie wussten, dass ihnen das Schwierigste noch bevorstand. Bereits bei Sascha war es nicht einfach gewesen, doch bei Lara würde es noch komplizierter werden, da sie das Interface viel länger in ihrem Kopf gehabt hatte. Nachdem Nina das Analysegerät an Laras Interface angeschlossen hatte, wurde ihnen bewusst, dass sie vor der kompliziertesten Aufgabe standen, die sie bisher jemals hatten. Das Interface war bereits am Rande des Stadiums einer Symbiose mit dem Hirn Laras. Es fand bereits ein Austausch von Basisbefehlen statt. Das heißt, Laras Gehirn war im Begriff, wichtige Aufgaben einzustellen und vom Interface erledigen zu lassen. Das war sicherlich kein bewusst gesteuerter Prozess. Das Interface übernahm einfach wichtige Funktionen und sorgte auf diesem Weg dafür, dass das Gehirn selbst diese Funktionen nicht mehr ausübte. Dadurch entstand allmählich eine Abhängigkeit, die den Körper ohne ein Interface nicht mehr lebensfähig machte.

Die Ergebnisse der Analyse bestätigten die Vermutung Dr. van Burens, dass Lara bereits in weitaus höherem Maße, als Sascha, von dem Implantat abhängig war.

»Es ist ein äußerst aktives Interface«, sagte van Buren mit einem Blick auf den Monitor des Analysegerätes, »es versucht sogar, Kontrolle über den Analysator zu bekommen. So können wir nicht arbeiten. Nina, gib den Code für die Termination des Interfaces ein.«
Nina sah ihren Kollegen von der Seite an.
»Bist du sicher?«, fragte sie. »Es könnte zum Kollaps führen, wenn das Implantat durch unseren Virus zerstört wird. Ich glaub nicht, dass Laras Hirn sich so schnell anpassen kann und wieder normal funktioniert.«
»Wir werden sie natürlich an die externen Systeme anschließen, bevor wir das Virus aktivieren«, sagte van Buren, »außerdem muss sofort ein BCI eingesetzt werden, um Lara wieder aktionsfähig zu machen. Mach Dich auf eine lange Nacht gefasst, Nina.«
Nina zuckte mit den Schultern. »Darauf hab ich mich schon eingestellt, als Lara hier angekommen ist. Ich hab schon mal ein BCI bereitgelegt. Es ist unser Vorletztes. Wir brauchen dringend Neue.«
Später, als Lara entsprechend vorbereitet war, gab van Buren das Zeichen, worauf Nina das speziell zur Zerstörung der Interfaces konzipierte Virus aktivierte.
Auf dem Monitor konnten sie verfolgen, wie sich das Datenpaket im Speicher des Interfaces festsetzte, wo es sich vervielfältigte und vom fremden System als Eindringling erkannt wurde. Das Sicherheitssystem des Interfaces griff die Viren an und sorgte so erst dafür, dass es sich an die Elemente des Sicherheitssystems hängen konnten. Nur Augenblicke später folgte das Sicherheitssystem den Anweisungen, die es durch die Viren erhielt. Es wandte sich gegen sich selbst und zerstörte innerhalb von nur zehn Minuten sämtliche Softwaremodule des Interfaces. Die nun sich selbst überlassenen Hardwareelemente stellten den Dienst ein oder brannten durch Überlastung durch. Teilweise liefen schwere Zuckungen durch Laras Körper, als vor dem endgültigen Abschalten des Interfaces ungeregelte Ströme über die verbunden Synapsen geleitet wurden. Das war der Moment, der besonders kritisch war. Nina schaltete die externen Systeme ein, die den Körper für die Dauer der nun anstehenden Operation am Leben erhalten sollten.
Zwei Mal musste van Buren eingreifen, als die Belastung der gequälten Synapsen zu groß wurde. Er bohrte ein Loch in die Anschlussplatte des Implantats und steckte einen Draht hinein, über den die Spannung abfließen konnte.

»Manchmal sind es immer noch die primitiven und einfachen Dinge, die am effektivsten sind«, meinte van Buren grinsend.
Dann war es so weit. Das Interface war tot. Laras Leben hing an den Instrumenten, die für die lebenserhaltenden Impulse sorgten.
»Jetzt wird sich zeigen, inwieweit Lara bereits von ihrem Implantat abhängig war«, sagte van Buren.
»Was ist, wenn unsere externe Steuerung nicht ausreicht, ihre Lebensfunktionen aufrechtzuerhalten?«, fragte Nina. »Ich muss zugeben, dass ich Angst habe, dass wir sie verlieren.«
»Wir wussten alle, dass es ein Risiko ist, als wir LIBERTAS gegründet haben«, sagte van Buren. »Dieses Risiko müssen wir tragen, so schwer es auch ist.«
»Aber wenn sie stirbt, dann ist es unsere Schuld«, meinte Nina. »Man wird uns jagen wie einen Mörder.«
»Das ist richtig, auch wenn ich es etwas anders sehe«, sagte van Buren. »Lara ist bereits durch den verbrecherischen Einsatz des Implantats zum Tode verurteilt gewesen. Durch uns hat sie zumindest eine Chance, weiterzuleben.«
Nina zuckte mit den Achseln und man konnte ihr ansehen, dass ihr der Gedanke Unbehagen auslöste. Für weitere Unterhaltungen blieb allerdings keine Zeit mehr, da der Computer der externen Kontrolle die ersten Ausfälle in Laras Gehirn meldete.
Van Buren griff sein Werkzeug und begann, die Anschlussplatte des Implantats zu öffnen. Da es inzwischen terminiert war, musste nicht befürchtet werden, dass es zu Abwehrreaktionen kam. Er musste nun schnell sein, da er einen Zugang zu den Leitern brauchte, die sich mit den Synapsen im Kopf Laras verbunden hatten.
Nina reichte ihm eine Neuralsonde und schloss sie an ihren Computer an.
»Für eine erste Stimulation sollte es reichen«, meinte van Buren, »es ist jetzt nur wichtig, die betroffenen Hirnbereiche daran zu hindern, zu versagen. In einem zweiten Schritt müssen wir die Synapsen von den Implantatsleitern isolieren und umleiten.«
Er betrachtete mit geübtem Blick das geöffnete Implantat. »Es ist ein Implantat vom Typ 2. Vielleicht haben wir Glück. Diese Dinger nehmen zwar erheblich mehr Einfluss auf die Psyche des Trägers, zerstören aber nicht so viel Nervengewebe.«
»Du meinst, es könnte gelingen, die Verbindungen komplett auf ein BCI umzuleiten?«
Van Buren nickte.

»Das könnte klappen. Was aber nicht bedeutet, dass uns nicht noch einige Stunden Arbeit bevorstehen.«

»Ich könnte Levan mit hinzuziehen«, schlug Nina vor. »Er könnte die fertigen Ports bereits konfigurieren, während wir noch laufend Synapsen umschalten. Dann könnten wir sofort das BCI Implantieren, sobald wir fertig sind. Für Lara wäre es den Umständen entsprechend etwas schonender.«

»Das ist eine gute Idee, Nina«, sagte van Buren.

In den nächsten Stunden arbeiteten sie wie besessen daran, Laras Interface durch das BCI zu ersetzen. Es war ein Wettlauf gegen die Zeit, denn sie konnten die Frau nicht ewig unter Narkose halten. Dazu kam noch die Problematik des schlechten körperlichen Allgemeinzustandes. Die Idee, Levan mit der Konfiguration der Ports zu betrauen, erwies sich als entscheidend für den Erfolg der Operation. Die eingesparte Zeit ermöglichte es ihnen schließlich, die Operation abzuschließen, bevor Laras Organismus endgültig versagte.

»Das war's!«, rief van Buren aus und ließ seine Zange fallen. Er deutete mit der rechten Hand auf den Steuercomputer des BCI.

»Laden und einschalten!«, ordnete er an. »Jetzt kommt es darauf an. Jetzt werden wir sehen, ob sich die Arbeit gelohnt hat, oder ob wir versagt haben.«

Levan drückte ein paar Tasten und startete die Transmission der Daten vom Computer ins BCI, das in diesem Moment noch über ein Kabel angeschlossen war.

»Wir haben Connect«, sagte er. »Das BCI kann geladen werden. O. k., Daten fließen.«

»Wie lange?«, wollte Nina wissen.

»Höchstens eine Minute. Das ist eine Hochgeschwindigkeitsverbindung.«

Kurz danach ertönte ein kurzes Signal und Levan drückte eine weitere Taste.

»Aktiviert!«, rief er.

Alle blickten gebannt auf die Meldungen auf dem Monitor. Noch waren die Felder für die Rückmeldung vom BCI leer. Die Sekunden zogen sich in die Länge und sie hatten das Gefühl, bereits seit Minuten gewartet zu haben, als sich das BCI zurückmeldete.

»Geschafft!«, rief van Buren erleichtert, »Wenn Laras Körper nicht noch schlapp macht, werden wir nicht als Mörder gesucht werden. Das BCI scheint die gestörten Hirnfunktionen in vollem Umfang übernommen zu haben. Genau wissen wir es natürlich erst, wenn Lara erwacht.«

Nina stieß zischend ihren Atem aus. Man konnte deutlich sehen, dass ihr ein schwerer Stein vom Herzen gefallen war. Zum ersten Mal seit Stunden blickte sie nach oben zu den Fenstern des Raumes. Dort sah sie Kira, Sascha und Conny stehen und zu ihnen hinabblicken. Kira deutete Applaus an und gratulierte so zum Erfolg der Operation.

Nun begann das Warten. Es würde Stunden dauern, bis Lara erwachen würde. Nina legte ihr eine intravenöse Infusion mit einer Nährlösung, die ihren Körper mit den notwendigsten Nährstoffen versorgen sollte.

Sie überließen Lara den Überwachungsmonitoren und verließen den Operationssaal. Sie fühlten sich mit einem Mal ungeheuer erschöpft.

Sie war im Büro. Unter ihrem Arm trug sie einen Stapel Akten, die sie verteilen wollte. Sie fühlte sich gut. Sie wusste, dass sie gut aussah und wie sie auf Männer wirkte. Es machte ihr Spaß, sich auch so zu kleiden, dass die Männer der Abteilung ihre Vorzüge sehen konnten.

Sie trug wieder das etwas zu knappe kurze Kleid, das sie so liebte. Sie lief den langen Gang hinunter und sah Ryan aus seinem Büro kommen. Er sah zu ihr hinüber und lächelte. Sie mochte es, wenn er sie anlächelte, denn es zeigte ihr, dass er sie mochte.

Sicher, es war nicht gerade eine romantische Beziehung, die sie unterhielten. Eigentlich basierte sie in erster Linie auf Sex, aber das machte ihr nichts aus, solange Ryan ihr das gab, was sie brauchte.

Sie lächelte zu Ryan zurück. Er winkte ihr zu und deutete ihr, in sein Büro zu kommen. Sie betrat hinter ihm das Büro und schloss die Tür.

»Soll ich absperren?«, fragte sie. »Damit wir ungestört sind.«

Sie drehte sich um und sah Ryan, der dabei war, mit heruntergelassener Hose eine Frau zu besteigen, die mit weit gespreizten Beinen auf seinem Schreibtisch saß. Hier stimmte doch etwas nicht.

Sie betrachtete die Frau und sah in ihr eigenes Gesicht, das vor Lust verzerrt war und sie nicht bemerkte. Verstört blickte sie von einem zum anderen. Ryan unterbrach seine Tätigkeit für einen Moment und sah sie an.

»Was schaust du so, du Verräterin?«, fragte er. »Ich zeige Dir, wie man mit solchen Flittchen umgeht.«

Sie starrte fassungslos auf die Szene, die sich vor ihren Augen abspielte. Sie verstand es nicht. Wieso konnte sie sich selbst sehen, beim Liebesspiel mit Ryan und warum nannte er sie eine Verräterin?

»Ich weiß nicht, was Du meinst!«, rief sie aus. »Wo kommt überhaupt diese ... diese Doppelgängerin her?«

Ryan unterbrach seine Tätigkeit ein weiteres Mal und drehte sich laut lachend zu ihr um. Dann wandte er sich wieder seiner Partnerin zu und begann, äußerst brutal in sie hineinzustoßen. Die Frau schrie vor Schmerz auf und begann, sich gegen die Brutalität zu wehren.

Sie stürzte auf die beiden zu und wollte eingreifen, aber ihre Hände griffen ins Leere. Schwer stürzte sie auf die Kante des Schreibtisches und schlug sich die Stirn auf. Blut spritzte in alle Richtungen. Ryan sah sie an und lachte irre.

Die Frau unter Ryan begann mit einem Mal, zu zerfließen wie eine zähe Flüssigkeit. Ryan Fosters Gesichtszüge nahmen irrsinnige Züge an und verwandelten sich von Sekunde zu Sekunde immer mehr zu einer Fratze.

Sie hatte das Gefühl, immer schwächer zu werden und blickte an sich herunter. Blut floss in Strömen an ihrem Körper herunter und vereinigte sich am Boden mit dem zähen Brei der anderen, die sich vor ihren Augen aufgelöst hatte.

Ihr wurde schwindelig. Sie versuchte, sich am Schreibtisch festzuhalten, doch schien er vor ihr zurückzuweichen. Sie begann zu stürzen. Ryans Lachen hallte als irrsinniges Schreien in ihren Ohren. Der Sturz schien kein Ende nehmen zu wollen.

Dann war da nichts mehr.

Lara schlug ihre Augen auf. Sie zitterte am ganzen Körper und spürte ihren Herzschlag bis zum Hals.

Ohne zu begreifen, sah sie einen mit allerlei technischem Gerät angefüllten Raum. Sie verspürte den Drang, sofort aufzuspringen und fortzulaufen, aber sie war zu schwach. Sie musste geträumt haben, anders war diese entsetzliche Szene nicht zu erklären, die sie noch in ihrem Gedächtnis hatte.

Sie blickte sich um.

Das war definitiv nicht ihr Büro, und zu Hause war sie auch nicht. Es wirkte wie die Einrichtung eines Krankenhauses. Hatte sie einen Unfall gehabt? War das die Intensivstation eines Krankenhauses? Müssten dann nicht auch Ärzte oder Schwestern vorhanden sein?

Erst jetzt fiel ihr das rhythmische Piepsen auf, das von einem der Geräte ertönte. Ein Alarm? Dann würde sicher bald jemand nach ihr sehen.

Im nächsten Moment klackte eine Tür ins Schloss und sie hörte Schritte. Schwere Schritte. Ein Mann? Sie versuchte den Kopf zu drehen, doch ein heftiger Schmerz verhinderte, dass es gelang. Also doch ein Unfall?

»Das wurde aber auch Zeit, dass sie allmählich wach werden«, sagte ein Mann mittleren Alters, der einen weißen Kittel trug und auf sie herabblickte.

»Wir hatten uns schon Sorgen gemacht. Mein Name ist Dr. van Buren und ich bin es auch, der Sie operiert hat.«

»Operiert?«, fragte Lara mit schwerer Zunge und kaum verständlich, »Was ist mit mir geschehen?«

Da fiel es ihr auf einmal wieder ein.

»Sie haben mich aus meiner Wohnung geholt!«, stellte sie fest, »Ich bin gekidnappt worden!«

Lara zerrte an den Riemen, mit denen man sie am Bett gesichert hatte.

Van Buren hielt ihr den linken Arm fest.

»Bitte beruhigen sie sich!«, mahnte er. »Sie reißen noch die Infusionsnadel aus Ihrem Arm.«

»Ich bin nicht verbunden!«, rief Lara und versuchte, sich zu befreien. »Ich muss Kontakt haben – sofort!«

Hinter van Buren war Sascha ebenfalls an Laras Bett gekommen.

»Hallo Lara«, sagte er.

Lara wandte trotz der Schmerzen leicht den Kopf und sah ihn ungläubig an.

»Sascha?«, fragte sie. »Was machst Du denn hier? Wo bin ich überhaupt?«

»Du bist hier bei Freunden, Lara«, sagte Sascha. »Zum ersten Mal seit vielen Monaten bist Du bei Freunden.«

»Freunde!« Lara spie das Wort förmlich aus. »Man hat mich aus meiner gewohnten Umgebung gerissen und hierher gebracht. Dieser Mann sagt, er habe mich operiert. Kannst Du mir verraten, warum man mich *operieren* musste? *Was* hat man operiert?«

»Wir haben Dir Dein Interface weggenommen«, sagte er.

»Ihr habt *was*?«, fragte sie. »Seid Ihr eigentlich wahnsinnig? Ohne mein Interface bin ich ohne Verbindung. Ich bin nichts Wert ohne mein Interface. Ich kann nicht mehr in die virtuelle Realität zurück.«

»Wenn ich mich mal einschalten darf«, unterbrach van Buren. »Aber das Interface, das Sie von AXXIUM erhalten haben, hat die Kontrolle über Ihren Verstand übernommen. Sie haben nur noch das getan, was AXXIUM von Ihnen wollte. Insbesondere ein gewisser Ryan Foster hat diese Situation ausgenutzt, um Sie von sich sexuell abhängig zu machen. Sie selbst haben bereits

Ihren Körper so vernachlässigt, dass es nur noch eine Frage der Zeit gewesen wäre, bis irreparable Schäden aufgetreten wären.«
»Das ist nicht wahr!«, rief Lara.
»Doch es ist wahr!«, sagte Sascha. »Foster hat Dich ausgenutzt. Du warst quasi sein Eigentum. Und das Interface – das hat bereits Aufgaben Deines Gehirns übernommen und war dabei, sich so unentbehrlich zu machen, dass du ohne Interface nicht mehr leben konntest. Glücklicherweise haben wir es rechtzeitig entfernt.«
Lara überlegte. »Wenn es stimmt, was Du sagst, müsste ich ja bereits gestorben sein, als Ihr mir das Interface entfernt habt. Also?«
»Es ist verständlich, dass sie misstrauisch sind«, sagte van Buren. »Aber es ist schon folgerichtig gedacht: Sie hätten sterben müssen. Deshalb haben wir das alte Interface gegen ein Modell von uns ausgetauscht, gegen ein sogenanntes BCI. Leistungsfähiger, unter *ihrer* Kontrolle und besser integriert. Sie werden es zu schätzen wissen, wenn sie erst seine Möglichkeiten kennengelernt haben.«
Bin ich dann nicht vom Regen in die Traufe gekommen?«, wollte Lara wissen.
»Keinesfalls!«, sagte Sascha. »Ich hab auch so ein BCI und kann nur sagen, dass es ein Werkzeug ist, das ich nicht mehr missen will. Im Gegensatz zum alten Interface hast *Du* die Kontrolle darüber und nicht die *Firma*, die es Dir verpasst hat.«
Lara schwieg einen Moment und schien zu überlegen.
»Ihr sagt, Ryan Foster habe mich manipuliert und sexuell von sich abhängig gemacht?«, fragte sie.
»Grundsätzlich wurden sie über ihr Interface manipuliert und von der virtuellen Realität abhängig gemacht«, sagte van Buren.
»Foster hat nur noch etwas draufgelegt«, fügte Sascha hinzu. »Er hat Dich zu seiner Spielpuppe gemacht. Er musste nur eine kleine Andeutung machen, um Dich willig zu machen. Ihr habt es in der virtuellen Welt dauernd miteinander getrieben.«
Lara war es sichtlich unangenehm, dass Sascha ihr Verhalten vor den anderen so offen ausbreitete.
»Hör auf, Sascha«, bat sie. »Ich komme mir so schäbig vor.«
Conny, die alles aus dem Hintergrund beobachtete, stellte fest, dass diese Lara nicht mehr der Männer verschlingende Vamp war, als den sie Lara bisher empfunden hatte. Offenbar hatte Sascha recht behalten in der Einschätzung seiner Kollegin. Auch begriff sie, dass all ihre Eifersucht völlig unbegründet gewesen war. Sie trat vor und stellte sich neben Laras Liege.
»Hallo Lara«, sagte sie.

Lara machte ein nachdenkliches Gesicht. »Du bist Conny, Saschas Freundin, nicht wahr? Bitte glaub nicht, dass ich Dir Deinen Freund ausspannen wollte. Es ist nie etwas zwischen uns gewesen.«

Conny presste kurz ihre Lippen zusammen. »Ich glaube, ich hab etwas überreagiert. Sascha hat mir immer wieder versichert, dass du einfach nur seine Kollegin bist, aber ich wollte es ihm nicht glauben. Du trugst immer diese aufreizenden Kleider und ... ach, ich weiß auch nicht.«

»Könnten wir noch mal von vorn anfangen?«, fragte Lara hoffnungsvoll und hielt ihr ihre knochige Hand hin.

Nach kurzem Zögern ergriff Conny sie und lächelte. »Ja, das sollten wir tun, Lara.«

»Nachdem wir das jetzt geklärt haben, sollten wir der Patientin etwas Ruhe gönnen«, sagte Dr. van Buren. »Lara braucht noch viel Ruhe. Vor allem müssen wir sie auch körperlich wieder in Form bringen.«

Nina schob Laras Bett in einen kleineren Raum neben dem OP, damit sie etwas Ruhe bekam, löschte das Licht und kehrte zu den anderen zurück. In den nächsten Stunden würden sie alle etwas Ruhe finden. Sollte es wider Erwarten noch zu Komplikationen kommen, würden die Sensoren es feststellen und melden.

Foster musste sich eingestehen, dass er kein gutes Gefühl hatte, als er seinen Wagen durch die Stadt steuerte, um zu Laras Wohnung zu fahren. Er besaß einen Schlüssel, doch war er bisher noch nie in ihrer Wohnung gewesen. Schließlich war er verheiratet und hatte keine Lust, seiner Frau Material an die Hand zu geben, das sie im Falle einer Scheidung gegen ihn verwenden konnte.

Sein Arrangement mit Lara in der virtuellen Realität war da schon ideal für ihn. Die Beziehung zu seiner Frau war in der letzten Zeit stark abgekühlt und er begann sich zu fragen, an wem es eigentlich in erster Linie gelegen hatte. Noch *war* er verheiratet und im Grunde wollte er überhaupt keine Scheidung. Andererseits brauchte er seine gelegentlichen Abenteuer abseits der festgefahrenen Bahnen seiner Ehe. Dafür musste seine Frau eigentlich Verständnis haben. Es kam ihm überhaupt nicht in den Sinn, dass *er* es war, der Schuldgefühle haben sollte.

Als er die Adresse von Laras Wohnung erreichte, parkte er seinen Wagen am Straßenrand. Beim Aussteigen entdeckte er auf der anderen Straßenseite einen roten Sportwagen. Er kannte ihn. Er gehörte Lara Schmidt. Zumindest war sie nicht mit ihrem

Wagen unterwegs. Vielleicht war sie ja jetzt sogar zu Hause, dann ließe sich alles gleich jetzt und hier klären.

Foster griff nach dem Schlüssel und ging zur Haustür von Laras Haus. Die Tür war nur angelehnt und so kam er bequem ins Haus. Er wählte den Fahrstuhl, um zur vierten Etage zu kommen.

Zum ersten Mal stand er vor Laras Wohnungstür. Obwohl er es besser wusste, hatte er nicht erwartet, dass es sich um ein normales Mehrfamilienwohnhaus handeln würde. Laras Erscheinung suggerierte ihm immer, dass sie eine komfortable Penthousewohnung besitzen würde. Foster sah sich noch einmal zu den beiden anderen Wohnungstüren auf der Etage um, aber niemand schien ihn bemerkt zu haben, oder beachtete ihn. Leise steckte er den Schlüssel in das Schloss. Er hakte leicht, aber das konnte bedeuten, dass dieser Schlüssel noch nie benutzt worden ist. Er ließ sich leicht drehen und das Schloss klackte leicht, als sich die Tür öffnete. Foster war überrascht. Die Tür war nicht abgesperrt, sondern nur zugezogen. Lara war leichtsinnig. Wie leicht könnte ein Einbrecher eine solche Tür öffnen. Foster stockte in seinen Gedanken. War er nicht auch so etwas wie ein Einbrecher? Er schob den Gedanken beiseite und schlüpfte hinein, die Tür sofort wieder hinter sich schließend.

Ein übler Geruch stieg ihm in die Nase. Foster glaubte, seinen Augen nicht zu trauen: Überall Müll, schmutzige Wäsche, Pappteller mit eingetrockneten Essensresten und ein allgegenwärtiger Gestank.

Vorsichtig betrat er die Wohnung und lugte in jeden Raum. Überall erwartete ihn das gleiche Bild. Als er in Laras Arbeitszimmer gehen wollte, huschte ein verwahrloster Kater an ihm vorbei und jagte ihm einen Schreck ein.

»Beruhige Dich, Ryan«, sprach er zu sich selbst. »Mach Dich nicht selbst verrückt. Hier ist niemand.«

In Laras Arbeitszimmer stand ein großer Fernsehsessel in Liegeposition. Vermutlich lag sie hier, während sie online in der virtuellen Welt von AXXIUM unterwegs war. Nur, wo steckte sie?

Foster warf einen Blick auf den Computer. Er war ausgeschaltet. Foster drückte den Einschaltknopf und beobachtete den Bildschirm. Nach den üblichen Startmeldungen erschien der sogenannte Blue Screen, welcher anzeigte, dass etwas mit der Installation des PCs nicht in Ordnung war. Über diesen Computer konnte Lara zurzeit nicht arbeiten. Vielleicht war sein ganzes Misstrauen überhaupt nicht angebracht. Aber wo war Lara? Ihre ganze Konditionierung war darauf ausgelegt, dass sie sich melden sollte, sobald sie sich nicht verbinden konnte. Warum hatte sie das nicht getan? Wohin würde sie gehen, wenn sie die Wohnung verließ? Er kannte Lara zumindest so gut, dass er wusste, sie würde weitere Strecken niemals ohne ihr Auto zurücklegen, also konnte sie nicht weit sein.

Foster blickte sich um. Der Zustand der Wohnung war katastrophal. Das hatte er nicht erwartet, als er Laras Sicherungen deaktiviert hatte, welche ihre körperlichen Bedürfnisse signalisierten. Offenbar hatte sie sich für nichts mehr interessiert, das nicht mit der virtuellen Realität zu tun hatte.

Er bedauerte, dass er keine Handschuhe mitgenommen hatte. Nun würde er mit den bloßen Händen in diesem Dreck herumwühlen müssen. Auf dem Schreibtisch türmten sich ungeöffnete Briefe, Schmierzettel, Pizzaverpackungen und anderer Müll. Foster zog einige der Briefe hervor. Es handelte sich in erster Linie um Rechnungen. Die Schmierzettel enthielten diverse Notizen, die ihm nichts sagten. Er wollte sie schon wieder auf den Tisch werfen, als er an einer Notiz hängen blieb. Sascha Leyden und eine Telefonnummer. Schon wieder dieser Sascha Leyden! Was hatte das zu bedeuten? Sein Misstrauen war wieder erwacht. Was verband Lara und Sascha Leyden miteinander? Oder war es ein Zufall? Immerhin waren sie Arbeitskollegen.

Foster wusste nicht, wonach er eigentlich suchte und er fand auch nichts Konkretes. Fest stand nur, dass Lara fort war und er nicht wusste, wo sie steckte. Der Computer war abgeschaltet und funktionierte auch nicht einwandfrei. Es konnte daher durchaus sein, dass Laras Abmelden aus AXXIUM durch eine Fehlfunktion ausgelöst worden war. Trotzdem, irgendwie passte es alles nicht zusammen. Er nahm sich vor, Leyden noch intensiver zu überwachen.

Foster blickte noch einmal zurück in die Wohnung, dann trat er hinaus auf den Flur und zog die Tür wieder hinter sich zu. Er fühlte sich erleichtert, wieder draußen zu sein.

14. LIBERTAS

Kira D'Omasi griff nach einem Stapel Unterlagen, die vor ihr auf dem Tisch lagen.

»Also wo stehen wir zurzeit?«, fragte sie. »Levan, haben wir schon etwas über diesen Namen Thom, den Sascha über Foster erfahren hat?«

»Da wir keinen Vornamen haben, sind wir auf Vermutungen angewiesen. Wir vermuten, dass es sich um einen gewissen *Friedrich* Thom handelt. Er war ein Mitglied des Jet-Sets und man konnte in allen Zeitungen über ihn lesen. Dann wurden seine Beziehungen zu kriminellen Kreisen bekannt und er tauchte unter. Er verfügt über viel Geld und ist bekannt dafür, dass er einen guten Riecher für lukrative Geschäfte hat. Er ist ein Organisationstalent. Ihm wäre zuzutrauen, dass er hinter Fosters Aktivitäten steckt. Foster ist vermutlich nur einer seiner Soldaten, nützlich, solange er funktioniert, aber entbehrlich. Da *wir* Foster brauchen, um an Thom heranzukommen, müssen wir dafür sorgen, dass Thom überzeugt ist, dass Foster noch funktioniert.«

»Gut«, sagte Kira. »Nehmen wir an, Friedrich Thom steht hinter Foster. Weder Foster noch dieser Thom sind in der Lage, eine solche virtuelle Realität zu schaffen. Irgendwer muss sie auch mit Interfaces versorgen. Bei den Mengen, die sie benötigen, muss eine regelrechte Industrie dahinterstecken. Also wer versorgt sie mit Hard- und Software?«

»Wir sollten Foster umfassend überwachen«, schlug Jan vor. »Irgendwann wird er Verbindung zu seinen Auftraggebern aufnehmen müssen. Auch habe ich mir überlegt, dass AXXIUM ja kein deutsches Unternehmen ist. Sie unterhalten hier in Frankfurt lediglich eine Dienststelle. Eine Umstellung auf virtuelles Arbeiten muss mit der Firmenzentrale in London abgestimmt sein. Vielleicht sollten wir unsere Fühler auch in diese Richtung ausstrecken. Ich würde recherchieren, wer in London für diese Entscheidung verantwortlich war.«

»Gute Idee«, lobte Kira. »Das könnte ein weiteres Puzzle-Teilchen zu unserem Bild sein. Oft sind diese Entscheidungsträger auch nicht so bewandert in Sicherheitstechnologien. Vielleicht können wir dort sogar mehr erfahren, als durch Foster. Kümmere Dich darum, Jan. Ist sonst noch etwas zu besprechen?«

»Ich denke schon«, sagte Sascha. »Der Betrieb bei AXXIUM muss weiterlaufen. Morgen früh muss ich unbedingt wieder im Büro erscheinen. Das Gleiche gilt für Lara, aber ich denke, das wird sich nicht machen lassen, oder?«

»Auf keinen Fall!«, wandte van Buren ein. »Sie ist körperlich noch viel zu geschwächt. Wenn es unbedingt sein muss, wird Jan es machen müssen.«

»Oh nein! Bitte nicht!«, rief Jan und hob abwehrend seine Hände. »Ich werde mich nicht als Frau anmelden und Laras Rolle spielen. Dann können wir gleich den Namen unserer Organisation in großen roten Lettern im Büro an die Wand sprühen. Ich weiß doch überhaupt nicht, wie sich eine Frau verhält und bewegt. Und was ist, wenn Foster wieder Bock auf Lara hat? Meint Ihr im Ernst, ich würde mich von Foster vögeln lassen?«

»Jan!«, mahnte Kira. »Jetzt halt Dich mal etwas zurück!«

»Ich soll mich zurückhalten? Vielleicht denkt Ihr mal darüber nach, was Ihr da von mir verlangt.«

»Beruhige Dich, Jan«, beschwichtigte Kira. »Du hast ja recht. *Ich* werde den Job übernehmen.«

»Du?«, fragten alle wie aus einem Mund.

Kira lächelte. »Warum nicht? Ich bin eine Frau. Ich weiß, wie ich mich zu bewegen und zu verhalten habe. Also kann ich auch diesen Job machen, bis Lara wieder selbst tätig werden kann.«

»Und wenn er dich vögeln will?«, wollte Jan wissen.

»Ich kann nicht garantieren, dass ich ihm dann nicht zwischen die Beine trete«, schmunzelte Kira. »Im Grunde würd ich das sogar sehr gerne tun.«

»Ich hab eine Idee«, sagte Levan. »Ich bin dabei, ein Programm zu schreiben, das wir in allen Interfaces der AXXIUM-Mitarbeiter installieren müssen. Ich könnte es bis morgen früh schaffen, ein Modul zu programmieren, das wir Fosters Entität hinzufügen. Damit könnten wir ihm künstliche Erlebnisse eingeben, die es überhaupt nicht gegeben hat. Wir könnten ihm so suggerieren, er habe Sex mit Lara gehabt, obwohl sich in Wirklichkeit nichts dergleichen abgespielt hat.«

»Was ist, wenn das gesamte Büro mitgeschnitten wird?«, fragte Sascha. »Könnte dann nicht jemand, der die Szenen kontrolliert, stutzig werden? Ich meine, es wäre doch eigenartig, wenn Fosters Gedächtnis voll von sexueller Aktivität ist, während der Mitschnitt nichts dergleichen zeigt.«

»Dann müsste aber jemand direkt Fosters Gedächtnis mit der Verlaufsaufzeichnung vergleichen«, meinte Nina.

»Aber Sascha hat recht«, meinte Kira. »Es wäre riskant. Könnte man die Verlaufsaufzeichnung ebenfalls fälschen?«

Levan machte ein skeptisches Gesicht. »Es wäre ein immenser Aufwand. Außerdem wissen wir noch nicht, wie viele Rezeptoren sie installiert haben. Wenn wir einen übersehen, machen wir alles nur noch schlimmer.«

»Da wir gerade über Lara sprechen«, sagte Conny. »Über welchen Zeitraum sprechen wir eigentlich? Wann könnte sie wieder selbst arbeiten?«

»Wir wissen noch nicht einmal, ob sie überhaupt für uns arbeiten wird«, gab Thomas zu bedenken. »Vorhin hatte ich nicht das Gefühl, sie würde uns schon vertrauen.«

»Sie hat ja auch keinen Grund dazu«, sagte Kira. »Wir haben uns immerhin drastisch in ihr Leben eingemischt. Aber die Frage, wann sie wieder arbeiten kann, ist durchaus interessant.«

Auffordernd sah sie van Buren an, der nachdenklich auf seine Hände starrte.

»Lara ist stark unterernährt«, begann er. »Wir werden sie regelrecht aufpäppeln müssen. Ihre Operation war äußerst schwierig. Sie braucht noch Ruhe. Ich schätze, dass wir frühestens in einer Woche ihr BCI aktivieren, und dann mit ihrer Ausbildung beginnen werden.«

»Na gut, dann werde ich mich damit abfinden müssen, dass ich in den nächsten Tagen Lara spielen werde«, sagte Kira.

15. 24. Mai

Foster sah von seinem Bildschirm auf und versuchte zu erkennen, ob Sascha Leyden in seinem Bürosegment zu sehen war. Seit er in Laras Wohnung gewesen war, versuchte er, Leyden während der Bürozeiten lückenlos zu überwachen. Bisher konnte er jedoch keine Unregelmäßigkeiten feststellen.

»Vielleicht sehe ich ja Gespenster, und der Mann ist sauber«, dachte er. »Wenn ich mich noch weiter auf ihn fixiere und nichts herausfinde, wird man mich bei der nächsten Sitzung des Kartells deswegen sicher kritisieren.«

Während er noch nachdachte, ging Lara am Fenster seines Büros vorbei. Sie war gleich am nächsten Tag wieder zum Dienst erschienen. Ihre Angaben zu den Vorkommnissen waren absolut nachvollziehbar. Sie hatte ihm erklärt, dass ihr Computer eine Fehlfunktion gehabt hätte. Sie wäre recht brutal aus dem Internet geworfen worden und völlig durcheinander gewesen. Nachdem sie sich besser gefühlt hätte, wäre sie zu einer PC-Werkstatt in ihrer Nähe gegangen, um einen Techniker zu bestellen, der ihren Computer in Ordnung bringen sollte. Zurzeit hätte sie ein Ersatzgerät erhalten, damit sie wieder arbeiten kann. Es hatte alles Hand und Fuß, trotzdem hatte er noch immer das Gefühl, dass etwas nicht stimmte.

Foster erhob sich und öffnete die Tür zum Großraumbüro. Er wartete, bis Lara in seine Richtung blickte, und deutete ihr mit der Hand, in sein Büro zu kommen. Lara nickte und setzte sich in Bewegung. Während sie auf ihn zukam, überlegte er, was ihn störte. Lara trug – wie fast immer – ein kurzes rotes Kleid.

»Ihr Schritt ist anders«, dachte er. »Sonst hat sie immer einen tänzelnden Schritt. Heute hat sie einen eher festen Gang.«

»Was gibt es?«, fragte Lara, als sie bei Foster an der Bürotür erschien.

»Komm rein und schließ die Tür. Ich hab noch ein paar Fragen an Dich.«

Lara zuckte mit den Schultern und betrat das Büro. Sie nahm auf einem der Stühle Platz und setzte sich mit geschlossenen Knien ihm gegenüber.

»Was ist los mit Dir?«, wollte Foster wissen. »Geht es Dir nicht gut?«

»Es ist alles in Ordnung«, entgegnete Lara. »Warum fragst Du?«

»Du erscheinst mir irgendwie anders, seit das mit Deinem Computer passiert ist.«

»Inwiefern?«, fragte Lara interessiert. »Der Absturz meines PCs hat mir erheblichen Stress zugefügt, aber jetzt bin ich wieder o. k. Ich wüsste nicht, dass ich mich anders verhalte als sonst.«

»Du tust es aber, Lara. Ich hab manchmal das Gefühl, dass du mir sogar aus dem Weg gehst. Du bist nicht so offen wie sonst.« Foster sah Lara nachdenklich an. »Du wirkst regelrecht prüde und abweisend mir gegenüber. Ich kann nicht behaupten, dass mir das gefällt.«

»Bist Du schon mal aus dem Internet geflogen, während Du verkabelt bist und hier virtuell arbeitest? Ich kann Dir versichern, dass das nicht angenehm ist. Die Nachwirkungen sind auch jetzt noch nicht ganz weg. Interpretiere also nichts in mein Verhalten hinein. Etwas Geduld solltest Du mit mir in dieser Situation schon haben.«

»Ich hab mir Sorgen gemacht«, sagte Foster. »Ich war in Deiner Wohnung. Du hattest mir ja einen Schlüssel gegeben und ich musste einfach wissen, was mit Dir los ist. Kannst Du Dir vorstellen, wie ich mich gefühlt habe, als Du nicht da warst?«

Lara zog die Brauen hoch. »Du warst einfach bei mir in der Wohnung? Dazu hattest Du kein Recht.«

»Lara hör auf! Wozu hat man einen Schlüssel, wenn nicht, um in einer Notlage nach dem Rechten zu sehen? Für mich war das eine Notlage. Du warst plötzlich verschwunden. Aber ich muss gestehen, dass ich auch entsetzt war, wie es bei Dir aussah. Deine Wohnung ist ja vollkommen verwahrlost. Was ist mit Dir los?«

Lara erhob sich und sah Foster ärgerlich an. »Das geht Dich überhaupt nichts an, Ryan«, sagte sie hart. »Ich leiste gute Arbeit und nehme sogar am Doppelschichtprogramm teil. Wie ich in der Realität lebe, ist meine Sache. Gibt es sonst noch etwas? Ich habe zu arbeiten.«

»Nein, das war alles«, sagte Foster verblüfft.

Als Lara schon fast wieder aus der Tür heraus war, rief er sie noch einmal: »Ich las Leydens Namen auf einem Notizzettel in Deiner Wohnung. Was hat das zu bedeuten? Läuft da was zwischen Euch beiden?«

»Das solltest gerade Du am besten wissen!«, sagte Lara aufgebracht. »So oft, wie Du es mit mir treibst, hätte ich weder Zeit noch Lust, eine andere Beziehung zu beginnen. Gerade von Dir hätte ich keine Eifersucht erwartet. Ich bin nicht Dein Eigentum!«

Sie schlug die Tür zu und eilte am Bürofenster vorbei.

Foster war nun sicher, dass es eine Wesensänderung bei Lara gab. Normalerweise hätte sie ihm gegenüber nicht so heftig reagiert. Hatte ihr Interface Schaden genommen, als ihr

Computer abgestürzt war? Er nahm sich vor, bei ihr ein Analyseprogramm laufen zu lassen. Wenn ihre Grundeinstellungen durcheinandergeraten waren, müsste er sie neu einstellen lassen.

Kira lief in der Entität Laras zu ihrem Schreibtisch und ließ sich auf ihren Stuhl fallen. Dabei rutschte ihr Kleid hoch und gab sehr viel von ihren Beinen frei. Sie zupfte an dem Stoff und versuchte das Kleid etwas herunterzuziehen.

»Hoffentlich ist das bald vorbei«, dachte sie. »Ich komme mir jedes Mal nackt vor, wenn ich Lara spiele.«

Sie aktivierte eine Kom-Schnittstelle ihres BCI und rief Sascha, der sich sofort meldete. Die Kommunikation auf diesem Kanal war mehrfach verschlüsselt und lief über eine Trägerwelle, sodass man nicht befürchten musste, dass man es bemerken würde.

»Was gibt es, Kira?«

»Ich war eben bei Foster. Er hat Verdacht geschöpft, weiß aber noch nicht, wo er es suchen soll.

Offenbar war er in Laras Wohnung und hat sie dort gesucht. Ich hab ihm deswegen eine kleine Szene gemacht. Ich denke, die echte Lara hätte deswegen auch heftig reagiert. Er hat dabei eine Notiz auf einem Zettel gefunden, auf dem Dein Name stand. Foster wollte wissen, ob zwischen uns was läuft.«

»Und was hast Du ihm gesagt?«, wollte Sascha wissen.

»Ich hab ihm gesagt, dass keine Zeit für andere Männer bleibe, so oft, wie er es mit mir treibt.«

»Kira, übertreib nicht!«, mahnte Sascha. »Lara ist ihm hörig. Er ist von ihr nicht gewohnt, solche Antworten zu bekommen.«

»Ich weiß. Ich hab während des Gesprächs seine Entität angezapft. Er will auf meinem Interface ein Analyseprogramm laufen lassen. Er glaubt, dass der Computerabsturz dafür verantwortlich ist.«

»Dann wären wir noch immer sicher, Kira. Wenn er Dich neu einstellen will, wird er auch wieder Sex haben wollen.«

»Erinnere mich nicht daran. Auch wenn ich hier nur in einer Entität Laras herumlaufe – ich garantiere Dir, dass Foster mich nicht anfassen wird, oder er wird es bereuen.«

»Du darfst unsere Mission nicht gefährden, Kira!«, mahnte Sascha.

»Ich werde *nicht* mit ihm schlafen, Sascha. Auch nicht virtuell! Hast Du schon etwas herausfinden können, was uns bei unseren offenen Fragen weiterhilft?«

»Er dachte vorhin über eine Sitzung des Kartells nach«, sagte Sascha. »Leider fielen keine Namen. Aber ich bin dran. Ich hab ihm einen Permalink gesetzt, der seine Gedanken aufzeichnet und im Netz ablegt. Ich hol sie mir dann von dort ab.«

»Gute Idee!«, lobte Kira. »So vermeidest Du, dass man Dich entdecken kann, wenn man den Link findet. Ich brech jetzt ab und arbeite noch etwas weiter.«

Sascha dachte über das nach, was Kira gesagt hatte. Es war schon eigenartig, wie selbstverständlich er bereits die Möglichkeiten seines BCI nutzte. Während er seine Akten bearbeitete, war er im Netz unterwegs und spionierte Foster aus. Der wiederum versuchte ständig, in sein Interface einzudringen, um seine Gedanken zu erfahren. Sein BCI fing diese Anfragen ab und beantwortete sie mit gefälschten, aufgezeichneten Gedanken, die sich ausschließlich mit den Akten befassten.

Sascha nahm Kontakt zu dem Speicher auf, der die Gedanken Fosters speicherte. Er hätte fast gejubelt, als er den Gedankengängen lauschte.

»Am 28. ist die nächste Sitzung und ich hab noch immer nicht alle Mitarbeiter integriert«, dachte Foster. »Thom wird das nicht gefallen. Ich werde mir eine gute Begründung einfallen lassen müssen. Thom, dieser verdammte Snob mit seinem Geld. Diesmal muss es sogar das Adlon-Hotel in Berlin sein! Wenn ich schon daran denke, dass diese Hexe aus Kalifornien wieder dabei ist, wird mir übel.«

Sascha konnte sein Glück kaum fassen: Sie hatten zum ersten Mal das Datum und den Ort eines Treffens des Kartells erfahren. Der Rest würde Arbeit für Levan und Jan bedeuten, herauszufinden, wer sich an dem Tag dort treffen würde.

Sascha klinkte sich aus und brachte seinen Arbeitstag zu Ende. Auf seinem Kalender wurde der 24. Mai angezeigt. Der Monat war fast zu Ende, obwohl er in der Realität erst 12 Tage durchlebt hatte. Ein verrückter Gedanke, den die Verantwortlichen von AXXIUM da gehabt hatten.

Er machte Feierabend und begab sich zur Ausgangstür, wo er auf Lara traf, die ebenfalls ihren Dienst beendete und ihm zuzwinkerte. Sascha stieß die Tür auf und hielt sie für Lara offen, die mit einem Lächeln vor ihm herging.

Die Welt um ihn versank und er wurde wach. Er lag bequem in einem der schweren Sessel in der Zentrale von LIBERTAS. Im Sessel neben ihm lag Kira, die ebenfalls soeben wach wurde. Sie blickte sich einen Moment desorientiert um und sah an sich herunter.

»Es tut gut, wieder im eigenen Körper zu sein«, sagte sie. »Diese kurzen Kleidchen von Lara gehen mir gehörig auf die Nerven. Ich versteh überhaupt nicht, wie man sich in solchen Klamotten wohlfühlen kann.«

»Lara ist eben anders gestrickt als du«, meinte Sascha. Er griff eine Flasche Wasser, die jemand fürsorglich auf den kleinen Tisch vor den Sesseln gestellt hatte, und füllte zwei Gläser.

»Du hast doch sicher auch Durst, oder?«, fragte er.

»Ich bin fast am Verdursten!«, bestätigte Kira und nahm ein Glas von Sascha entgegen.

»Ich hab kurz vor Feierabend noch etwas Wichtiges erfahren, Kira. Das Kartell wird sich am 28. Mai im Berliner Adlon-Hotel treffen.«

Kira verschluckte sich fast. »Wie bitte? Woher hast Du das?«

»Foster hat es gedacht. Leider hat er keine Namen gedacht. Allerdings fürchtet er sich vor einer Frau aus Kalifornien. Leider weiß ich nicht, welche Funktion sie hat.«

»Wir müssen es Levan berichten. Ich werde ihn über BCI rufen.«

Nur wenige Augenblicke später wurde die Tür aufgestoßen und Levan, Jan und Thomas stürzten herein.

»Kira deutete an, dass Ihr etwas Wichtiges für uns habt?«, fragte Levan.

Sie berichteten von ihren Informationen und fragten die Drei, ob die Daten wertvoll wären.

»Und ob das wertvoll ist«, bestätigte Levan. »Ich werde gleich prüfen, welche Reservierungen es im Adlon-Hotel für den 28. gibt.«

»Diese Frau aus Kalifornien«, sagte Jan. »Ich könnte mir vorstellen, sie hat mit der Software zu tun.«

»Wieso glaubst du das?«, wollte Sascha wissen.

»AXXIUM ist ein britisches Unternehmen, aber in unserem Fall geht es um ein Büro in Deutschland«, führte Jan aus. »Thom ist Deutscher. Wenn er der Drahtzieher ist, warum sieht er sich in Kalifornien nach Partnern um? Was gibt es dort Interessantes? Silicon Valley! Ich bin fast sicher, dass er sich von dort die Programmierung der virtuellen Realität liefern lässt. Es würde mich nur interessieren, *wer* diese Frau ist.«

»Wir werden es bald erfahren können, wenn es uns gelingt, die Sitzung anzuzapfen«, meinte Kira.

Levan machte ein skeptisches Gesicht. »Ich fürchte, das ist nicht so leicht, wie wir uns vorstellen. Diese Leute ein werden ein großes Sicherheitsbedürfnis haben und sich gut absichern.«

»Dann müssen wir eben sehr, sehr vorsichtig sein«, sagte Kira und ließ keinen Zweifel daran aufkommen, dass sie versuchen würden, diese Sitzung in irgendeiner Weise anzuzapfen.

»Kira, das kann für uns gefährlich werden«, gab Levan zu bedenken. »Sicher kann ich versuchen – unter Wahrung aller Sicherheitsvorkehrungen – einen Lauschangriff zu starten. Trotzdem fürchte ich, dass es dann mit unserer geliebten Anonymität vorbei ist.«

»Du willst mir doch nicht etwa weismachen wollen, das Kartell wäre so viel besser ist als wir!«, rief Kira. »Sie werden vielleicht einen Angriff registrieren, aber sie werden sicher keine Rückschlüsse auf unsere Identität bekommen. Oder etwa doch?«

»Ich würde vorher lieber wissen, wer diese rätselhafte Frau aus Kalifornien ist. Ihr Hintergrund könnte für uns interessant sein.«

»Ich werde gleich mal versuchen, in die Reservierungsdatenbank vom Adlon zu kommen«, meinte Jan. »Die wird sicher nicht so abgeschottet sein, wie Fort Knox. Vielleicht bekommen wir dort ja bereits, was wir brauchen.«

»Gut, kümmere dich darum«, sagte Kira und erhob sich. »Ich werde inzwischen nach Lara sehen und schauen, wie es ihr geht. Wir treffen uns in zwei Stunden wieder hier. Ich möchte dann bitte weitere Informationen haben.«

Sie drückte die Tür zum Flur auf und machte sich auf den Weg zur Krankenabteilung. Unterwegs traf sie Nina, die denselben Weg hatte.

»Ich wollte eben nach Lara sehen«, sagte Kira. »Kannst Du mir schon was Neues sagen?«

»Sie ist noch nicht einsatzbereit, wenn Du das meinst«, sagte Nina. »Aber sie ist wach und auch schon mal aufgestanden. Ich denke, sie ist auf einem guten Weg.«

Inzwischen waren sie an der Krankenabteilung angekommen und traten ein. Laras Anblick überraschte Kira. Zwar war ihr Hinterkopf noch bandagiert, doch waren ihre blonden Haare gewaschen und klebten nicht mehr an ihrem Kopf. Sie hob den Kopf, als die beiden Frauen eintraten, und blickte ihnen interessiert entgegen. Kira hatte unwillkürlich erwartet, Lara in einem ihrer Kleidchen zu sehen. Stattdessen trug sie Jeans und Pulli.

»Sie sind Kira, nicht wahr?«, fragte Lara. »Ich hab nicht viel mitbekommen, als Sie mich hier herbrachten, aber Ihr Gesicht und Ihren Namen habe ich behalten.«

»Ja, ich bin Kira. Wie geht es Ihnen, Lara?«

»Ich weiß es noch nicht. Ich fühle eine Leere in mir. Ein Gefühl, als hätte ich etwas Wichtiges verloren. Es gibt Dinge, an die ich mich nicht erinnern kann. Werde ich diese Lücken irgendwann füllen können?«

»Einiges wird sich geben, wenn wir Ihr BCI aktivieren können – in wenigen Tagen. Ich kann aber nicht garantieren, dass Sie so werden, wie Sie vorher waren. Schließlich haben wir Ihr altes Interface zerstört und ersetzt. Haben sie immer noch das Verlangen, eine Verbindung zu AXXIUM aufzunehmen?«

Lara lauschte in sich hinein. »Nein, dieses Verlangen ist nicht mehr da. Das ist doch gut, oder etwa nicht?«

»Das ist sogar sehr gut!«, warf Nina ein. »Wäre es nicht so, hätten wir etwas falsch gemacht.«

»Aber müsste ich nicht eigentlich wieder bei AXXIUM arbeiten?«, wollte Lara wissen.

»Darüber reden wir, wenn ihr BCI arbeitet und wir damit trainiert haben«, sagte Kira. »Zurzeit habe *ich* ihre Rolle bei AXXIUM übernommen. Ich muss allerdings gestehen, dass es mir ungeheuer schwerfällt. Sie sind ein völlig anderer Typ als ich.«

Lara lachte leise. »Sie meinen sicher meine Vorlieben bei der Kleidung.«

»Ja, zum Beispiel«, meinte Kira. »Ich habe keine Ahnung, wie man sich in diesen kurzen Fummeln wohlfühlen kann, aber das ist Geschmacksache. Ich meine noch etwas anderes. Sie sind mit diesem Foster intim. Mir jedoch ist dieser Kerl über alle Maßen zuwider. Ich weiß noch nicht, wie ich ihn mir glaubwürdig vom Hals halten kann. Hätten Sie da einen Tipp für mich?«

»Zunächst einmal: Ich heiße Lara. Wenn wir jetzt doch enger zusammenarbeiten werden, sollten wir nicht so förmlich bleiben.«

»Einverstanden. Ich bin Kira.«

Lara lächelte. »Ich hatte in den letzten Stunden viel Zeit, nachzudenken. Ich hab schon immer gern Kleider getragen. Allerdings muss ich zugeben, dass die Art und Weise, wie ich mich in der letzten Zeit in der virtuellen Realität verhalten habe, sicher nicht normal war. Es muss so sein, wie ihr gesagt habt, dass Foster mich über das Interface manipuliert hat. Ich stelle aber fest, dass ich mich im Moment in Jeans und Pulli besser angezogen fühle. Ich hab mich im Spiegel gesehen. Ich sehe schrecklich aus.«

»Foster hat Sicherungen im Interface deaktiviert. Du wärst körperlich zugrunde gegangen, wenn es noch länger gedauert hätte.«

»Ich würde gern etwas tun, um Foster das Handwerk zu legen«, sagte Lara. »Wann könnte ich damit anfangen?«

»Das ist sicherlich eine lobenswerte Einstellung, Lara«, sagte Nina. »Aber die neuen Schnittstellen müssen erst verheilen, bevor wir das BCI aktivieren können. Ein paar Tage wirst Du Dich gedulden müssen.«

»Außerdem geht es nicht in erster Linie um Foster«, warf Kira ein. »Er ist nur ein kleines Licht, wenn auch ein Unangenehmes. Wir wollen den Drahtziehern das Handwerk legen, die *hinter* Foster stehen. Aber auch dafür nehmen wir Deine Hilfe gern an. Ich mache aber darauf aufmerksam, dass es gefährlich ist.«

Lara winkte ab. »Ich hab eben erst mein Leben zurückbekommen. Ohne Euch wäre ich bald gestorben. Ich mache auf jeden Fall mit.«

»Gut. Trotzdem musst Du Dich noch gedulden. Ich werde in ein paar Tagen zurückkehren und Dein BCI mit Nina oder Dr. van Buren zusammen aktivieren. Dann sehen wir weiter.«

Kira ließ Nina mit Lara allein und kehrte zum Versammlungsraum zurück. Dort wartete bereits Jan auf sie.

»Hast Du etwas herausfinden können?«, fragte sie hoffnungsvoll.

»Zuerst nicht«, sagte Jan. »Der Zugriff auf die Datenbank war eine Kleinigkeit. Das Adlon hat im Grunde nur eine kleine Softwarefirewall, die aber keine Probleme macht. Leider enthielt sie für den 28. Mai überhaupt keine Reservierungen von Konferenzräumen.«

»Aber Sascha hat doch ausdrücklich den 28. genannt«, wandte Kira ein.

»Das hat mich zunächst auch irritiert«, gab Jan zu. »Bis mir einfiel, dass man in dem Büro mit der doppelten Geschwindigkeit arbeitet. Der Kalender ist doch ebenfalls diesem System unterworfen. Ich hab dann einfach mal geprüft, ob es Reservierungen für den 14. Mai gibt und da bin ich fündig geworden. Ein gewisser Joaquin A. Do Großmüller hat für diesen Tag einen Konferenzraum sowie einige Suiten angemietet. Eine Interessengemeinschaft für internationalen Technologietransfer soll dort tagen.«

»Joaquin *was*?«, fragte Kira. »Sind wir doch auf dem Holzweg? Kannst Du herausbekommen, was das für ein Landsmann ist, Jan?«

»Darüber gab die Datenbank im Adlon leider nichts her«, sagte Jan resigniert. »Ich hab im Moment keine Idee.«

»Vielleicht ist es ja auch ein falscher Name«, vermutete Kira.

»Aber ich kann mir nicht vorstellen, dass jemand vorsätzlich mit falschen Papieren ausgerechnet im Adlon bucht«, sagte Jan. »Die sind bekannt dafür, es durchaus genau zu nehmen. Ich vermute eher, dass unser großer Unbekannter eine zweite Identität besitzt. Lasst uns doch mal nachdenken: Wie klingt das denn: Joaquin A. Do Großmüller? Könnte doch ein portugiesischer Name sein, oder?«

»Wenn Thom und dieser Großmüller wirklich identisch sind – ist denn Thom ein südländischer Typ, dass man ihm den Portugiesen abkauft?«, fragte Kira. Auf einmal hellte sich ihre Miene auf.

»Wer sagt uns eigentlich, dass es ein portugiesischer Name ist? Auch in Brasilien wird portugiesisch gesprochen und dort gibt es sogar deutschsprachige Ortschaften. Ich habe so ein Gefühl, dass wir diesem Thom doch auf der Spur sind.«

Jan machte in skeptisches Gesicht. »Und Du bist sicher, dass wir eine brenzlige Überwachung nur aufgrund eines Gefühls von Dir in Gang bringen sollen?«

»Joaquin A. Do Großmüller – das *kann* nur unser Friedrich Thom sein«, überlegte Kira. »Ich glaube, das war ein Volltreffer, Jan. Auch das angegebene Thema 'internationaler Technologietransfer' klingt schon sehr nach unseren Zielpersonen. Wir sollten tätig werden. Wir haben schließlich nichts zu verlieren. Sollten wir uns geirrt haben, müssen wir uns keine Vorwürfe machen, eine Chance ausgelassen zu haben. Aber das wäre ja schon in zwei Tagen! Bekommen wir das überhaupt hin? Und haben wir noch andere Namen?«

»Meine Güte, Kira! Nicht so viele Fragen auf einmal!«, sagte Jan. »Aber Du hast recht, ich hab noch weitere Informationen bekommen. Ein Dr. Brown wird teilnehmen, eine Mrs. Dominguez, ein Mr. Sedejew und ein Mr. Landis.«

»Und was ist mit unserem Ryan Foster?«, fragte Kira. »Ich fürchte, die Namen stimmen alle nicht.«

»Ein kleiner Kreis – typisch für solche Kartelle. Ich fürchte, wir müssen abwarten, was unsere Überprüfungen vor Ort ergeben. Spätestens dort werden wir, hoffentlich, die echten Namen der Teilnehmer erfahren.«

»Na, jedenfalls über die Namen, die ich erfahren konnte, konnte ich keinen näheren Informationen bekommen«, sagte Jan. »Das könnte schon ein Anhaltspunkt dafür sein, dass die Namen nicht stimmen und diese Gruppe etwas zu verbergen hat. Wenn ich den Faden weiterspinne und einfach unterstelle, dass alle diese Leute über echte Pässe auf diese Namen verfügen, könnte es sein, dass die Art der Namen trotzdem Rückschlüsse auf die Nationalität möglich macht. Sedejew klingt russisch. Vielleicht arbeiten sie mit einer russischen Firma zusammen. Diese Dominguez ist die einzige Frau und Foster hatte an eine Hexe aus Kalifornien gedacht. Da liegt für mich der Verdacht nahe, dass wir es mit einer echten Fachkraft aus Silikon Valley zu tun haben könnten. Also Vorsicht.«

»Die Frage ist, was uns diese Vermutungen bringen werden, wenn es uns nicht gelingt, innerhalb von zwei Tagen eine brauchbare Möglichkeit zu entwickeln, wie wir diese Leute belauschen können.«

Sie wurden unterbrochen, als Levan mit Sascha den Raum betrat. Levan machte ein zuversichtliches Gesicht.

»Hat Jan euch schon informiert?«, fragte Kira die beiden. Levan und Sascha nickten.

»Ihr sprecht bestimmt darüber, wie wir unbemerkt an dieser Dominguez vorbeikommen sollen, nicht wahr?«, fragte Levan.

»Da hätte ich eine Idee. Es hängt allerdings alles davon ab, wie geschickt Sascha innerhalb der kurzen Zeit geworden ist, die er bei uns ist.«

»Dann lass mal hören«, forderte Kira ihn auf. »Wir haben nicht viele Alternativen.«

»Wir kennen inzwischen die Namen von Brown, Dominguez, Sedejew und Großmüller, können sie jedoch nicht zuordnen - jedenfalls jetzt noch nicht. Die einzige Anlaufstelle ist derzeit Foster. Er arbeitet virtuell und real und verfügt über ein Interface. Da wir mittlerweile zwei dieser Interfaces zerstört und ausgebaut haben, wissen wir Einiges über die technischen Möglichkeiten dieser Geräte. Was wir brauchen, ist eine Manipulation der Kommunikationsschnittstelle in Fosters Implantat.«

»Du meinst, wir könnten ihm eine Art von Virus einschleusen, der uns mit Informationen versorgt?«, fragte Kira.

»Laras Interface besaß eine Sendeeinheit, die theoretisch sogar bis in den Tera-Hertz-Bereich senden konnte«, meinte Levan. »Ich weiß zwar nicht, warum man diese Schnittstelle nicht genutzt hat, denn sie hat theoretisch eine beachtliche Reichweite, aber wir könnten versuchen, diese Schnittstelle bei Foster zu aktivieren und für uns nutzbar zu machen. Die Übertragung müsste dann natürlich noch verschlüsselt werden. Wir brauchten nur mit einem Empfänger in der Nähe des Hotels zu warten und aufzeichnen.«

»Das klingt gut, aber wie wollen wir denn dieses Virus installieren?«, wollte Kira wissen, »Überhaupt: Gibt es dieses Virus überhaupt schon? Oder muss es erst noch programmiert werden? Dann sehe ich nämlich schwarz.«

»Es gibt ein solches Virus, aber ich muss noch Anpassungen vornehmen«, sagte Levan. »Es war mal ein theoretisches Projekt, das ich während meines Studiums durchgeführt habe. Praktisch habe ich es allerdings noch nicht erprobt.«

Kira machte ein skeptisches Gesicht. »Ich weiß nicht. Ich hab kein gutes Gefühl dabei. Wer soll es denn installieren und wie soll es geschehen?«

»Ich würde versuchen, es Foster einzubauen«, unterbrach Sascha.

»Du?«, fragte Kira entgeistert. »Du bist weder Programmierer, noch hast Du die erforderliche Erfahrung. Es geht hier um sehr viel. Ich bezweifle, dass Du es schaffen würdest, unbemerkt online an Fosters Interface zu arbeiten.«

»Kira, wir haben nur diese eine Chance!«, rief Levan dazwischen. »Sascha muss es machen! Jan und ich werden ihm dabei helfen. Es muss morgen geschehen. Es ist die letzte Doppelschicht vor der Konferenz des Kartells.«

»Dann werde ich mich aber schon mal darum kümmern, dass wir schnell verschwinden können, wenn man uns auf die Schliche kommt«, sagte Kira. »Ich habe das Gefühl, dass wir noch nie so riskant operiert haben.«

»Haben wir auch nicht, Kira, aber die Situation spitzt sich zu. Wenn wir etwas erreichen wollen, muss es jetzt sein.«

16. 26. Mai

Mit gemischten Gefühlen begann Sascha an diesem Morgen seinen Dienst. Er war in die Wohnung gefahren, die er seit ein paar Tagen nicht mehr besucht hatte. Für den heutigen Einsatz sollten jedoch alle Parameter stimmen. Der eigene PC sollte laufen, falls eine Überprüfung vonseiten AXXIUMs erfolgen sollte.

Conny war mitgefahren. Seit Tagen hatte er sie kaum noch zu Gesicht bekommen, weil sie ebenso wie auch er fast ständig im Einsatz war. LIBERTAS hatte ihr einen Job in einem Callcenter besorgt, das seit einiger Zeit als geheime Schaltstelle genutzt wurde. Conny hatte die Aufgabe, die Datenströme zu koordinieren und zu überwachen. Sie hatte sich so geschickt erwiesen, dass sie mithilfe des BCI bald die vollständige Kommunikation von LIBERTAS überwachte und dafür sorgte, dass fremde Impulse niemals bis zur Zentrale durchkommen konnten.

Conny würde auch gleich wieder zum Callcenter fahren und darauf achten, dass die Verbindung zwischen Sascha, AXXIUM und LIBERTAS zuverlässig und sicher war. Ihr war bewusst, dass gerade heute große Verantwortung auf ihren Schultern lastete.

Sascha fuhr den Computer hoch.

»Sei bloß vorsichtig«, mahnte Conny und schmiegte sich in Saschas Arm. »Ich werde zwar alles genau überwachen, aber mir ist bewusst, dass es ab heute gefährlich werden kann, wenn man Dich und uns entdeckt.«

Sascha küsste sie sanft und meinte: »Ich werde aufpassen. Levan und Jan werden elektronisch bei mir sein und mir helfen. Es wird schon gelingen.«

»Das will ich hoffen! Ich muss mich jetzt auf den Weg machen«, sagte Conny. »Wirst Du die ganze Zeit über hier bleiben?«

»Das halte ich für besser, falls Überprüfungsanfragen eingehen, auf die ich reagieren muss.«

Conny verabschiedete sich und ging.

Sascha hatte noch einen Augenblick Zeit, bevor seine Schicht begann und er trank rasch noch eine Tasse Kaffee.

»Du solltest online gehen«, meldete sich Levan über das BCI. »Heute muss es wirklich Dienst nach Vorschrift sein. Keine Unregelmäßigkeiten.«

»Schön, dass Du schon da bist«, entgegnete Sascha, »Es geht jeden Moment los.«

Sascha rief sein virtuelles Display auf und wählte seinen AXXIUM-Account. Die Welt um ihn versank und er stand vor der gewohnten Eingangstür seines Büros. Er stieß sie auf und betrat die virtuelle Welt. Gleich hinter der Tür traf er auf Lara, die ihn verschmitzt anlächelte. Es war ihm klar, dass es sich um Kira in der Rolle Laras handelte.

»Hallo Sascha«, sagte sie. »Ich hab Dir heute eine Menge Arbeit auf den Platz gelegt. Am besten fängst Du gleich damit an.«

»In Ordnung. Wir sehen uns sicher noch.«

Als Sascha zu seinem Arbeitsplatz ging, registrierte er, dass auch Foster bereits im Dienst war. Das war gut, da er nicht wusste, wie viel Zeit er für die Vorbereitung zu seinen Manipulationen benötigen würde. Levan hatte ihm das Virus noch nicht gegeben. Er würde es ihm erst im letzten Augenblick über den Datenkanal von Conny übermitteln lassen. Sascha nahm an seinem Schreibtisch Platz und begann, das Chaos zu ordnen, das Kira dort angerichtet hatte. Während er noch dabei war, meldete sich Conny: »Sascha, ich wäre so weit. Die bei Dir eingehenden Anrufe werden von mir abgefangen und umgeleitet. Wenn es sich nicht anders machen lässt, werd ich Dir die Gespräche über BCI zuleiten. Ich werde aber versuchen, Dir den Rücken frei zu halten.«

»Ich werd die Grobmotorik Deiner Entität übernehmen, damit es so aussieht, als würdest Du konzentriert an Deinen Akten arbeiten«, mischte sich Jan ein.

»O.k., dann mach ich mich auf den Weg«, sendete Sascha.

Er tauchte über die besonderen Routinen seines BCI in die Tiefen der Welt von AXXIUM hinab, wo es keine Büros, Mitarbeiter oder Akten mehr gab. Hier stieß er auf Speicher, Datenströme und Sicherungen, die es stets zu umgehen galt. Wie auch schon beim ersten Mal verwirrte ihn die Struktur des Hard- und Softwareunterbaus zunächst.

»Ganz ruhig, Sascha«, meldete Levan. »Verhalte Dich einen Moment ruhig und lass die Umgebung auf Dich wirken. Das BCI wird gleich beginnen, Informationen der ersten Scans bereitzustellen. Du erinnerst Dich sicher an die Landkarte, die sich allmählich gebildet hatte, als Du beim letzten Mal im Hardwarebereich von AXXIUM warst. Das BCI prüft die Aktualität seiner gespeicherten Daten und erneuert sie, wenn notwendig. Du wirst Dich gleich orientieren können.«

Tatsächlich geschah es genau so, wie Levan es angekündigt hatte. Es war, ziehe plötzlich jemand einen Vorhang beiseite. Die

Landschaft wurde transparent und Sascha wusste mit einem Mal genau, wo er sich befand. Vorsichtig suchte er nach dem Pool der Entitäten und darin nach der Steuerung von Fosters Entität. Er hatte schon einmal Kontakt dazu aufgenommen und so hatte er jetzt keine Schwierigkeiten, die Fäden wieder aufzunehmen. Bald konnte er Gedankengänge Fosters aufnehmen und speichern. Leider beschäftigte er sich zurzeit mit versicherungstechnischen Dingen, die für ihn ohne Belang waren.

Sascha suchte nach einem Kanal, der ihm einen Zugang über die Software-Entität direkt zum Interface von Foster gewähren würde, doch traf er immer nur auf Sicherungen. Er scheute davor zurück, blind weiterzumachen.

»Scheiße!«, erklang es über das BCI, »Sie haben die Entität komplett vom Interface abgekoppelt. Diese Dominguez versteht etwas von ihrem Geschäft.«

»Was hat das jetzt zu bedeuten?«, wollte Sascha wissen.

»Sie laden über das Interface eine komplette Kopie von Fosters Selbstwahrnehmung, also sein Ego, in die AXXIUM-Umgebung. Die Entität agiert dann selbsttätig. Eigentlich hätte ich es wissen müssen, denn Lara musste ja auch erst zurückgeladen werden, bevor wir sie ausloggen konnten. Wir wissen nun zwar, wo wir das Virus installieren müssen, werden aber keinen offenen Port finden, den wir nutzen können. Am besten ziehst Du Dich wieder zurück. Wir kommen so nicht weiter.«

»Levan, eine andere Chance haben wir nicht!«, sagte Sascha, »Ist das Virus einsatzbereit? Ja oder nein?«

»Es ist einsatzbereit. Aber wir können das System nicht infiltrieren.«

»Vielleicht müssen wir das auch gar nicht.«

»Wie meinst du das?«

»So wie Du es mir eben erklärt hast, ist Fosters komplettes Ego im System und agiert hier. Wir haben keinen Zugang zu seinem Interface.«

Levan wurde etwas ungeduldig. »Ich verstehe nicht, was Du meinst. Werde doch mal deutlicher.«

»Wenn wir keinen Zugriff auf das Interface haben, solange Foster hier ist, dann hat auch Foster selbst keinen direkten Zugang zu seiner Hardware. Er ist hier gefangen, solange er hier arbeitet, ist das richtig?«

»Ja Sascha, so wird es sein, aber das hilft uns doch nicht weiter.«

Sascha ärgerte sich über Levans Bemerkung. Er behandelte ihn, wie einen kleinen Jungen. Er spielte seinen Trumpf aus: »Was passiert, wenn Foster Feierabend macht, Levan?«

»Er löst die Abmelderoutine aus und ... verdammt, Du hast recht! Sein Ego wird natürlich über das Interface zurückgeladen. Wir müssen seine *Entität* infizieren. Pass auf Sascha, ich werd dir jetzt die Code-Schnippsel senden, die Du brauchst.«

»Was mach ich dann damit?«

»Du musst versuchen, Dich bis in den Bereich zu tasten, aus dem Du Fosters Gedanken empfängst. Es reicht nicht, nur die Gedanken zu lesen, Du musst bis ins Zentrum vorstoßen – und das, ohne dass eine Sicherung anschlägt. Meinst Du, das bekommst Du hin?«

»Angenommen, es klappt – was mach ich mit dem Code?«

»Du lässt ihn einfach nur los. Jedenfalls wird Dir das so vorkommen. Sobald er auf einen der Gedankenspeicher trifft, nistet er sich ein und wartet. Er wird allerdings erst aktiv, wenn er erkennt, dass er sich im Interface befindet.«

Sascha sagte nichts mehr. Er war mehr als genug damit beschäftigt, den zahlreichen Fallen und Sicherungen auszuweichen, die Fosters Ego schützen sollten. Ohne sein BCI hätte er keine Chance gehabt, auch nur in die Nähe der Ego-Speicher zu gelangen, doch mit seiner Hilfe schaffte er es. Fast wäre es noch schiefgegangen, als eine ungeplante Prüfroutine zum Leben erwachte und Sascha beinahe registriert hatte, doch da hatte er den Code bereits freigelassen. Sascha beobachtete, was geschah, doch es war völlig unspektakulär. Der Code-Schnippsel dockte einfach an einem passenden Code an und verschmolz mit ihm. Mehr passierte nicht.

»Mach, dass du von dort verschwindest!«, mahnte Levan. »Es kann immer noch geschehen, dass man Dich bemerkt.«

Sascha löste sich ebenso vorsichtig aus Fosters System, wie er vorher dort eingedrungen war. Levan war zufrieden mit seiner Arbeit, das konnte er deutlich spüren. Schließlich war er wieder an die Oberfläche der AXXIUM-Welt zurückgekehrt.

»Das wurde auch Zeit«, sagte Jan, »die Doppelschicht ist fast vorüber und ich kenne mich mit diesem Versicherungszeug nicht sonderlich gut aus. Ich fürchte, du hast in den nächsten Tagen eine Menge Mehrarbeit zu leisten.«

Es war Sascha überhaupt nicht aufgefallen, wie lange seine Manipulation gedauert hatte. Auch hatte die Sicherung seines BCI ihm keine Warnungen zugespielt, dass sein Körper versorgt werden müsste. Er wurde nervös. Es zog ihn zurück in seine Wohnung, wo sein Körper unbeaufsichtigt auf seine Rückkehr wartete. Auf dem Weg zur Bürotür traf er auf Kira, die ebenfalls Feierabend machte.

»Gibt es ein Problem?«, fragte sie über BCI, weil sie sein nachdenkliches Gesicht sah.

»Ich weiß nicht. Ich hab die Doppelschicht ohne eine Körperwarnung gemacht. Ich weiß nicht, in welchem Zustand ich sein werde, wenn ich erwache.«

»Keine Angst, Sascha«, mischte sich Levan ein, »*ich* bin dafür verantwortlich. Ich hab die Kontrolle übernommen. Wir konnten in diesem speziellen Fall nicht riskieren, dass Du Dich temporär abmeldest. Du wirst Dich schwach fühlen, aber Dein Körper ist in Ordnung. Ich werde Dich gleich mit dem Wagen von zu Hause abholen.«

»Alles klar!«, gab Sascha zurück und drückte die Tür auf.

Die Welt um Sascha versank. Im selben Augenblick befand er sich wieder in seiner Wohnung. Das BCI schaltete enorm schnell von der virtuellen Wahrnehmung auf die reale Wahrnehmung um. Er fühlte sich schwach und wie zerschlagen. Mit einer Hand schaltete er seinen PC aus und erhob sich, um in die Küche zu laufen. Nach einer Flasche Wasser und einer Tafel Schokolade ging es ihm besser.«

»Conny, wo bist Du zurzeit?«, fragte er über BCI.

»Ich bin schon wieder in der Zentrale. Levan ist unterwegs. Er müsste gleich bei Dir eintreffen.«

»Ich freu mich auf Dich«, sagte er noch, bevor er die Verbindung unterbrach.

Es wurde zu einem echten Geduldsspiel. Sascha und Conny saßen bei Levan und Jan und warteten darauf, dass das bei Foster eingeschleuste Virus ein erstes Lebenszeichen abgab.

»Wie lange will dieser Kerl denn heute noch arbeiten?«, fragte Conny. »Er hat doch auch schon eine Doppelschicht hinter sich.«

»Irgendwann wird er sich ausklinken«, sagte Levan. »Dann sind wir schlauer. Vielleicht wird sich dieses Virus ja auch überhaupt nicht melden. Wenn wir eine Sicherung übersehen haben, wird es ja vielleicht doch noch abgefangen.«

»Das wollen wir doch nicht hoffen«, meinte Kira. »Denn dann können wir einpacken. Wir sind auf die Informationen der Sitzung im Adlon dringend angewiesen.«

»Wir müssen halt warten.«

»Wie soll das Ganze denn überhaupt funktionieren?«, wollte Conny wissen. »Mir hat bisher noch niemand was erklärt.«

Jan drehte sich zu ihr um. »Das System ist im Grunde einfach. Sascha hat Fosters Entität mit einem von Levan vorbereiteten Virus infiziert. So lange Foster noch in der virtuellen Realität ist, wird dieses Virus inaktiv bleiben. Wenn er aber Feierabend macht, wird sein ausgelagertes Bewusstsein von der virtuellen

Realität in sein Interface zurückgeladen und er erwacht in der realen Welt. Dann wird - so zumindest theoretisch – unser Virus feststellen, dass es sich in der Interface-Hardware befindet und aktiv werden. Es sollen zunächst einige Sicherheitsmodule infiziert werden, damit das Virus nicht mehr als solches erkannt werden kann. Anschließend wird es die Steuerung einiger Kommunikationsschnittstellen übernehmen, darunter den Tera-Hertz-Sender des Interfaces.«

»Wir werden also ein Bereitschaftssignal erhalten, wenn es so weit ist«, fügte Levan hinzu. »Wenn dieser Kerl aus der virtuellen Realität aussteigt.«

»Welche Reichweite hat so ein Tera-Hertz-Sender?«, fragte Kira interessiert. »Ich meine, nicht, dass wir hier warten und das Signal ist nur nicht bis zu uns durchgedrungen.«

»Das sollte nicht passieren«, meinte Levan. »Fosters Wohnung liegt deutlich innerhalb des Radius, den ein Signal von dort zu uns überwinden muss.«

»... und wenn er überhaupt nicht von seiner Wohnung aus bei AXXIUM eingeloggt hat?«, fragte Conny.

»Darauf müssen wir uns halt verlassen«, sagte Jan. »Aber die Reichweite ist natürlich begrenzt. Wir schätzen, dass wir bei einer Entfernung bis drei Kilometer noch Daten bekommen werden.«

Sie mussten noch lange warten und Levan machte bereits ein enttäuschtes Gesicht, weil er nicht mehr an den Erfolg ihrer Aktion glaubte, als das Funkgerät plötzlich anschlug.

Wie von einer Wespe gestochen sprang er auf und nahm vor dem Computer Platz.

»Das ist es!«, rief er. »Das Virus ist aktiv! Ich wusste es ...!«

»Und welche Möglichkeiten haben wir jetzt?«, fragte Kira.

Levan drückte ein paar Tasten und eine Programmoberfläche erschien auf dem Monitor. Die Oberfläche war etwas verwirrend, doch Levan schien sich zurechtzufinden.

»Bisher geht noch nichts«, sagte er und deutete auf den Monitor. »Es dauert eine Weile. Jede Kontrollfunktion, auf die wir Zugriff bekommen, wird hier gemeldet. Ich will hoffen, dass später überall grüne Markierungen zu sehen sein werden. Jetzt wird sich zeigen, ob ich das Virus gut programmiert habe oder nicht.«

Während sie gespannt auf den Bildschirm blickten, kamen immer weitere grüne Markierungen hinzu, bis sich die Oberfläche komplett im Grünstatus befand.

»Volltreffer!«, rief Levan aus. »Wir haben vollen Zugriff!«

»Kannst du uns mal vorführen, was wir mit Foster anstellen können?«, fragte Kira. »Angenommen, er begibt sich in die Konferenz. Was werden wir dann tun?«

Levan deutete auf seinen Monitor. »Zunächst einmal werden wir dieses Programm und die Empfänger auf meinem Laptop installieren und dann geht es nach Berlin. Wir müssen uns dort irgendwo in der Nähe des Adlon aufhalten. Ich will nicht bis an die Grenzen der Leistungsfähigkeit des Senders gehen.«

»Besteht nicht die Gefahr, dass man den Funkverkehr anmisst?«, fragte Conny. »Könnten sie uns nicht anpeilen?«

Levan schüttelte den Kopf. »Anpeilen können sie uns nicht, weil wir während der Sitzung nur empfangen werden. Aber Du hast natürlich recht. Es könnte geschehen, dass sie den Funkverkehr bemerken – sofern sie im Tera-Hertz-Band danach suchen. Ich glaub aber nicht, dass sie damit rechnen.«

»Hoffen wir es.«

Levan tippte etwas auf seiner Tastatur herum. Das Bild auf dem Monitor änderte sich plötzlich und zeigte eine Küche.

»Was ist das denn?«, wollte Kira wissen.

»Es ist das, was Foster zurzeit sieht«, sagte Levan triumphierend, »die Überwachung funktioniert also. Ton haben wir zwar auch, aber er ist allein und redet daher nicht. Wir sind im Geschäft, Leute.«

»Das ist ja gruselig«, sagte Conny und schüttelte sich. »Ist das über unsere BCIs auch möglich?«

Jan wiegte seinen Kopf hin und her. »Im Prinzip schon. Immerhin sind unsere Geräte noch viel leistungsfähiger als dieser Elektronikschrott dort. Nur sind wir auch die Administratoren unserer eigenen Installationen. Wir entscheiden, was nach draußen übertragen wird und was nicht.«

»Das klingt, als wäre es absolut sicher«, meinte Sascha. »Und Du meinst nicht, dass es vielleicht auch mal gehackt werden könnte? Der Gedanke, mir könnte jemand durch meine eigenen Augen und Ohren zusehen und -hören, ist beunruhigend, findest Du nicht?«

Jan nickte. »Ich versteh Dich. Deshalb müssen wir auch alle Energie in unsere Sicherheit investieren. Wir dürfen uns eben keine Sicherheitslücken erlauben.«

»Erst mal sollten wir uns über unseren Coup mit Foster freuen«, sagte Levan.

»Trotzdem besteht kein Anlass zur Euphorie«, mahnte Kira. »Wir müssen noch nach Berlin und diese Leute aushorchen. Wir wissen nicht, was wir dort erfahren werden – und ob wir *überhaupt* etwas Brauchbares erfahren werden.«

»Erst einmal scheinen wir auf der Erfolgsspur zu sein«, meinte Sascha. »Wer von uns fährt denn nach Berlin?«

»Ich denke, wir werden alle fahren«, meinte Levan. »Jedenfalls alle, die aktiv als Agenten im Einsatz sind, oder? Also ich bin jedenfalls dabei. Kira, Jan, Thomas und Sascha sollten ebenfalls mitfahren.«

»Und was ist mit mir?«, fragte Conny gereizt. »Ich bin wohl nicht so wichtig.«

»Natürlich fährst Du auch mit!«, beschwichtigte Kira.

»*Ich* will auch dabei sein!«, ertönte es von der Tür her. Sie fuhren herum und sahen Lara in der Türfüllung stehen. Niemand hatte bemerkt, dass sie hereingekommen war. Niemand wusste, wie viel von dem Gespräch sie bereits mitbekommen hatte.

»Lara!«, sagte Kira. »Ich glaube nicht, dass Du schon so weit bist. Wir haben bisher noch nicht einmal Dein BCI aktivieren können. Es wäre besser, Du bleibst hier bei Nina und Dr. van Buren.

»Ich will dabei sein, wenn Ihr dieses Schwein aushorcht!«

»Lara, das wird *kein* Rachefeldzug«, sagte Kira. »Es ist alles nur Recherche. Du bekommst noch Deine Chance, sobald Du voll einsatzfähig bist. Doch diesmal kannst Du uns noch nicht helfen, das musst Du einsehen.«

»Dann aktiviert dieses verdammte Ding in meinem Schädel endlich! Ich will dabei sein – unbedingt!«

Kira sah Thomas an, der nur mit den Schultern zuckte. In Kiras Gesicht arbeitete es. Sie wollte den Erfolg der Mission nicht durch emotional engagierte Teilnehmer gefährden. Andererseits war Lara in erheblichem Maße der Willkür und Macht Fosters ausgesetzt und hatte ein besonderes Interesse daran, mitzuerleben, wie dieser Mann zur ihrer Marionette wurde.

»Holt Dr. van Buren«, sagte sie schließlich. »Er muss entscheiden, ob es möglich ist, Lara bis zur Konferenz so vorzubereiten, dass sie uns begleiten kann. Lara, unser Neurologe wird entscheiden. Wenn er entscheidet, dass Du hierbleiben musst, dann wirst Du auch hierbleiben. Wenn er meint, dass Du es schaffen kannst, bist Du dabei. Wäre das für Dich in Ordnung?«

Lara strahlte. »Ja, das reicht mir. Ich werde mich van Burens Urteil beugen.«

»Lara, wir fragen nicht, ob Du Dich seinem Urteil beugst. Sein Urteil ist unanfechtbar. Und damit wir uns richtig verstehen: Du wirst lediglich dabei sein und beobachten - mehr nicht.«

Kurz darauf kam Dr. van Buren, dem man bereits gesagt hatte, worum es ging. Er nahm Lara bei der Hand und führte sie hinaus.

»Bevor ich konkret sagen kann, was wir tun, muss ich Lara noch einmal gründlich untersuchen«, sagte er, bevor sie den Raum verließen. »Ich melde mich gleich wieder.«

Es dauerte noch Stunden, bis feststand, dass sie das Risiko eingehen konnten, Lara noch vor Ablauf der üblichen Wartezeit zu aktivieren. Für Lara selbst war es eine Tortur, die sie sich in dieser Heftigkeit nicht vorgestellt hatte. Da sie selbst jedoch darauf bestanden hatte, ertrug sie die Schmerzen der Aktivierung klaglos. Als die ersten Beschwerden abgeklungen waren, begann sie intensiv, mit den neuen Möglichkeiten des BCI zu experimentieren.

»Lara, Du solltest nicht übertreiben«, mahnte van Buren. »Ich habe Deiner Aktivierung zum jetzigen Zeitpunkt nur ausnahmsweise zugestimmt. Ich bin auch jetzt noch der Meinung, dass Du Dich überforderst.«

»Ich *will* mit nach Berlin!«, beharrte Lara.

»Wir werden Dich ja mitnehmen, Lara«, meinte Kira. »Aber erwarte nicht zu viel.«

Conny machte auf einmal ein nachdenkliches Gesicht.

»Was hast Du?«, fragte Sascha. »Was machst Du für ein Gesicht?«

»Mir fällt da gerade nur etwas auf. Vielleicht bin ich ja einfach nur zu dumm, aber wie soll das Ganze eigentlich funktionieren? Wenn wir alle nach Berlin fahren: Wer von uns arbeitet denn dann morgen im AXXIUM-Büro? Ich meine – wird es nicht auffallen, wenn sowohl Sascha, als auch Lara nicht zum Dienst erscheinen?«

»Verdammt, Du hast Recht, Conny!«, rief Sascha aus und schlug sich mit der Hand an die Stirn. »Wir können gar nicht alle nach Berlin fahren.«

»Halt, halt, halt«, unterbrach Levan die Diskussion. »Natürlich habt Ihr im Grunde recht, aber wir haben auch noch ein paar Trümpfe im Ärmel, die wir in diesem Falle ausspielen werden. Also zunächst möchte ich Euch alle dabei haben. Gleichzeitig hat Conny natürlich Recht. Gleichzeitig ist die gesamte Spitze von AXXIUM nicht in Frankfurt – also nicht vor Ort, aber das bedeutet selbstverständlich nicht, dass die virtuelle Arbeit nicht stattfinden muss. Also *werdet* ihr im Büro sein.«

Levan amüsierte sich über die entgeisterten Gesichter der Anderen. Er ließ sie jedoch nicht lange im Ungewissen und erklärte: »Was ist genau der Vorteil der virtuellen Arbeit? Eben, dass man nicht vor Ort sein *muss*, um sie zu verrichten. Leute, wir tragen BCIs – die fortschrittlichste Technologie, die man derzeit bekommen kann – in aller Bescheidenheit. Wir können auch von Berlin aus ohne Probleme in Frankfurt einloggen. Unsere Techniker werden dafür sorgen, dass uns dafür eine verschlüsselte Leitung zur Verfügung steht. Ich gehe davon aus, dass morgen bei AXXIUM nichts Wichtiges geschieht. Deshalb werden wir unsere automatischen Dummys einsetzen, die wir auch verwenden, während Ihr im Subsystem der virtuellen Umgebung unterwegs seid. Die Techniker werden das überwachen und uns sofort verständigen, sobald unser persönliches Eingreifen erforderlich wird. Macht Euch keine Gedanken, ich habe für alles gesorgt.«

Das Ambiente stimmte wie immer. Friedrich Thom konnte man Vieles nachsagen, aber er hatte ein Gefühl für Stil und er hatte die Mittel, sich stets mit dem dazu passenden Luxus zu umgeben. Glücklicherweise besaß er noch immer einen gültigen Pass aus der Zeit seiner Drogengeschäfte in Südamerika. Danach war er nicht der Deutsche Friedrich Thom, sondern ein brasilianischer Staatsbürger mit dem klingenden Namen Joaquin Almeido do Großmüller, unter dem er noch immer Anteile an einer Bank im brasilianischen Blumenau besaß, einer Stadt, in der bei ihrer Gründung überwiegend deutsche Auswanderer gesiedelt hatten, und in der noch heute überwiegend deutsch gesprochen wurde. Mit diesem Hintergrund war es für Thom kein Problem, selbst in den angesehensten Häusern kostspielige und luxuriöse Etablissements anzumieten.

Kritiker hielten ihn für verrückt, aber er stand auf dem Standpunkt, dass man am unauffälligsten illegale Geschäfte abwickeln konnte, wenn man es arrogant in der Öffentlichkeit vor aller Augen machte.

Dieses Mal hatte er Konferenzräume im Hotel Adlon in Berlin angemietet. Foster, der sich in solch pompöser Umgebung nicht wohlfühlte, war bereits eingetroffen und hatte es sich in einer der Suiten, die Thom für seine Gäste angemietet hatte, bequem gemacht. Sobald die Übrigen eingetroffen waren, würde Thom ihn rufen.

Foster hatte kein gutes Gefühl. Es war seine Aufgabe gewesen, dafür zu sorgen, dass der finale Testlauf bei AXXIUM endlich gestartet werden konnte. Dazu war erforderlich, dass sämtliche Beschäftigten der Versicherung in der virtuellen Realität der Firma arbeiteten. Leider gab es noch immer ein paar unentwegte Mitarbeiter, die sich nicht zwingen lassen wollten, sich dem System anzuschließen. Die deutsche Gesetzgebung hemmte drastischere Maßnahmen wie Entlassungen, weil es sich um Menschen mit erwerbsmindernden Gesundheitseinschränkungen handelte. Ihm waren die Hände gebunden. Er hoffte, dass man damit zufrieden war, dass das System größtenteils etabliert war.

Es klopfte an der Tür. Foster öffnete und blickte Carmen Mendez ins Gesicht, die mit einem, ihm fremden Mann vor der Tür stand. »Foster, das ist mein Mitarbeiter Pieter Houten«, stellte sie ihn vor. »Er ist Spezialist für Überwachungstechnik. Er wird Ihre

Suite checken. Wir dürfen uns keine Fehler leisten. Thom hat mir ausdrücklich gesagt, dass unsere Konferenz wasserdicht sein muss.«

Foster deutete in den Raum und trat beiseite. »Tun Sie sich keinen Zwang an. Prüfen Sie, sichern Sie, oder was immer Sie tun müssen.«

Foster ärgerte sich, als er Carmen Mendez ansah und feststellte, dass sie ihn mit spöttischem Lächeln anblickte. Er wusste, dass sie eine äußerst hochkarätige Programmiererin war und das auch wusste. Sie hielt ihn für einen Versager und würde es liebend gern sehen, wenn Thom und Brethner ihn aus dem Kartell entfernen würden. Ihre Arroganz ihm gegenüber machte ihn verrückt. Er war nur froh, dass er sich frühzeitig entschlossen hatte, ein Interface implantieren zu lassen. Dadurch war er Auge und Ohr des Kartells in der virtuellen Realität, und unentbehrlich geworden.

Er beobachtete, wie dieser Mann – Pieter Houten - einige Geräte aus seinem Aktenkoffer holte und begann, mit einem Messgerät das Zimmer abzulaufen. Foster versuchte, diesen Mann zu schätzen. Er trug hellblondes Haar und wirkte wie ein Nordeuropäer - vielleicht Skandinavier? Aber der Name war nicht skandinavisch. Ein Niederländer? Gesagt hatte er allerdings noch kein einziges Wort, sodass er nicht sicher war.

»Meinen Sie, dass dieser Aufwand hier wirklich erforderlich ist?«, versuchte Foster, ein Gespräch in Gang zu bringen. »Wir sind nur kurze Zeit hier. Wer sollte uns hier abhören?«

Mendez lachte. »Man merkt, dass Sie nicht professionell sind, Foster. Es geht doch überhaupt nicht darum, dass uns jemand abhören *will*. Es geht darum, dass uns niemand abhören können soll! Unsere Zusammenkünfte sind nicht eben für fremde Ohren bestimmt, oder? Lassen sie Pieter seine Arbeit machen. Er ist der Beste auf seinem Gebiet. Ich hab ihn persönlich bei einer Software- und Sicherheitsfirma in Pretoria abgeworben. Wenn er uns anschließend sagt, die Umgebung ist sauber – dann *ist* sie sauber.«

Houten hatte während der ganzen Zeit schweigend mit seinen Instrumenten gearbeitet. Zuletzt kam er auf Foster zu und begann, ihn zu überprüfen. Foster wich instinktiv zurück.

Houten gab ein Geräusch von sich, das seinen Unwillen verdeutlichte. »Halten Sie still! Sie sind Implantatträger. Ich muss wissen, ob diese Monstrosität Strahlung abgibt.«

Er hielt sein Messgerät, oder was auch immer es war, direkt an seinen Kopf. Für einen kurzen Moment hatte Foster das Gefühl, Kälte mache sich in seinem Schädel breit, dann war es vorbei.

»O.k., Sie sind sauber«, sagte Houten. »Es gibt zwar Emissionen, aber selbst nach Stresstest sind Sie nicht deutbar und enthalten keine verwertbaren Daten.«

Mendez lächelte ihn böse an. »Da haben Sie noch mal Glück gehabt, Foster. Wenn Houten etwas gefunden hätte, wäre das Spiel für Sie jetzt vorbei gewesen.«

»Was soll das heißen?«, fragte Foster aggressiv zurück. »Sie wissen, dass Sie mich nicht ohne Weiteres aus dem Projekt werfen können.«

Mendez lächelte süffisant. »Foster, ich rede nicht davon, Sie aus dem Projekt zu werfen. Wir könnten uns nun wirklich nicht leisten, jemanden herumlaufen zu lassen, der so tief mit unseren Plänen und Zielen verstrickt ist, wie Sie. Machen Sie sich nichts vor: Wir alle befinden uns auf einer Einbahnstraße. Wer nicht mehr mitmachen will, oder zu einer Gefahr für die anderen wird, muss beseitigt werden. Beziehen Sie diese Möglichkeit bitte in alle Ihre Überlegungen mit ein – auch wenn Sie sich wieder mal mit Ihrer kleinen Blondine vergnügen.«

Foster lief es eiskalt den Rücken hinunter. Zum ersten Mal wurde ihm bewusst, dass dieses Unternehmen zu einem Spiel auf Leben und Tod wurde. Seine Zunge fühlte sich an wie ein dicker Kloß und er war unfähig, etwas zu sagen.

»Wir sehen uns nachher in der Sitzung«, sagte Mendez, und Foster erkannte, dass sie seinen Schrecken und seine Angst genoss. Sie nickte Houten zu und beide verließen Fosters Suite.

Nachdem sie gegangen waren, hatte Foster das Gefühl, seine Beine könnten sein Gewicht nicht mehr tragen. Er ließ sich in den nächsten Sessel fallen und schüttete sich mit zittrigen Fingern einen alten Macallan Single Malt Whisky ein, den er ursprünglich genießen wollte. Jetzt kippte er ihn in sich hinein und versuchte, seine Gedanken zu ordnen.

Einige Stunden später traf das Kartell in dem von Friedrich Thom angemieteten Konferenzsaal zusammen. Als Foster den Raum betrat, stellte er fest, dass er der Letzte war. Die Übrigen saßen bereits um den ovalen Tisch verteilt und hatten ihre Unterlagen vor sich ausgebreitet. Pieter Houten saß als neues Mitglied neben Carmen Mendez und hatte seine Instrumente vor sich auf dem Tisch liegen. Alle Augen richteten sich auf ihn, als er den Raum betrat.

»Es wird auch Zeit, dass Sie sich uns anschließen«, mahnte Dr. Brethner. »Wir benötigen Ihren Bericht, Foster.«

Foster beeilte sich, sich auf dem freien Platz niederzulassen und begann: »Gleich zu Beginn muss ich Ihnen leider mitteilen, dass es bisher noch nicht gelungen ist, den Dienstbetrieb zu 100% auf virtuelle Arbeit umzustellen.«

»Ich wusste, dass Foster ein Versager ist!« rief Mendez aus.

»Bitte mäßigen Sie sich!«, mahnte Thom und machte eine auffordernde Handbewegung. »Fahren Sie fort, Foster. Bitte erklären Sie uns, warum das Projektziel nicht erreicht wurde. Sie hatten klare Anweisung und wissen, dass wir inzwischen einen engen Zeitplan haben.«

Foster schluckte hörbar, bevor er fortfuhr. »Das Problem sind die gesetzlichen Regelungen in Deutschland. Zwar sind die meisten Rechte der Arbeitnehmer inzwischen so sehr aufgeweicht, dass wir entsprechend Druck anwenden oder mit Entlassung drohen können, aber es gibt leider noch immer Nischen, in denen gewisse Gruppen von Arbeitnehmern besonders geschützt sind. Dazu gehören Menschen mit anerkannten körperlichen Einschränkungen, also global betrachtet Behinderte mit entsprechendem Ausweis.«

»Gut, Sie können diese Leute nicht entlassen«, sagte Brethner. »Das verstehe ich. Doch man kann sie doch sicher motivieren, sich einer kleinen Operation zu unterziehen, um sie ins virtuelle AXXIUM zu integrieren.«

»Das ist es ja eben!«, rief Foster. »Diese Leute weigern sich standhaft, den Eingriff vornehmen zu lassen. Meine Drohungen verliefen im Sande, weil diese Leute in der Gewerkschaft organisiert sind. Die Gewerkschaften sehen in den Behinderten ihre Chance, den Arbeitgebern ihren Willen noch aufzuzwingen. Trotzdem steht das virtuelle AXXIUM zu etwa 98%. Ich schlage vor, dass wir die wenigen Leute, die sich standhaft weigern, einfach ignorieren und den Testlauf trotzdem starten.«

Thom blickte von einem zum anderen. »Was halten Sie davon? Wir waren uns bisher einig, dass wir eine vollständige Übertragung der Arbeitsumgebung zur Bedingung machen.«

»Ist es nicht riskant, die restlichen Mitarbeiter zu ignorieren?«, fragte Butomkin. »Schließlich wollen wir die Leute massiv manipulieren. Wir können uns nicht leisten, dass einige Wenige, auf die wir keinen Einfluss nehmen können, unter Umständen erkennen, was wir tun.«

»Dem stimme ich zu«, sagte Mendez.

Nicht weit entfernt vom Hotel Adlon parkte ein unscheinbarer Kleinbus. In seinem Innern saßen die Mitarbeiter der Organisation LIBERTAS und waren damit beschäftigt, ihre Ausrüstung startklar zu machen.

»Du hast doch darauf geachtet, dass die Batterien aufgeladen sind?«, fragte Kira.

»Hältst Du mich für einen Anfänger?«, fragte Jan zurück. »Wir haben sogar noch einen kompletten Satz frischer Akkus hinten im Wagen.«

Thomas und Jan hatten zusammen mit Levan den gesamten Wagen in ein Abhörfahrzeug verwandelt, nach dem sich selbst Geheimdienste die Finger lecken würden. Schnell waren die vorbereiteten Verbindungen hergestellt und Levan ließ das System starten. Er wollte nichts überstürzen, also prüfte er immer wieder, ob sein Programm auch stabil lief. Endlich war es so weit.

»Ich werde jetzt den Aktivierungsimpuls an Fosters Interface senden«, sagte er. »Bitte startet schon mal sämtliche Aufzeichnungssysteme.«

Jan und Thomas drückten einige Tasten und meldeten, dass sie bereit wären. Levan zögerte einen Moment, dann drückte er die Enter-Taste seines Laptops. Ein kurzer, digitaler Code wurde mit hoher Leistung abgestrahlt. Jetzt begann das Warten. Wenn es gelang, Fosters Interface-Sender zu aktivieren, würden sie in kurzer Zeit ein Signal erhalten.

Die Minuten zogen sich in die Länge. Kira und auch Lara trommelten mit ihren Fingernägeln auf ihren Sitzlehnen herum. Bis zuletzt hatten sie gezögert, Lara auf diese Fahrt mitzunehmen, aber sie hatte immer wieder darauf gedrängt, die Gruppe zu begleiten. Kira hatte Vorbehalte, da sie auf einem solchen Einsatz niemanden gebrauchen konnte, der sich in erster Linie mit seinem Outfit beschäftigte. Doch sie musste sich revidieren, denn seit ihrer Rettung von AXXIUM schien sie sich geändert zu haben. Sie bevorzugte nicht mehr diese extrem knappen Kleider, sondern trug meist Jeans und Pulli. Lara war bemüht, sich anzupassen und ihren Beitrag zu leisten.

»Wie sieht es aus?«, fragte Kira. »Schon ein Quittungssignal?«

Levan schüttelte den Kopf. »Nein. Ich weiß auch nicht, warum Fosters Interface nicht antwortet. Vielleicht haben sie doch eine wirksame Abschirmung gegen unsere Impulse eingesetzt.«

»Ich bitte Dich, Levan!«, sagte Jan. »Doch nicht gegen Impulse im oberen Tera-Hertz-Bereich. Wir sollten den Aktivierungsimpuls noch einmal ausstrahlen.«

»Wie Ihr meint«, sagte Levan und tippte noch einmal auf seine Tastatur. »Wenn es jetzt wieder nicht klappt, sollten wir uns Gedanken machen, ob wir noch viel näher an das Objekt heran müssen.«

In diesem Moment ertönte ein kurzes Signal von Levans Laptop.

»Hey, Fosters Interface antwortet!«, rief er. »Jetzt müssen wir noch warten, bis sich unser Virus richtig etabliert hat und Verbindung mit uns aufnimmt. Damit wäre dann auch klar, dass wir mit unserer Vermutung richtig lagen. Diese Konferenz besteht aus den Mitgliedern des Kartells.«

»Und dann können wir beobachten, was er sieht und hören, was er hört?«, wollte Lara wissen.

»Nicht ganz«, erklärte Jan. »Wir müssen aus Sicherheitsgründen den Datenstrom gering halten. Videodaten erfordern einen kontinuierlichen Datenstrom. Den könnten sie irgendwann anmessen. Wir beschränken uns auf die Audiodaten. Sie werden in Fosters Interface komprimiert und uns in kurzen Impulsen übermittelt. Leider bedeutet das für uns, dass wir noch ein wenig länger warten müssen, bevor wir etwas bekommen.«

Während sie noch warteten, bemerkte Thomas plötzlich einen Streifenwagen der Berliner Polizei, der sich ihnen langsam von hinten näherte.

»Wir bekommen Besuch«, sagte er. »Ein Polizeiwagen hält eben hinter uns.«

»Dürfen wir hier nicht stehen?«, fragte Conny.

»Na ja, es ist kein absolutes Halteverbot, aber parken dürfen wir hier eigentlich nicht«, sagte Levan. »Wir regeln das schon.«

Die Beamten waren inzwischen aus ihrem Fahrzeug ausgestiegen und näherten sich ihrem Kleinbus. Einer der Beamten klopfte gegen die Scheibe der Beifahrerseite. Levan ließ die Scheibe herunterfahren und lächelte den Beamten an.

»Hallo, Herr Wachtmeister«, sagte er. »Ist etwas nicht in Ordnung?«

»Sie können hier nicht stehen bleiben«, sagte der Beamte und blickte interessiert in den Wagen hinein. Dabei erblickte er auch die anderen Insassen des Busses.

»Sie befinden sich hier in einem Bereich, in dem sich einige Botschaften befinden. Speziell die US-Botschaft ist sensibel, wenn unbekannte Fahrzeuge in ihrer Nähe stehen. Bitte suchen Sie sich einen anderen Platz für Ihr Fahrzeug.«

Der andere Beamte hatte ebenfalls in den Wagen hineingesehen und deutete auf Levans Laptop.

»Was machen Sie eigentlich hier?«, wollte er wissen. »Ich würde gern einmal Ihre Fahrzeugpapiere und Ausweise sehen.«

Levan angelte nach einer Mappe mit Papieren und beglückwünschte sich dazu, dass er diesen Wagen ganz offiziell auf seinen Namen angemeldet hatte.

»Leute, reicht mir mal Eure Ausweise nach vorn«, rief er nach hinten. »Die Polizei möchte uns kontrollieren.«

»Warum denn eigentlich?«, fragte Lara von hinten. »Wir stehen doch nur hier.«

»Wir arbeiten im Auftrag der Telekom«, erklärte Levan und reichte dem Beamten einen Telekom-Werksausweis. »Es liegen Beschwerden vor, wonach in diesem Bereich Störungen im Mobilfunknetz auftreten. Wir sollen versuchen, herauszufinden, wer als Verursacher infrage kommt. Wir stehen nur so lange hier, bis wir unsere Messungen abgeschlossen haben, dann suchen wir uns einen anderen Standort. Geht das in Ordnung?«

Einer der Polizisten nahm die Papiere und ging damit zum Streifenwagen zurück.

»Wie lange schätzen Sie, dass Sie noch brauchen werden?«, wollte der andere Beamte wissen.

»Höchstens noch eine halbe Stunde«, versprach Levan. »Dann sind wir weg.«

Der andere Polizist kam mit den Papieren zurück und händigte sie an Levan aus.

»Alles in Ordnung«, sagte er. »Man kann nicht vorsichtig genug sein. Das ist hier eine sensible Gegend. Bitte beenden Sie Ihre Arbeit hier, so schnell Sie können und räumen den Platz wieder.«

»Geht klar«, sagte Levan, »wir beeilen uns.«

Die Beamten grüßten noch einmal und kehrten dann zu ihrem Wagen zurück.

Conny stieß zischend ihren Atem aus. »Ich dachte schon, sie würden uns festnehmen.«

»Dazu hatten sie keinen Anlass!«, sagte Kira, »Wir sind bisher noch nicht straffällig geworden, beziehungsweise wurden wir noch nie bei einer Straftat erwischt. Dummerweise haben sie jetzt unsere Personalien.«

»Vielleicht haben sie nur abgefragt, ob etwas gegen uns vorliegt«, vermutete Lara. »Ich glaub nicht, dass sie sich die Mühe gemacht haben, unsere Namen zu notieren. Wir sollten nur bald von hier verschwinden, um nicht noch mehr Aufmerksamkeit zu erregen.«

»Was war das für ein Ausweis, den Du ihnen gezeigt hast?«, fragte Sascha. »Telekom?«

Levan grinste. »Hab mal ne Weile für den Laden gearbeitet. Ich muss wohl vergessen haben, den Ausweis zurückzugeben. Manchmal ist es gut, wenn man nicht alles wegwirft.«

Kira lachte und knuffte ihn in die Seite.

Levan blickte auf seinen Laptop und sagte: »Durch die Polizei haben wir jetzt nicht mitbekommen, dass Fosters Interface komplette Bereitschaft gemeldet hat. Wir können jetzt schalten und walten, wie wir wollen. Ich lass die Aufzeichnung anlaufen.«

Sie diskutierten bereits seit einiger Zeit darüber, ob es gefährlich war, die realen Mitarbeiter bei einem hypothetischen Test zu ignorieren oder nicht. Foster gab sich alle Mühe, die anderen davon zu überzeugen, dass es vollkommen unerheblich war, ob die restlichen, realen Mitarbeiter ohne Einfluss des Kartells arbeiteten. Da sie nicht mit der virtuellen Welt interagierten, fielen sie nicht ins Gewicht.

»Wir können diese Handvoll Menschen vernachlässigen«, erklärte er zum wiederholten Male. »Sie haben keinerlei Verbindung zur virtuellen Welt und arbeiten im Grunde auf einer Insel. Sie haben überhaupt nicht die Möglichkeit, festzustellen, was wir mit den virtuellen Arbeitnehmern anstellen.«

»Nun, ich finde, das klingt zumindest logisch«, sagte Thom. »Mendez, was halten Sie davon?«

»Grundsätzlich bin ich der Meinung, wir sollten unsere eigenen Vorgaben einhalten«, entgegnete sie. »Doch sehe ich ein, dass wir durch diesen Versager in eine Situation gelangt sind, die nur noch durch Kompromisse zu retten ist. Ich gebe Ihnen aber recht: Die realen Mitarbeiter spielen keine relevante Rolle, sofern in der virtuellen Welt alles in Ordnung ist.«

»Was meinen Sie damit?«, wollte Thom wissen.

»Fragen wir das doch unseren Kollegen Foster«, schlug Mendez vor. »Ich habe mir die Mühe gemacht, die Protokolle des virtuellen AXXIUM-Büros zu prüfen und habe dabei ein paar Ungereimtheiten entdeckt.«

Carmen Mendez blickte Foster feindselig an und fragte: »Sie wissen, welche Ungereimtheiten ich meine, nicht wahr? Erzählen Sie uns bitte selbst, was sich abgespielt hat.«

Foster fühlte sich mit einem Mal unbehaglich und spürte, wie ihm der Schweiß an den Schläfen herunterrann. Die anderen sahen ihn auffordernd an. Foster schluckte ein paar Mal und hasste sich dafür, dass seine Stimme rau klang. »Ich weiß zwar nicht, warum Mendez dieser Sache eine solche Bedeutung beimisst, aber meine Mitarbeiterin Lara Schmidt wurde vor wenigen Tagen gewaltsam aus dem System ausgeloggt.«

»Gewaltsam?«, fragte Brethner. »Was soll das bedeuten? Wie kann jemand *gewaltsam* ausgeloggt werden?«

»Eigentlich ist ein Ausloggen nur über das entsprechende Interface am zentralen Eingang zum Büro möglich«, erklärte Foster. »Doch trifft das natürlich nur zu, wenn alle technischen Verbindungen einwandfrei funktionieren. Wenn aber zum

Beispiel der heimische PC eines Mitarbeiters einen Defekt aufweist, wird auch schon mal getrennt, obwohl der Mitarbeiter sich nicht im Einzugsbereich des Auslogg-Interfaces aufhält. Genau das ist im vorliegenden Fall geschehen.«

»Sind Sie *sicher*?«, fragte Mendez scharf.

»Verdammt noch mal, was haben Sie für ein Problem mit mir? Sie sind doch für den kompletten technischen Kram verantwortlich, oder nicht? Versuchen Sie gefälligst nicht, mir das Versagen Ihrer Technik in die Schuhe zu schieben!«

Thom blickte zwischen Mendez und Foster hin und her. »Bleiben Sie gefälligst sachlich! Beide!«

»Ich bin persönlich in Lara Schmidts Wohnung gewesen«, sagte Foster.

»Und was hat Lara Schmidt Ihnen erzählt?«, fragte Thom. »Deckte sich ihre Darstellung mit Ihren Vermutungen?«

»Sie war nicht da«, meinte Foster. »Aber ich hab ihren PC getestet und er fuhr nicht hoch. Ich gehe daher davon aus, dass es sich um einen Defekt gehandelt haben musste.«

»Aber wo war Schmidt?«, wollte Mendez wissen. »Ihre Konditionierung sollte sicherstellen, dass sie unverzüglich Kontakt zu AXXIUM aufnimmt.«

»Das ist richtig. Ich wusste zunächst nicht, wo sich Lara aufhielt und ich gebe zu, dass es mich irritiert hatte. Aber nur wenig später nahm sie ihre Arbeit wieder auf und erklärte mir, dass sie in einer Computerwerkstatt war, um sich einen Ersatzcomputer zu besorgen. Sie hat also im Sinne ihrer Konditionierung gehandelt und für eine unverzügliche Wiederaufnahme des Kontakts gesorgt. Gut, es war etwas unkonventionell. Ich hätte auch erwartet, dass sie zunächst anruft. Meiner Meinung nach hat der Zwischenfall für unsere Pläne keine Bedeutung.«

Mendez wiegte ihren Kopf hin und her. »Lara Schmidt ist doch Ihre persönliche Gespielin, nicht wahr? Wir haben es schon in schönsten Farben bewundern dürfen.«

»Ich weiß nicht, was das jetzt hier zu suchen hat!«, zischte Foster sie bösartig an.

»Ich mach es kurz!«, sagte Mendez. »Es macht mich einfach stutzig, dass ausgerechnet jemand, mit dem es Foster zu jeder Gelegenheit wild treibt, der absolut einzige Fall von gewaltsamem Ausstieg aus dem System ist. Und Foster, wie oft haben Sie es mit Ihrer Freundin noch getrieben, seit sie ihren Dienst wieder aufgenommen hat?«

»Das geht Sie - verdammt noch mal - nichts an!«, brüllte Foster.

»Ich verstehe auch nicht, worauf Sie hinauswollen«, meinte Thom. »Ich würde es begrüßen, wenn Sie auf den Punkt kommen würden. Jeder von uns hat miterleben dürfen, wie *leistungsfähig* die virtuelle Welt ist, aber wenn Sie konkrete Einwände haben, nennen Sie sie bitte.«

»Die Protokolle weisen aus, dass Foster seit dieser Begebenheit nicht ein einziges Mal mit Lara Schmidt geschlafen hat«, sagte Mendez. »Und das finde ich eigenartig. Beide verhielten sich bisher ausgesprochen triebhaft und auf einen Schlag soll sich das geändert haben?«

»Haben Sie einen Verdacht, *was* sich geändert haben soll?«

»Na ja, es ist nur ein Verdacht, weil ich in keinem Protokoll einen Beweis dafür entdecken konnte, aber ich vermute, dass Lara nach ihrem Wiedererscheinen nicht mehr dieselbe Person war wie zuvor.«

»Das ist doch ausgemachter Blödsinn!«, entfuhr es Foster. »Ich kenne doch Lara. Es war definitiv Lara. Wie sollte es denn auch anders möglich sein?«

Mendez zuckte mit den Achseln. »Man kann ein System noch so gut absichern, aber es wird immer jemanden geben, den es reizt, sich in ein System zu hacken. Es ist ein Katz- und Mausspiel. Mal hat der Eine die Nase vorn, dann wieder der Andere.«

»Also ist Ihr System nicht sicher«, stellte Brethner fest.

»Das kann man so nicht sagen«, verteidigte sich Mendez. »Wir sind einem solchen Phänomen bisher noch nicht begegnet. Das heißt nicht, dass wir diese Lücke nicht unverzüglich schließen können.«

Butomkin, der bisher meist nur zugehört hatte, mischte sich ebenfalls ein: »Kollegin Mendez, Sie sollten das nicht bagatellisieren. Wenn Laras Entität im System tatsächlich von jemand Fremdem gehackt und gesteuert worden ist, würde es bedeuten, dass dieser Jemand unser Tun bereits eine Weile beobachtet hat, ohne dass wir es bemerkt haben. Es bedeutet nämlich, dass dieser Jemand die komplette ID der Hardware von Laras Interface kopiert und gefälscht hat, um gezielt ihre Entität bei AXXIUM zu steuern. Das ist nicht der Streich eines Hackers – da steckt mehr dahinter! Denn wenn Lara nicht identisch war mit der Lara vor dem Absturz – wo bitte schön ist dann die echte Lara geblieben? Hat sie dieser Jemand beseitigt? Spielt sie ein doppeltes Spiel?«

»Unmöglich!«, rief Foster dazwischen. »Lara war zu 100% in unserem Sinne konditioniert! Sie war nicht einmal in der Lage, ein doppeltes Spiel mit uns zu spielen.«

»Das ist richtig«, bekräftigte Mendez. »Wir haben Lara Schmidt oft genug getestet. Sie war unsere Marionette – vermutlich die Erste, die wir überhaupt hatten. Aber was ist mit diesem Sascha

Leyden? Den hatten Sie selbst oft genug im Verdacht, dass mit ihm etwas nicht stimmt. Haben Sie auch ihn real überprüft?«

»Dazu bestand kein Anlass«, sagte Foster. »Ich hatte zwar einen Verdacht, aber Leyden konnte ihn glaubhaft zerstreuen. Ich halte ihn für linientreu. Es ist allerdings noch zu früh, ihn als Marionette zu betrachten. Er trägt sein Interface noch nicht lange genug.«

Thom trommelte mit den Händen auf die Tischplatte.

»Wir müssen zu einer Entscheidung kommen!«, mahnte er. »Stimmen wir ab, ob wir die Generalprobe für das Unternehmen Interface durchführen. Foster?«

»Ich meine, dass wir bereit sind.«

»Butomkin?«

»Es ist riskant, aber wir sollten es machen.«

»Mendez?«

»Ich bin der Meinung, wir sollten die offenen Fragen zunächst klären.«

»Dr. Brethner?«

»Ich habe leider nicht das Fachwissen, das mancher andere hier am Tisch besitzt, aber ich bin der Meinung, dass wir allmählich die Früchte unserer Arbeit ernten sollten.«

»In Ordnung, ich selbst bin auch der Meinung, dass die Gefahren der Aktion überbewertet werden. Also setzen wir einen definitiven Termin für das Projekt Interface-Manipulation fest. Ich schlage den kommenden Montag vor.«

Mendez schlug ihre Unterlagen auf und sagte:

»Vonseiten der Softwareentwicklung sind wir bereit. Wenn es am nächsten Montag beginnen soll, werden wir die Programmroutinen am Wochenende aufspielen. Ab Montag wird dann in winzigsten Schritten auf die Mitarbeiter eingewirkt. Der Theorie zu Folge sollten wir innerhalb von wenigen Wochen erste Erfolge verzeichnen können. Ich werde Ihnen rechtzeitig mitteilen, wann wir den ersten Test machen können, einem der Mitarbeiter Befehle zu geben, die er in der realen Welt ausführen soll.«

Foster begann, nachzudenken.

»Aber was ist mit mir?«, fragte er, »Ich werde die ganze Zeit über in der virtuellen Welt anwesend sein. Ich werde den Impulsen zur Manipulation doch ebenfalls ausgesetzt sein. Ich verlange, dass ich einen entsprechenden Schutz erhalte.«

Mendez lächelte ihn an. »Da haben Sie plötzlich Angst, was? Aber wir brauchen Sie noch, Foster. Wir können einzelne Hardware-IDs der Interfaces von der Manipulation ausnehmen.«

Sie wandte sich an Pieter Houten, der die ganze Zeit über noch nichts gesagt hatte: »Pieter, würden Sie bitte sicherheitshalber noch kurz die ID von Fosters Interface prüfen. Wir wollen doch nicht, dass er auch noch zu einer Marionette wird.«

Houten griff nach einem kleinen Gerät von der Größe eines Taschenrechners und zog eine kleine Antenne heraus. Er richtete das Gerät auf Foster und drückte ein paar Tasten. Nach kurzer Zeit piepste das Gerät und Houten schaute verblüfft auf das Display.

»Ist etwas nicht in Ordnung?«, fragte Mendez.

»Ich weiß noch nicht«, sagte Houten. »Neben der ID hat der Scanner noch etwas anderes erfasst. Einen kleinen Moment noch, ich muss das Signal noch entschlüsseln.«

»Soll das etwa heißen, Fosters Interface sendet etwas aus?«, fragte Mendez entgeistert.

»So ist es!«, rief Houten. »Es sendet verschlüsselte Signale im Tera-Hertz-Bereich!«

Er sprang auf, griff unter sein Jackett und zog eine Waffe hervor, die er auf Foster richtete. Brethner, Butomkin und Thom starrten von einem zum anderen und konnten nicht fassen, was hier geschah.

Foster blickte mit weit aufgerissenen Augen auf die Waffe, die auf ihn gerichtet war.

»Ich wusste die ganze Zeit über, dass mit Ihnen etwas nicht stimmt!«, rief Mendez. »Ich hatte allerdings nicht erwartet, dass Sie ein Spion sind und gegen uns arbeiten!«

»Aber das ist doch alles Blödsinnn!«, verteidigte sich Foster. »Ich hab doch überhaupt keine Ahnung, warum mein Interface sendet und was es überhaupt sendet. Ich bin auf *Eurer* Seite!«

»Jetzt ist das Signal weg«, sagte Houten nach einem Seitenblick auf seinen Scanner.

»Wie erklären Sie sich dann, dass Sie gerade jetzt nicht mehr senden? Mit wem arbeiten Sie zusammen?«

»Mit niemandem! Ich bin Mitglied des Kartells! Ich hab doch alles getan, um die virtuelle AXXIUM-Realität zu etablieren. Warum sollte *ich* Sie verraten? Ich würde mir doch nur selbst schaden.«

»Wer ist es!«, brüllte Mendez ihn an. »Ich will Namen!«

Foster hob hilflos seine Arme.

»Ich weiß überhaupt nicht, wovon Sie reden. Ich arbeite nur für das Kartell und sonst für niemanden.«

Mendez sah Foster kalt an. »Wir haben schon zu viel Arbeit und Geld in dieses Projekt gesteckt, um es jetzt fallen zu lassen. Ich

hab Ihnen gesagt, dass es eine Einbahnstraße ist. Sie sind ein Sicherheitsrisiko Foster. Das können wir uns leider nicht leisten.«
Sie sah Thom an, der ihr kurz zunickte, dann gab sie Houten ein Zeichen, worauf er begann, einen Schalldämpfer auf seine Waffe zu schrauben.
»Um Gottes willen, was haben Sie vor?«, kreischte Foster. »Sie wollen mich doch nicht erschießen?«
Er sprang auf und warf dabei seinen Stuhl um. Mit wenigen Schritten war er an der Tür, als Houten in kurzer Folge drei Schüsse abfeuerte. Foster verhielt mitten im Schritt und schwankte. Mit fahrigen Bewegungen hielt er sich kurz am Türrahmen fest und drehte sich halb herum. Sein Gesicht zeigte einen erstaunten Ausdruck, dann brach er ohne ein Wort zusammen und rührte sich nicht mehr.
»Mein Gott, sind Sie wahnsinnig geworden?«, fuhr Dr. Brethner Houten an. »Sie können doch nicht einen von uns einfach umbringen.«
Houten sagte nichts und steckte einfach seine Waffe weg.
»Es war notwendig«, sagte Mendez. »Foster muss mit Leuten in Kontakt gekommen sein, die fähig genug sind, unsere Interfaces zu hacken. Wir können nur hoffen, dass er noch nichts Wesentliches gesendet hat. Wir mussten ihn beseitigen.«
Brethner sah zu dem toten Foster hinüber und man konnte ihm ansehen, dass ihm übel war.
»Wir müssen entscheiden, wie es weitergehen soll«, sagte Thom mit fester Stimme. »Uns war von vornherein klar, dass unser Plan nicht ohne Gefahren ist. Wir wollen viel erreichen, also müssen wir ein hohes Risiko tragen. Im Zweifelsfall bedeutet es halt auch, dass harte Entscheidungen getroffen werden müssen. Mendez, ist Foster jetzt sicher, oder ist zu befürchten, dass sein Sender noch funktioniert?«
»Das ist durchaus möglich«, sagte Mendez. »Pieter, setz bitte sein Interface außer Kraft.«
Houten erhob sich und ging zu Fosters Leiche hinüber. Mit einer fließenden Bewegung setzte er seine Pistole an Fosters Hinterkopf an und drückte ab. Ein kurzes Rucken ging durch den gesamten Körper, dann lag er wieder ruhig.
»Erledigt«, sagte Houten knapp und kehrte zum Tisch zurück, als wäre nichts geschehen.
Brethner kämpfte mit seinem Magen. Am liebsten hätte er sich übergeben.
»Butomkin, bitte rufen Sie Ihre Leute in der Suite an, sie sollen hier aufräumen«, bat Thom. »Wir können nicht gebrauchen, dass man Fosters Leiche hier findet.«

»Haben wir eine Chance, herauszufinden, wo der Empfänger der Sendungen zu finden ist?«, fragte Mendez Houten.

»Das ist schwierig. Es waren keine gerichteten Impulse. Der Empfänger kann irgendwo hier im Haus sitzen oder in einem Auto in der Nähe. Ich vermute aber, dass er irgendwo im Umkreis von einem Kilometer sein dürfte.«

»Damit ist klar, dass es gezielt darum ging, uns auszuhorchen«, sagte Thom. »Das setzt die Geschichte mit Lara Schmidt und auch den Verdacht Fosters gegen Sascha Leyden in ein anderes Licht. Vermutlich stecken diese beiden da mit drin. Können Sie mit Ihrem Scanner auch prüfen, ob Lara Schmidt und Sascha Leyden dort sind, wo sie sein sollten?«

»Das ist nur ein Scanner«, wandte Houten ein.

»Ich kann es prüfen!«, sagte Mendez. Sie zog ein kleines Notebook aus ihrer Tasche und klappte es auf.

»Ich habe Zugriff auf die Satellitenkanäle unserer Firma. Darüber kann ich gezielt nach den IDs der Interfaces der beiden suchen. Es dauert einen kleinen Augenblick.«

Während sie warteten, kamen Butomkins Männer herein und begannen mit ihrer Arbeit. Man konnte erkennen, dass sie so etwas nicht zum ersten Mal machten.

Kurz, nachdem sie die Aufzeichnung gestartet hatten, kamen die ersten Daten herein.

»Es funktioniert!«, rief Levan begeistert. »Hoffentlich bekommen wir auch, was wir brauchen.«

Sie hatten alle Hände voll zu tun, damit ihnen keine wichtigen Informationen verloren gingen. Jan schaltete die ersten entschlüsselten Daten bereits auf den Lautsprecher, damit auch die anderen es hören konnten.

Es dauerte nicht lange und sie erhielten aus den Dialogen der einzelnen Gesprächspartner die tatsächlichen Namen und konnten sie endlich zuordnen. Landis war offenbar ihr Foster, Ian Brown hieß mit richtigem Namen Dr. Morgan Brethner, Lisa Dominguez war Carmen Mendez und Pjotr Sedejew hieß Ilja Butomkin. Wie nicht anders zu erwarten, war Joaquin A. Do Großmüller tatsächlich Friedrich Thom. Jan stürzte sich sofort mit Feuereifer auf die Namen und ließ sie durch diverse Suchprogramme laufen, die er direkt online von ihrem Transporter aus ausführen konnte. Personensuche war Jans Spezialität und so dauerte es nicht lange, bis die ersten Ergebnisse vorlagen.

»Über diesen Butomkin konnte ich bisher nichts herausfinden«, sagte Jan. »Der Name klingt irgendwie russisch. Vielleicht arbeiten sie mit einer russischen Firma zusammen. Da muss ich noch weiter forschen. Mrs Mendez wiederum habe ich finden können, weil Foster von einer Hexe aus Kalifornien gedacht hat. Sie ist die einzige Frau im Kartell. Ich konnte eine Carmen Mendez ausfindig machen, die für die Firma Cybertec in Nueva Alto, Kalifornien arbeitet. Sie ist dort eine große Nummer und nicht etwa nur ein Verwaltungsmensch. Sie hat richtig etwas auf dem Kasten. Ich fürchte, vor ihr müssen wir uns richtig in acht nehmen.«

»Was ist Cybertec für eine Firma? Welchen Ruf hat sie?«

»Sie arbeiten auf dem Gebiet der virtuellen Realität, was ja in unser Bild passen würde. Ich gehe davon aus, dass sie die Arbeitsumgebung von AXXIUM geschaffen haben. Was den Ruf der Firma angeht – dieser ist etwas zweifelhaft. Es gab in den letzten Jahren eine Reihe von Prozessen gegen Cybertec wegen Industriespionage. Immer saß unsere Frau Mendez auf der Anklagebank. Allerdings konnte sie ihre Weste immer wieder reinwaschen. Sie ist niemals verurteilt worden. Die Branche ist ihr gegenüber jedoch inzwischen zugeknöpft.«

Kira überlegte.

»Dann ist die Produktionsstätte der Interfaces der letzte fehlende Baustein«, sagte sie dann, »dieser Butomkin betreibt sicherlich eine Firma, die hochwertige Elektronikkomponenten herstellen kann. Was wäre einfacher, als sich nach einer Firma umzusehen, die nicht den Auflagen der EU unterliegt. Ein Standort in Russland oder einem der GUS-Staaten erscheint mir da durchaus denkbar.«

»Grundsätzlich bin ich der Meinung, dass wir unsere eigenen Vorgaben einhalten sollten«, tönte es aus dem Lautsprecher. Es war eine Frauenstimme.

»Das muss Mendez sein«, vermutete Conny.

Gebannt lauschten sie den Gesprächen des Kartells und allmählich rundete sich ihr Bild von den Mitgliedern der Gruppe ab. Sascha machte eifrig Notizen. Nach kurzer Zeit hatten sie zumindest die Namen der Beteiligten.

Als sie begannen, sich über Lara zu unterhalten, hielt sie förmlich den Atem an. Es war für sie unfassbar, dass man sie absichtlich in eine Marionette verwandelt hatte.

»Diese verdammten Schweine!«, entfuhr es ihr.

Sie hörten zu, wie über den Beginn des Tests gesprochen und abgestimmt wurde, und berieten, was zu tun wäre. Dadurch, dass einige der Mitglieder des Kartells von außerhalb kamen, mussten dringend weitere Zellen von LIBERTAS mit einbezogen werden.

»Hey, was war das eben?«, fragte Thomas dazwischen. »Da war ein eigenartiges Signal.«

In diesem Moment hörten sie bereits, dass man offenbar eine Sendung von Fosters Interface registriert hatte.

»Sie haben uns entdeckt!«, sagte Kira. »Wie konnte das passieren?«

»Sie haben offenbar noch einen Fachmann dabei, der mit einem Scanner herumspielt«, meinte Jan. »Wir müssen sofort die Verbindung trennen.«

Levan drückte auf seine Escape-Taste und beendete das Programm, welches bis dahin Fosters Interface gesteuert hatte.

»Wir sollten von hier verschwinden!«, sagte er.

»Ich dachte, wir sind sicher«, meinte Kira.

»Genau!«, fügte Conny hinzu. »Ihr habt doch immer gesagt, dass wir nur empfangen und deshalb nicht zu orten sind.«

»Das ist auch grundsätzlich richtig«, sagte Levan, schränkte aber ein. »Aber wir wissen nicht, wie dieser Spezialist ausgestattet ist. Wir senden natürlich von Zeit zu Zeit auch Steuerimpulse und leiten unsere Daten an die Zentrale in Frankfurt weiter. Selbstverständlich sind diese Daten verschlüsselt und die Übertragung findet auch im Tera-Hertz-Bereich statt.«

»Können wir denn überhaupt von hier aus Frankfurt erreichen?«, wollte Lara wissen.

»Es ist Richtfunk«, erklärte Levan knapp.

»Wir wissen aber im Grunde, was wir wissen wollten«, meinte Sascha. »Lasst uns verschwinden.«

Thomas setzte sich ans Steuer des Kleinbusses und ließ den Motor an. Bald waren sie wieder auf der Autobahn und fuhren in Richtung Frankfurt, wo sie die Ergebnisse ihrer Abhörarbeit in Ruhe auswerten wollten, um anschließend das weitere Vorgehen abzusprechen.

Sie hörten sich aber dann doch die Aufzeichnung bis zum Abbruch immer wieder an.

»Also, den Namen Dr. Brethner habe ich schon in anderem Zusammenhang gehört«, sagte Kira. »Er ist ein hohes Tier bei AXXIUM-Central in London, wenn nicht sogar deren Chef. Friedrich Thom scheint der Drahtzieher zu sein, wie wir bereits vermuteten. Carmen Mendez sorgt für die Software und scheint keine Skrupel zu kennen. Dieser Pieter – mehr haben wir ja leider nicht über ihn erfahren – scheint einer von Mendez' Leuten zu sein.«

»Aber wer ist Butomkin?«, fragte Jan. »Den Namen haben wir bisher noch nicht gehört.«

»Ich tippe darauf, dass er die Interfaces produziert«, sagte Levan. »Der Name deutet auf ukrainischen Ursprung. In Zeiten der Sowjetunion gab es dort ein paar Werke, die hochwertige Elektronik für die Raumfahrt produziert haben. Ich werde mal meine Fühler in dieser Richtung ausstrecken, sobald wir wieder in Frankfurt sind.«

Kurz, bevor sie dort eintrafen, griff Kira nach ihrem Mobiltelefon und rief van Buren an, um sie anzukündigen. Nach einiger Zeit ließ sie ihr Telefon sinken. »Es geht niemand ran – eigenartig. Van Buren hat leider selbst kein BCI, sonst könnten wir ihn auf diesem Wege erreichen.«

»Van Buren geht nicht ans Telefon?«, fragte Thomas ungläubig. »Das hat es ja noch nie gegeben.«

»Ich hätte es besser gefunden, wenn er sich darum kümmern könnte, die Schleuse für uns zu öffnen. Ich steh nicht gern lange vor dem Tor«, sagte Kira. »Schließlich soll die alte Fabrik ja verlassen wirken.«

Eine halbe Stunde später bogen sie in die Straße ein, in der die Zentrale der Frankfurter LIBERTAS lag. Sofort fielen ihnen die vielen Feuerwehr- und Polizeiwagen auf, die vor dem Tor standen.

»Was ist denn hier los?«, fragte Thomas.

»Sofort wenden und in die nächste Seitenstraße fahren!«, befahl Kira. »Ich hab ein mieses Gefühl!«

Thomas, der mit dem Bus noch nicht ganz abgebogen war, lenkte ihn wieder auf die Hauptstraße und bog dann in die nächste Seitenstraße ein. Am Straßenrand parkten sie das Fahrzeug und stiegen aus.

»Was hat das zu bedeuten?«, wollte Conny wissen.

»Keine Ahnung«, antwortete Kira. »Ich bin ebenso ratlos wie Du. Aber so ein Aufgebot von Polizei und Rettungsfahrzeugen direkt vor unserem Tor kann nichts Gutes bedeuten. Wir steigen aus und machen einen kleinen Spaziergang.«

Sie ließen ihr Fahrzeug stehen und schlossen es ab. Levan deutete in die Richtung, in der sie ihren Wagen geparkt hatten.

»Wir sollten in dieser Richtung um den gesamten Block laufen. Dann kommen wir von der anderen Seite an den Einsatzfahrzeugen vorbei, wie normale Fußgänger. Vielleicht schnappen wir dabei etwas auf.«

Die anderen waren einverstanden und machten sich auf den Weg. Es war ein erstaunlich weiter Weg, bis sie die nächste Querstraße erreichten. Das alte Firmengelände, auf dem sie sich eingerichtet hatten, war recht ausgedehnt. Schließlich erreichten sie die Straße zu ihrer Zufahrt und näherten sich den Polizei-

und Feuerwehrfahrzeugen. Von dieser Seite aus konnten sie erkennen, dass man eine Absperrung errichtet hatte, die verhinderte, dass Autos die Stelle passieren konnten. Sie jedoch waren zu Fuß, also liefen sie weiter. Sie hatten die Stelle fast erreicht, als einer der Beamten die Gruppe entdeckte und auf sie zukam.
Er hob beide Hände. »Sie können hier nicht weiter!«
Sie gingen noch ein paar Meter weiter, bis der Beamte ihnen den Weg verstellte. »Ich meine es ernst. Sie müssen umkehren. Es gab hier einen Zwischenfall.«
Kira versuchte, an dem Mann vorbei etwas zu erkennen. »Was denn für einen Zwischenfall? Ich dachte, das wären nur Ruinen alter Fabrikanlagen.«
Der Beamte sah sie nachdenklich an. »So ist es. Es sind nur Ruinen. Das bringt mich zu der Frage, was Sie hier eigentlich zu suchen haben?«
»Nichts. Wir nutzen diese Straße nur als Abkürzung. Bisher war aber hier immer alles ruhig und verlassen. Was ist denn nun hier geschehen? Hat es gebrannt?«
»Das darf ich Ihnen nicht sagen. Die Ermittlungen sind noch in vollem Gange.« Er hielt einen Moment inne. »Was interessiert Sie das überhaupt? Haben Sie vielleicht doch mit diesem Gelände zu tun? Dann könnten Sie uns ein paar sachdienliche Hinweise geben.«
Levan winkte mit der Hand ab. »Nein, Herr Wachtmeister. Wir sind nur neugierig. Wissen Sie, wir laufen jeden Tag hier entlang und nie sieht man auch nur eine Menschenseele. Und dann sieht man auf einmal ein Riesenaufgebot an Polizei- und Feuerwehrfahrzeugen. Wären Sie da nicht neugierig?«
»Vermutlich haben Sie recht. Ich muss Sie jedoch bitten, zurückzugehen.«
»Bitte nicht!«, jammerte Conny. »Ich bin total geschafft. Könnten Sie uns nicht einfach vorbeigehen lassen? Wir müssten sonst den kompletten Block zu Fuß umlaufen, um zu unseren Autos zu gelangen. Wenn Sie uns durchlassen, sind wir in wenigen Minuten dort.«
Er überlegte einen Moment und gab den Weg frei. »Aber dann bitte zügig weitergehen - auf der gegenüberliegenden Straßenseite.«
Kira lächelte den Beamten gewinnend an. »Ich danke Ihnen.«
Sie wechselten die Straßenseite und liefen langsam am Tor zu ihrer Zentrale vorbei. Das große Tor hing nur noch von einer der Angeln gehalten an der Wand der Durchfahrt und war vollkommen verbogen.

»Sprengstoff«, zischte Jan durch die Zähne. »Verdammt noch mal, was ist hier geschehen? Und wer war das?«

So sehr sie sich auch bemühten, konnten sie dennoch nicht mehr erkennen, da sich die Zentrale von LIBERTAS hinter der Durchfahrt befand. Der Hof war unbeleuchtet und man konnte lediglich sehen, dass Polizeibeamte mit Taschenlampen die Fassaden ableuchteten.

»Was tun wir jetzt?«, wollte Lara wissen. »Wie es aussieht, kommen wir nicht dort hinein, oder?«

Die anderen antworteten nicht, doch sie beschleunigten ihre Schritte und Lara musste sich anstrengen, um mit ihnen Schritt zu halten.

»Hey, was rennt Ihr denn so? Und – gibt mir vielleicht mal jemand eine Antwort?«

Kira drehte sich zu ihr um. »Ich wollte nur von diesen Beamten weg. Sicher haben wir noch einen anderen Weg in unsere Zentrale hinein. Dort hinten an der Ecke steht ein Wohnhaus, das jedoch ebenfalls leer steht. Das Haus ist eine Notschleuse, die wir jetzt benutzen werden. Wir müssen allerdings vorsichtig sein, damit wir der Polizei nicht über den Weg laufen, denn dann hätten wir Einiges zu erklären.«

Am Eckhaus angekommen, stieß Levan die Haustür mit der Schulter auf. Der Hausflur dahinter machte keinen vertrauenerweckenden Eindruck. Die Ölfarbe blätterte von den Wänden und überall waren Graffiti-Zeichnungen angebracht. Zielsicher lief Kira zu einer Tür im hinteren Bereich des Flurs und drehte an einem Türknauf. Die Tür öffnete sich und sie winkte den anderen, ihr zu folgen.

Die Wohnung war zwar ebenfalls verwahrlost, doch nicht so sehr, wie der Rest des Hauses, das sie bisher gesehen hatten. Kira lief zu einem kleinen Kasten, in dem sich die Stromsicherungen der Wohnung befanden.

»Willst du uns etwa weismachen, dass es in diesem Haus noch Strom gibt?«, fragte Sascha. »Dieser Kasten steht doch sicher schon seit Jahren leer.«

Kira ließ sich nicht beirren, sondern begann, die Automaten der Sicherungen teilweise ein- und auszuschalten. Es waren für eine Wohnung wie diese, ungewöhnlich viele Sicherungen.

»Es geht nicht darum, Strom einzuschalten oder Licht zu haben«, erklärte sie. »Viel mehr geht es darum, den Zugang freizuschalten.«

Sascha, Conny und Lara machten ein verständnisloses Gesicht, als sie plötzlich ein Geräusch hörten. Ein Teil des Bodens schob sich zur Seite und gab den Blick auf eine Metallstiege frei, die nach unten in der Dunkelheit verschwand.

»Verschwindet nach unten«, befahl sie, »Ich komme als Letzte und sorge dafür, dass sich der Zugang hinter uns schließt. Passt auf, es ist dort unten feucht, rutschig und leider auch relativ dunkel.«

Sie kletterten der Reihe nach hinunter und stießen sich teilweise schmerzhaft den Kopf an einem Balken. Nach einiger Zeit kam auch Kira die Stiege herunter.

»Was jetzt?«, fragte Levan. »Ich war hier noch nie. Ich weiß nicht mal, wo wir herauskommen.«

»Wir warten, bis sich unsere Augen an die Dunkelheit gewöhnt haben. Wir haben leider keine Lampen dabei und dieser Gang verfügt nicht über eine eigene Beleuchtung.«

Sie warteten einige Minuten, dann liefen sie los. Sascha fragte sich, welche Funktion dieser Gang ursprünglich gehabt haben mag. Es war klar zu sehen, dass er alt war – sehr alt und es war definitiv kein Abwasserkanal. Nach einer Weile wurde es in der Ferne heller. Das Ende des Ganges kam in Sicht.

»Sobald wir das Ende des Ganges erreicht haben, sollten wir versuchen, über unsere BCI's einen Kontakt herzustellen«, sagte Kira.

»Warum versuchen wir es nicht schon jetzt?«, fragte Conny.

»In den Wänden hier befindet sich massenhaft Blei. Wir werden keine Verbindung bekommen, selbst wenn wir es versuchen.«

»Blei? Wieso gibt es hier Blei in den Wänden?«, wollte Sascha wissen, »Wurde hier mit radioaktiven Substanzen gearbeitet? Mitten in der Stadt?«

Kira zuckte mit den Schultern. »Ich hab keine Ahnung, Sascha. Wir haben keine Strahlung feststellen können. Leider haben wir auch keine Aufzeichnungen über den Bau dieses Ganges gefunden. Es war absoluter Zufall, dass wir darauf gestoßen sind.«

Als sie das Ende erreichten, sahen sie, dass das Licht, das sie die ganze Zeit über gesehen hatten, von Scheinwerfern herrührte, die von der Polizei aufgestellt worden waren. Im Augenblick waren jedoch keine Beamten und auch keine Mitarbeiter der Feuerwehr zu sehen. Auf dem Innenhof, der sich vor ihnen auftat, standen zwei Autos, die mit Einschusslöchern übersät waren.

»Los, lasst uns versuchen, Kontakt zu einem unserer Leute zu bekommen!«, drängte Kira. »Jeder sollte versuchen, einen Kontakt über sein BCI herzustellen.«

Jeder in der Gruppe konzentrierte sich darauf, irgendeinen Kontakt zu einem Mitarbeiter von LIBERTAS zu bekommen. Mit jeder Minute wurden sie immer nervöser. Normalerweise dauerte es nur Augenblicke, bis sich jemand meldete, doch nun schien es, als wäre LIBERTAS total ausgestorben.

»Ich hab Nina!«, rief Conny plötzlich. »Geht alle auf meinen Kanal, dann können wir uns über BCI unterhalten.«

Als sie sich nach einigen Augenblicken vernetzt hatten, verschlug es ihnen den Atem, was Nina Kobach zu berichten hatte.

»Es war während einer unserer Ruhephasen«, berichtete sie. »Die Techniker hatten eben einen neuen Server ans Netz gebracht, Van Buren war damit fertig, die neue Lieferung BCIs zu testen und ich bin in den Keller gegangen, um das Stromaggregat herunterzufahren, als wir einen lauten Knall vom Eingangstor hörten. Van Buren befahl mir, im Keller zu bleiben und mich nicht zu rühren, also lief ich zum Kontrollraum 2 und schloss die getarnte Stahltür hinter mir. Über die Monitore konnte ich zum Teil mitverfolgen, was draußen geschah. Eine Gruppe schwer bewaffneter Männer kam aus dem Innenhof hinter dem Zugangstor.«

»Ich verstehe das nicht«, murmelte Mendez. »Im AXXIUM-Netz sind sie nicht, ich kann sie aber auch nicht in Frankfurt und Umgebung finden.«

»Ist auf Ihre Geräte überhaupt Verlass?«, wollte Thom wissen. »Kann es nicht sein, dass sie sich in einem Bereich aufhalten, den die Satelliten nicht abtasten können? Ich meine, sie könnten sich in einer U-Bahn aufhalten, oder vielleicht auch außerhalb von Frankfurt.«

»Wir sprechen die Interfaces über Tera-Hertz-Signale an«, erklärte Mendez. »Sie müssten schon sehr, sehr tief unter der Erdoberfläche sein, um für die Satelliten nicht erreichbar zu sein. Da glaube ich schon eher an Ihre Vermutung, dass sie sich nicht in Frankfurt aufhalten. Ich werde versuchsweise den Fokus der Suche auf einen großzügigen Kreis um Frankfurt ausdehnen, aber wir müssen warten, bis die erforderlichen Satelliten in der richtigen Position stehen. Das wird in etwa einer Stunde der Fall sein.«

»Soll das heißen, dass wir hier eine ganze Stunde herumsitzen, ohne dass etwas geschieht?«, fragte Butomkin.

»Nein, wir werden uns die Protokolle und Aufzeichnungen der Satelliten ansehen, die ich auf das Adlon und seine Umgebung fokussiert hatte.«

»Sie haben dieses Hotel überwacht?«, fragte Thom entgeistert. »Sind Sie eigentlich verrückt geworden? Wir brauchen keine Beweise für unsere Pläne, die man gegen uns verwenden kann.«

Mendez winkte ab. »Es geht dabei doch nur um unsere Sicherheit. Die Aufzeichnungen könnten uns Hinweise darauf geben, ob Fosters Interface von außen aktiviert wurde. Mit etwas Glück bekommen wir sogar den Standort.«

Thom war interessiert. »*Das* können Sie feststellen? Lassen Sie sehen.«

Er ging um den Tisch herum und blickte auf den Monitor des Laptops, auf dem eine Karte der Umgebung zu sehen war, in der diverse Markierungen blinkten.

»Können Sie es mir erklären?«

»Sicher«, sagte Mendez und deutete auf die Markierungen. »Das hier ist unser exakter Standort. Er wurde als Quelle einer Tera-Hertz-Emission identifiziert. Ebenso ist hier eine weitere Quelle, etwa einen Kilometer entfernt. Vermutlich unsere Gegner.«

»Wie können Sie da sicher sein?«

»Das Tera-Hertz-Band wird noch nicht häufig benutzt. Es wurde nach der Entwicklung der Sender und Empfänger in erster Linie von Nachrichtendiensten verschiedener Staaten benutzt. Es gibt bisher quasi noch keine zivile Anwendung dieses Bandes. Ich gehe daher davon aus, dass dieser Ort der Standort der Leute ist oder war, die uns abgehört haben.«

Brethner hatte sich ebenfalls hinter die beiden anderen gestellt und sah auf den kleinen Bildschirm.

»Wie exakt sind die Angaben?«, fragte er. »Auf Ihrer Karte wirkt es, als hätte dieser fremde Sender mitten auf der Straße gestanden. Kann das denn sein?«

»Ich vermute, dass sie in einem Fahrzeug am Straßenrand waren«, sagte Mendez. »Solche Sender sind nicht groß. Ich schaue mal, ob wir Daten von unseren Freunden bei der CIA bekommen können.«

»Sie haben Kontakte zum CIA?«, fragte Thom misstrauisch.

»Keine Angst. Der CIA hat von unserer Firma Software für sein Satellitenüberwachungssystem gekauft. Sie können sich vorstellen, dass wir uns eine Hintertür offengehalten haben – für Supportzwecke natürlich.«

»Natürlich«, sagte Thom und grinste.

Mendez legte eine Karte über die bereits vorhandene Anzeige. Jetzt konnte man erkennen, dass in den Straßen Autos geparkt standen. Sogar vereinzelte Fußgänger waren zu entdecken. Exakt an der Stelle, die als Quelle für die Impulse ausgemacht worden war, stand ein Fahrzeug. Mendez zoomte so nah heran, wie es bei der Auflösung des Bildes Sinn machte und sie konnten erkennen, dass es sich um einen Kleinbus handelte.

»Genau, wie ich vermutet habe«, sagte Mendez. »Nun wollen wir mal prüfen, was unser Überwachungsnetzwerk zu leisten imstande ist. Die Leute haben sich nämlich keinen Gefallen damit getan, das Tera-Hertz-Band für ihre Spionage zu nutzen. Die Satelliten der CIA scannen permanent nach verschiedenen Dingen und protokollieren fast alles. Selbstverständlich habe ich auch Zugang zu den Protokollen.«

Sie sahen Mendez zu, wie sie sich professionell in den Großrechner in Redmond/Virgina einloggte. Offenbar hatte sie sich während der Abwicklung des Auftrages der CIA in jeglicher Hinsicht Hintertüren geschaffen. Thom beglückwünschte sich insgeheim, diese Frau mit ins Boot geholt zu haben. Sie war fähig, ehrgeizig und nicht zimperlich in der Wahl ihrer Mittel. Nach kurzer Zeit hatte sie die Speicher geöffnet, die sie gesucht hatte. Thom konnte mit den Listen wenig anfangen, die bald über den Bildschirm liefen, doch Mendez schien genau zu wissen, wonach sie suchte. Irgendwann drückte sie eine Taste und stieß einen triumphierenden Laut aus.

»So, jetzt werden wir ja sehen, wo unsere Gegner wirklich sitzen.«

»Wie soll das funktionieren?«, fragte Brethner.

»Ich gehe fest davon aus, dass sie ihre Daten nicht nur im Fahrzeug gelassen haben, sondern sie sogleich an ihre Zentrale weitergeleitet haben. Selbst, wenn sie eine Richtcharakteristik für ihre Signale verwendet haben, wird zumindest die Aktivität eines Senders angezeigt. Das allein hilft uns zwar noch nicht weiter, denn es kann durchaus sein, dass die Karte, die wir gleich sehen, mehrere Tera-Hertz-Aktivitäten anzeigt. Wenn wir aber die Zeitstempel der Sendungen mit in die Gleichung einbeziehen, sieht die Sache schon anders aus. Dann erhalten wir eventuell Paare von Sendern, die möglicherweise miteinander in Verbindung gestanden haben. Ah, da ist ja unsere Karte.«

Sie blickten angespannt auf den Monitor und sahen eine europäische Gesamtkarte, auf der mindestens zwei Dutzend Sender eingezeichnet waren. Mendez markierte ihren Berliner Sender und klickte mit der Maus in verschiedenen Menüs herum.

»So, nun beginnt der Computer, die einzelnen Signale mit den Sendungen aus Berlin in Beziehung zu setzen. Gleich wird er die meisten der Sender weggefiltert haben. Ich bin gespannt, was dann noch übrig bleibt.«

Es dauerte keine Minute, da verschwand eine Markierung nach der Anderen, bis schließlich nur noch eine Markierung in Frankfurt am Main übrig blieb.

»Das hatte ich vermutet«, sagte Mendez, »es passt zu allen anderen Faktoren. AXXIUM ist in Frankfurt. Wir haben uns auf Berlin als Treffpunkt geeinigt, als Foster dabei war. Ihn hatten sie bereits angezapft. Die Tatsache, dass sie ihre Daten offenbar nach Frankfurt geschickt haben, zeigt, dass sie dort ihre Zentrale haben. Wir wissen nur noch nicht, wer hinter der Sache steckt. Wenn es sich um einen der großen Geheimdienste handelt, haben wir ein Problem. Wenn es jedoch eine unabhängige Gruppe ist, würde ich vorschlagen, sie jetzt und hier auszuschalten.«

»Wie stellen Sie sich das vor?«, fragte Thom. »Ich hab zwar ein Einsatzkommando verpflichtet, für den Fall, dass Schwierigkeiten aus dem Weg zu räumen sind, aber wir haben zu wenige Informationen – zum Beispiel über die Zahl der Gegner und ihre Ausstattung.«

»Wenn ich einmal etwas dazu sagen darf«, mischte sich Houten ein. »Die Art und Weise, wie man bisher gegen uns vorgegangen ist, zeigt mir, dass wir es nicht mit einem Geheimdienst zu tun haben. Der Kleinbus, den wir gesehen haben, arbeitete offenbar ohne Rückendeckung. Würde ein Geheimdienst so arbeiten? Ich sage: nein! Ein Geheimdienst hätte eine ganze Armee von Agenten hier stationiert, um sofort zugreifen zu können. Ich bin sicher, dass es eine unabhängige Gruppe ist – irgendwelche Fanatiker mit Beziehungen und Geld, auf jeden Fall aber wird es nur eine Handvoll Leute sein.«

»Schicken Sie Ihr Kommando los!«, forderte Mendez. »Tun Sie es jetzt, wo sie garantiert nicht damit rechnen! Schalten Sie diese Schweine ein für alle Mal aus!«

Thom überlegte eine Weile, dann entschloss er sich, dem Vorschlag Mendez' zu folgen. Er griff sein Mobiltelefon und wählte eine Nummer.

»Geben Sie mir die Koordinaten der Zentrale«, sagte er leise zu Mendez, die den Monitor in seine Richtung drehte.

Ohne seinen Namen zu nennen, sprach Thom ins Telefon: »Wir haben ein Problem in Frankfurt. Kümmern Sie sich darum. Die Koordinaten folgen. Ich lege Wert auf Informationen und endgültige Bereinigung.«

Thom legte auf, nachdem er die Zahlenkolonnen vom Bildschirm abgelesen hatte. »Hoffentlich haben wir das Richtige getan.«

»Da bin ich ganz sicher«, meinte Mendez.

»Und was geschah dann?«, fragte Jan.

»Sie drangen systematisch in alle Räume ein und suchten nach unseren Leuten. Unsere Techniker versuchten, Widerstand zu leisten, der von den Fremden brutal gebrochen wurde. Sie wurden durch mehrere Handgranaten getötet. Unsere Server sind zerstört. Ebenso der Operationsraum.«

»Was ist mit Van Buren?«, fragte Kira. »Ist er bei Dir?«

Nina schluchzte leise. »Nein, er ist auch tot. Sie nahmen ihn zunächst gefangen und haben ihn brutal geschlagen. Sie wollten von ihm wissen, wie viele Leute wir sind, aber er hat geschwiegen. Selbst, als sie ihm eine Kniescheibe zerschossen, hat er geschwiegen. Es war entsetzlich, das mit ansehen zu müssen. Ich hatte schreckliche Angst.«

»Zum Schluss haben sie ihn dann getötet?«, fragte Levan.

»Ja, als ihnen bewusst wurde, dass es ihnen nicht gelingen würde, in kurzer Zeit Informationen von ihm zu bekommen, schossen sie ihm in den Kopf. Es war eine regelrechte Hinrichtung.«

Sie sahen sich gegenseitig an und konnten es nicht fassen. Sie hatten gewusst, dass ihre Arbeit mit Risiken verbunden war, aber sie hatten nicht geglaubt, dass ihre Gegner so skrupellos waren, sie alle zu töten.

»Wer ist außer Dir noch in der Zentrale, Nina?«, fragte Kira.

»Niemand, nur die Polizei und die Feuerwehrleute. Ich konnte sie durch einige der noch funktionierenden Kameras beobachten. Sie scheinen relativ ratlos zu sein, was sich hier abgespielt hat. Die Zerstörungen durch die Granaten waren äußerst gründlich.«

»Kannst du erkennen, ob sich noch viele Sicherheitskräfte hier aufhalten?«

»Die meisten sind schon wieder weg. Die Spurensicherung ist noch da.«

»Kannst du den Kontrollraum unbemerkt verlassen?«, fragte Kira. »Wir sind am Ausgang des Bleigangs.«

»Es könnte klappen«, meinte Nina. »Aber ich kann doch den Kontrollraum nicht so einfach verlassen. Wenn sie ihn finden, bekommen sie heraus, was hier gespielt wurde.«

»Zieh einfach die beiden Festplatten aus dem schwarzen Rack und nimm sie mit«, schlug Levan vor. »Anschließend melde Dich am Server an und gib den Notcode in die Konsole ein. Sobald die Eingabe vom System quittiert ist, hast Du noch fünf Minuten, um zu uns zu kommen. Danach gibt es keinen Kontrollraum mehr und die Polizei hat ein weiteres Rätsel zu lösen.«

Nina blickte konzentriert auf die Monitore der Überwachungskameras. Sie brauchte einen Augenblick, in dem niemand der Sicherheitskräfte sich um den Bereich des Kontrollraums kümmerte, damit sie unbehelligt die fünfzig Meter bis zum Tunnel zurücklegen konnte. Ein Verriegeln des Raumes war nicht mehr erforderlich, da die Thermit-Sprengsätze ganze Arbeit leisten würden. Sie zog die Festplatten aus ihren Halterungen und verstaute sie in einem einfachen Leinenbeutel, den sie auf einem Tisch gefunden hatte, dann bereitete sie die Eingabe des Codes am Server vor. Sie gab die Daten ein, sandte sie aber noch nicht ab, bevor sie nicht sicher war, sofort losstürmen zu können. Endlich war es so weit. Die beiden Beamten, die eben noch den Bereich um den getarnten Eingang untersucht hatten, ohne ihn zu entdecken, fanden einige zum Teil stark zerstörte BCIs und transportierten sie zur späteren Untersuchung zu ihren Fahrzeugen.

Nina drückte die Enter-Taste und erhielt die Meldung, dass die Zündung des Brandsatzes in fünf Minuten stattfinden würde. Leise öffnete sie die Tür und schlich hinaus. Vorsichtig blickte sie sich um, um sicherzugehen, dass sie nicht jemanden übersehen hatte, der zufällig in ihre Richtung blickte, doch sie hatte Glück. Schnell lief sie die kurze Strecke zum Tunnel, wo ihre Freunde warteten. Als sie Levan erblickte, warf sie sich ihm in die Arme.

»Ich bin so froh, dass Ihr da seid«, sagte sie atemlos.

»Wir können uns gleich unterhalten«, sagte Kira. »Jetzt müssen wir erst mal weg. In wenigen Minuten ist hier die Hölle los. Dann möchte ich aber schon im Auto sitzen und mich nicht mehr hier aufhalten.«

Sie rannten durch den dunklen Gang zurück und stießen wiederholt gegen irgendwelche Streben und Kanten. Sie kümmerten sich nicht darum und hasteten weiter. Das Öffnen der Klappe über der Stahltreppe schien endlos lange zu dauern. Sie kletterten in das Wohnhaus und liefen durch den Hausflur zur Haustür. Kira blieb einen Moment zurück und sorgte dafür, dass der Zugang verschlossen wurde. Anschließend schloss sie die Anlage am Sicherungskasten kurz und verhinderte so, dass jemand diesen Zugang jemals wieder öffnen konnte.

Bis zum Kleinbus war es noch eine beachtliche Strecke und sie rannten, was ihre Lungen hergaben. Sie waren nicht sonderlich durchtrainiert, daher waren sie geschafft, als sie am Wagen ankamen. Levan öffnete die Schiebetür und ließ die anderen einsteigen, während er den Motor startete. Er wendete das Fahrzeug und steuerte in Richtung Innenstadt. Sie hatten eben die erste Kreuzung überquert, als sie einen grellen Blitz im Rückspiegel sahen und einen dumpfen Knall hörten.

»Damit wären die letzten Beweise unserer Aktivitäten vernichtet«, sagte Kira.

»Wenn diese Fremden mit ihren Granaten gründlich genug waren, ja«, meinte Levan. »Es wäre nicht gut, wenn die Polizei doch noch Rückschlüsse auf unsere Identität erhielte.«

»Mein Gott, Van Buren ist tot!«, entfuhr es Thomas. »Glaubt Ihr im Ernst, dass sie nicht über kurz oder lang eine Verbindung zwischen ihm und uns entdecken werden?«

»Ich glaube nicht«, sagte Kira. »Wir haben stets darauf geachtet, dass unsere Identitäten nirgendwo dokumentiert wurden. Wir sollten uns darauf konzentrieren, unserem Kampf gegen AXXIUM und seine Drahtzieher eine neue Dimension zu geben. Ich bin nicht länger bereit, diese Leute zu schonen.«

»Habe ich irgendetwas nicht mitbekommen?«, fragte Sascha. »Wir haben doch soeben unsere Basis verloren, oder? Unsere Techniker sind tot, Van Buren ist tot. Wie kannst Du in dieser Situation davon reden, jetzt härter gegen sie vorzugehen? Das ist doch Wunschdenken!«

Levan legte Sascha eine Hand auf die Schulter.

»Sascha, wir haben eben eine Schlacht verloren, aber nicht den Krieg.«

»Hör doch auf mit diesen Sprüchen!«, rief Sascha zornig, »Wir stehen mit dem Rücken zur Wand.«

»Oh, das tun wir nicht«, sagte Kira. »LIBERTAS ist nicht nur unsere kleine Gruppe hier in Frankfurt. Es gibt noch andere Gruppen. Wir werden zu einem neuen Standort fahren und von dort aus weiter operieren. Levan, wir fahren ins Ruhrgebiet. Ich denke, die Ausstattung von LIBERTAS in Kirchhellen dürfte für unsere Zwecke geeignet sein. Außerdem ist Kirchhellen bisher nicht aktiv und es gibt dort nur eine Notbesetzung.«

»Woher habt Ihr bloß das Geld für diese Anlagen?«, fragte Lara.

»Diverse Patente aus früheren Zeiten«, antwortete Levan knapp, als er den Wagen in Richtung der Autobahn steuerte.

»Wir unterhalten diverse Zentren überall in Deutschland und der Schweiz«, erklärte Kira. »Wir werden sicher nicht aufgeben, nur weil wir einen Standort verloren haben.«

»Aber es hat Menschenleben gekostet!«, wandte Conny ein. »Ich will nicht bei dieser Sache draufgehen!«

»Das will niemand!«, unterbrach Kira sie barsch. »Aber wer soll diese Leute stoppen, wenn wir es nicht tun? Was glaubst du, wird geschehen, wenn sich erst die virtuelle Arbeit weiter ausbreitet? Dann wird es zwar keine Menschenleben *kosten*, aber

die Menschen werden zu Marionetten der Herrschenden – und
die Herrschenden werden anfangs nicht die gewählten
Regierungen sein, sondern genau die Verbrecher, mit denen wir
es zu tun haben. Später, wenn erst genügend Menschen
manipuliert sind, werden sie versuchen, legal zu werden, denn
dann können sie den Menschen diktieren, wen oder was sie
wählen sollen.«
Conny fühlte sich unbehaglich. In ihrem Innersten wusste sie,
dass Kira recht hatte.
Der Wagen befand sich auf der Autobahn und fuhr mit mäßiger
Geschwindigkeit nach Norden. Jeder der Gruppe beschäftigte
sich auf seine eigene Weise in Gedanken mit ihrer Situation. Es
würde noch Stunden dauern, bis sie ihr Ziel erreichen würden.

18. 36. Mai

Die Geduld des Kartells wurde auf eine harte Probe gestellt. Nachdem Friedrich Thom den Befehl gegeben hatte, die Zentrale der unbekannten Gegner anzugreifen, wartete man gespannt auf eine Meldung des Einsatzleiters der Söldnergruppe.
Endlich war es so weit und Thom erhielt den erwarteten Anruf auf seinem Handy.
Mendez, Brethner und Butomkin konnten nicht verstehen, was am Telefon gesagt wurde, doch sie konnten sehen, dass Thoms Gesicht immer ärgerlicher wurde.
»Darüber reden wir noch, Sie Idiot!«, brüllte er in den Hörer und legte auf.
»Diese Schwachköpfe kosten uns ein Vermögen!«, rief er verärgert aus. »Sie sind so dämlich! Ich hatte ausdrücklich gesagt, dass wir Informationen brauchen. Und was haben diese Kretins gemacht? Sie haben das Tor am Eingang gesprengt, was natürlich Aufmerksamkeit erregt hat. Somit hatten sie nicht viel Zeit, bevor mit Sicherheitskräften zu rechnen war. Also haben sie in alle Räume gleich zu Beginn Granaten geworfen, um eventuellen Widerstand zu brechen.«
»Granaten?«, fragte Brethner. »Damit zerstören sie doch wertvolle Hinweise, oder etwa nicht?«
»Nicht nur das. Sie haben dabei eine Reihe von Männern getötet, die sie nicht mehr befragen konnten. Sie hatten dann das unglaubliche Glück, dass ihnen ein Mann lebend in die Hände fiel, den sie dann verhörten. Natürlich hat er freiwillig nicht geredet. Sie haben ihm das Knie zerschossen. Er hat vor Schmerzen gebrüllt wie ein Stier, aber trotzdem weiter geschwiegen. Also haben sie ihn hingerichtet.«
»Was?«, entfuhr es Mendez. »Was sind denn das für Anfänger? Warum haben sie ihn nicht mitgenommen? Wir hätten aus ihm schon etwas herausgekitzelt.«
»Polizei und Feuerwehr erschienen und sie mussten abrücken.«
»Das darf doch nicht wahr sein!«
Mendez war außer sich.
»Haben wir überhaupt etwas?«
»Wir wissen, dass sie eine kostspielige, moderne Ausstattung hatten – das Beste, was man auf dem Markt bekommen kann.«
»Wer kann sich denn so etwas leisten?«, fragte Brethner.
»Nationale Geheimdienste mit Sicherheit«, meinte Thom. »Wer sonst noch – keine Ahnung. Und dank der Unfähigkeit dieser

Söldner wissen wir noch immer nicht, wer uns aufs Korn genommen hat.«

»Aber wir wissen, *dass* uns jemand auf den Fersen ist!«, stellte Mendez fest. »Wir müssen ab jetzt noch vorsichtiger sein. Außerdem müssen wir Foster bei AXXIUM ersetzen. Ich schlage vor, dass wir Houten einsetzen.«

Houten, der bisher einen äußerst souveränen Eindruck gemacht hatte, zeigte zum ersten Mal Nerven.

»Moment«, sagte er. »Bedeutet das, dass man mir auch so ein Interface ins Gehirn pflanzen wird?«

»Haben Sie damit ein Problem?«, wollte Butomkin wissen. »Sie gehören jetzt zu uns. Einen Rückzieher wird es nicht geben.«

»Aber niemand von Ihnen hat so ein Gerät in seinem Kopf«, sagte Houten lahm.

»Wir sind auch keine Frontkämpfer wie Sie oder der leider verstorbene Foster«, sagte Thom. »Sie werden Foster ersetzen. Und Sie werden die Arbeit Fosters endlich zu Ende bringen und die restlichen Mitarbeiter entweder zur virtuellen Arbeit überreden oder sie irgendwie loswerden. Sobald Sie wieder in Frankfurt sind, werden Sie einen Termin mit Dr. Görtgen vereinbaren.«

Thom ließ keinen Zweifel daran, dass Houten keine Wahl hatte, als sich dem Befehl zu beugen. Houten resignierte und fand sich mit der Situation ab. Er war zu sehr Profi, seine Chance, in den innersten Kreis aufzusteigen, nur wegen seiner unbestritten vorhandenen Angst zu verspielen.

»Damit hätten wir nun folgende Dinge auf unserer Prioritätenliste«, sagte Thom. »Prüfung und Absicherung von AXXIUM, Nachforschung nach den unbekannten Gegnern, suche nach Lara Schmidt und Sascha Leyden – es sind die einzigen Namen, die wir im Moment kennen und wo wir unseren Hebel ansetzen können. Mrs. Mendez, ich würde Sie bitten, sich etwas einfallen zu lassen, womit wir unseren Gegnern eine Falle stellen können.«

Mendez war anzusehen, dass sie im Moment nicht so recht wusste, wie sie das bewerkstelligen sollte. Es machte ihr doch zu schaffen, dass es einer fremden Gruppe gelungen war, ihre Sicherungen völlig unbemerkt zu unterlaufen. Sie mussten über ausgesprochen befähigte Programmierer verfügen. Sie fragte sich, wer sich solche kompetenten Leute leisten konnte. Den Gedanken, dass es sich um einen Geheimdienst handeln könnte, verwarf sie insgeheim wieder. Sie konnte sich nicht vorstellen, dass der deutsche BND oder MAD über finanzielle Mittel verfügen konnte, sich derart gute Spitzenkräfte zu leisten.

Außerdem wäre dann der Ort in Frankfurt besser bewacht und bewaffnet gewesen. Ihr Kommando konnte jedoch fast unbehelligt dort eindringen, was eher für eine unabhängige Gruppe sprach. Sie kam einfach nicht weiter.

Es war schon dunkel, als die kleine Gruppe der Frankfurter LIBERTAS in dem am Nordrand Kirchhellens gelegenen Industriegebiet ankam. Im Gegensatz zu Frankfurt schien die Welt hier noch in Ordnung zu sein. Leichter Bodennebel zog über die zahlreich vorhandenen Felder. Es wirkte alles in allem friedlich.

Im Industriegebiet – es gab hier einige ausgedehnte Anlagen für die Glasproduktion, die noch in Betrieb waren – befanden sich auch einige Hallen einer ehemaligen Maschinenbaufirma, die noch in tadellosem Zustand waren, und die über Mittelsmänner von LIBERTAS gekauft worden waren. Man hatte viel Zeit und Geld investiert, diese Hallen in eine Anlage zu verwandeln, die derjenigen in Frankfurt in Nichts nachstehen sollte. Bisher hatte LIBERTAS jedoch von hier aus noch nicht gearbeitet. Es war somit nicht zu befürchten, dass die Gegner ihre Spur bis hierher zurückverfolgen konnten.

Levan stellte den Wagen vor dem großen Rolltor der ersten Halle ab und stieg aus. Mit der Faust schlug er gegen das Tor. Er war sicher, dass jemand drinnen sein würde, der ihnen öffnen konnte. Nach einiger Zeit öffnete sich eine kleine Tür neben dem Rolltor. Ein Mann trat heraus und leuchtete Levan mit einer Taschenlampe an.

»Wir haben geschlossen!«, rief er ihm zu, »Kommen Sie morgen früh wieder.«

»Wir haben wichtige Waren aus Frankfurt!«, rief Levan zurück, »Es handelt sich um einen Notfall!«

Der Mann trat interessiert näher und leuchtete Levan direkt ins Gesicht.

»Aus Frankfurt sagen Sie? Dürfte ich Ihren Namen erfahren?«

»Ich heiße Levan Kiriashvili, falls Ihnen das etwas sagt.«

»Der Name sagt mir in der Tat etwas«, sagte er. »Wir sind uns zwar noch nie persönlich begegnet, aber den Namen hab ich schon gehört. Gehört auch eine Kira D'Omasi zu Ihren Begleitern?«

Kira hatte zugehört und sprang aus dem Wagen.

»Reiner, bist du das?«, fragte sie und lief auf ihn zu. »Wir haben uns ja ewig nicht gesehen.«

Zu Levan gewandt, sagte sie: »Das ist Reiner Wendt. Er leitet derzeit die Kirchhellener Basis. Ich war damals häufiger hier, als die Installationen noch nicht fertig waren.«

Sie umarmte Reiner wie einen alten Freund und gab ihm einen Kuss auf die Wange. Die Übrigen kletterten nun auch aus dem Wagen und gesellten sich hinzu. Kira machte alle miteinander bekannt.

»Ihr solltet den Wagen in die Halle fahren«, schlug Reiner vor. »Es ist kalt und wir sollten drinnen weiterreden.«

Er steckte einen Schlüssel in die Steuerung des Rolltores und ließ es hochfahren. Levan stieg in den Wagen und ließ ihn in die Halle rollen, während Reiner das Tor wieder schloss.

In der Halle war es hell und warm. Alles machte einen tadellosen, sauberen Eindruck – anders, als die alte Anlage in Frankfurt, die man als stillgelegtes Firmengelände getarnt hatte. Die Neuankömmlinge sahen sich um und gaben ihrer Anerkennung Ausdruck.

»Eine tolle Anlage habt Ihr hier«, sagte Thomas. »Alle Achtung! Dagegen war Frankfurt etwas einfacher gestrickt.«

»Was heißt: *war*?«, fragte Reiner.

»LIBERTAS Frankfurt gibt es nicht mehr«, sagte Kira. »Wir haben es mit einem äußerst skrupellosen Gegner zu tun. Einem äußerst Fähigen noch dazu. Bei unserer letzten Aktion ist es ihm gelungen, die Koordinaten unserer Zentrale zu finden und regelrecht auszuräuchern. Es gab Tote.«

Reiner war geschockt.

»Ich hab nicht geahnt, dass unsere Arbeit so gefährlich ist«, sagte er leise. »Ich bin nie auf den Gedanken gekommen, dass wir mit unserem Leben spielen.«

»Es hängt für die Anderen einfach zu viel davon ab«, antwortete Kira. »Sie gehen im wahrsten Sinne des Wortes über Leichen. Es hat unter anderem auch Van Burens Leben gekostet.«

»Van Buren ist tot?«, fragte Reiner entgeistert. »Wer kann denn dann überhaupt noch BCIs implantieren?«

»Ich kann das!«, rief Nina dazwischen. »Ich bin ebenfalls in der Neurochirurgie und habe das Geschäft von Van Buren gelernt. Es wäre jedoch gut, wenn wir noch einen weiteren Neurochirurgen bekommen könnten. Für mich allein wird die Arbeit sonst nicht zu schaffen sein.«

Levan drehte sich um seine Achse und machte mit dem Arm eine kreisende Bewegung.

»Was ist das alles denn nun eigentlich?«, fragte er. »Was *kann* diese Basis? Wo sind die Computeranlagen? Und ganz direkt gefragt: Was tut Ihr hier eigentlich und wo sind die Leute?«

Reiner lachte leise.

»Viele Fragen auf einmal, Levan. Also: Wir tun hier derzeit überhaupt nichts, sondern halten uns nur bereit. Wir, das sind mein Kollege Janusz Mlacek und ich. Janusz kommt morgen früh wieder her. Zurzeit bin ich allein in der Anlage. Die Firma trägt den Namen SecuriTEC GmbH und produziert nach außen hin Sicherheitssoftware und Sicherheitssysteme. Das ermöglicht uns, diese Anlage auch legal mit Waffen auszurüsten, die zu den Komponenten der Produktionssysteme gehören. Schließlich will man den Kunden auch vorführen können, was man Ihnen verkaufen will.«

»Wie, Ihr verkauft tatsächlich solche Systeme auf dem Markt?«, fragte Jan entgeistert.

»Wir werden es tun, sobald dieses Werk offiziell aktiv wird – zur Tarnung. Die für Euch interessanten Räume sind im Keller von Halle 2. Dort ist alles installiert, was Ihr Euch nur wünschen könnt. Auch dürfte es dort einem Kommando der Gegner schwerfallen, einfach einzudringen. Kommt mit, ich werd es Euch zeigen.«

Reiner lief voraus und die Gruppe folgte ihm, aus der Halle heraus, durch die Kälte der Nacht in die nächste Halle hinein. Sie sahen sogleich, dass es hier ans Eingemachte ging. Sie erkannten automatische Schießeinrichtungen, Stromfallen, Videoüberwachung und Vieles mehr. Reiner führte sie an diesen Dingen vorbei zu einem Aufzug, den er nur mit Legitimation durch Netzhautscan in Betrieb nehmen konnte. Sie fuhren einige Meter nach unten und verließen den Aufzug in einem gewaltigen Raum, der die Ausmaße der darüberstehenden Halle hatte. Die Deckenbeleuchtung sprang automatisch an und sie konnten sich erstmals umsehen.

Die Computerausstattung war viel moderner und großzügiger, als sie aus Frankfurt gewohnt waren. Nina lief durch die Gänge und suchte nach einem Arbeitsbereich, der an ein OP erinnern würde, und fand ihn auch am Ende des Ganges. Der Raum war deutlich kleiner als in Frankfurt und es gab keine Glaskuppel mit Umlauf, aber die Ausstattung war besser. Sie konnte sich vorstellen, hier zu arbeiten. Anerkennend ging sie zu Reiner zurück.

»Toll, was Ihr hier geleistet habt«, sagte sie. »Ich schlage vor, Du gibst den Befehl, diese Anlage auch zum Leben zu erwecken.«

Reiner hob abwehrend die Hände. »Oh, nein! Ich leite diese Station nur, solange sie nicht in Betrieb ist. Danach bin ich nur noch Techniker. Diese Aufgabe wird Kira übernehmen. Sie hat darin viel mehr Erfahrung als ich.«

Kira schien nicht im Mindesten überrascht und übernahm sogleich das Kommando:

»In Ordnung. Ich will diese Anlage in spätestens zwei Stunden online haben. Sag uns, was zu tun ist, damit wir Dir helfen können. Und rufe Janusz her. Wir werden ihn sicher brauchen. Schließlich seid Ihr derzeit die Einzigen, die uns hier Auskunft geben könnt.«

Reiner trat an ein zentrales Pult und legitimierte sich über Netzhautscan, dann drückte er der Reihe nach einige Tasten auf einer Tastatur. Leises Brummen erfüllte den Raum und der Reihe nach schalteten sich die Systeme ein und fuhren hoch.

»Beeindruckend«, meinte Levan. »Der ganze Kram fährt ohne unser Zutun hoch?«

»So ist es beabsichtigt«, bestätigte Reiner. »Wir werden erleben, ob es funktioniert. Im Test hat es einwandfrei geklappt.«

Bereits nach einer Stunde meldete Reiner, dass SecuriTEC online war. Inzwischen war auch Janusz Mlacek eingetroffen. Reiner hatte ihn aus dem Tiefschlaf gerissen und herbestellt. Nachdem sie sich bekannt gemacht und ihn ins Bild gesetzt hatten, war er jedoch froh, endlich etwas tun zu können. Die endlose Warterei hatte ihn zermürbt.

Levan hatte mittlerweile die beiden Festplatten aus dem Wagen geholt und ins System einlesen lassen. Dadurch konnten sie ungefähr dort ansetzen, wo sie in Frankfurt aufgehört hatten.

»Wie gehen wir nun weiter vor?«, fragte Thomas. »Nach wie vor gibt es für uns nur AXXIUM als Anlaufstelle. Können wir Sascha und Lara überhaupt jetzt noch bei AXXIUM einschleusen? Wäre das nicht zu gefährlich?«

»Wir sollten es versuchen«, schlug Kira vor. »Ich bin sicher, dass sie zwar einen Verdacht haben, aber sicher keine harten Beweise gegen uns. Wenn die beiden einfach wegbleiben, wissen sie, was gespielt wird. Wenn wir jedoch normal zum Dienst erscheinen, bleiben die Zweifel.«

»Sie könnten sie aber auch einfach festsetzen und erledigen«, meinte Conny. »Du willst doch nicht das Leben von Sascha und Lara leichtfertig aufs Spiel setzen, oder? Wir wissen inzwischen, mit welchen Mitteln diese Leute arbeiten.«

»Sie können die beiden doch überhaupt nicht festsetzen«, meinte Kira. »Da sie nicht mehr im Besitz der Original-Interfaces sind, können sie jederzeit aussteigen und verschwinden. Wir müssen nur den Zugang zu AXXIUM verschleiern. Nichts darf auf Kirchhellen hinweisen. Auch ich werde mich allerdings wieder auf den Weg nach Frankfurt machen müssen.«

»Warum das denn?«, kam es von allen Seiten.

»Weil ich einen Job bei Dr. Görtgen habe, ganz einfach«, sagte sie. »Es hat eine Menge Arbeit gekostet, ihn zu bekommen. Görtgen vertraut mir. Er hat mir im Laufe der Zeit immer mehr Geheimnisse anvertraut. Wenn ich jetzt auch noch verschwinde, wissen sie gleich, dass ich auch mit beteiligt bin. Das kann nicht in unserem Sinne sein.«

Sie wandte sich an Reiner: »Habt Ihr einen Wagen hier, den Ihr mir geben könnt?«

»Kein Problem. Hinten in der Halle steht ein kleiner Seat. Ich geb Dir gleich die Papiere.«

»Wie willst Du denn SecuriTEC leiten, wenn Du gar nicht hier bist?«, wollte Conny wissen.

Kira lächelte sie an. »Du wirst meine Schnittstelle sein, Conny. Ich werde fast ständig mit Dir über mein BCI in Verbindung stehen. Wir bekommen das hin. Uns muss nur klar sein, dass wir jetzt nicht mehr in der Phase sind, wo recherchiert wird – sicher, wir brauchen auch immer noch so viele Informationen, wie wir bekommen können, aber ab jetzt befinden wir uns im Krieg. Wir werden ihr System infiltrieren, wo immer wir können. Wir werden manipulieren, was wir können und wir werden versuchen, ihnen die Basis für ihre Handlung zu entziehen.«

»Große Worte Kira!«, sagte Levan. »Sollten wir nicht erst mal kleine Brötchen backen und hoffen, dass sie uns nicht erwischen? Überhaupt: Wie willst Du ihnen denn ihre *Basis* entziehen?«

»Sie brauchen Interfaces, die ihnen offenbar dieser Butomkin besorgt. Versucht, herauszufinden, wo diese mysteriöse Firma steht, die diese Dinger baut, wer sie transportiert, wer sie hier in Deutschland entgegennimmt. Sie brauchen Softwaresicherheit, die ihnen diese Mendez gibt, die für Cybertec in Kalifornien arbeitet – da haben wir schon den Namen. Wir werden versuchen, direkt in ihr Allerheiligstes in Kalifornien einzudringen – und zwar von hier aus, dem verschwiegenen Kirchhellen.«

»Hoffentlich übernehmen wir uns dabei nicht«, meinte Thomas. »Es macht mir etwas Angst.«

»Auch ich hab Angst!«, entfuhr es Kira. »Sie wird erst vorbei sein, wenn wir diesen Schweinen das Handwerk gelegt haben. Also Reiner, Janusz, Ihr werdet recherchieren und herausfinden, wo unsere sekundären Ziele zu finden sind. Jan, Levan, Ihr werdet sondieren, sobald die ersten Ergebnisse vorliegen. Ich werde wieder meinen Job bei Görtgen antreten und gleichzeitig Sascha und Lara bei AXXIUM helfen. Conny wird die Kommunikation koordinieren und Thomas kümmert sich um die Technik.«

»Und was ist mit mir?«, wollte Nina wissen.

»Du hältst Dich bereit, falls wir ein BCI installieren müssen. Sonst wäre es toll, wenn Du Thomas unterstützen würdest.«

Kurz danach machte sich Kira auf den Weg nach Frankfurt. Es würde ein schwerer Tag werden, mit wenig Schlaf und sie würde wachsam sein müssen.

Auch die anderen ließen sich von Reiner und Janusz zeigen, wo sie schlafen konnten. Man hatte neben dem Serverraum ein paar kleine Räume mit Betten ausgestattet, damit die Mitarbeiter im Ernstfall nicht erst nach Hause fahren oder ein Hotelzimmer suchen mussten.

Am nächsten Morgen betrat Kira in ihrer Rolle als Sprechstundenhilfe Renata Labisch die Praxis von Dr. Görtgen. Ihre Kollegin winkte ihr von der Anmeldung her zu. »Du kommst spät, Renata. Er hat schon nach Dir gefragt.«

»Entschuldige Lea«, sagte Kira müde. »Es ist gestern spät geworden. Wie ist er denn gelaunt?«

»Keine Prognose«, sagte Lea. »Man kann den Chef immer schlecht einschätzen. Bist Du eigentlich noch immer mit diesem schwarzhaarigen Georgier zusammen?«

Lea glaubte, dass sie und Levan ein Paar waren.

»Lea, wir sind Freunde – mehr nicht. Wo ist Görtgen jetzt?«

»Vorhin war er in der '2'. Er wollte Dich sofort sehen.«

»Ich geh dann mal. Drück mir die Daumen, ja?«

Lea hielt ihr die Faust mit gedrücktem Daumen hoch und zwinkerte ihr zu. Kira mochte Lea. Schon oft hatte sie darüber nachgedacht, auch sie für LIBERTAS zu rekrutieren, doch hatte sie noch davor zurückgeschreckt. Sie war sich noch nicht sicher, ob sie ins Team passen würde.

Kira öffnete die Tür zu Raum 2, in dem Dr. Görtgen mit einem jungen Mann saß.

»Ach, da sind Sie ja, Renata. Ich möchte Ihnen Herrn Pieter Houten vorstellen. Er wurde uns von der Zentrale geschickt und wird in leitender Position in der virtuellen Welt von AXXIUM arbeiten. Zu diesem Zweck müssen wir ihm ein Interface implantieren. Wir haben doch noch Geräte auf Lager, oder?«

»Zwei Geräte sind noch da«, bestätigte Kira. »Jedenfalls fertig konfigurierte Geräte. Besteht Bedarf an besonderer Software?«

»Genau Renata, wir benötigen einen vollen Administrationszugriff. Sie haben doch noch die Daten, die wir für Ryan Foster verwendet haben?«

»Ist alles im Computer. War Herr Houten schon im Tomografen?«

»Nein Renata, damit wollte ich Sie betrauen. Sie wissen ja, was ich für den Eingriff brauche.
»Dann folgen Sie mir bitte«, forderte sie Houten auf, der ihr mit gemischten Gefühlen folgte.
Kiras Gedanken rasten. Was hatte es zu bedeuten, dass Houten dieselben Rechte bekommen sollte, wie Foster. Überhaupt, warum sollte dieser Mann hier eingesetzt werden? Leitete Foster den Laden nicht mehr? Viele Fragen, auf die sie dringend eine Antwort finden musste. Sie musste versuchen, Houten vorsichtig auszufragen, ohne dass er Verdacht schöpfte, ihre Fragen könnten mehr bedeuten, als lediglich professionelles Interesse.
»Sie sind neu bei uns, Herr Houten?«, fragte sie unbefangen. »Ich hab sie hier noch nie gesehen.«
»Ich wurde von der Zentrale hergeschickt, um die produktive Phase einzuleiten und zu überwachen«, gab er Auskunft. »Und Sie? Arbeiten Sie schon lange mit Dr. Görtgen zusammen?«
»Oh ja«, meinte Kira. »Ich hab inzwischen fast alle Mitarbeiter für eine Versorgung mit einem Interface vorbereitet. Warum fragen Sie?«
»Was ist Dr. Görtgen für ein Mann? Versteht er etwas von seinem Fach?«
»Sie haben Angst vor dem Eingriff, nicht wahr?«, fragte Kira verständnisvoll. »Das müssen Sie nicht. Für Dr. Görtgen ist es fast ein Routineeingriff geworden. Sehen Sie sich einfach einmal an, wie viele Menschen bei AXXIUM inzwischen virtuell arbeiten. Bisher gab es noch keine Zwischenfälle.«
Sie drehte ihm ihren Nacken entgegen und zog ihre langen Haare an die Seite, wodurch die getarnte Anschlussplatte eines Interfaces sichtbar wurde.
»Sehen Sie? Ich selbst trage auch ein solches Gerät in meinem Kopf. Allerdings kann ich es nur nutzen, um den Verwaltungskram von zu Hause zu erledigen. Meine Arbeit ist leider noch überwiegend manuell und muss real erledigt werden.«
Houten schien zunächst beruhigt. Inzwischen waren sie im Vorbereitungsraum angekommen und Kira bat ihren Patienten, sich auf die Liege des Tomografen zu legen. Sie gab ihm einige Anweisungen und schob Houten dann in die Röhre hinein. Später entnahm sie ihm noch Blut für diverse Tests.
»Wann bekomme ich dann den Termin für den Eingriff?«, wollte Houten am Ende wissen.
»Termin? Der Eingriff wird gleich vorgenommen, Herr Houten. In ein bis zwei Stunden sind Sie fertig und können nach Hause gehen.«

Houten schluckte hörbar. Ihm war nicht wohl in seiner Haut.

Nachdem Kira ihn in das OP gebracht und dort fixiert hatte, hatte sie erst einmal etwas Zeit. Ihr gingen unzählige Dinge durch den Kopf. Wenn sie es richtig behalten hatte, war Houten Südafrikaner und eigentlich Softwareentwickler oder Techniker. Allein das machte ihn zu einem ernsteren Gegner als Foster, der nur ein Verwaltungsmensch gewesen war. Houten konnte Manipulationen unter Umständen schneller erkennen als Foster. Sie würde Sascha und Lara warnen müssen. Houten hatte immerhin die Datenübermittlung von Foster entdeckt, worauf ihre Pechsträhne erst begonnen hatte.

Kira aktivierte einen Kanal ihres BCI und rief Conny, die sich augenblicklich meldete.

»Conny, sind Sascha und Lara bei AXXIUM?«

»Ja, sie sind seit etwa vier Realstunden dort. Bisher haben sie nichts Außergewöhnliches gemeldet.«

»Bitte öffne mir eine Verbindung zu den beiden. Ich muss sie unbedingt sprechen. Es bahnt sich eine Entwicklung an, die von uns allergrößte Vorsicht verlangt. Bleib am besten bei uns und hör zu, dann kannst du es den anderen auch gleich weitergeben.«

»Geht klar. Ich schalte eine Konferenz über verschlüsselte Leitung.«

»Was gibt's, Kira?«, ertönte es sogleich in ihrem Kopf. Sascha schien bereits auf eine Meldung von ihr gewartet zu haben.

»Ich hab einen Patienten zur Interface-Versorgung hier«, erklärte sie. »Er wird soeben versorgt. Es handelt sich um Pieter Houten, der auch in Berlin dabei war und Fosters Sendungen entdeckt hat. Er soll bei AXXIUM virtuell arbeiten. Ich soll ihm dieselben Rechte geben, die Foster hatte. Ich weiß nicht, was ich davon halten soll. Ist Foster bei euch?«

»Nein, Foster ist nicht im Dienst und es niemand scheint zu wissen, was mit ihm los ist. Es gibt zwar Gerüchte, aber Genaues weiß hier niemand.«

»Welche Gerüchte sind denn im Umlauf?«

»Man sagt, es sei ihm etwas zugestoßen.«

Kira schluckte. Sie hatte kein gutes Gefühl. Sie wussten inzwischen, dass die Mitglieder des Kartells äußerst kompromisslos arbeiteten. Sie selbst hatten Mitarbeiter verloren, die vom Einsatzkommando des Kartells getötet worden waren. Konnte es sein, dass man Foster sofort liquidiert hatte, nachdem er als Schwachstelle identifiziert worden war? Denkbar war es. Sie fragte sich, wo in der Hierarchie des Kartells Houten anzusiedeln war. War es nur der Ersatz für Foster, oder war er entschieden gefährlicher? Sie würden vorsichtig sein müssen.

»Sascha, dieser Houten, den wir heute operiert haben, wird voraussichtlich morgen oder übermorgen bei AXXIUM seinen Dienst aufnehmen«, gab sie durch. »Ich wünsche, dass niemand ohne Rückendeckung auf seine Entität zugreift. Ich befürchte, dass dieser Kerl gefährlich ist.«

»Verstanden«, antworteten Sascha und Lara gleichzeitig.

Kira fühlte sich total erschöpft. Sie schloss die Augen und lehnte sich in ihrem Stuhl zurück. Dutzende Gedanken schossen ihr durch den Kopf.

Sie schreckte zusammen, als Lea sie ansprach: »Was ist mit Dir Renata? Du wirkst krank. Du solltest zum Arzt gehen – und ich meine nicht Dr. Görtgen.«

»Du weißt doch, wie das ist, Lea«, entgegnete Kira matt. »Ich will meinen Job nicht aufs Spiel setzen.«

»Du hast doch ein Interface«, meinte Lea. »Da kannst Du doch einen Teil Deiner Arbeit von zu Hause verrichten. Ich hätte diese Möglichkeit nicht – ich hab so ein Ding nicht in meinem Schädel.«

Kira sah sie mit zusammengekniffenen Augen an. »Sie haben Dir nie das Angebot gemacht, von dieser Technologie zu profitieren?«

Lea wiegte ihren Kopf hin und her. »Das haben sie schon getan, aber ich konnte mich nie dazu durchringen. Ich glaube, ich wäre sogar bereit, diesen Job zu verlieren, wenn die Alternative nur so ein Zombie-Implantat ist. Entschuldige, aber ich sehe diese Interfaces so.«

»Wie kommst du darauf? Hast Du bei mir den Eindruck, dass ich durch dieses Gerät zum Zombie geworden bin?«

Lea hob beschwichtigend ihre Hände. »Nein, um Gottes Willen! Das wollte ich damit nicht sagen! Bei Dir ist das was anderes, aber ich hab schon einige Mitarbeiter gesehen, denen man Interfaces implantiert hat. Sie waren später noch mal zur Kontrolle hier und ich kann Dir sagen, einige von denen waren schon recht merkwürdig. Ich würde das Interface an Deiner Stelle jedenfalls nicht so häufig benutzen.«

Kira sah Lea nachdenklich an. Sie mochte ihre Kollegin. Sie musste sich aber auch eingestehen, dass sie Lea für relativ oberflächlich gehalten hatte. Ihre Äußerungen zeigten jedoch deutlich, dass sie sich kritisch mit ihrem Job auseinandersetzte. Was würde geschehen, wenn sie ihre Zweifel und Befürchtungen jemandem erzählte, der es besser nicht erfuhr?

Sie musste Lea schützen.

Kira hob einen Zeigefinger an ihre Lippen und deutete Lea an, nichts mehr zu sagen. Lea sah Kira zwar fragend an, schwieg aber. Kira mit der Hand an, ihr zu folgen und ging voraus zur Damen-Toilette. Diesen Bereich hatte sie vollständig überprüft und für sauber befunden. Hier gab es keinerlei Abhörgeräte. Kira drehte trotzdem alle Wasserhähne auf und ließ das Wasser laufen.

»Was soll das?«, wollte Lea wissen, als sie die Tür hinter sich geschlossen hatten. »Was bedeutet diese Geheimniskrämerei?«

»Lea, Du hast vollkommen recht mit Deinem Verdacht«, sagte Kira, »Die Implantatträger benehmen sich nicht mehr normal. Doch Du darfst das hier in diesen Räumen nicht offen aussprechen. Es ist gefährlich.«

»Ich verstehe das nicht«, sagte Lea. »Du trägst doch selbst so ein Ding.«

Kira hob ihre Hand. »Lea warte. Wir können hier nicht lange sprechen, ohne Misstrauen zu erregen. Vertrau mir einfach. Kein weiteres Wort über Deine Zweifel an der Arbeit hier in der Praxis. Ich erkläre Dir gern alles, was ich weiß - aber nicht hier. Du kennst meine Adresse. Besuch mich am Freitag nach der Arbeit. Wir essen gemeinsam etwas und unterhalten uns, okay?«

Lea wirkte irritiert, nickte aber.

Kira legte ihr eine Hand auf die Schulter. »Zu niemandem ein Wort. Es ist wichtig.«

Sie stellten das Wasser ab und gingen zurück an ihre Arbeitsplätze. Sie sahen sich oft an, wechselten aber nur selten ein Wort miteinander, das nicht unmittelbar mit ihrer Arbeit zu tun hatte.

19. 38. Mai

Sascha sah von seiner Arbeit auf und starrte zu von Fosters Büro hinüber. Durch die Doppelschichten war er bereits wieder seit Tagen bei AXXIUM im Einsatz und noch immer gab es keine Spur von Foster. Lara tänzelte wie immer zwischen den Tischen herum und kokettierte mit den Leuten, doch Sascha wusste, dass es im Gegensatz zu früher nun eine Rolle war, die sie spielte.
Während sie den anderen Normalität vorspielten, tauchten sie immer wieder in die Tiefen des Systems hinab und infiltrierten es, so gut sie konnten. Sascha hätte gern gewusst, welche Entität man für diesen Houten vorgesehen hatte. Dann hätte er bereits im Vorfeld einige Vorkehrungen treffen können. So mussten sie warten, bis der neue Chef auf der Bildfläche erschien. Sie rechneten jeden Moment damit, dass er den Dienst aufnehmen würde. Kira hatte ihnen bereits mitgeteilt, dass Dr. Görtgen ihn zu einer abschließenden Untersuchung vorgeladen hatte.
Eine Bewegung aus den Augenwinkeln zog Saschas Aufmerksamkeit auf sich. Die große Bürotür hatte sich geöffnet und ein großer blonder Mann betrat das Büro. Vor dem Empfang blieb er stehen und blickte sich um. Sascha hatte sogleich den Eindruck, dass man diesen Mann nicht unterschätzen durfte. Seinen Augen entging nichts.
Lara kam gerade wieder bei Saschas Arbeitsplatz vorbei.
»Sieh mal, der neue Chef ist da«, sagte sie leise. Sie hätte gar nicht flüstern müssen, denn alles, was man in der virtuellen Realität sagte, war sowieso öffentlich und erschien in sämtlichen Aufzeichnungen.
»Man hat sich nicht mal die Mühe gemacht, seiner Entität etwas Sympathisches zu geben«, kam es über Laras BCI. »Wir sollten sobald wie möglich daran gehen, ihm unsere digitalen Handschellen anzulegen.«
»Das werden wir sicher auch tun«, antwortete Sascha. »Aber jetzt steht er ganz bestimmt noch zu sehr unter der Beobachtung des Kartells. Lassen wir ihm noch die Einführungsveranstaltung und besprechen mit Kira, wie wir weiter vorgehen.«
Im Laufe des Tages berief Houten die Belegschaft des Büros zu einer Besprechung in sein Büro. Es wurde eng und die meisten der Mitarbeiter mussten stehen. Sascha und Lara hielten sich weiter hinten auf, wo sie jedoch noch alles mitbekommen konnten, was ihr neuer Chef zu sagen hatte.

Houten blickte zunächst schweigend in die Runde und ließ ein feines Lächeln erkennen, das jedoch nicht von Freundlichkeit herrührte.

»Meine Damen und Herren«, begann er. »Sie werden es sicher schon mitbekommen haben, aber es hat einen Wechsel in der Führung dieses Büros gegeben. Mein Vorgänger, Ryan Foster, wurde von der Konzernleitung abberufen. Ab sofort werde daher ich die Leitung dieser Einrichtung übernehmen. Mein Name ist Pieter Houten und ich war bisher in Pretoria tätig. Ich weiß nicht, wie mein Vorgänger diesen Betrieb geführt hat. Fest steht jedoch, dass die Konzernleitung von Ihnen allen einen höchstmöglichen Einsatz erwartet, um das virtuelle Arbeiten zu einem Erfolg werden zu lassen. Ich werde daher all meine Energie einsetzen, um dieses Ziel auch zu erreichen. Sollte jemand unter Ihnen sein, der Bedenken hat, er könne seinen Beitrag nicht leisten, kann er gleich gehen. In der augenblicklichen Lage sind wir nicht bereit und in der Lage, uns mit Verweigerern zu belasten. Haben wir uns dahin gehend verstanden?«

Houten blickte mit hartem Blick in die Runde, doch niemand wagte es, etwas zu sagen.

»Dann wünsche ich Ihnen viel Erfolg bei der Arbeit, meine Damen und Herren«, sagte er. »Ich möchte Sie daher nicht länger aufhalten.«

Man sah den Gesichtern der Leute an, dass sie überwiegend verstört waren. Es war ihnen in der letzten Zeit recht viel zugemutet worden, doch letztlich hatten sie alle mehr oder weniger resignierend dem Einsatz des Interfaces zugestimmt. Nun deutete sich eine weitere Verschärfung der Bedingungen an. Dieser Houten schien ein scharfer Hund zu sein. Allmählich leerte sich Houtens Büro. Als Sascha und Lara den Raum verlassen wollten, wurden sie angesprochen.

»Herr Leyden und Frau Schmidt, es trifft sich gut, dass Sie beide da sind«, sagte Houten. »Bitte bleiben Sie noch einen Moment. Mit Ihnen möchte ich noch reden.«

Sascha und Lara sahen sich fragend an und warteten, bis die übrigen Mitarbeiter den Raum verlassen hatten.

»Bitte nehmen Sie Platz«, forderte Houten sie auf. Es klang wie ein Befehl. »Sie werden sich sicher fragen, warum ich Sie gebeten habe, zu bleiben, nicht wahr?«

»Ich denke, Sie werden es uns verraten«, meinte Sascha. »Oder irre ich mich?«

»Sie haben sicher bereits bemerkt, dass Small Talk nicht meine Stärke ist«, begann Houten. »Ich bin mehr der Techniker, der den

Betrieb am Laufen hält. Ich habe mich heute mit den Protokollen aller Mitarbeiter auseinandergesetzt, sowie mit den manuellen Notizen meines Vorgängers. Offenbar hatte Foster irgendwelche Probleme mit Ihrer Person, Herr Leyden. Er beobachtete Sie äußerst intensiv und akribisch. Seine Notizen belegen, dass er einen unbestimmten Verdacht hegte, mit Ihnen könnte etwas nicht stimmen. Können Sie mir einen Hinweis geben, warum er Ihnen gegenüber so misstrauisch war?«

Sascha zuckte mit den Schultern. »Das kann ich Ihnen nicht sagen, Herr Houten. Da müssen Sie ihn schon selbst fragen. Ich hab nur meine Arbeit gemacht. Ich wusste bisher nicht, dass Foster ein Problem mit mir hatte.«

Houten starrte Sascha ausdruckslos an.

»Konkrete Anhaltspunkte ergeben sich tatsächlich nicht«, sagte er. »Dennoch gehe ich davon aus, dass er seine Gründe gehabt hat. Also werde auch ich Sie beobachten, Herr Leyden. Ich möchte Sie daher inständig bitten, nichts zu tun, was meine Überzeugung Ihrer Loyalität beeinträchtigen könnte. Sie wollen doch nicht ihren Job verlieren, oder?«

»Ich wüsste nicht, was ich getan haben sollte, dass ich mir Ihre ungerechtfertigten Drohungen anhören müsste«, entfuhr es Sascha und er sprang von seinem Stuhl auf.

»Ihre heftige Reaktion spricht für Sie«, sagte Houten ruhig. »Ich denke, wir werden gut zusammenarbeiten. Nun zu Ihnen, Frau Schmidt. Über Sie habe ich interessante Berichte in den Akten gelesen. Ich möchte Ihnen den Hinweis geben, dass ich nicht Foster bin. Sollten Sie also versuchen, Ihren bisherigen *Status* beizubehalten, werden wir uns über eine Trennung unterhalten müssen.«

Laras Gesichtsausdruck ließ erkennen, dass sie wütend war. Sascha hoffte, dass sie jetzt nichts Falsches sagen würde.

»*Herr* Houten«, begann Lara. »Mir ist klar, dass Sie in Ihren Akten Dinge gelesen haben, die nicht für die Öffentlichkeit bestimmt sind. Mir ist auch klar, dass Ihnen die dokumentierten Intimitäten zwischen mir und Herrn Foster nicht gefallen. Mir ist aber nicht klar, wie Sie zu der Einschätzung kommen, ich könnte versucht sein, mit Ihnen eben solche Intimitäten auszutauschen. Sie dringen für meinen Geschmack etwas zu tief in mein Privatleben ein, Herr Houten. Ich bin keine Prostituierte. Ich kann Ihnen nur empfehlen, dieses Thema jetzt und hier ruhen zu lassen, sonst werde ich über eine Beschwerde an die Konzernleitung nachdenken müssen.«

Ohne eine weitere Entgegnung von Houten abzuwarten, stand sie auf, verließ das Büro und schlug die Tür hinter sich zu.

»Sie hat Temperament«, sagte Houten zu Sascha. »Ich muss einfach sicher sein, dass ich mich auf absolut jeden in dieser Abteilung absolut verlassen kann. Das virtuelle Arbeiten wird das Arbeitsleben revolutionieren. AXXIUM ist erst der Anfang. Aus diesem Grund stehen wir unter besonderer Beobachtung. Die Berichte über Sie und Lara Schmidt hatten mich etwas gestört. Dazu kommt noch, dass Sie gerüchteweise auch privat mit Lara Schmidt zu tun haben. Wie stellen Sie sich dazu?«

»Was wollen Sie eigentlich?«, fragte Sascha. »Ich mache meine Arbeit, bin pünktlich, nehme am Doppelschichtmodell teil. Ich mag Lara und wir sind zwar nicht eng befreundet, aber wir sind gute Kollegen. Das ist doch sicher nicht verboten.«

»Nein, das ist nicht verboten. Ich versuche nur, herauszufinden, aus welchem Grund Foster sich auf Sie konzentriert hatte.«

»Dann fragen Sie ihn doch selbst, verdammt noch mal!«, entfuhr es Sascha und er sprang auf.

»Glauben Sie mir, das würde ich tun, wenn Foster noch leben würde!«

Houten merkte erst, dass er einen Fehler gemacht hatte, als er Saschas entgeisterten Gesichtsausdruck sah.

»Sie sollten zurück an Ihre Arbeit gehen, Herr Leyden.«

»Was soll das heißen?«, fragte Sascha. »Foster ist tot?«

»Gehen Sie an Ihre Arbeit, Herr Leyden!«, sagte Houten barsch und ließ keinen Zweifel daran, dass es keine weiteren Informationen geben würde.

Als Sascha Houtens Büro verließ, wartete Lara draußen bereits auf ihn.

»Was sollte das eben?«, fragte sie. »Steht dieser Kerl auf Demütigungen?«

»Er ist halt extrem gründlich und Fosters Niederschriften über uns haben ihn irritiert. Ich habe eben erfahren, dass Foster tot ist.«

»Foster ist tot? Bist du sicher?«

»Er hat es eben selbst gesagt. Allerdings schien es ihm herausgerutscht zu sein, denn er warf mich anschließend quasi aus dem Büro.«

»Ob sie ihn getötet haben?«, fragte Lara über BCI.

»Ich könnte es mir durchaus vorstellen«, antwortete Sascha. »Houten ist mir unheimlich. Wir werden uns überlegen müssen, wie wir diesen Kerl unter Kontrolle bekommen.«

»Auch Houten ist hier virtuell«, meinte Lara. »Es sollte doch möglich sein, seine Entität mit allen möglichen Codefragmenten zu kontaminieren, oder?«

»Sicher, aber es wird ungleich schwerer sein, das auch unbemerkt zu tun, Lara. Wir wissen, dass er ein direkter Untergebener von Carmen Mendez ist. Sie wird sich nicht mit inkompetenten Leuten umgeben. Wir müssen es entweder schaffen, unbemerkt zu arbeiten, oder wir müssen diesen Kerl direkt unter unsere Kontrolle bekommen. Ich muss gestehen, dass ich mir das nicht zutraue. Wir müssen es mit den anderen nach Feierabend besprechen, aber jetzt sollten wir tatsächlich wieder an unsere Arbeit gehen, sonst wird Houten noch misstrauischer.«

20. 40. Mai

Als sie an diesem Freitag Feierabend machten, wünschten sich Kira und Lea zwar ein schönes Wochenende, doch sie hatten eine Verabredung. Ein paar Stunden später klingelte es an Kiras Tür. Es war Lea, die darauf brannte, zu erfahren, was Kira in der Damentoilette der Praxis angedeutet hatte. Kira bat sie, einzutreten, legte aber sogleich einen Finger über ihre Lippen.

Sie nahm einen Scanner in die Hand, den sie aus einer Schublade holte, und führte ihn kreuz und quer über Leas Körper. Bereits nach kurzer Zeit begann der Scanner zu signalisieren, dass sich ein Sender in Leas Kleidung befand. Die Gedanken Kiras überschlugen sich. Was, wenn man bereits ihr Gespräch auf der Toilette mitgehört hatte? Sie würden sofort untertauchen müssen und ihre Tarnung wäre aufgedeckt.

»Gib mir doch Deinen Mantel, Lea«, forderte Kira ihre Kollegin auf und legte erneut einen Finger über ihre Lippen, »ich werd ihn so lange in den Schrank hängen.«

Kira nahm ihr den Mantel ab und fuhr mit ihrem Scanner über das Kleidungsstück. Sie hatte Glück. Der Sender befand sich unter dem Kragen des Mantels. Eine weitere Prüfung ergab, dass es sich um den einzigen Sender handelte. Kira hing den Mantel in einen metallenen Schrank und verschloss ihn.

»O. k., jetzt können wir reden«, sagte sie.

»Man hat mir ein Abhörgerät an den Mantel geheftet?«, fragte Lea fassungslos, »Aber wer macht so etwas und warum?«

»Lea, wir arbeiten für ein kriminelles Kartell, das alles tun würde, um seine Geschäfte zu verschleiern. Das Abhören von Mitarbeitern ist da noch das Sanfteste, was sie tun.«

»Wie kommst Du darauf, Renata? Wieso glaubst Du das?«

Kira überlegte einen Moment. »Vielleicht sollten wir uns setzen. Magst Du einen Tee? Ich hab vorhin einen frischen gekocht.«

Lea setzte sich und sie schwiegen, bis Kira ihre Tassen gefüllt hatte. Sie setzte sich Lea gegenüber, die sie erwartungsvoll anschaute.

»Ich werde Dir jetzt verschiedene Dinge erzählen, die absolut unter uns bleiben müssen. Ich würde es nicht tun, wenn ich nicht befürchten würde, dass Du in Gefahr bist. Ich möchte, dass Du es verstehst, damit Du nicht in eine Falle tappst. Ich mag Dich zu sehr, um erleben zu wollen, dass man Dir etwas antut. Mein richtiger Name ist nicht Renata Labisch, wie es in meinen Papieren steht, sondern Kira D'Omasi. Ich bin auch nicht

Sprechstundenhilfe, sondern Informatikerin. Manche sagen auch, ich wäre eine Hackerin, womit sie vermutlich auch recht haben.«

»Kira D'Omasi«, murmelte Lea. »Was ist das für ein Name? Und wieso überhaupt ein falscher Name? Wer bist Du wirklich?«

»Sagte ich doch: Kira D'Omasi. So lautet mein richtiger Name, mit dem ich geboren wurde. Mein Vater war Afrikaner. Meine Kindheit hab ich in Namibia verbracht, bis man meinen Vater und auch meine Mutter umgebracht hatte. Danach lebte ich bei meiner Großmutter in Deutschland. Später wurde ich Informatikerin und schlug mich als Hacker durch. Nachdem ich mich an den Mördern meiner Eltern gerächt hatte, machte man mir ein Angebot von LIBERTAS, der Organisation, für die ich heute noch arbeite.«

»Was bitte ist *LIBERTAS*?«, fragte Lea. »Ich hab diesen Namen noch nie gehört.«

»Die meisten bei LIBERTAS sind Wissenschaftler, die ursprünglich die Technologie entwickelt haben, die den heutigen Interfaces zugrunde liegt. Es ging ihnen dabei um die Versorgung von Behinderten mit Möglichkeiten zur Kommunikation und Steuerung von Vorgängen, die ihnen eine Teilnahme am täglichen Leben ermöglichen sollten. Wir waren dabei so erfolgreich, dass auch andere Gruppen darauf aufmerksam wurden. Wissenschaftler sind häufig naiv. Man konnte sich einfach nicht vorstellen, dass man diese Erfindung zweckentfremdet einsetzen könnte. Die Pläne des Prototyps wurden uns gestohlen und modifiziert. Nach einiger Zeit tauchten dann die ersten Interfaces auch in Betrieben wie AXXIUM auf. Es war uns sofort klar, dass es sich im Grunde um unsere Erfindung handelte, die zu einem vollkommen anderen Zweck eingesetzt wurde. Offiziell will man neue Formen der Arbeit im Internet schaffen. Menschen sollen nicht mehr gezwungen werden, viele Stunden des Tages damit zu verbringen, den Weg zur und von der Arbeitsstätte zurückzulegen. Sie sollen direkt von zu Hause aus im Büro arbeiten. Zu diesem Zweck wurden virtuelle Räume geschaffen, die den echten Büros täuschend echt nachempfunden sind. Allerdings muss ein Mensch, der diese Möglichkeit wählt, sich ein Interface implantieren lassen. Hat er erst eines und arbeitet regelmäßig virtuell, beginnt die Manipulation seiner Persönlichkeit in winzigen Schritten, bis er schließlich zu einer Marionette seines Arbeitgebers geworden ist. Diese Entwicklung bekämpfen wir.«

Lea hatte interessiert zugehört und Kira sah, dass ihr Gesichtsausdruck immer entsetzter wurde.

»Aber hast du nicht auch so ein Interface in Deinem Kopf?«, fragte sie misstrauisch, »Wer sagt mir, dass Du nicht auch bereits manipuliert bist und mich für AXXIUM vereinnahmen sollst?«

»Ich verstehe Dein Misstrauen. Mein Interface ist nicht dasselbe Modell, wie das, welches wir täglich in der Praxis implantieren. Ich gehöre zu den Leuten, die sie erfunden haben. Wir besitzen deutlich verbesserte Geräte mit einer Vielzahl zusätzlicher Funktionen. Wir sind gegen die Manipulation durch diese Leute immun. Sieh mal her!«

Kira drehte den Kopf zur Seite und schob ihre langen Haare beiseite, damit Lea ihre Anschlussplatte sehen konnte. Mit spitzen Fingern fasste sie eine Ecke der Platte und zog sie einfach von ihrem Hinterkopf ab. Zu sehen blieb lediglich eine ovale, ausrasierte Stelle, an der die Kopfhaut zu sehen war.

»Jetzt versteh ich überhaupt nichts mehr!«, entfuhr es Lea. »Dein Interface ist lediglich eine *Attrappe*?«

»Mein sogenanntes BCI – mein biokybernetisches Interface - kommt ohne externe Anschlüsse aus. Die Anschlussplatte, die ich während der Arbeit am Hinterkopf trage, würde sogar eine Verbindung mit meinem BCI aufnehmen, wenn es nötig wäre. Allerdings haben wir diverse Sicherheitssysteme, die eine Manipulation von außen verhindern. Unsere gesamte Kommunikation wird über das BCI abgewickelt – verschlüsselt, versteht sich. Wir können damit sogar in die virtuellen Räume von AXXIUM eindringen und uns unbemerkt auf der Systemebene bewegen.«

»Wo habt Ihr eine solche Technologie her?«, fragte Lea. »Wer beliefert euch damit?«

»Wir bauen sie selbst. Du erinnerst dich: LIBERTAS hat diese Technologie erfunden, also haben wir auch alle Kapazitäten, sie weiterzuentwickeln.«

Lea machte noch immer einen verwirrten Eindruck.

»Warum erzählst Du mir das alles eigentlich, Rena ... Kira? Ist es nicht gefährlich für Dich, wenn ich so viel über Dich oder Euch weiß?«

»Du warst im Begriff, Dein Misstrauen gegen die Interfaces offen zu äußern, Lea. Dadurch warst Du in Gefahr. Ich weiß, wie diese Leute vorgehen. Sie gehen über Leichen. Bei unserem letzten Einsatz ging etwas schief und die Leute vom Kartell – unsere Gegner – konnten unseren Standort in Frankfurt ermitteln. Als wir dort eintrafen, waren einige von unseren Freunden bereits tot – ermordet von einem Einsatzkommando des Kartells.«

»Das ist ja schrecklich!«

»Ich wollte nicht, dass es Dich auch trifft, Lea. Wir haben uns immer gut verstanden, auch wenn ich wegen meiner Beschäftigung bisher private Kontakte vermieden habe.«

»Und ich hatte mich immer schon gefragt, warum Du so zurückhaltend – manchmal sogar abweisend warst«, sagte Lea. »Jetzt verstehe ich es. Doch was mache ich jetzt? Kann ich noch weiter in der Praxis arbeiten?«

»Unbedingt!«, sagte Kira. »Wenn Du jetzt nicht mehr zur Arbeit erscheinst, werden sie Verdacht schöpfen. Ich würde Dir jedoch raten, eines von unseren BCIs einsetzen zu lassen. Damit würden wir in ständigem Kontakt stehen und könnten uns über die Schnittstelle unterhalten, auch wenn wir scheinbar schweigen.«

»Also ich weiß nicht, ob ich so ein Ding in meinem Kopf haben will«, sagte Lea. »Außerdem bin ich kein Mitglied bei Eurem LIBERTAS.«

»Darauf will ich ja hinaus, Lea. Ich möchte, dass Du Dich uns anschließt. Wir sind nicht nur Computerspezialisten und Hacker, wir haben auch ganz normale Leute, die in bestimmten Positionen für uns arbeiten. So ist zum Beispiel die Freundin eines unserer Mitarbeiter, den wir bei AXXIUM eingeschleust haben, offiziell bei einem Callcenter beschäftigt, wickelt aber unsere gesamte Kommunikation über ihr BCI ab. Mit einem BCI können wir Dich auch besser schützen. Ich möchte Dir anbieten, mit mir zu unserer neuen Zentrale zu fahren und Dich mit meinen Kollegen zu unterhalten. Wir haben Wochenende, deshalb bleiben uns zwei Tage, bevor wir wieder in die Praxis müssen.«

»Ich weiß nicht«, schwankte Lea. »Ich sollte es auch mit meinem Freund besprechen, meinst Du nicht?«

»Du hast eine feste Beziehung?«, wunderte sich Kira. »Ich hatte immer den Eindruck, Du wärst solo.«

»Das ist nicht ganz richtig. Ich treffe mich mit einem Mann, wenn er in Deutschland ist. Er arbeitet meist auf Montage und ist dann immer für mehrere Monate in Fernost.«

»Du bist sicher, dass dieser Mann eine echte Beziehung ist?«, fragte Kira skeptisch. »Hat er Dich schon einmal eingeladen, ihn zu besuchen? Wie oft seht Ihr Euch?«

»Zuletzt vor sechs Monaten«, sagte Lea säuerlich. »Aber ich habe sonst niemanden.«

»Komm mit mir nach Kirchhellen, Lea!«, bat Kira. »Wenn du dann kein BCI willst, fahren wir am Sonntag einfach wieder zurück und reden nicht mehr davon.«

Lea überlegte eine Weile, dann rang sie sich zu einem Entschluss durch.

»In Ordnung, lass uns fahren nach ... wo ist denn dieses Kirchhellen? Ich habe noch nie davon gehört.«

Kira lachte leise.

»Das ist einer der Gründe, warum wir unsere Zentrale dorthin verlegt haben, nachdem unsere Frankfurter Zentrale zerstört worden ist. Kirchhellen ist eine kleinere Stadt im Ruhrgebiet. Ich bin froh, dass Du Dich entschließen konntest. Lass uns keine Zeit verlieren und uns auf den Weg machen.«

Friedrich Thom saß am Kamin seines Hauses am Starnberger Sees und trank einen guten Single Malt Whisky. Jeden Moment rechnete er damit, dass seine Telefonanlage einen Anruf seiner Mitstreiter im Kartell signalisieren würde. Zum ersten Mal seit Langem würden sie sich nicht persönlich gegenübertreten, sondern über eine gesicherte Leitung per Telefon konferieren. Ihm sagte diese Art der Gespräche nicht zu, aber Mendez und Butomkin fanden keine Zeit, selbst zu einem Treffen zu erscheinen. Mendez behauptete allerdings, dass ihre Leitung absolut abhörsicher wäre. Thom war sich nicht mehr sicher, inwieweit er ihr Glauben schenken durfte. Die Pannen der letzten Zeit durften sich nicht wiederholen. Es machte ihn nervös, zu wissen, dass man sie beobachtete und das ausgerechnet während der entscheidenden Phase ihres Unternehmens. Bisher war alles nach Plan verlaufen. Die Arbeit bei AXXIUM war so gut wie vollständig auf virtuelle Arbeit umgestellt und es gab bereits einige Firmen, die ihr Interesse bekundet hatten. Bald würde es die erste von vielen Demonstrationen geben. Wenn erst einige Kunden ebenfalls umgestellt hätten, würden sie sich vor weiteren Kunden nicht mehr retten können. Die Ersparnis war so gewaltig, dass andere Unternehmen sich nicht leisten konnten, darauf zu verzichten, ohne ihre Konkurrenzfähigkeit einzubüßen.

Thom nahm einen weiteren Schluck. Vor seinem geistigen Auge malte er sich die Zukunft in rosigen Farben aus. Immer mehr Firmen würden auf ihren Zug aufspringen und sie würden ganz allmählich ihr Manipulationsprogramm starten. Bald würden auch öffentliche Stellen mitmachen, denn auch Verwaltungskosten waren hoch und belasteten die Haushalte stark. Im Laufe der Zeit würden sie die Kontrolle über einen großen Teil der Wirtschaft und der öffentlichen Hand bekommen. Wer weiß? Irgendwann würden sie sogar die

Regierung beherrschen und dann wären sie wieder legal und könnten ganz offen arbeiten. Thom war zufrieden. Er hatte zum richtigen Zeitpunkt den richtigen Riecher für eine zukunftsträchtige Technologie gehabt.

Seine Gedanken wurden unterbrochen durch das Klingeln des Telefons. Er stand auf und lief zu seinem Schreibtisch, um den Hörer abzunehmen. Eine Rufnummer wurde nicht übertragen.

»Ja?«, sagte er knapp.

»Ich rufe im Auftrag Ihres Sponsors an«, kam es aus dem Hörer. »Er ist besorgt um seine Investitionen.«

»Wer sind Sie?«, fragte Thom zurück.

»Nennen Sie mich Alan Hunter, wenn Sie unbedingt einen Namen brauchen, aber ein Name ist so gut wie der andere. Uns ist bekannt geworden, dass es im Ablauf Ihrer Testumgebung zu Unregelmäßigkeiten gekommen ist. Was können Sie mir sagen, damit mein Auftraggeber sich keine Sorgen mehr machen muss?«

Thoms Gedanken rasten. Er fragte sich, woher sie davon erfahren hatten und wie viel sie wirklich wussten. Gab es ein Informationsleck in seiner Organisation?

»Es hat einen Zwischenfall gegeben, da haben Sie recht«, sagte Thom. »Es kam zu einem Fall von Systeminfiltration, aber das Problem haben wir gelöst. Die Zentrale des gegnerischen Zugriffs wurde beseitigt. Ein Eindringen auf diesem Wege ist nicht mehr möglich. Der Schuldige wurde aus seiner Position entfernt und durch einen kompetenten Nachfolger ersetzt.«

»Das klingt alles so aalglatt aus Ihrem Munde«, meinte Hunter. »Aber was die Zentrale des gegnerischen Zugriffs betrifft: Halten Sie Ihre Maßnahmen für professionell? Sie können doch nicht mitten in einer Großstadt Ihre Sturmtruppen zum Einsatz bringen. Wir können das Interesse der Behörden nicht gebrauchen. Soweit wir wissen, ist Ihnen nicht einmal gelungen, die Identität der Eindringlinge festzustellen, oder hat sich daran etwas geändert?«

»Ich weiß zwar nicht, woher Sie Ihre Informationen beziehen, aber es ist richtig – wir wissen noch immer nicht, wer uns ausspionieren wollte. Betrachten Sie dieses Problem jedoch als gelöst. Foster ist nicht mehr da und sein Nachfolger ist selbst ein Spezialist. Carmen Mendez von CyberTec hat die Lücken, die man ausgenutzt hat, inzwischen geschlossen.«

»Dann können wir also davon ausgehen, dass AXXIUM in Kürze als Keimzelle unseres wachsenden Imperiums seinen großen Auftritt haben wird?«, fragte Hunter.

»Unbedingt«, bestätigte Thom. »Ihr Auftraggeber muss sich keine Sorgen um seine Investitionen machen.«

»Das würde ich Ihnen auch raten«, sagte Hunter leise. »Mein Auftraggeber hat nicht mehr viel Geduld. Es wäre für Sie alle nicht wünschenswert, wenn er sie verlieren würde. Haben wir uns da verstanden?«

Thom schluckte. »Bestellen Sie ihm, dass er sich auf uns verlassen kann.«

Hunter legte wortlos auf und Thom hielt den Hörer noch in der Hand, als das Telefon erneut klingelte. Diesmal war es Carmen Mendez.

»*Sie* haben ja Nerven«, sagte sie. »Erst bestellen Sie uns alle zu einer Telefonkonferenz, und dann können wir Sie nicht erreichen, weil Sie telefonieren?«

»Es war ein Beauftragter des Sponsors«, sagte Thom. »Sie wissen über jeden unserer Schritte Bescheid. Ein gewisser Hunter – ich bin sicher, es ist nicht sein richtiger Name – hat uns quasi gedroht, wenn AXXIUM nicht bald funktioniert.«

»Dann ist ja alles in Ordnung«, meinte Mendez. »Der virtuelle Raum ist wasserdicht. Warten Sie, ich werde eben die anderen hinzuschalten. Ich hab sie bereits in einer Warteschleife. Die Leitung ist verschlüsselt. Sie können daher frei sprechen.«

Es dauerte einen Moment, dann meldeten sich nacheinander die anderen Mitglieder des Kartells.

»Houten, bitte geben Sie uns einen kurzen Bericht, wie die interne Lage bei AXXIUM zu beurteilen ist«, forderte Thom.

»Also, ich habe mich intensiv mit den Notizen und Protokollen von Foster beschäftigt und muss im Nachhinein sagen, dass er bessere Arbeit geleistet hat, als wir angenommen haben. Er führte über absolut alles Buch. Es gibt Files über jeden einzelnen Mitarbeiter. Mit Leyden und Schmidt habe ich persönlich gesprochen. Ich weiß zwar nicht, warum sie in den Fokus von Fosters Aufmerksamkeit gelangt waren, aber ich halte sie für unbedenklich.«

»Hab ich das richtig verstanden?«, fragte Mendez. »Diese beiden sind nach der Sache in Frankfurt ganz normal zum Dienst erschienen?«

»Ja. Offenbar sind sie sich überhaupt keiner Schuld bewusst. Ich hab die neuen Analyseprogramme auf ihre Interfaces gespielt und sie laufen lassen. Haben Sie die Auswertungen noch nicht erhalten?«

»Nein, das habe ich in der Tat nicht. Können Sie mir die Daten herüberfaxen?«

»Kein Problem, aber ich würde nicht zu viel erwarten. Die beiden sind sauber, das können Sie mir glauben. Sie haben auch – wie sonst auch – ihre Doppelschichten durchgearbeitet und gute Arbeit geleistet. Wir werden sehen, wie es läuft, wenn wir mit der nächsten Phase beginnen und die Manipulationen anlaufen lassen.«

»Wie wasserdicht ist denn nun das System?«, wollte Thom wissen.

»Ich habe das gesamte System mit Sensoren, Spidern und Softwarefallen gespickt«, erklärte Mendez, »wenn jemand versucht, sich ins System zu hacken, wird immer irgendwo einer der Sensoren ansprechen und einen Spider auf seine Fährte setzen. Ich werde sofort erfahren, wenn so etwas geschieht, und kann unmittelbar darauf reagieren.«

»Gut«, meinte Thom schlicht. Er war kein Techniker und die Einzelheiten interessierten ihn nicht weiter. »Wie sieht es mit den neuen Interfaces aus? Wann können wir damit rechnen, sie zu bekommen, Butomkin?«

»Die Auslieferung wird sich etwas verzögern«, sagte Butomkin, dem das offenbar unangenehm war.«

»Bitte sagen Sie das noch mal!«, brüllte Thom in den Hörer. »Sie haben nichts weiter zu tun, als Interfaces zu bauen und zu konfigurieren! Wir brauchen die Geräte – und zwar sofort!«

»Regen Sie sich nicht auf«, versuchte Butomkin ihn zu beschwichtigen. »Bei der letzten Baureihe kam es zu produktionsbedingten Fehlern. Ein wichtiger Mikroschaltkreis hatte ein falsches Layout erhalten und konnte nicht aktiviert werden. Sobald wir die ICs ausgetauscht haben, werden Sie Ihre Interfaces bekommen.«

»Ich soll mich nicht aufregen?«, ereiferte sich Thom. »Unsere Geldgeber sitzen uns im Nacken, die Termine drücken und Sie erzählen mir ungezwungen, dass Sie die benötigten Interfaces nicht liefern können! Sie haben den Job nur bekommen, weil Sie uns glaubhaft versichern konnten, dass die Produktion der Geräte auch in hohen Stückzahlen kein Problem darstellen würde. Ich werde meinen Kopf nicht für Sie hinhalten!«

»Produktionsfehler kommen immer mal wieder vor«, sagte Butomkin. »Dagegen ist niemand immun. Der Fehler wurde identifiziert und die bereits produzierten Geräte mit den fehlerhaften ICs werden zurzeit repariert. Wir werden sie nach Fertigstellung Zug um Zug liefern. Am geplanten Einsatztermin wird sich nichts Wesentliches ändern.«

»Das hoffe ich für Sie!«, drohte Thom, der zum ersten Mal das Gefühl hatte, dass etwas am Ablauf ihrer Unternehmung nicht stimmte. Es war nichts Greifbares, aber er fragte sich, ob es ihnen wirklich gelungen war, ihre unbekannten Gegner unschädlich zu machen. Es beunruhigte ihn, dass sie bisher nicht herausfinden konnten, wer hinter der Abhöraktion gesteckt hatte.

»Wir machen weiter, wie geplant!«, sagte Thom. »Wir sprechen in zwei Tagen wieder miteinander.«

Thom legte auf und ließ sich in seinen schweren Ledersessel sinken, das Glas Whisky in der Hand. Es waren nur noch wenige Tage, bis der Hauptteil ihres großen Coups starten sollte. Wenn er gelang, würden sie keinen Feind mehr fürchten müssen, aus welcher Richtung er auch immer kommen würde.

21. 42. Mai

Carmen Mendez fühlte sich zwar relativ sicher in den Räumen ihrer Firma Cybertec. Trotzdem wurde sie allmählich nervöser, wenn sie an die bevorstehenden Tests im fernen Deutschland dachte. Es hing eine Menge davon ab, dass die Aktion reibungslos über die Bühne ging. Thom hatte deutlich genug darauf hingewiesen, dass es nicht nur ihre - noch immer - anonymen Gegner gab, die ihnen das Leben schwer machten, sondern auch einen mysteriösen Beobachter, der viel zu genau wusste, dass sie Probleme hatten.

Sie hatte die virtuelle Basis bereitgestellt, wie auch die Sicherheitstechnologie und die Betreibersoftware für die Interfaces. Sie war sich bewusst, dass es auf sie zurückfallen würde, wenn eines dieser Zahnräder versagte. Aus diesem Grund ging sie die Protokolle und Log-Dateien des AXXIUM-Systems immer wieder durch.

Ein Klopfen an ihrer Bürotür riss sie aus ihren Gedanken. Durch die Scheibe der Tür erkannte sie ihre Vertreterin Melody Parker, die seit einigen Monaten für ihre Firma arbeitete und die Geschäfte leitete, wenn sie selbst wieder einmal außer Landes war.

Sie schätzte Melody, weil sie eine überaus kompetente Frau war, und beglückwünschte sich immer wieder dazu, sich gegen den Aufsichtsrat durchgesetzt zu haben, der einen Mann einstellen wollte. Melody war noch relativ jung und sah zudem ausgesprochen gut aus. Man traute dieser Frau einfach nicht zu, als Geschäftsführerin einer Firma zu arbeiten. Sie hatte es anders beurteilt und war mit einer loyalen, einsatzfreudigen und zudem auch fähigen Vertreterin belohnt worden.

Dennoch hatte sie Melody nie ins Vertrauen gezogen und über ihr zukünftig lukrativstes Projekt in Kenntnis gesetzt.

»Kann ich Dich kurz sprechen, Carmen?«

»Im Moment ist es schlecht. Was gibt es denn, Melody?«

Melody machte ein säuerliches Gesicht. »Ich hasse meinen Namen. Kannst Du mich nicht Mel nennen?«

Carmen lächelte. »Gut ... Mel. Was gibt es denn?«

»Die Herren von Oracle sind mit ihren Rechtsanwälten da. Sie wollen mit uns über die Datenbanksache sprechen.«

»Könntest Du das nicht ohne mich regeln? Ich stecke in einer immens wichtigen Sache. Wenn es problematisch wird, vertage die Sache einfach. Es wäre sowieso besser, wenn unsere eigenen Anwälte auch dabei wären.«

Sie konnte sehen, dass Melody nicht einverstanden war. »Es gibt Dinge, die ich nicht allein durchstehen will. Was ist denn so verdammt wichtig, dass Du mich mit den Kanadiern allein lässt?«

Carmen sah sie einen Moment schweigend an. Dann erhob sie sich. »Ich bin in den nächsten Stunden in meinem Serverraum. Ich will dort nicht gestört werden. Keine Anrufe. Keine Besuche. Du fertigst die Kanadier allein ab und fertig.«

Melody schüttelte den Kopf. »Darüber müssen wir noch mal reden.« Sie schloss die Tür und ging. Carmen machte sich keine Sorgen. Ihre Vertreterin würde mit den Leuten schon fertig werden. Sie nahm ihre Unterlagen und lief zu ihrem Serverraum.

Schon vor längerer Zeit hatte sie sich eine Art Refugium einrichten lassen. Nur sie hatte Zutritt und niemand ahnte, was hinter der geschlossenen Tür vor sich ging. Auf ihren Servern lief die sicherlich raffinierteste virtuelle Umgebung, die jemals programmiert worden war. Jedenfalls ging sie davon aus. Das virtuelle Frankfurter Büro von AXXIUM lief auf Servern, die mitten im Silicon-Valley standen.

Sie startete die üblichen Überwachungsroutinen und studierte die Listen der Gesprächsausdrucke aus dem Büro. Meist las sie die Daten nur grob drüber und legte sie dann beiseite. Mehr war auch nicht notwendig, da es genügend Analysesoftware gab, die alle Gespräche innerhalb des Büros prüften und auf subversive Inhalte prüften. Gründlicher musste sie da schon die Bereiche im Auge behalten, die nicht so lückenlos überwacht wurden, wie beispielsweise die Praxis von Dr. Görtgen. Es war eine stupide Arbeit und meist ermüdete sie schnell bei den medizinischen Dialogen und kleinen privaten Gesprächen zwischen den Mitarbeiterinnen. Die Praxis von Dr. Görtgen war von Beginn an Dreh- und Angelpunkt der Versorgung von Mitarbeitern mit Interfaces. Daher erwartete sie auch nicht, dort etwas Interessantes zu erfahren. Umso überraschter war sie, als sie folgenden Text las:

>»Das haben sie schon getan, aber ich konnte mich nie dazu durchringen. Ich glaube, ich wäre sogar bereit, diesen Job zu verlieren, wenn die Alternative nur so ein Zombie-Implantat ist. Entschuldige, aber ich sehe diese Interfaces so.«
>
>»Wie kommst du darauf? Hast Du bei mir den Eindruck, dass ich durch dieses Gerät zum Zombie geworden bin?«

Das waren äußerst kritische Äußerungen von einer der Sprechstundenhilfen. Es handelte sich um Lea Tarnat. Carmen glaubte zwar nicht daran, dass sie einen konkreten Verdacht hatte, aber es ging nicht an, dass sie ihre Meinung in dieser Weise verbreitete. Sie las weiter und erfuhr, dass die andere Sprechstundenhilfe offenbar ein Interface trug und ihre Kollegin beruhigte. Sie war schon fast zufrieden, als sie las, wie die beiden gleichzeitig zur Toilette gingen. Von diesem Moment an waren die Informationen nur noch bruchstückhaft und unverständlich.

Sie grübelte eine Weile und ihr kam der Verdacht, dass es etwas zu bedeuten haben könnte, dass beide gleichzeitig die Toilette aufsuchten. Andererseits: Es war bei Frauen nicht ungewöhnlich, zusammen die Toilettenräume aufzusuchen. Sie selbst hatte das zwar nie verstanden, aber beobachtet hatte sie es schon häufig.

Sie ließ sich die Liste der Interface-Träger anzeigen und suchte die Namen durch. Nach kurzem Suchen fand sie den Namen: Renata Labisch. Sie sollte ein Interface der ersten Generation haben, aber die gerätespezifischen Daten fehlten. Es gab eine Hardware-ID, aber alles andere fehlte. Carmen drückte ein paar Tasten und schickte einen Ping an die Hardware-ID von Renata Labisch. Die Antwort kam prompt. Das Gerät existierte also. Eigenartig nur, dass es keine Log-Files dazu gab. Es schien fast, als hätte Renata Labisch noch nie über ihr Interface gearbeitet. Sie schrieb ein paar Zeilen an Dr. Görtgen und fragte ihn, wann er seiner Sprechstundenhilfe das Interface eingesetzt hatte.

Es dauerte eine Weile, bis die Antwort einging. Als Carmen sie las, spürte sie eine Kälte in sich aufsteigen. Renata Labisch war von ihm niemals ein Interface implantiert worden. Da stimmte etwas ganz und gar nicht.

22. 46. Mai

Nach außen machte die LIBERTAS-Zentrale in Kirchhellen einen äußerst ruhigen Eindruck. Die Rolltore waren geschlossen und das Firmengelände wirkte verlassen. Im Innern jedoch war die Ersatzzentrale von LIBERTAS aus ihrem Dornröschenschlaf erwacht. Die Rechenzentrale war inzwischen voll in Betrieb und war schneller und leistungsfähiger als die zerstörte Zentrale in Frankfurt.

Kira und Lea waren vor ein paar Tagen eingetroffen und Lea hatte sich nach einer Einführung in die Arbeit von LIBERTAS doch noch entschlossen, sich ebenfalls ein BCI implantieren zu lassen.

Es wurde Nina Kobachs erste Implantation, die sie im Alleingang machen musste, doch sie zeigte, dass sie ihr Handwerk ebenso gut verstand, wie der verstorbene van Buren. Lea war noch dabei, sich an das neue Werkzeug in ihrem Kopf zu gewöhnen, und Jan half ihr dabei nach Kräften. Kira hatte den Eindruck, als ginge die Hilfe schon etwas über das übliche Maß hinaus. Jan schien an der hübschen Frau Interesse gefunden zu haben. Solange es ihre Mission nicht gefährdete, wollte sie diese Romanze nicht unterbinden. Sie vertraute darauf, dass Jan professionell genug an die Sache heranging, und ihre Mission nicht darunter leiden würde.

»Hallo Kira«, sagte Levan, der ihr über den Weg lief. »Müsstest du nicht längst wieder in Frankfurt sein?«

Kira biss sich auf die Unterlippe und verzog das Gesicht. »Du hast Recht, Levan, aber wir sind vermutlich belauscht worden, als wir uns auf der Toilette der Praxis unterhalten haben. Ich fürchte, unsere Tarnung ist nichts mehr wert. Es ist zu gefährlich, dorthin zurückzukehren.«

»Bist Du sicher? Ich meine, dass Ihr belauscht worden seid?«

»Natürlich nicht absolut sicher. Wir haben auch das Wasser laufen lassen. Aber als Lea mich besucht hat, befand sich an ihrem Mantel eine Wanze. Es kann sich ebenso gut an unserer Dienstkleidung eine befunden haben.«

»Das würde bedeuten, dass wir eine Entscheidung treffen müssen, ob wir losschlagen, oder ob wir noch warten«, meinte Levan. »Sind wir schon so weit? Haben wir eine Chance, sie entscheidend zu schlagen?«

»Ich weiß es nicht«, gab Kira ehrlich zu. »Wie weit sind wir mit dieser ukrainischen Firma, in der die Interfaces hergestellt werden?«

»Da sind wir dran«, sagte Levan. »Wir haben herausgefunden, dass sie etliche Online-Kontakte verwenden, die sich verwerten lassen. Im Grunde sind sie recht vorsichtig, aber sie fühlen sich sicher. Thomas hat mehrere ihrer Ports gehackt und uns eine Hintertür eingebaut, über die wir sogar an ihre Layouts herankommen. Thomas hat mehrere Tagesproduktionen quasi unbrauchbar gemacht. Jetzt ist er mit Janusz dabei, die Layoutarchive zu durchforsten, um auch ihre Archivdaten unbrauchbar zu machen. Wenn es gelingt, werden sie für einige Zeit keinen Nachschub an Interfaces bekommen.«

Kiras Gesicht hellte sich auf. »Das ist eine gute Nachricht, Levan. Wenn Ihr das geschafft habt, sollten wir mit allem, was wir haben, bei AXXIUM eindringen und das System zerlegen.«

»Kira, wir sollten nichts überstürzen«, mahnte Levan. »Wir haben bereits einen schweren Rückschlag erhalten, als sie uns in Frankfurt ausfindig gemacht haben. Willst Du noch mehr Leute verlieren? Wir müssen behutsam vorgehen.«

»Das sehe ich anders!«, explodierte Kira und blitzte ihn aus ihren Augen an. »Wir haben alles, was wir brauchen und wir kennen den Gegner – im Gegensatz zu den anderen. Die wissen noch immer nicht, wer wir sind. Ich bin überzeugt davon, dass die Welt dieses Thom auf tönernen Füßen steht. Dieses Kartell ist zwar eine große Gefahr, aber das Gelingen ihrer Unternehmung steht und fällt mit dem Gelingen ihrer Manipulationen bei AXXIUM. Wenn wir dieses Projekt in ein Desaster für das Kartell verwandeln können, werden die Geldgeber Thoms sich zurückziehen, oder – noch besser – sich der vermeintlichen Versager entledigen.«

Levan machte ein skeptisches Gesicht. »Was macht dich so sicher, dass Thom und seine Partner nicht bereits selbst genug finanzielle Mittel besitzen? Es sieht doch bisher eher danach aus, als wenn Thom der Kopf dieser Leute ist. Wir müssen dieser Organisation den Kopf abschlagen, sonst haben wir keine Chance. AXXIUM ist ganz sicher wichtig, aber wer sagt Dir, dass sie nicht woanders neu anfangen, wenn wir ihnen hier das Spielzeug wegnehmen?«

»Ich hab die Mörder meiner Eltern in Namibia fertiggemacht, Levan«, sagte Kira. »Glaub mir, ich weiß, wie das läuft. Die kriminelle Energie kommt oft von wohlhabenden Leuten, aber meist fehlt ihnen doch Einiges, um ihre Ziele allein verwirklichen zu können. Sie holen sich das, was sie brauchen, von noch reicheren Leuten, Organisationen oder direkt von Gruppen organisierter Kriminalität. Von Leuten also, die keine Skrupel haben, jeden zu beseitigen, der ihnen gefährlich werden könnte. Wenn wir Thom von seinen Geldquellen abschneiden, wird die Luft für ihn dünn werden. Er wird sich nicht mehr auf seine Partner verlassen können und seine eigenen Geldgeber fürchten müssen.«

»Aber wir kennen doch seine Geldgeber überhaupt nicht«, wandte Levan ein.

»Das brauchen wir doch gar nicht. Nehmen wir ihnen AXXIUM und die Angelegenheit wird auf der Gegenseite eine Eigendynamik entwickeln, die sich das Kartell niemals erträumen würde.«

»Gut, aber wie willst du das in der Kürze der Zeit anstellen?«

»Sascha und Lara werden regulär ihren virtuellen Dienst aufnehmen. Conny wird die gesamte Koordination der Kommunikation übernehmen und wir alle werden uns über Ports, die uns die beiden freimachen, in ihr System hacken. Wir werden nach Sensoren und Fallen suchen, die diese Carmen Mendez sicherlich überall installiert haben wird. Wenn das erledigt ist, nehmen wir uns Pieter Houten vor. Er ist ein kaltblütiger Killer, deshalb hab ich auch keine Hemmungen, ihn zu manipulieren.«

»Du willst ihn manipulieren?«, fragte Levan, »Was soll er denn tun?«

Kira lachte humorlos. »Ich werde mir Houten persönlich vorknöpfen. Lass es meine Sorge sein, was ich ihm antun werde. Ich werde nachher noch eine Lagebesprechung einberufen. Ich möchte, dass wir morgen früh zuschlagen.«

Bei der Besprechung ging es hoch her. Jan und Thomas waren, wie Kira, der Meinung, dass man zu einem schnellen Schlag ausholen müsse, während die Kollegen der Kirchhellener Zentrale, Reiner und Janusz für Zurückhaltung plädierten. Sascha und Conny konnten sich nicht so recht entscheiden. Lara gab schließlich den Ausschlag.

»Ich kann es kaum erwarten, diese Bande fertigzumachen«, sagte sie und aus ihrer Stimme sprach der blanke Hass. »Was sie mit mir gemacht haben, war einfach nur erniedrigend.«

»Jetzt übertreib nicht«, meinte Reiner Wendt. »Wie ich hörte, hast du durchaus Deinen Spaß gehabt.«

Ohne zu überlegen, versetzte Lara ihm eine schallende Ohrfeige, die Reiner die Sprache verschlug.

»Ryan Foster hat schamlos die Tatsache ausgenutzt, dass ich ihn im Grunde attraktiv fand«, sagte Lara gefährlich leise. »Er hat

meinen Geist manipuliert, um mich gefügig zu machen, wie Du weißt. Wenn Du wissen willst, ob Foster ein guter Liebhaber war – ja das war er, und sicher – ich hatte auch meinen Spaß dabei. Aber das hat nichts damit zu tun, dass ich mich unter normalen Umständen niemals auf eine Affäre auf diesem Niveau eingelassen hätte. Noch eine Bemerkung in dieser Richtung und Ihr bekommt es mit mir zu tun!«
Reiner hielt sich die stark gerötete Wange und sah Lara betreten an. »Entschuldige Lara. Ich habe es nicht so gemeint.«
Lara ließ die Entschuldigung unkommentiert und fragte stattdessen: »Wann legen wir morgen los?«
»Ich kürze die Diskussion jetzt einmal ab«, mischte sich Kira ein. »Sascha und Lara werden morgen früh normal ihren Dienst aufnehmen. Sie werden es möglichst früh tun, wenn Houten noch nicht im Dienst ist. Sie werden alle Zugangsports aktivieren, die wir in der Vergangenheit schon präpariert haben. Dann werden Levan, Thomas, Jan, Reiner, Janusz, Lea und ich zu Euch stoßen. Wir werden jeden Schritt mehrfach sichern und alle Sperren und Fallen, die wir finden, zerstören – aber Vorsicht! Manche Fallen sind garantiert mit Alarmen verbunden. Es darf kein Alarm ausgelöst werden. Sollte es dennoch geschehen, bedeutet das den sofortigen Abbruch für alle! Conny, du bist dafür verantwortlich, dass wir alle immer denselben Informationsstand haben. Noch Fragen?«
»Du kannst doch Lea noch nicht mit in den Einsatz nehmen«, sagte Lara, »sie ist doch noch vollkommen unerfahren.«
»Wir brauchen jeden, den wir haben«, beharrte Kira. »Lea kann auf jeden Fall als virtuelle Wache aufpassen, dass sich uns niemand nähert. Sie ist mit dabei.«
Am folgenden Morgen waren sie recht nervös, da sie wussten, dass es Ernst wurde. Sie trafen sich im sogenannten Ruheraum, in dem die schweren Sessel standen, in denen ihre Körper ruhen würden, solange sie sich in der virtuellen Realität aufhalten würden. Jeder suchte sich einen Platz und legte sein Sensorarmband an, das Nina ihnen ans Herz gelegt hatte. Sie würden ständig die Körperfunktionen überprüfen und gleich Alarm schlagen, wenn es zu Störungen kommen sollte.
Nina hatte auch die Aufgabe, die gesamte Gruppe fluchtbereit zu halten, sofern es notwendig werden sollte, Kirchhellen aufzugeben.
Sascha und Lara aktivierten ihre BCIs und verbanden sich mit der Welt von AXXIUM in Frankfurt. Sekunden später standen sie vor der ihnen so vertrauten Bürotür. Sascha hielt Lara die Tür auf und sie betraten ihre Arbeitswelt. Das Büro war um diese

Zeit noch relativ ruhig. Vereinzelt saßen bereits Kollegen an ihren Tischen und bereiteten ihre Arbeit vor. Ein kurzer Blick in Richtung des Leiterbüros zeigte, dass Houten noch nicht erschienen war. Das war ihnen gerade recht, denn sie konnten in den kommenden Minuten niemanden gebrauchen, der genügend Kenntnisse besaß, zu erkennen, was sie taten. Sascha nickte Lara kurz zu und drückte sie kurz an sich.

»Ich wünsch Dir einen erfolgreichen Arbeitstag, Lara«, sagte er zweideutig.

Lara lächelte ihn kurz an, sagte jedoch nichts. Sie wandte sich ab und ging mit tänzelnden Schritten zu ihrem Schreibtisch hinüber.

Sascha setzte sich in seiner, durch Stellwände gebildeten, Zelle an seinen Schreibtisch und betrachtete die Akten, die eigentlich zu bearbeiten waren. Dazu würde er voraussichtlich nicht kommen, denn er hatte heute andere Pläne.

»Bist du soweit?«, fragte er Lara über sein BCI.

»Es kann losgehen«, antwortete sie sofort.

Sascha aktivierte Teile seines BCI, die nicht zur Standardausrüstung der Interfaces gehörten, die bei AXXIUM benutzt wurden. Ein Teil seines Bewusstseins verblieb in der Live-Ebene des Büros und ließ ihn für andere Mitarbeiter wie tief in seiner Arbeit versunken erscheinen. Sein Hauptbewusstsein jedoch trieb in die Ebene des Programmcodes hinein, wo er sich um die Zugänge kümmern sollte, über die seine Kollegen in das System einbrechen wollten. Nach kurzer Zeit hatte er die Ports gefunden, die bereits vor einigen Tagen präpariert worden waren, und entfernte die getarnten Sperren, die ein Eindringen von außen verhinderten. Er wusste, dass Lara sich ebenfalls um einige dieser Sperren kümmerte. Er hoffte, dass nicht ausgerechnet hier bereits Sensoren installiert waren, die seine Aktivitäten an Carmen Mendez meldete. Er hatte Glück. Nach und nach trafen die Mitglieder von LIBERTAS ein und begrüßten ihn.

»Das wär's«, meldete Conny. »Es sind alle im System. Viel Erfolg.«

AXXIUM wusste es noch nicht, aber der Kampf hatte begonnen. Eine kleine Armee von Spezialisten machte sich daran, Stück für Stück die Kontrolle über die virtuelle Realität zu erlangen. Levan und Jan waren extrem gut darin, Fallen zu erkennen und bildeten daher die Sicherung für die Übrigen.

Sie hatten bereits früher in einer Simulation in der Frankfurter Zentrale geübt, wie sie die Kontrolle über AXXIUM erlangen wollten. Diese Übungen kamen ihnen jetzt zugute bei ihrer

Arbeit. Lara erwies sich als äußerst talentiert darin, Pfade in dem komplizierten Netz zu finden. Vorsichtig tastete sie sich an die Kontrolle der Entitäten heran.

»Vorsicht Lara«, warnte Levan. »Vor Dir befindet sich eine Spannungsfalle! Bitte nichts mental berühren – gar nichts berühren.«

»Was ist eine Spannungsfalle?«, fragte Lara, deren Bewusstsein zu absoluter Bewegungslosigkeit erstarrt war.

»Mendez ist wirklich eine Meisterin ihres Fachs«, stellte Levan fest. »Sie hat neben den üblichen Sonden auch Leiterbahnen so konfiguriert, dass selbst ein lesender Zugriff zu einem minimalen Spannungsabfall führen würde, der vom System erkannt und weitergemeldet wird. Warte, ich untersuche die Vorrichtung.«

Levan ließ sich Zeit. Die Anderen begannen bereits, ungeduldig zu werden.

»Eine geniale Vorrichtung«, meinte Levan anerkennend. »Diese Mendez ist ihr Geld wert. Ich versuche, eine spannungsstabilisierende Codebrücke zu installieren.«

»Geht denn so etwas so ohne Weiteres?«, wollte Thomas wissen. »Immerhin hast Du gesagt, selbst ein lesender Zugriff würde den Alarm auslösen.«

»Ich weiß, was ich gesagt habe«, meinte Levan gereizt. »Das Softwaremodul, das ich einsetzen möchte, ist multimodular aufgebaut. Ich werde es separat an die Sensorschnittstellen binden. Wenn die Module dann Kontakt miteinander aufnehmen, wird eine stabilisierte Umleitung geschaltet. Die Spannungsfalle wird nichts davon merken. Sobald ich hier fertig bin, können wir weiter vordringen. Aber Vorsicht! Es wird noch andere Fallen geben. Wir müssen unbedingt vermeiden, in eine davon hineinzutappen.«

Es war nicht zu erkennen, was Levan im Einzelnen tat, aber nach einiger Zeit gab er grünes Licht und die Gruppe nahm einen weiteren Sektor von AXXIUM in Besitz. Sie wussten nicht, wie lange sie bereits im System waren, als Sascha ihnen verkündete, dass Houten erschienen war.

»Er ist soeben durch die Eingangstür gekommen«, sagte Sascha. »Wie weit seid Ihr?«

»So einfach ist das alles nicht!«, sagte Jan. »Wir stehen kurz vor der zentralen Steuerung der Entitäten oder Avatare, aber sie ist durch zahlreiche Sperren, Fallen und Sensoren geschützt. Levan findet immer neue Sicherungen. Ohne ihn wären wir längst entdeckt worden.«

»Sascha, du musst Houten genau beobachten«, forderte Levan. »Ich arbeite an äußerst sensiblen Systemen. Wenn Du erkennst, dass er Verdacht geschöpft hat, warne uns sofort, denn dann müssen wir unverzüglich abbrechen.«

»Ist schon klar, ich werde Lara auch instruieren, darauf zu achten.«

»Wünsch mir Glück, Sascha, ich hab noch etwa zwölf – teilweise sehr hinterhältige - Sicherungen auszuschalten.«

Sascha blickte über die Absperrung seiner Kabine und starrte zu Houtens Büro hinüber. Er konnte nicht genau erkennen, was er tat, aber es wirkte nicht so, als wäre Houten beunruhigt.

Houten betrat sein Büro und schaltete den Computer ein. Das große Experiment hatte begonnen und es war ihm absolut bewusst, dass es auch von ihm abhing, ob das Kartell den Einfluss bekommen würde, den es letztlich anstrebte. Er nahm an seinem Schreibtisch Platz und prüfte, wer bereits im Dienst war. Erfreut stellte er fest, dass außer den Urlaubern niemand fehlte. Das passte ihm gut, denn an diesem Morgen sollte die erste Phase der Mitarbeitermanipulation anlaufen. Er gab seinen Zugangscode ein und auf dem Bildschirm des Computers erschien eine besondere Oberfläche, die außer ihm hier in dieser Welt noch niemand zu Gesicht bekommen hatte. In einer vollständigen Tabelle erschienen die Namen und Identitätskennungen der Mitarbeiter, sowie Buttons für diverse Funktionen. Er wählte den obersten Mitarbeiter in der Liste aus und aktivierte den Transfer der Befehlsketten für dessen Interface. Natürlich würde man nicht gleich prüfen können, wie die Betreffenden darauf reagierten, denn zunächst wurden die Daten nur dem Speichersektor hinzugefügt, in dem das virtuelle Bewusstsein des Mitarbeiters abgelegt war. Erst, wenn er Feierabend machte und die Daten über das Interface zurückgespielt wurden, waren die Daten quasi im Kopf des Mitarbeiters.

Interessiert beobachtete er den Fortschritt der Überspielung und stellte befriedigt fest, dass alles genau so funktionierte, wie Mendez es angekündigt hatte. Zwar hatte er ihre Aussagen nicht angezweifelt, doch wusste er selbst genug über Programmierung, dass er beurteilen konnte, wie schwierig es war, ein solches System fehlerfrei in Gang zu bringen. Er würde heute noch keine echten Resultate bekommen, das war ihm klar. Die vollständige Manipulation des menschlichen Geistes konnte nur subtil und in kleinen Schritten erfolgen. Dieser Tag würde also lediglich der Startschuss sein. Nach und nach aktivierte er einen Mitarbeiter nach dem Anderen und wartete auf die

Mitteilung des Systems, dass die Prozeduren dieses Tages erledigt waren.

Houten wollte schon eine andere Arbeit beginnen, als er sah, dass es bei Lara Schmidt zu einer Unregelmäßigkeit gekommen war. Die Datenpakete waren ganz normal übermittelt worden, doch war der Transfer mehrfach abgebrochen und neu angelaufen. Es machte ihn misstrauisch, dass es ausgerechnet Lara war, bei der diese Probleme aufgetreten waren. Immer wieder war diese Frau im Spiel, wenn etwas Außergewöhnliches geschah.

»Mach dich nicht verrückt«, sagte er zu sich selbst. »Den Protokollen zufolge sind die Daten letztlich alle überspielt worden und das Interface hat auch die Vollständigkeit bestätigt.« Trotzdem ließ er sich den Individualcode von Lara Schmidt auf dem Bildschirm anzeigen. Jede Entität im AXXIUM-System besaß eine Schnittstelle für Steuersoftware, die über die Online-Verbindung aus dem jeweiligen Interface die Entität steuerte. Ihm war eingefallen, dass ihm vor wenigen Tagen aufgefallen war, dass Lara sich etwas anders verhielt, als sie es der Beschreibung nach in der Vergangenheit getan hatte.

Auf dem Monitor erschienen endlose Zeilen Code, die vom AXXIUM-Server mitgeschnitten worden waren. Es wurde im Grunde jeder Aufenthalt im System Byte für Byte mitgeschnitten. Houten ließ sich den Code von vor zwei Wochen anzeigen und ließ in kurzer Folge immer einen Tag nach vorn schalten. Exakt an dem Tag, als er das Gespräch mit Lara geführt hatte, trat auf dem Bildschirm eine Änderung ein. Houten zog überrascht die Augenbrauen hoch und ließ den Bildschirm splitten, um sich den alten und den neuen Code nebeneinander anzusehen. Er versenkte sich in den Code und versuchte, herauszufinden, was er dort eigentlich sah – was sich zwischen diesen beiden Versionen abgespielt hatte.

Auf einmal wusste er es. Der neue Code war an etlichen Stellen schlanker und effektiver als der alte. Es war im Grunde natürlich positiv, dass Lara sich mit einem effektiveren Code anmeldete, doch wie konnte das geschehen? Der Steuercode war fest im Interface verankert. Es würde bedeuten, dass Lara – und nur Lara ein Softwareupdate erhalten haben musste. Er wusste aber, dass es solche Updates nicht gab.

Houten griff nach seinem Telefon und wählte Lara Schmidts Nummer.

»Wie weit seid Ihr?«, fragte Sascha drängend. »Ich glaube, es tut sich etwas. Houten macht einen hektischen Eindruck.«

»Hast du eine Ahnung, was ihn hektisch werden lässt?«, fragte Thomas.

»Nein, ich kann seinen Monitor nicht sehen«, erwiderte Sascha. »Aber er muss etwas entdeckt haben. Er ruft gerade bei Lara an, teilt sie mir mit. Wie weit seid Ihr denn nun?«

»Ich bin fertig!«, meldete Levan. »Ich habe vollen Zugriff auf die komplette Modulsteuerung, die Entitäten, die externen Schnittstellen – einfach auf alles. Ich werde jetzt Houtens Möglichkeiten abschalten, mit der Außenwelt in Kontakt zu treten. Halte dich bereit, Lara zu unterstützen.«

Sascha bestätigte kurz und blickte den Gang hinunter, wo Lara bereits auf dem Weg zu Houten war.

Lara hob grüßend die Hand, bevor sie das Büro betrat.

Houten begrüßte sie kurz und bot ihr einen Stuhl an. »Sie wissen, warum ich Sie zu mir gebeten habe?«

Lara schüttelte den Kopf. »Woher soll ich das wissen? Sie müssen es mir schon verraten.«

Houten setzte sich auf die Tischplatte, Lara gegenüber und sah auf ihre nackten Beine hinunter.

»Diese Ratte von Foster hatte Geschmack«, dachte er. Dann gab er sich einen Ruck.

»Sie erinnern sich an dieses Gespräch, das wir vor Kurzem hatten?«, fragte er. »Ich fand, dass Sie sich anders verhalten, als vorher, konnte aber nicht sagen, warum. Jetzt jedoch habe ich eine Erklärung.«

Lara sah ihn verblüfft an. »Dann erklären Sie es mir. Ich weiß nämlich nicht, wovon Sie reden.«

»Ich will nicht lange um den heißen Brei herumreden. Ich habe mir die Protokolle Ihrer Aktivitäten hier im System angesehen und dabei festgestellt, dass der von Ihrem Interface übertragene Steuercode in jüngster Zeit besser und effektiver geworden ist, als er es vorher war und wie er bei jedem anderen hier im System ist.«

»Dann seien Sie doch froh darüber, dass ich effektiver bin, als andere«, antwortete Lara scheinbar gelangweilt. In Wirklichkeit war sie äußerst angespannt und es brauchte ungeheure Energie, Houten das nicht merken zu lassen.

»Das wäre ich auch, wenn es eine logische Erklärung dafür gäbe, aber das ist nicht der Fall.«

Houten kam mit seinem Gesicht ganz nah an ihres heran.

»Ich möchte von Ihnen jetzt und hier eine Erklärung haben, was mit Ihnen los ist, Lara Schmidt. Ich habe nämlich den Verdacht, dass Sie ein Maulwurf sind, ein Spion für unsere Gegner.«

»Machen Sie sich nicht lächerlich!«, rief Lara. »Ich bin von Anfang an dabei. Wieso sollte gerade *ich* ein Spion sein? Ich muss mir so einen Quatsch nicht anhören. Ich werde jetzt gehen.«
Lara erhob sich und Houten drückte sie unsanft wieder auf den Stuhl zurück.
»Sie gehen nirgendwo hin! Sie werden hier in der virtuellen Welt bleiben, bis Sie mir gesagt haben, was ich wissen will.«
Houten drehte sich herum und drückte ein paar Tasten an seinem Computer.
»Ich habe soeben Ihren Exit-Point deaktiviert, Lara. Sie können AXXIUM erst verlassen, wenn ich Sie gehen lasse. Und glauben Sie mir, ich werde Sie erst gehen lassen, wenn Sie bereit sind, mit mir zusammenzuarbeiten.«
Lara setzte ein ängstliches Gesicht auf. »Das können Sie nicht machen! Mein Körper braucht Nahrung und Wasser. Wenn Sie mich hier festhalten, wird mein Körper Schaden nehmen.«
Houten lächelte sie böse an. »Ganz Recht, Lara. Sie könnten sogar sterben, aber so weit werden Sie es sicher nicht kommen lassen, oder? Also, wieso ist Ihr Code anders, als vorher? Was ist mit Ihrem Interface geschehen?«
In diesem Moment stieß Sascha die Tür zu Houtens Büro auf und trat ein.
»Sehen Sie nicht, dass wir in einer Besprechung sind?«, fuhr Houten ihn an.
»Genau aus diesem Grund komme ich ja«, sagte Sascha ruhig. »Ich denke, Lara kann etwas Unterstützung gebrauchen. Immerhin haben Sie Ihr gedroht, sie umzubringen.«
»Woher wissen Sie ...?«, wunderte sich Houten, »Was geht hier vor?«
Houtens Hand wanderte zu einem kleinen Alarmknopf an seinem Schreibtisch. Er drückte ihn. Carmen Mendez würde unverzüglich informiert sein und aktiv eingreifen können. Irritiert stellte er fest, dass der Alarm nicht ausgelöst worden war. Wiederholt drückte er die Taste nieder.
»Funktioniert der Alarm nicht mehr, Houten?«, fragte Sascha lässig. »Sie brauchen auch nicht über das Telefon nachdenken. Sie können draußen niemanden erreichen. Wir sind hier ganz unter uns.«
Man sah Houten an, dass seine Gedanken rasten.
»Ich hatte recht!«, rief er. »Sie beide sind Maulwürfe. Es war ein Fehler, hier einzudringen. Sie werden niemals mehr diese Welt verlassen können. Sie sind so gut wie tot.«

»Ach, Sie meinen, wegen Ihrer Spielsachen dort im Computer?«, fragte Lara, deren Gesichtsausdruck keine Angst mehr widerspiegelte. »Wir haben auch unsere Spielsachen, und glauben Sie mir, unsere Spielsachen sind besser als Ihre. Ich gratuliere Ihnen allerdings neidlos zu Ihrer Entdeckung meines veränderten Codes, doch das wird Ihnen nichts nutzen. Jetzt werden wir Ihr Programm fortsetzen und AXXIUM zum letzten Mal für eine Manipulation des menschlichen Geistes benutzen. Entspannen Sie sich, Houten.«

Houtens Gesichtsausdruck wurde panisch. Er versuchte, das Büro zu verlassen, doch inzwischen hatte Levan ihm die Kontrolle der Entität aus der Hand genommen. Er nahm gegen seinen Willen wieder Platz am Schreibtisch und sah entsetzt zu, wie seine eigenen Hände am Computer ein anderes Programm aufriefen. Jan hatte diese Idee gehabt, da er meinte, es könne nicht schaden, Houten durch ein Psychospielchen zu brechen, bevor man ihn endgültig in eine Marionette verwandelte.

Auf dem Monitor erschien eine neue Oberfläche, auf der das Logo von LIBERTAS prangte.

»LIBERTAS«, flüsterte Houten matt. »Sie sind wirklich von LIBERTAS? Wollen Sie mich etwa umdrehen?«

»Umdrehen? Sie?«, fragte Lara. »Sie sind ein Killer! Ihre Moral definiert sich nur über Geld. Sie werden niemals zu uns gehören, aber Sie werden uns einen Dienst erweisen.«

»Niemals werde ich ...«, quetschte Houten zwischen den Zähnen hervor.

»Sie werden«, sagte Sascha und machte eine bestimmende Geste. Houten sah sich einige Eingaben machen, ohne dass er etwas dagegen unternehmen konnte. Er konnte es sich nicht erklären, wie diese beiden das geschafft haben konnten, aber er hatte keinerlei Kontrolle über die motorischen Funktionen seines virtuellen Körpers. Er spürte, wie ihm buchstäblich der Schweiß ausbrach und ihn die Angst zu übermannen drohte.

»Wie haben Sie das fertiggebracht?«, fragte Houten hilflos.

»Warum sollte ich es Ihnen nicht erklären?«, meinte Lara. »Wir von LIBERTAS sind in Ihr System eingedrungen und haben die vollständige Kontrolle darüber übernommen. Zurzeit steuert ein Kollege von mir die motorischen Funktionen Ihrer Entität. Ihre eigene Kontrollinstanz ist abgekoppelt und kann sich nur noch mit uns unterhalten. Wir brauchen Ihr Bewusstsein noch, da wir dort ein paar kleine Manipulationen vornehmen werden.«

»Bitte tasten Sie mein Bewusstsein nicht an!«, bettelte Houten. »Ich werde mit Ihnen zusammenarbeiten! Das verspreche ich Ihnen.«

Sascha sah Houten kalt an. »Sie würden uns alles versprechen, um uns von unseren Plänen abzuhalten, Houten. Hatten Sie Mitleid mit Foster, als Sie ihn umgebracht haben? Hatte Ihr Kartell Mitleid mit unseren Freunden in Frankfurt, bevor sie niedergeschossen worden sind?«

Sascha machte eine abschließende Handbewegung.

»Sie werden nun den Prozess starten, der Sie mit uns zusammenarbeiten lässt – zu unseren Bedingungen. Wir haben leider keine Zeit mehr, weiter mit Ihnen zu plaudern.«

Ohne sich dagegen wehren zu können, sah Houten zu, wie er selbst das rätselhafte Programm aktivierte, das auf seinem eigenen Computer installiert war. Er spürte eine Kälte in seinem Kopf aufsteigen, die ihm den Verstand zu rauben drohte. Sein Blick trübte sich. Sascha Leyden und Lara Schmidt begannen vor seinen Augen zu verschwimmen – dann verlor er endgültig das Bewusstsein.

»Levan, er hat das Bewusstsein verloren«, meldete Sascha über sein BCI.

»Das hat nichts zu bedeuten«, antwortete Levan, »wir greifen sehr hart in die Programmierung des Interfaces ein. Das bewirkt natürlich auch extreme Reaktionen des Gehirns. Er wird es schon überstehen. Ich muss gestehen, dass es mir auch egal wäre, wenn er es nicht überstehen würde. Er ist ein eiskalter Killer, ebenso wie die anderen Mitglieder des Kartells. Um sie wäre es nicht schade.«

»Er muss es überstehen!«, mahnte Lara. »Houten soll schließlich noch für uns arbeiten. Das Kartell darf nichts von unserer Aktion hier erfahren.«

»Mir fällt da gerade noch etwas anderes auf«, sagte Sascha. »War es nicht so, dass die Hardware des Interfaces während der Arbeitssitzungen vom Bewusstsein völlig abgekoppelt ist? Wie greifst du denn dann in die Programmierung des Interfaces ein? Du kommst doch da im Augenblick gar nicht heran.«

»Ja, du hast schon recht, Sascha«, räumte Levan ein. »Wir laborieren eigentlich an der aktuellen Sitzung hier auf dem Server herum. Erst, wenn Houten sich ausloggt, wird das Interface selbst umgeschrieben. Es wird funktionieren, Sascha, glaub mir!«

Houten erwachte aus seinem Schlaf. Er verspürte eigenartige Kopfschmerzen – eine Erscheinung, die er vorher noch nie wahrgenommen hatte. Offenbar war er an seinem Schreibtisch eingeschlafen. Benommen richtete er sich auf. War so etwas überhaupt möglich? Er befand sich immerhin in der virtuellen

Realität. Er blickte auf seine Schreibtischuhr. Er musste über eine Stunde geschlafen haben. Houten drückte eine Taste auf seinem Computer und der Bildschirm zeigte die Logfiles der Routine, die er angestoßen hatte. Heute war der große Tag – die Manipulation der Mitarbeiter hatte begonnen. Er studierte die Anzeigen und sah, dass inzwischen fast alle Instanzen der Mitarbeiter mit einem Update verändert worden waren. Auch in den folgenden Tagen würde es weitere Updates geben und nach Ablauf der Woche würde man die ersten wichtigen Ergebnisse erhalten. Dann würde er beginnen, den Mitarbeitern Anweisungen zu geben und es würde beobachtet werden, ob man diese Anweisungen auch in der realen Welt ausführen würde.

Houten griff nach seinem Telefon und wählte eine Nummer. Mendez meldete sich: »Sie sollten sich doch nicht über eine ungesicherte Verbindung bei mir melden.«

»Machen Sie sich nicht ins Hemd!«, fuhr er Mendez an und wunderte sich über sich selbst. »Ich wollte nur mitteilen, dass Phase 1 abgeschlossen ist. Keine Besonderheiten, keine Probleme. Alles Weitere bei der Besprechung am Wochenende.«

»Gut«, sagte Mendez und legte auf.

Houten sah aus seinem Büro in das Großraumbüro hinein. Überall saßen die Mitarbeiter und arbeiteten geschäftig an ihren Akten. Er grinste in sich hinein. Diese Idioten würden bald ihre Marionetten sein und nur noch tun, was das Kartell ihnen sagte. Und es würde nur der erste Schritt von Vielen sein. Er dachte an Foster und daran, was er mit ihm getan hatte. Er bedauerte es nicht. Es stärkte seine Position im Kartell. Er würde zu den Mächtigen dieser Welt gehören, wenn sie ihr Ziel erreicht hatten. Nachdenklich dachte er an das Telefongespräch. Er fragte sich, warum er gegenüber Mendez so aggressiv gewesen war. Eigentlich war er mit ihr immer gut ausgekommen. Sicher würde sich das klären, wenn sie sich am Wochenende treffen würden.

In der kirchhellener Zentrale von LIBERTAS kamen die Mitglieder der Einsatzgruppe nacheinander wieder zu sich. Kira rieb sich die Augen und blickte um sich. Sie waren erfolgreich gewesen und nicht erwischt worden. Levan blickte sie grinsend an.

»Das war ein harter Brocken, was?«, fragte er.

»Ihr seid sicher, dass uns Houten nicht mehr gefährlich werden kann?«, fragte Sascha.

»Das kann man nie mit absoluter Sicherheit sagen«, antwortete Levan. »Das wird uns letztlich Conny sagen müssen. Sie erhält sämtliche Daten aus AXXIUM auf ihr BCI und wird uns unverzüglich unterrichten, sobald sich etwas Unvorhergesehenes ereignet. Auf jeden Fall werden wir nicht sofort wieder fliehen müssen.«

»Wir können auch die Entwicklung von hier aus weiter beobachten«, sagte Reiner. »Houten ist ebenso verwanzt, wie vorher Foster, nur dass wir es diesmal etwas geschickter anfangen. Der Sender in Houtens Interface wird nur dann senden, wenn keine Sensoren aktiv sind.«

»Habt Ihr mitbekommen, dass das Kartell am Wochenende zusammenkommen wird?«, fragte Lara. »Wissen wir, wo das sein wird?«

»Bisher leider nicht«, gab Jan zu. »Wir bleiben am Ball, denn wir müssen natürlich wieder in der Nähe sein, um sie belauschen zu können.«

»Bis zum Wochenende wird Houten noch mehrfach seine Manipulationsprogramme laufen lassen«, sagte Sascha. »Können wir dagegen nichts unternehmen? Wir können doch nicht zulassen, dass diese Menschen weiter verändert werden!«

»Keine Angst!«, warf Levan ein. »Wir haben ihre Programme durch unwirksamen Code ersetzt. Den können sie, so oft sie wollen, verteilen. Dadurch wird niemand manipuliert.«

»O.k.«, sagte Sascha beruhigt, zog dann jedoch seine Stirn in Falten. »Aber hält das denn einer Überprüfung durch Mendez stand?«

»Ein Restrisiko bleibt immer«, räumte Levan ein. »Sicher würde Mendez unsere Eingriffe feststellen. Immerhin ist nicht zu erklären, dass alle ihre Fallen, Sensoren und Sperren überbrückt wurden. Sie würde die Handschrift eines Experten erkennen. Ich baue jedoch darauf, dass sie bis zum Wochenende keine Zeit finden wird, das System noch einmal auf Herz und Nieren zu prüfen, zumal Houten ihr täglich Erfolgsmeldungen übermitteln wird.«

»Dann müssen Lara und ich noch weiter bis zum Wochenende unsere Dienst im Büro verrichten, oder?«, fragte Sascha.

»Das wird sich leider nicht vermeiden lassen«, stimmte Kira zu. »Haltet die Augen offen und berichtet uns alles, was für uns wichtig sein könnte.«

In den folgenden Tagen wuchs die Anspannung immer weiter. Für Sascha, Conny und Lara war es Routine, doch auch sie wurden immer nervöser, da es ihnen nicht gelingen wollte, den Treffpunkt des Kartells herauszufinden. Houten dachte einfach nicht an den Ort des Treffpunktes, oder er kannte ihn überhaupt noch nicht. An die übrigen Teilnehmer kamen sie einfach nicht heran. Daher kämpften Thomas und Janusz wie besessen über das Internet gegen eine ukrainische Technologiefirma namens KrimMetallurgTec, die von einem Mann namens Butomkin geleitet wurde. Die ersten Sabotageversuche waren ja noch recht einfach gewesen, doch eine weitergehende Übernahme der Kontrolle scheiterte an den dort verwendeten Betriebssystemen, die sich teilweise aus alten russischen Systemen entwickelt hatten und in kyrillischen Symbolen gehalten waren. Eine Kontrollübernahme hätte mehr Zeit gebraucht, so zerstörten sie lediglich die Archivdatenbestände, die eine vollständige Rekonstruktion der Interface-Layouts unmöglich machten. Es würde Butomkin um mindestens drei Monate zurückwerfen.

»Wie sollen wir Houten vernünftig steuern, wenn wir am Wochenende nicht mal in seine Nähe gelangen können?«, fragte Kira.

»Wir könnten versuchen, ihn zu beschatten«, schlug Jan vor.

»Das ist zu unsicher«, meinte Kira. »Mir wäre lieber, wir wüssten direkt, wo wir unseren Hebel ansetzen müssen.«

»Ihr macht Euch zu viele Gedanken«, warf Levan ein. »Houten ist bereits präpariert. Meint Ihr, ich überlasse es dem Zufall, wenn ich ihn einmal in meinen Händen hatte? Ich versichere Euch, dass es nicht schlimm ist, den Ort des Treffpunktes nicht zu kennen. Vielleicht ist es sogar besser so.«

»Wie meinst du das?«, wollte Kira wissen.

»Ich will nicht darüber reden«, sagte Levan kurz angebunden und machte ein ernstes Gesicht. »Nach dem Wochenende werdet Ihr es wissen.«

»Levan, ich will wissen, was du meinst!«, bohrte Kira. »Was hast Du mit Houten angestellt?«

Levan schwieg beharrlich. Er war nicht bereit, weitere Erklärungen abzugeben.

»Bitte sag mir, dass ich mir keine Sorgen machen muss«, sagte Kira. »Du weißt, dass ich auf derselben Seite stehe.«

Levan zog sie kurz an sich und drückte sie leicht. »Kira, frag bitte nicht weiter. Ich werde nichts sagen. Ich bitte Dich nur, an unsere Freunde zu denken, die wir in Frankfurt verloren haben. Ihr Tod soll nicht umsonst gewesen sein.«

»Levan ...«

Er winkte ab. »Die Verantwortung für das, was geschehen wird, trage ich allein. Ich will nicht, dass sich jemand anderes damit belasten muss. Wenn alles vorbei ist, muss jeder selbst entscheiden, ob ich richtig gehandelt habe. Doch jetzt will ich nicht weiter darüber reden.«

Die Woche ging zu Ende und es war ihnen noch immer nicht gelungen, den Treffpunkt zu erfahren.

23. 50. Mai

Friedrich Thom hatte diesmal auf eine Tarnung verzichtet und seine Mitstreiter des Kartells direkt in sein Haus am Starnberger See eingeladen. Er verfügte dort über alle Einrichtungen, die sie benötigen würden, und konnte darüber hinaus garantieren, dass sie vor Abhörung vollkommen sicher waren.

Pünktlich waren Mendez, Butomkin und Houten eingetroffen. Dr. Brethner kam etwas später. Sein Flug hatte sich verspätet. Schließlich waren sie alle anwesend und Thom eröffnete die, für ihr Unternehmen, so wichtige Sitzung.

Mendez war schon minutenlang nervös auf ihrem Stuhl herumgerutscht, wie man es von dieser sonst so eiskalten Frau nicht kannte.

»Warum sind Sie so nervös, Mrs. Mendez?«, fragte Thom. »Nach meinen Informationen läuft doch alles bestens.«

»Es läuft *überhaupt* nicht gut, Thom«, antwortete Mendez. »Sie erinnern sich doch sicher, dass ich Ihnen erklärt hatte, dass AXXIUM mit Fallen, Sperren, Sensoren und Spidern ausgestattet wurde. Die Fallen, Sperren und Sensoren waren absolut unangetastet, aber einer meiner Spider wurde aktiviert und folgte der Spur einer Manipulation. Ich entdeckte darauf hin, dass verschiedentlich Sensoren überbrückt waren, konnte aber trotz des Spiders nicht herausfinden, aus welcher Richtung der Angriff kam.«

»Sie wollen mir also sagen, dass es jemanden gibt, der in unserem, von ihnen als absolut sicher bezeichneten System ein- und ausgehen kann?«, fragte Thom scharf. »Wie ist das möglich? Und wer *kann* so etwas? Ist unsere Mission gefährdet?«

Mendez ordnete ihre Unterlagen, blickte dann auf. »Die Arbeit an den Sensoren deutet auf einen absoluten Spezialisten hin. Ich weiß nicht, was der Eindringling mitbekommen hat, aber er hat die täglichen Updates der Mitarbeitersoftware nicht behindert. Das Programm ist normal durchgelaufen – ich habe die Protokolle hier.«

»Mendez, ich habe Sie eingekauft, weil man mir sagte, Sie seien die Beste«, sagte Thom. »Und nun eröffnen Sie mir, dass es jemanden gibt, der besser ist als Sie? Jemanden, der Ihre Sperren einfach umgehen und unerkannt wieder verschwinden kann. Was soll ich noch auf Ihre Einschätzung geben, dass nichts weiter geschehen ist?«

Mendez war anzusehen, dass ihr unbehaglich war.

»Ich verstehe Ihre Bedenken«, sagte sie. »Aber überlegen Sie doch. Wenn wir die Demonstration in der kommenden Woche hinter uns haben, wird man uns diese Technologie aus den Händen reißen. Virtuelle Arbeitsräume werden wie Pilze aus dem Boden schießen. Wer immer auch bei AXXIUM herumgeschnüffelt hat, wird wie Don Quichote gegen Windmühlenflügel kämpfen müssen und wir werden einfach AXXIUM stilllegen. Wir müssen da jetzt durch.«
Dr. Brethner hatte still zugehört und sich zurückgehalten. Er verstand zu wenig von der technischen Seite dieses Geschäftes, begann aber zu hoffen, dass es richtig gewesen war, sich mit diesen Leuten einzulassen.
Thom überlegte.
»Sie haben recht, Mendez. Wir brauchen so schnell wie möglich eine große Zahl Interfaces, um nach der Demonstration sofort potenzielle Kunden zufriedenzustellen. Wie sieht es mit Ihrer Lieferung aus, Butomkin?«
Butomkin tupfte sich mit einem Taschentuch ein paar Schweißtropfen von der Stirn. Er hatte gewusst, dass diese Frage kommen würde und er hatte hin- und herüberlegt, wie er sie beantworten sollte.
»Ich kann zurzeit leider keine funktionsfähigen Interfaces anbieten«, sagte er mit rauer Stimme. »Es hat einen Sabotageangriff auf unsere Firma gegeben. Alle Chiplayouts wurden verändert oder zerstört, selbst solche, die sich in unseren Archiven befanden.«
Thom sprang auf, als das hörte.
»Wie bitte!«, brüllte er. »Sie wagen es, mir mit einer solchen Erklärung unter die Augen zu treten? Wann können Sie wieder liefern?«
»Frühestens in drei Monaten.«
»Drei Monate!«, rief Thom aus. »Das ist eine Katastrophe! Sind Sie sich nicht darüber im Klaren, dass wir Verpflichtungen gegenüber unseren Geldgebern haben?«
»Verdammt noch mal, dann vertrösten Sie sie!«, schimpfte Butomkin zurück. »Ich habe nicht darum gebeten, dass hochkarätige Hacker über meine Firma herfallen!«
»Sie sind sicher, dass es ein Hackerüberfall war?«, fragte Mendez, »Haben Sie eine Spur zurückverfolgen können?«
»Zum Teil«, schränkte Butomkin ein, »der Angriff wurde aus Deutschland gestartet, auch wenn er gut verschleiert war. Wir konnten ihn bis ins Rheinland oder Ruhrgebiet zurückverfolgen, dann verliert sich die Spur.«

»Verdammt!«, schimpfte Mendez. »Ich bin sicher, da stecken wieder diese Leute dahinter, die uns schon häufiger Ärger gemacht haben. Offenbar ist es uns in Frankfurt nicht gelungen, die ganze Brut zu eliminieren.«
Ihr Blick begegnete dem Blick Houtens.
»Sie brauchen gar nicht so selbstgefällig zu grinsen, Houten!«, fuhr sie ihn an. »Hätten Sie Ihren Job vernünftig gemacht, wären wir vielleicht rechtzeitig gewarnt gewesen und hätten reagieren können!«
Houtens Gesicht bekam mit einem Mal einen ernsten Ausdruck und er erhob sich langsam.
»Ich bin nicht selbstgefällig und ich grinse auch nicht. Ich bin der Meinung, dass ich genug gehört habe, um zu entscheiden, dass jetzt und hier etwas getan werden muss.«
Mendez und Thom sahen ihn überrascht und irritiert an.
»Sie setzen sich sofort wieder hin, Houten!«, befahl Thom.
»Sie haben mir keine Befehle zu erteilen, Thom«, antwortete Houten leise. »Ich erhalte meine Befehle von einer anderen Instanz.«
»Houten, was soll dieser Blödsinn?«, fragte Thom. »Nehmen Sie endlich wieder Platz!«
Houten beachtete ihn nicht, sondern fixierte Mendez mit einem merkwürdig abwesenden, gleichgültigen Blick. Er griff in seine Jacke und zog eine automatische Pistole hervor, die er auch benutzt hatte, um Foster niederzuschießen.
»Um Himmels Willen, was haben Sie vor, Houten?« rief Thom fragend. »Haben Sie den Verstand verloren?«
Houten hob ruhig die Waffe und zielte auf Mendez, die wie erstarrt auf die Mündung der Waffe blickte.
Houten schoss zwei Mal. Er traf Mendez in den Kopf und in die Brust. Sie war sofort tot. Dann drehte er sich um und schoss ebenso zwei Mal auf Butomkin, der lautlos vom Stuhl kippte.
Thom hatte bereits beim ersten Schuss einen verborgenen Knopf gedrückt, der seine Sicherheitsleute alarmierte. Gleichzeitig war er etwas hinter der schweren Tischplatte in Deckung gegangen. Die Tür zum Sitzungssaal wurde aufgestoßen und drei Sicherheitsleute mit angeschlagenen Waffen sprangen herein. Houten schoss sofort, verfehlte aber die Männer um Haaresbreite. Sie erwiderten unverzüglich das Feuer und Houten wurde von zahlreichen Schüssen getroffen. Er war bereits tot, als sein Körper auf dem Boden aufschlug.
Thom tauchte hinter seinem Tisch hervor und betrachtete die grauenvolle Szenerie.

»Was sollen wir tun, Chef?«, fragte einer der Sicherheitsleute. »Sollen wir die Polizei verständigen?«

Thom schien gedanklich von ganz weit her zurückzukommen. Er hatte sich am Ziel seiner Wünsche gewähnt, nur noch einen kleinen Schritt davon entfernt, einer der wichtigsten und mächtigsten Menschen der Welt zu sein. Und jetzt ...? In einem Winkel seines Verstandes war ihm klar, dass er seine Gegner noch immer unterschätzt haben musste, trotzdem blickte er äußerst fassungslos auf die Trümmer seines ehrgeizigen Planes. Was blieb nun noch zu tun? Er hatte noch immer seinen »Notgroschen« - wie er ihn nannte – auf diversen Konten im Ausland. Er musste lediglich an diese Reserven herankommen, dann würde sich eine Möglichkeit bieten, wieder ins Geschäft zu kommen. Seine Gedanken rasten. Was hatte der Sicherheitsmann gefragt? Die Polizei verständigen?

»Auf gar keinen Fall!«, rief er, »Ich muss sofort hier verschwinden! Holen Sie meinen Wagen! Wir alle verlassen sofort das Anwesen.«

»Aber, aber was wird mit mir?«, fragte Dr. Brethner, der nur langsam seine Fassung zurückerlangte.

»Das ist mir doch scheißegal!«, fuhr Thom ihn an. »Machen Sie, dass Sie zurück nach England kommen und niemand Sie mit diesem Massaker hier in Verbindung bringen kann! Jetzt geht es nur noch darum, unterzutauchen.«

»Und was ist mit unserem Projekt?«, wollte Dr. Brethner wissen. »Wollen Sie das jetzt fallen lassen?«

»Projekt?«, fragte Thom, »Welches Projekt? Sehen Sie hier nicht ein paar Leichen herumliegen? Ohne diese Leute gibt es kein Projekt und ohne diese Leute gibt es auch keine Möglichkeit, unseren Geldgebern ihre Investitionen zurückzuzahlen. Lassen Sie uns verschwinden und niemals mehr Kontakt miteinander haben.«

Thom ließ Dr. Brethner stehen und lief zu seinen Leuten, die bereits an der Tür auf ihn warteten. Einen kurzen Augenblick lang spielte er mit dem Gedanken, den letzten Mitwisser seines Planes eigenhändig zu beseitigen, doch er verwarf den Gedanken. Er hatte zwar schon Befehle erteilt, die anderen Menschen das Leben gekostet hatten, doch er hatte noch nie jemanden mit eigenen Händen getötet. Brethner war ein schwacher, ängstlicher Mann. Der Schweiß stand ihm noch immer auf der Stirn. Thom war sicher, dass er schon allein aus Angst niemals über seine Beteiligung am Kartell reden würde. Er blickte noch einmal zurück und ließ seinen Blick über die Szenerie wandern. Er verstand nicht, was Houten bewogen hatte, in dieser Weise durchzudrehen, aber er hatte es getan und dadurch die Situation für ihn völlig geändert. Er wandte sich ab und schritt zu seinem Wagen. Er nahm im Fond Platz und ließ sich von einem seiner Männer chauffieren.

»Zu Ihrem Privatjet, Chef?«, fragte der Fahrer.

Thom überlegte. Es war ihm bewusst, dass er schon seit einiger Zeit unter Beobachtung durch seine Sponsoren stand. Es war möglich, dass sie auch Möglichkeiten besaßen, von dieser Schießerei zu erfahren. Sollte das der Fall sein, wäre es ein Fehler, mit seinem Privatjet zu fliegen. Man brauchte nur auf dem Flughafen auf ihn zu warten. So dumm war ein Friedrich Thom aber nicht.

»Nein, fahren Sie mich nach Nürnberg zum Flughafen«, ordnete er an. »Ich werde von dort einen Inlandsflug buchen und anschließend weiter ins Ausland fliegen.«

Der Fahrer nickte und gab Gas. Es würde eine Weile dauern, bis sie in Nürnberg eintreffen würden.

Die Stimmung in Kirchhellen war nicht die Beste. Kira wusste ganz genau, dass sich das Kartell inzwischen irgendwo getroffen haben musste und sie waren außen vor. Es war ihnen bis zuletzt nicht gelungen, einen Hinweis auf den Ort zu bekommen, an dem das Treffen stattfinden sollte. Alle waren nervös und gereizt, nur Levan war die Ruhe selbst. Er fummelte an einem kleinen Ortungsgerät herum und schwieg. Kira hatte ihn wiederholt bearbeitet, ihr zu verraten, was er mit Houten angestellt hatte, doch Levan sagte kein Wort.

Dann war es so weit. Levan sah von seinen Instrumenten auf und sagte: »Ich habe soeben einen Impuls von Houtens Interface aufgefangen.«

»Und?«, fragte Kira. »Was nutzt uns das?«

»Ich konnte es triangulieren«, meinte er. »ich meine, ich konnte über zwei verschiedene Empfänger errechnen, von wo der Impuls ausgesandt wurde. Er befand sich am Starnberger See.«

»Na und?«, ereiferte sich Kira. »Wie sollen wir jetzt dorthin kommen? Die Chance ist vertan.«

»Ist sie nicht«, sagte Levan ruhig. »Es hat nämlich einen Grund, warum sein Interface diesen Impuls abgestrahlt hat. Er ist tot.«

»Was?«, fragte Sascha. »Wieso ist er tot?«

»Ich denke, es ist Zeit, dass Du uns darüber aufklärst, was Du getan hast, Levan«, sagte Kira.

»Gut. Als wir im System waren und ich mit der Manipulation von Houtens Software begann, dachte ich daran, was er mit Foster getan hatte und wie skrupellos er ist. Da kam mir der

Gedanke, dass unsere Probleme gelöst wären, wenn die Mitglieder des Kartells tot wären. Also hab ich ihm den Befehl mitgegeben, die Mitglieder des Kartells hinzurichten. Auslöser sollte sein, wenn jemand Houtens Arbeit kritisiert, denn es war damit zu rechnen, dass genau das zwangsläufig geschehen würde.«

»Mein Gott, Levan!«, rief Kira aus. »Wir sind doch keine Killer! Wir sind die *Guten*! Und jetzt hast Du sie alle umgebracht!«

»Ich? Wieso denn ich? Houten hat das getan! *Er* ist der Killer!«

»Natürlich hast Du nicht den Abzug gedrückt, Levan, aber Du hast den Tod von mehreren Menschen verursacht.«

Kira war fassungslos. »Was sollen wir denn jetzt tun?«

»Na was schon«, meinte Levan. »Wir spielen der Polizei anonym Informationen zu, wo sich das Ganze abgespielt hat und beobachten die Nachrichten und die Presse. Dann erfahren wir schon, wen es erwischt hat, und ob wir unser Ziel erreicht haben.«

»Und damit ist für Dich die Angelegenheit dann einfach erledigt?«, wollte Kira wissen.

»Ganz ehrlich, Kira? Ja. Diese Bande war im Begriff, die Weltherrschaft anzustreben. Dafür sind sie über Leichen gegangen, oder hast du etwa vergessen, was in Frankfurt geschehen ist? Ich hab es ihnen mit gleicher Münze heimgezahlt, und soll ich Dir was sagen? Ich fühle mich gut.«

»Das kann doch nicht Dein Ernst sein!«, ereiferte sich Kira. »Du hast Houten so präpariert, dass er Deinen Tötungsauftrag ausführt. Das ist dasselbe, als hättest Du es selbst getan. Dabei kannst Du Dich *gut* fühlen? Levan, denk doch mal eine Sekunde darüber nach!«

»Gerade Du solltest mich verstehen können.«

Kira sah ihn fragend an. »Wieso ich?«

»Wer hat denn mit gefälschten Beweisen Rache an den Mördern seiner Eltern geübt?«

»Das war etwas anderes! Sie wurden lebenslänglich eingesperrt. Ich habe sie nicht getötet.«

Levan lachte humorlos auf. »Hättest Du es nicht getan, wenn ihnen die Todesstrafe gewinkt hätte? Es lag ja wohl eher daran, dass Namibia die Todesstrafe schon vor langer Zeit abgeschafft hat.«

Kiras Aufregung verflog sichtbar. »Du hast recht. Es wäre mir egal gewesen.«

Während der Unterhaltung war sie immer näher an Levan herangetreten und stand nun direkt vor ihm. Sie sah, dass dieser Levan vor ihr nicht so hart war, wie seine Worte eben. Sie sah die stille Verzweiflung in seinen Augen. Das war der Levan, den sie kannte. Die Spannung wurde für ihn unerträglich. Seine Schultern begannen zu zucken und Tränen rannen ihm über die Wangen. Ganz langsam sackte er an der Wand, an der er sich angelehnt hatte, in sich zusammen. Kira hockte sich neben ihn und legte ihm einen Arm um die Schultern. Levan lehnte seinen Kopf an ihre Schulter und weinte wie ein Kind. Kira strich ihm behutsam eine seiner schwarzen Locken aus der Stirn und flüsterte: »Levan, warum hast Du es in dieser Weise getan? Wir hätten auch noch einen anderen Weg gefunden.«

Levan rückte etwas von ihr ab.

»Ich hatte einfach Angst, Kira. Die Sache mit Frankfurt hat mich mehr mitgenommen, als ich nach außen gezeigt habe. Sie töten einfach jeden, der ihnen im Weg steht. Ich hatte einfach Angst, dass wir die Nächsten sind, dass ich ... dass Du ... Weißt Du, ich hatte diesen Kerl in der Hand, Houten, diesen Killer. Ich wollte einfach, dass es vorbei ist. Kannst Du das nicht verstehen?«

Kira nickte verständnisvoll. »Doch, ich verstehe Dich. Wer weiß, vielleicht hätte ich an Deiner Stelle genauso gehandelt, keine Ahnung ...«

»Ihr tut jetzt alle so, als wenn es schon vorbei ist«, sagte Conny in die entstandene Stille hinein. »Aber genau genommen wissen wir bisher nur, was passieren sollte. Wäre es nicht besser, wir würden uns darum kümmern, herauszufinden, inwieweit das Kartell noch existiert?«

»Conny hat recht«, sagte Lara. »Wir haben hier doch sicher Möglichkeiten, offizielle Quellen anzuzapfen, oder?«

Nachdem Sie sich alle beruhigt hatten und die Ereignisse diskutiert waren, beschlossen sie, Levans Vorschlag zu folgen und der Polizei einen Hinweis zu geben. Conny, die mittlerweile bestens mit Kommunikationssystemen vertraut war, klinkte sich in die Systeme der Polizei ein und fand heraus, dass in einem Anwesen am Starnberger See drei Tote gefunden worden waren, die als die Amerikanerin Carmen Mendez, der Ukrainer Ilja Butomkin und der Südafrikaner Pieter Houten identifiziert wurden.

»Dann sind Thom und Dr. Brethner entkommen«, stellte Levan enttäuscht fest. »Ich glaube kaum, dass wir an Thom noch einmal herankommen werden. Wenn wir Pech haben, knüpft er neue Kontakte und verfolgt seine Pläne an anderer Stelle wieder von vorn.«

»Dann hätten wir nichts gewonnen«, meinte Janusz. »Wir ständen wieder am Anfang.«

Sascha ging zu Conny und nahm sie in den Arm.

»Hört das denn nicht irgendwann einmal auf?«, fragte Conny. »Ich hatte gehofft, dass wir ein normales Leben führen können.«

»Was man so *normal* nennt, wenn man immer mit einem Bein in der Illegalität steht«, meinte Kira lächelnd. »Sicher sollt Ihr auch ein normales Leben haben, aber ich hatte mir eigentlich vorgestellt, dass Ihr uns – also LIBERTAS – erhalten bleibt. Wollt Ihr uns verlassen? Bei uns hättet Ihr auf jeden Fall einen sicheren Job.«

»Aber ich dachte, LIBERTAS wäre nun nicht mehr erforderlich«, wunderte sich Sascha. »Wenn alles glattgeht und das Kartell beseitigt ist – was soll dann LIBERTAS noch tun?«

»LIBERTAS war nie dazu gedacht, nur ein Projekt darzustellen, nach dem Motto: Problem gelöst, also Projekt auflösen«, erklärte Kira. »Wir waren ursprünglich einfach nur Forscher und Wissenschaftler. Erst als das Kartell, beziehungsweise die nachgebauten Interfaces auftauchten, gaben wir uns diesen Namen 'LIBERTAS'. Ich muss gestehen, dass mir dieser Name gefällt. Wenn das Kartell fällt, könnten wir wieder legal forschen und arbeiten, wir könnten aber auch einfach weitermachen und über die Menschen wachen – ganz im Geheimen, wie bisher auch. Was meint ihr? Wir könnten euch gut brauchen.«

Sascha und Conny sahen sich fragend an.

»Darüber hatten wir überhaupt noch nicht nachgedacht«, gab Conny zu. »Es ist aber eine gute Idee.«

»Denkt darüber nach«, schlug Kira vor. »Wir würden uns freuen, wenn Ihr bleiben würdet.«

Thom beruhigte sich allmählich. Auf dem Weg nach Nürnberg war er noch nervös gewesen, doch als er im Flugzeug nach Amsterdam saß, ging es ihm bereits besser. Es war ein heftiger Rückschlag gewesen, als Houten die Waffe zog und die Mitglieder des Kartells angriff. Nun blieb ihm nur die Wahl, unterzutauchen und seine Karten neu zu mischen. Er beglückwünschte sich innerlich dazu, dass er sein Kapital überall auf der Welt verteilt hatte. Er würde auch in Zukunft nicht in Armut leben müssen, sondern konnte von seinem Vermögen leben.

Seine erste Station würde Rio de Janeiro sein, nachdem er in Amsterdam die Linienmaschine verlassen würde. Die erforderlichen Papiere dafür hatte er stets bei sich. Der Flug nach Amsterdam dauerte nicht lange und bald stand er an der Abfertigung der Panair do Brasil und buchte einen Transfer nach Rio unter seinem Namen Joaquin Almeido do Großmüller. Von dort plante er, zunächst in Blumenau unterzutauchen, bis sich die Wogen geglättet hätten. Er hatte Glück, dass innerhalb der nächsten Stunden eine Maschine abfliegen würde, allerdings war ein Transferflug nach London Heathrow erforderlich, da die brasilianische Gesellschaft Amsterdam Schiphol nicht direkt anflog.

Thom kaufte sich eine Zeitschrift und setzte sich in eines der kleinen Cafés des Flughafens. Geduldig wartete er, bis sein Flug nach London aufgerufen wurde.

Im Flugzeug hatte er einen Fensterplatz, doch er war mit seinen Gedanken beschäftigt und hatte kein Interesse an der Szenerie, die sich vor den Fenstern des Flugzeugs abspielte.

Als die Maschine ihre Reiseflughöhe erreicht hatte und die Anschnallzeichen erloschen, entspannte Thom etwas. Er bemerkte, dass ihn sein Sitznachbar musterte. Er machte den Eindruck eines typischen Geschäftsmannes, trug einen dunklen Anzug mit fliederfarbenem Hemd und dunkler Krawatte. Auf seinem Schoß hatte er eine Tasche, auf der ein Notebook stand, welches er soeben startete.

»Ich hoffe, es stört Sie nicht, wenn ich etwas arbeite«, sagte er.

Thom verneinte. »Nein, arbeiten Sie nur. Es stört mich nicht. Aber ist es wirklich wichtig, in den paar Minuten, bis wir in London sind, zu arbeiten? Das lohnt sich doch gar nicht.«

»Das kann man sehen, wie man will«, antwortete der Mann. »In meiner Branche bin ich gewohnt, an ungewöhnlichen Orten und zu ungewöhnlichen Zeiten zu arbeiten.«

»So?«, fragte Thom, »In welcher Branche sind Sie denn tätig, dass Sie selbst jetzt und hier arbeiten müssen?«

»Ich weiß nicht, ob ich Ihnen das wirklich verraten sollte.«

Thom war verblüfft.

»Jetzt machen Sie auf einmal ein Geheimnis daraus?«, fragte er.

»Sie können es mir ruhig verraten. Sobald wir in London sind, werden wir uns sicherlich sowieso nicht mehr wiedersehen.«

Der Mann überlegte einen Moment. »Sie haben recht. Was soll's. Ich arbeite für ein Konsortium von Financiers. Der Name soll hier Nichts zur Sache tun. Dieses Konsortium verdient sein Geld in erster Linie damit, Kredite zu vergeben.«

»Das klingt nicht sehr besonders«, sagte Thom unbeeindruckt. »Damit verdienen viele Menschen ihr Geld.«

»Das ist richtig, aber meine Arbeitgeber vergeben diese Kredite an Kunden, die an anderer Stelle aus den unterschiedlichsten Gründen keine Mittel erhalten würden – und ich spreche hier nicht von einen schlechten Leumund oder mangelnder Kreditwürdigkeit.«

Thom sah seinen Nachbarn mit zusammengekniffenen Augen an. »Was meinen Sie damit?«

»Jetzt enttäuschen Sie mich«, sagte der Mann. »Ich hätte geglaubt, dass Friedrich Thom nicht so schwer von Begriff wäre.«

Bei Nennung seines Namens konnte Thom nur mühsam ein Zusammenzucken unterdrücken.

»Ich glaube, sie verwechseln mich mit jemandem. Mein Name ist Großmüller, Almeido do Großmüller.«

Sein Nachbar verzog seinen Mund zu einem humorlosen Lächeln. »Wenn Sie wünschen, nenne ich Sie auch Großmüller, Herr Thom. Mir ist bekannt, dass Sie auch ein legales Standbein in Brasilien haben.

»Woher kennen Sie mich?«, wollte Thom wissen. Er spürte, wie sein Puls sich zu beschleunigen begann. »Ich kann mich nicht erinnern, dass ich Ihnen meinen Namen genannt habe.«

»Das brauchten Sie auch nicht, Herr Thom. Ich wusste von Anfang an, wer Sie sind.«

»Wer sind Sie, und was wollen Sie von mir?«

»Ich hatte Ihnen bei unserem letzten Gespräch bereits gesagt, Sie könnten mich Alan Hunter nennen, wenn Sie unbedingt einen Namen brauchen. Ich für meinen Teil finde Namen nicht wichtig. Meine Auftraggeber haben mich gebeten, Sie im Auge zu behalten, da sie um ihre Investitionen besorgt sind.«

Er deutete auf seinen Laptop. »Was soll ich ihnen mitteilen? Wann werden sie ihre Verbindlichkeiten begleichen können?«

»Hören Sie«, erklärte Thom. »Ich bin in augenblicklichen Schwierigkeiten. Ich werde das Geld zurückzahlen, sobald ich wieder flüssig bin. Versprochen.«

»Ja sicher«, sagte Hunter. »Das erzählen sie alle. Ich habe ein paar Erkundigungen eingezogen. Morgen wird durch die Presse gehen, dass Ihre Mitstreiter nicht mehr am Leben sind, was Ihre Chancen, uns zu bezahlen, auf ein Minimum beschränkt. Ich fürchte, meinen Auftraggebern reicht Ihr Wort nicht mehr.«

»Ich werde bezahlen, Hunter. Ich habe immer bezahlt.«

»Dann hatten Sie also fest vor, sich von Rio de Janeiro aus bei uns zu melden, nicht wahr?«

Hunters Gesichtsausdruck wurde um einige Grade kälter, als er weitersprach: »Ich will offen zu Ihnen sein. Meine Auftraggeber haben die Gelder, die Sie ihnen schulden, abgeschrieben. Aber Sie werden verstehen müssen, dass das Kreditgeschäft, wie wir es betreiben, ein hartes Geschäft ist. Es geht darum, einen Ruf zu wahren. Was würde geschehen, wenn man erfahren würde, dass wir Geld verleihen, es nicht zurückbekommen und den

Schuldner einfach laufen lassen? Wir würden unsere Glaubwürdigkeit verlieren, nicht wahr? Deshalb werden wir genau jetzt und hier Kassensturz machen.«

Thom hatte nicht gesehen, dass Hunter während des Gesprächs eine Spritze aus seiner Notebooktasche gezogen hatte. Deshalb war er völlig überrascht, als Hunter ihm die Nadel ins Bein stieß und ihm eine Flüssigkeit in den Muskel injizierte. Es war mehr der Schreck, als der Schmerz, der Thom leicht aufschreien ließ.

Einige Fluggäste sahen zu ihnen hinüber, aber Hunter winkte ab. »Er hat sich gestoßen«, erklärte er. »Alles in Ordnung.«

»Was zum Teufel ...«, entfuhr es Thom.

»Entspannen Sie sich, Thom, dann wird es leichter für Sie«, sagte Hunter leise. »Ein starkes Narkotikum, in dieser Dosierung leider tödlich. Es tut mir leid, es ist nicht persönlich. Ich hab es Ihnen ja erklärt.«

Thom begann, kleine Blitze am Rande seines Gesichtsfeldes zu sehen. Er versuchte, etwas zu sagen, oder auf sich aufmerksam zu machen, doch seine Glieder schienen sich mit Blei zu füllen. Seine Zunge fühlte sich taub an und sein Blick begann, sich zu trüben.

Hunter zog ihm eine der Schlafbrillen auf, die man in Flugzeugen benutzt, um für etwas Dunkelheit zu sorgen, wenn man schlafen möchte. Danach wandte sich Hunter seinem Notebook zu und schrieb ein paar Zeilen an seine Auftraggeber. Dann war Hunter wieder privat. In London verließ er das Flugzeug und tauchte in der Masse der Menschen unter.

Thom jedoch war als einziger Passagier nicht ausgestiegen. Die Flugbegleiterin, die ihn zu wecken versuchte, stellte fest, dass er nicht mehr lebte.

LIBERTAS war zufrieden. Nina kam mit einer Zeitung herein und wedelte damit herum. »Ihr glaubt nicht, was hier steht! Man hat Thom gefunden.«

»Was?«, fragte Kira. »Wo steckt er?«

»Passt auf, ich lese es euch vor:

> Auf einem Kurzstreckenflug vom Amsterdamer Flughafen Schiphol nach London Heathrow erlitt ein Fluggast offenbar einen Herzanfall. Als die Flugbegleiterin ihn nach der Landung wecken wollte, stellte sie fest, dass der etwa achtundfünfzigjährige Mann nicht reagierte. Ein schnell herbeigerufener Arzt konnte nur noch den Tod feststellen. Wie sich erst hinterher herausstellte, handelte es sich bei dem Verstorbenen um den in mehreren europäischen

Ländern steckbrieflich gesuchten Friedrich Thom. Und so weiter, und so weiter.«

Sie sahen sich gegenseitig an.

»Dann haben wir unser Ziel ja doch noch erreicht«, meinte Janusz. »Ob er wirklich einen Herzanfall gehabt hat?«

»Das glaube ich kaum«, mutmaßte Kira. »Ich tippe eher auf eine Vollstreckung durch seine Geldgeber, aber genau werden wir das wohl nie erfahren. Uns bleibt nur noch, aufzuräumen. Wir müssen sicher sein, dass weder diese ukrainische Firma noch CyberTec in Kalifornien Pläne unserer Technologie behält, doch das hat Zeit. Ich denke, bevor wir uns an neue Aufgaben wagen, sollten wir einen ausgedehnten Urlaub machen.«

»Was machen wir mit Dr. Brethner? Soll er ungeschoren davonkommen?«, fragte Conny.

»Ach, lassen wir ihn«, schlug Kira vor. »Er war ein Mitläufer, der keine Ahnung von der Technologie hat. Der ist gestraft genug mit seiner Angst, dass eines Tage seine Beteiligung am Kartell ans Licht kommen könnte.«

»In Ordnung, dann schließen wir den Fall hiermit ab«, meinte Levan und fuhr die Computer zum ersten Mal seit Monaten in den Stand-by-Modus herunter. Eine ungeheure Spannung fiel von ihnen allen ab.

Minutenlang sagte niemand ein Wort. Alle hingen ihren eigenen Gedanken nach.

»Was werdet Ihr jetzt machen?«, fragte Kira schließlich. »Immerhin scheinen wir im Augenblick zum ersten Mal seit Bestehen von LIBERTAS nichts Wichtiges zu tun zu haben.«

Lea zog Jan am Shirt zu sich heran und küsste ihn auf den Mund. »Ich werde versuchen, diesen Jungen hier besser kennenzulernen«, sagte sie.

Kira starrte Lea entgeistert an. Mit dieser Antwort hatte sie nicht gerechnet.

»Conny und ich wollten irgendwann heiraten«, sagte Sascha. »Ich denke, jetzt wäre ein guter Zeitpunkt dazu. Was meinst du, Conny?«

»Ist er nicht romantisch?«, fragte Conny. »Mein Schatz, das üben wir noch.«

Kira schüttelte den Kopf.

»Ich glaub es nicht«, sagte sie. »Was sind wir denn für eine Untergrundorganisation? Kaum ist der Druck weg, turteln alle herum wie Teenager.

»Was wirst du tun, Levan?«, fragte Thomas. »Hast du vor, bei LIBERTAS zu bleiben?«

»Ich denke schon«, sagte er. »Aber zunächst mal: Ich war schon ewig nicht mehr bei meiner Familie in Georgien. Ich denke, ich sollte sie mal wieder besuchen.«

Er blickte zu Kira hinüber.

»Was wirst Du machen, Kira? Wieder nach Frankfurt zurück? Hier in Kirchhellen wird es in der nächsten Zeit etwas einsam werden.«

Kira zuckte mit den Achseln.

»Ich weiß nicht. Frankfurt war nie meine Heimat. Mein Leben war LIBERTAS. Ich glaube, ich definiere mich mit diesem Laden hier. Was soll ich schon tun? Ich bleibe einfach hier und halte den Laden am Laufen, solange ihr alle weg seid.«

Levan ging zu ihr hinüber. »Kira. Ich werde meine Familie besuchen. Was hältst Du davon, mich zu begleiten?«

»Ich soll Dich begleiten? Zu Deiner Familie?«

»Ja, ich würde mich sehr freuen, wenn du mit mir kämst.«

Kira schien verständnislos. »Ja, aber warum ...?«

Conny machte einen Schritt nach vorn und gab Kira einen Stoß in den Rücken, der sie gegen Levan und in dessen Arme stolpern ließ.

Erst machte sie eine abwehrende Bewegung, doch dann schmiegte sich in seine Arme und genoss das Gefühl, Levans Nähe zu spüren.

»Na also«, sagte Conny. »Und da sagt man immer, dass Männer so etwas nicht auf die Reihe bekommen. Mir ist schon seit Langem klar, dass Ihr zusammengehört.«

Kira blickte sich verständnislos um.

»Aber ich ...«, stammelte sie.

»Außer euch zwei wussten wir es alle«, sagte Conny feixend. »Doch jetzt sollten wir aufhören, zu diskutieren und uns Angenehmerem widmen.«

»Genau!«, rief Levan und hob die zierliche Kira hoch, als wäre sie leicht wie eine Feder.

Die anderen lachten und applaudierten heftig, als Levan Kira leidenschaftlich küsste. Erst jetzt kippte die Stimmung und alle applaudierten. Als Levan Kira wieder absetzte, wandte sie sich den anderen zu. »Wie die Teenager. Ich sagte es ja.«

Levan verschloss ihr mit einem weiteren Kuss den Mund und sie ergab sich in ihr Schicksal.

Einmal noch hob Kira ihre Hand und bat um Aufmerksamkeit.

»Ich erkläre hiermit zum ersten Mal offiziell die Betriebsferien von LIBERTAS für begonnen!«, rief sie in die Menge, »Was immer ihr tut oder tun wollt – tut es. Wir haben es uns verdient. Aber in genau vier Wochen erwarte ich jeden von Euch hier in den Räumen von LIBERTAS in Kirchhellen zurück zum Dienst. Ist das klar?«

Janusz und Reiner holten alles herbei, was die Kühlschränke der Abteilung hergaben und es wurde bis in die Nacht hinein gefeiert.
Als Sascha und Conny in dieser Nacht erschöpft und glücklich ins Bett fielen, sagte Conny: »Ja, ich werde Dich heiraten, du altmodischer Kerl, aber Du musst mir eins versprechen.«
»Was muss ich Dir versprechen?«
»... dass wir nie wieder fünfzig Tage im Mai arbeiten werden.«

Ende

Begriffsbestimmungen:

BCI	Bio-kybernetisches Interface. Weiterentwickeltes Interface mit stark erweiterten Funktionen.
Entität	Virtuelle Hülle einer Person in der virtuellen Realität. Ein Programmelement, das erst durch den Eintritt der Person mit Leben gefüllt wird und dann dort wie die Person selbst handeln kann.
Interface	Gerät, welches in den Hinterkopf implantiert wird. Es dient zur Kommunikation mit Systemen der virtuellen Realität.
LIBERTAS	Wissenschaftliche Organisation zur Bekämpfung des Missbrauchs der Interface-Technologie.
Virtuelle Realität	Künstliche, nur im Computer existentes Abbild der echten Welt. Alle Personen und Gegenstände werden als Programmteile darin angelegt. Einer Person erscheint die virtuelle Realität echt, solange sie sich darin aufhält.
Port	Datenkanal, über den man Zugang zu einem Computersystem erhalten kann. Man kann Tausende von Ports innerhalb eines Computers definieren. Dadurch kann man für jede Aufgabe einen eigenen Port auswählen.